MARTINA ARENZ-LÜTH

GEHEIMNISVOLLER
BODENSEE

IM SOG
DES TESTAMENTS

MARTINA ARENZ-LÜTH

GEHEIMNISVOLLER
BODENSEE

IM SOG
DES TESTAMENTS

STADLER
1815

Verlag Stadler

IMPRESSUM

Gestaltung: kpg buero vierzwofuenf gmbh/Sonja Waiblinger, Schwäbisch Gmünd
Satz: Satzteam Dieter Stöckler, Konstanz
Gesamtherstellung: Florjancic tisk d.o., Maribor (SI)

Bildnachweis Umschlag:
Landschaftsfotografie Holger Spiering, Wasserspieglungen im Konstanzer Jachthafen

Verlag und Vertrieb:
Stadler Verlagsgesellschaft mbH
Max-Stromeyer-Straße 172
78467 Konstanz
www.verlag-stadler.de

© Copyright by
Verlag Friedr. Stadler GmbH & Co. KG, Konstanz

1. Auflage 2022

ISBN 978-3-7977-0764-2

TEIL 1

1

Thomas und Anna betraten das Münster von Salem durch den Seiteneingang und tauchten in die Dunkelheit und Kühle des Innenraumes ein. Anna atmete auf, endlich waren sie der Hitze des Schlossparks an diesem schwülen Sommertag entkommen.

Hoffentlich finden wir hier einen Hinweis. Ich glaube, wir durchsuchen bereits die dreißigste Kirche und haben noch nichts entdeckt, was uns der Lösung des Rätsels einen Schritt näher bringt. Allmählich denke ich, das Ganze ist nur eine Farce.

Eher unwillig blickte sie nach oben.

Nur wenig Licht drang durch die hohen gotischen Spitzbogenfenster an den Seitengängen, da die Sonne bereits tief stand. Mächtige graue Sandsteinmauern stützten das gefächerte Gewölbe und formten an den Längsseiten hohe Säulengänge. Die bisher ergebnislose Suche nach der Lösung des Rätsels machte nicht nur sie, sondern auch Thomas unruhig. Eilig schritten sie auf dem Mittelgang voran. Dennoch konnte Anna nicht achtlos an der prachtvollen Ausschmückung vorübergehen.

Altäre, steinerne Monumente in den sanften Tönen des Sonnenaufgangs, in Weiß und in Rosa, aus Alabaster gefertigt, thronten in jedem Gewölbe.

„Ich denke, diese strenge gerade Linie, in der die Altäre errichtet sind, deutet auf Klassizismus hin. Was meinst du?"

Thomas, groß, schlank, mit halblangem, schwarzem Haar und fast ebenso schwarzen Augen, blickte auf Anna herab. Sie war mindestens einen Kopf kleiner als er und erwiderte seinen Blick. Unzählige Sommersprossen umringten nicht nur ihre großen braunen Augen, sondern auch ihre schmale, leicht nach oben gerichtete Nase, die ihrem wohlgeformten Gesicht eine eigenwillige, geradezu energische Note gab.

„Diese drapierten Girlanden sind eindeutig Ornamentik, wie sie in der Antike üblich war und im Klassizismus wieder verwendet wurde. Aber es ist ein ungewöhnlicher Stil für den süddeutschen Raum, hier findet man eher Beispiele für den überschwänglichen Barock oder Rokoko. Dieses Zusammenspiel der Farben, grau, weiß, rosa ... fantastisch."

Anna war beeindruckt; bisher hatte sie nicht geahnt, dass Salem solch einen Schatz barg. Sie studierte ebenso wie Thomas Kunstgeschichte und übte sich darin, Stilrichtungen der einzelnen Epochen sicher zu unterscheiden.

Dennoch drängte sie Thomas weiterzusuchen, sie wollte endlich eine Erklärung für das Rätsel finden. Die Worte hatten sich in ihr Gedächtnis eingebrannt.

FINDE DIE SYMBOLE
DER VERGÄNGLICHKEIT ... WARTE AUF
DAS LICHT DER UNTERGEHENDEN SONNE
UND DU FINDEST DIE WEISENDE HAND

Sie eilte voran und bei jedem Schritt wippte ihr zum Pferdeschwanz gebundenes, braunes, rötlich schimmerndes Haar munter hin und her. Thomas schmunzelte, dieser energische Gang passte zu ihr. Er folgte ihr, ließ sich aber Zeit, die einzelnen Altäre, die sich in den seitlichen Säulengängen befanden, näher zu betrachten. Überlebensgroße, aus Alabaster gefertigte Heiligenfiguren und Reliefs erzählten von Wundern, die in der Bibel beschrieben sind. Anna zwang sich zur Geduld, verlangsamte ihren Schritt, als sie merkte, dass Thomas ihr nicht direkt folgte, und begann ebenso wie er, systematisch bei jedem der Altäre nach einem sichtbaren Hinweis, einer Hand, einer weisenden Hand zu suchen. Hände waren an allen Figuren. Betend gefaltete Hände oder ausgebreitete Arme mit nach oben geöffneten Händen, aber keine der Hände wies in eine bestimmte Richtung.

Neben dem prächtigen Hauptaltar entdeckten sie eine schwarze Marmortafel, in die vierzig Namen eingraviert waren, und links davon präsentierten sich überlebensgroße, monumentale Skelette. Eines stand leicht gebeugt und blickte über die Schulter des vor ihm sitzenden Skeletts, ebenso aus weißem Alabaster geformt.

Eine Gruppe Touristen, vorneweg eine zierliche, blondhaarige Museumsführerin, näherte sich dem Monument und stellte sich direkt vor sie. Unfreiwillig lauschten sie den Ausführungen der jungen Museumsführerin.

„Meine Damen und Herren, hier sehen Sie das sogenannte Äbtemonument. Auf der Tafel sind alle vierzig Äbte aufgeführt, die in diesem Kloster gelebt haben. Die Skelette, das Sitzende mit Abtsmütze und das Stehende mit Kapuze, versinnbildlichen die Vergänglichkeit, das Lieblingsthema von Abt Anselm, sinngemäß: Abt, auch du bist sterblich, selbst dein Nachfolger, der schon hinter dir steht, ist sterblich. Oder sehen Sie hier oben am Tafelrand die Putte, die Seifenblasen bläst. Ein Sinnbild für das Leben, schillernd kurz wie eine Seifenblase, und der Engel daneben, der die Posaune bläst, soll uns vergegenwärtigen, dass das Leben nichts als Schall und Rauch ist."

Anna traute ihren Ohren nicht.

Waren dies die Symbole der Vergänglichkeit, war dies endlich ein Hinweis? Hatte Thomas das auch gehört, hatten sie endlich den richtigen Ort gefunden? Sie suchte seinen Blick, er nickte ihr zu.

„Übrigens eine Besonderheit hier in der Kathedrale ist, dass je nach Sonnenstand jeweils eines der Monumente und Heiligenfiguren zur vollen Stunde von Sonnenstrahlen getroffen wird. Sehen Sie hier, jetzt am späten Nachmittag wird nur der heilige Bernhard von Clairvaux beleuchtet."

Die Heiligenfigur hob sich strahlend vom Rest der im diffusen Schattenlicht des Münsters Gebliebenen ab.

Die Statue wirkt fast überirdisch, dachte Anna.

Sie konnte sich gut vorstellen, wie ergriffen die Gläubigen im achtzehnten Jahrhundert gewesen sein mussten, wenn der Heilige erstrahlte.

„Dieses Phänomen", führte die Museumsführerin weiter aus, „erleben wir jedoch nur im Hochsommer."

Thomas zog Anna am Arm weg von der Gruppe.

„Wir müssen bei Sonnenuntergang im Münster sein, wir brauchen ein Versteck", flüsterte er ihr ins Ohr.

Ehe Anna antworten konnte, näherte sich ihnen eine ältere Dame. Offensichtlich gehörte sie zum Aufsichtspersonal, denn am Aufschlag ihres Jacketts prangte ein Namensschild. Sie forderte die beiden auf, die Kirche durch den Seitenausgang zu verlassen, da sie in wenigen Minuten das Portal schließen wollte.

„Oh, natürlich ...", meinte Anna höflich, aber gleichzeitig war ihr bewusst, dass sie sich nicht vertreiben lassen durften, sie mussten Zeit gewinnen.

„Ähm ... aber ich habe versprochen, dass ich noch ein Foto vom Chorgestühl mache, wissen Sie für meine gehbehinderte Mutter."

Sie lächelte die grauhaarige Dame an, und nach kurzem Zögern genehmigte diese ihnen noch ein paar Minuten, während sie ihren Kontrollgang beendete. Anna bedankte sich höflich, fragte sich aber, wie sie so schnell ein Versteck finden sollten.

Doch sobald die grauhaarige Dame außer Sichtweite war, ergriff Thomas ihre Hand und zog sie hinter einen schweren, roten Samtvorhang in unmittelbarer Nähe, der von etwa zehn Meter Höhe herabhing. Der Vorhang diente als Absperrung für den Bereich hinter dem Hauptaltar und war weit genug zugezogen, um sie vor den Augen etwaiger Aufsichtspersonen zu verbergen.

Lautlos verharrten sie, bis sie das geräuschvolle Schnappen des alten Türschlosses der Seitentür hörten. Erst dann wagten sie sich hinter dem Vorhang hervor und eilten zu dem Äbtemonument. Eingehend betrachteten sie die schwarze

Marmortafel mit den in Weiß eingravierten Namen der verstorbenen Äbte, aber es fiel ihnen nichts Außergewöhnliches auf. Thomas blickte nach oben und überlegte, durch welches der Fenster wohl die Strahlen des Sonnenuntergangs dringen würden. Er vermutete, durch die großen Spitzbogenfenster gegenüber dem Monument, denn die kunstvoll gearbeiteten Stuckrosetten im oberen Fensterdrittel gaben ein Stück blauen Himmel frei, der von weißen Wolkenfetzen durchzogen war.

„Ich hoffe, bis zum Sonnenuntergang ziehen nicht noch mehr Wolken auf", flüsterte er beunruhigt. Das fahle Licht ließ seinen eher dunklen Teint blass wirken und in seinem kantigen Gesicht formte sich eine kleine Sorgenfalte zwischen den Augenbrauen über der ebenmäßigen Nase.

Anna wollte ihn aufmuntern, aber ihre Worte wurden vom Schlag der Kirchturmglocke unterbrochen. Schwer, mehrere Male hintereinander schlug die Glocke, und jeder Schlag hallte in dem verlassenen Münster nach.

Einen Moment lang fühlte Anna sich in eine andere Zeit versetzt. Sie konnte nachempfinden, wie die Erhabenheit des hohen Kirchenschiffs, die gewaltigen Stimmen der Glocken den Menschen, damals wohl mehr als heute, Ehrfurcht und zugleich auch Demut einflößten. Ihr Blick fiel auf die beiden skurrilen Skelette neben dem Äbtemonument. Die Totenköpfe wiesen vollständige Zahnreihen auf und schienen zu lächeln. Im Gegensatz zu ihrer schaurigen Erscheinung vermittelten sie den Eindruck, als wollten sie mit ihrem Lächeln Freude und Zuversicht ausstrahlen, die Angst vor dem Tod, vor der Vergänglichkeit nehmen.

Anna schauderte, griff nach dem Arm von Thomas und drängte sich Schutz suchend an ihn. Sie wollte ihm erklären, was sie empfand, aber dafür blieb keine Zeit, denn wie von Zauberhand geführt wanderten die letzten Sonnenstrahlen auf das Äbtemonument.

Zuerst beleuchteten sie die friedlichen Putten am oberen Tafelrand; die eine blies Seifenblasen, die andere spielte

Posaune. Ehe sie dies näher betrachten konnten, wanderte der Sonnenstrahl an den unteren Tafelrand des Monuments und streifte die Putte am unteren Ende.

Mit ihrem Finger zeigte sie auf den Namen des dreiundzwanzigsten Abtes Matthäus. Fast gleichzeitig fiel die Sonne auf eine liegende Engelsfigur gegenüber, die mit ihrem ausgestreckten Finger zum Hauptportal wies.

Was bedeutet das, welchem Fingerzeig soll ich folgen? Anna war irritiert.

Wenige Sekunden hielt sich das Licht der letzten Sonnenstrahlen noch, dann versank die Kathedrale im Dämmerlicht.

„Hast du das gesehen, beide Putten waren beleuchtet?"

Thomas nickte gedankenverloren, auch er versuchte, eine Erklärung zu finden.

„Ich glaube, der Engel, der zum Portal weist, will uns verwirren. Sieh mal, er lächelt so übermütig."

„Möglich, aber was ist mit der Putte, die auf den dreiundzwanzigsten Abt zeigt, auf Matthäus?"

„Matthäus … Matthäus war einer der vier Evangelisten."

Thomas überlegte, er war sich sicher, dass er die Figur des Matthäus an einer anderen Stelle hier im Münster gesehen hatte.

Er erinnerte sich, lief zurück zum Seitenportal und winkte Anna, ihm zu folgen. Vor dem vier Meter hohen Sakramentshaus mit dem steilen Giebel in Form eines Kirchturms blieb er stehen. Auf jeder der vier Seiten war jeweils einer der vier Evangelisten als etwa ein Meter hohe vergoldete Figur dargestellt, auch Matthäus.

„Wusste ich es doch, wieder Matthäus! Was weißt du über ihn, Anna?"

Sie dachte nach, versuchte, sich zu erinnern.

„Matthäus war Zöllner und hat das Leben und Wirken Jesu von Kindheit an aufgeschrieben."

„Das hilft uns nicht weiter, aber irgendetwas muss der Hinweis doch bedeuten."

Eingehend betrachteten sie die Figur des Matthäus, als könnte er ihnen Erleuchtung sein. Einem Impuls folgend drehte Anna sich um und zeigte wie der Engel an der Tafel Richtung Hauptportal.

„Siehst du das?"

„Wow!"

Inmitten des Säulengangs ragte eine einzelne, knöchern wirkende Hand heraus, eine nach oben weisende Hand.

„Beide Hinweise waren richtig, die Hand kann man nur von dieser Stelle aus erkennen."

Sie lief bereits auf den Altar zu. Die Hand entpuppte sich als das Detail einer Heiligenfigur, der man einen der zahlreichen Seitenaltäre gewidmet hatte.

„Es muss der heilige Antonius, der Schutzpatron der Wanderer, sein, weil er in einer Hand den Wanderstab hält und die andere greift nach oben. Aber nach was?"

„Keine Ahnung."

Rätsel über Rätsel, dachte Thomas.

Ihm schwirrte der Kopf.

„Nach was greift man, ... nach den Sternen", murmelte Anna leise vor sich hin.

„Was hast du gerade gesagt?"

„Ach nichts, man greift nach den Sternen, habe ich gesagt."

„Aber ja doch, nach den Sternen", wiederholte er aufgeregt, „versteh doch, in der Broschüre über das Kloster habe ich gelesen, dass es hier früher eine Sternwarte gab. Auf einem Turm, und der Aufgang zum Turm soll hier im Münster ..."

„Psst. Hörst du das?"

„Verdammt, da kommt jemand. Wir müssen uns verstecken!"

Sie überlegten nicht lange. Direkt gegenüber befand sich

ein alter Beichtstuhl mit zwei Zugängen. Sie öffneten die halbhohen Türen und duckten sich dahinter. Schritte näherten sich und sie hörten eine krächzende weibliche Stimme, die laut ihrem Unmut in schwer verständlichem Dialekt Luft machte.

Sie beschwerte sich, dass sie noch Prospekte auslegen müsse, weil der Zuständige dies vergessen habe. Dann vernahmen sie ein Knarren wie von einer Holztüre, schlurfende Schritte und kurz darauf hörten sie, wie das schwere Eisentor vom Haupteingang zufiel.

Ungeduldig öffnete Anna die Türe des Beichtstuhls und folgte Thomas, der in den Eingangsbereich der Kirche vorausgeeilt war. Im mittlerweile eher spärlichen Licht konnten sie einen schmalen Turm ausmachen, in dessen unterem Bereich sich eine niedrige Holztüre befand. Thomas versuchte, die Türe zu öffnen, aber leider war sie verschlossen. Er überlegte nicht lange, nahm Anlauf und rammte seinen Oberkörper gegen die Türe. Die massive Holztüre hielt und das Unterfangen brachte ihm nur eine schmerzende Schulter ein.

„Versuche es damit", meinte Anna und reichte ihm eine Haarnadel, die sie aus ihrer Frisur gezogen hatte.

„Mein Onkel hat mir erzählt, dass man damit alte Schlösser öffnen könne."

Er fand es einen Versuch wert, aber er brauchte mehr Licht. Am anderen Ende der Kathedrale, beim Altar der Mutter Gottes entdeckte er noch brennende Kerzen.

„Warte hier, ich hole mir eine Kerze, bin gleich wieder da."

„Nein, ich komm mit!"

Sie wollte nicht allein hier zurückbleiben, und es störte sie auch nicht, dass er schmunzelte. Immerhin unterließ er es, sie mit ihrer Furchtsamkeit aufzuziehen.

Thomas nahm sich zwei neue Kerzen aus der Lichterpyramide. Anna bedauerte, dass sie keine Münzen bei sich hatte, um sie in das dafür bereitgestellte Kästchen zu werfen.

In einer Kirche eine Kerze zu entwenden, widersprach ihren Grundsätzen.

Thomas zündete die Kerzen an und reichte ihr eine. Sie hielt die Kerze in der einen Hand und wölbte die andere schützend vor die Flamme. Vorsichtig, einen Fuß vor den anderen setzend, schlichen sie zum Turm zurück. Anna blickte kurz auf und erschrak. Im flackernden Kerzenlicht schienen die übergroßen Schatten der Heiligenfiguren sich von den Seitenaltären wegzubewegen und ihnen zu folgen. Ein kalter Schauer lief ihr über den Rücken. Mit zittrigen Händen hielt sie die Kerze fest und richtete ihren Blick vor sich auf den Boden. Sie wollte auf keinen Fall, dass Thomas ihre Angst spürte, die er aber mit einem Seitenblick auf ihr Gesicht doch sofort bemerkte.

„Das sind nur Schatten, keine Geister", neckte er sie, wobei seine Stimme nicht so selbstsicher klang.

Anna wollte antworten, aber ihre Kehle brachte nur ein krächzendes Ja hervor. Sie war erleichtert, als sie den Turm wieder erreichten und die Schatten aufhörten, sich zu bewegen.

Vorsichtig drehte er die Haarnadel im Schloss.

„Sie greift nicht."

„Du musst sie zurechtbiegen, zu einem Dietrich formen."

Geduldig versuchte es Thomas wieder und wieder, bog die Haarnadel mal in die eine, mal in die andere Richtung, aber erst, als er den Versuch schon aufgeben wollte, sprang das Schloss tatsächlich mit einem hörbaren Schnappen auf. Die Holztüre ließ sich nur unter lautem Knarren öffnen und gab den Blick auf eine schmale steinerne Wendeltreppe frei, die den Turm hinaufführte.

Sie behielten die Kerzen in der Hand und stiegen vorsichtig die schmalen Stufen hinauf. Wie ein Korkenzieher wand sich die Wendeltreppe höher und höher und das Kerzenlicht warf ihre eigenen Schatten gespensterhaft an die Mauerwand. Der Treppenaufgang war so schmal und eng, dass sie mit ihren Ellenbogen die Außenmauer streiften. Sie passierten eine hohe schmale Maueröffnung, spürten die kühle hineinströmende Nachtluft und ehe sie es verhindern konnten, erloschen die Kerzen. Fast im gleichen Moment schlug die Turmuhr. Anna konnte einen Aufschrei nicht verhindern.

Thomas suchte nach ihrer Hand, versuchte, sie zu beruhigen.

„Psst, leise, das Mondlicht, das hier durch den Mauerschlitz fällt, ist hell genug. Okay? Außerdem ist es besser, wenn wir keine Kerze verwenden, Licht im Turm könnte auffallen."

„Okay …", stimmte sie zu und dachte:

Es ist so unheimlich hier, kein Wunder, dass ich mich erschrecke.

Stufe für Stufe erklommen sie, und in regelmäßigen Abständen tauchten Maueröffnungen auf, durch die ein Lichtstrahl fiel. Anna kämpfte mit Platzangst, die Wände schienen immer näher zu kommen, die Stufen immer schmaler zu werden. Sie versuchte, sich auf ihren Atem zu konzentrieren, gleichmäßig zu atmen. Nach scheinbar endlosen Minuten erreichten die beiden den letzten Absatz und befanden sich vor einer nach oben hin abgerundeten, niedrigen Holztür.

Ein quer liegender Balken verschloss das kleine Tor, und Anna half Thomas, den Balken aus der Verankerung zu wuchten. Ein winziger Ausguck, auf dem sie nur dicht aneinandergedrängt Platz fanden, bot ihnen einen Blick auf die in bleiches Mondlicht getauchte, menschenleere Schlossanlage mit ihren barocken Gebäuden, deren geschwungene Giebel sich als schwarze Konturen gegen den dunkelblauen Nachthimmel abhoben. Am Horizont, über einem fast runden Hügel, zeigten sich die ersten Sterne. Gleichmäßiges Zirpen der Grillen unterbrach die Stille.

„Es kommt mir vor, als wäre die Zeit stehen geblieben, als befänden wir uns in einem vergangenen Jahrhundert."

Anna flüsterte und atmete tief ein, als könnte sie diesen Anblick so für immer in ihrem Gedächtnis festhalten.

Die kleine Plattform ging in einen Gang direkt unter dem Kirchendach über, und ohne zu zögern schlichen sie hintereinander weiter. Thomas musste den Kopf einziehen, um nicht an die Holzdecke zu stoßen. Der Gang endete in einem Dachstuhl mit offenem Gebälk. Eine mächtige bronzene Glocke, die schwer von den Dachsparren hing, versperrte ihnen den Weg. Sie umrundeten die Glocke und tasteten sich mehr oder weniger blind voran.

„Igitt, was ist das?"

Nur mit Mühe konnte Anna einen lauten Aufschrei unterdrücken. Sie spürte etwas in ihren Haaren und tastete danach. Es fühlte sich glitschig an.

„Ich, ich ... habe etwas in den Haaren", stotterte sie angsterfüllt. Thomas beschwor sie, ruhig zu bleiben, und strich ihr vorsichtig über den Kopf. Im selben Moment löste sich etwas aus ihren Haaren und flog in einen Winkel des Dachstuhls.

„Nur eine Fledermaus."

„Nur?!" Angewidert schüttelte Anna ihren Kopf, dass die Haare flogen, und dachte:

Hoffentlich ist kein Kot in meinen Haaren. Nur eine Fledermaus ... hat man ja alle Tage im Haar.

Thomas fingerte Streichhölzer aus seinem Rucksack und zündete die Kerzen wieder an. In der Ecke gegenüber entdeckten sie zahlreiche Fledermäuse. Wie aufgereiht hingen sie mit dem Kopf nach unten am Dachgebälk direkt vor einem der vier Bogenfenster des Dachstuhls. Die Fledermäuse fühlten sich durch das Licht gestört, unruhig bewegten sie ihre Flügel, und ohne Vorwarnung flog der Schwarm wie auf Kommando unter gewaltigem Brausen direkt auf sie zu. Thomas riss Anna mit sich zu Boden. Die Fledermäuse flatterten so knapp über sie hinweg, dass einige Flügel Annas Hände berührten, die sie schützend über ihren Kopf hielt.

Sie brüllte vor Entsetzen auf, aber ihr Schreien ging im geräuschvollen Flattern der Flügel unter. Thomas sah, dass die Fledermäuse sich durch die hölzernen Lamellen der alten Fensterläden unmittelbar über ihren Köpfen, keinen Meter entfernt, ins Freie zwängten.

So überraschend, wie er gekommen war, so schnell war der Spuk auch wieder vorbei. Dennoch trauten sie dem Frieden nicht und blieben noch einige Minuten abwartend liegen.

„Anna, bist du okay?"

Sie räusperte sich und antwortete mit einem leisem Ja.

Sie stand immer noch unter Schock, erst allmählich nahm sie wahr, dass die Fledermäuse ausgeflogen waren. Langsam erhob sie sich und, als sie sich aufstützte, berührten ihre Hände schwarzen Kot.

„Igitt!" Voller Ekel blickte sie auf ihre Hände. Sie versuchte, sie notdürftig an einem großen Balken über ihrem Kopf abzustreifen, und erkannte zu ihrem Entsetzen, dass all das Klebrige, was auf dem Holzboden im Mondlicht schimmerte, frische Kotspritzer waren. Thomas suchte bereits nach der Kerze, die er im Tumult verloren hatte. Er entdeckte sie am Boden vor der gewaltigen Glocke und balancierte vorsichtig über den Boden, bemüht, möglichst nicht in frischen Kot zu treten. Er zündete die Kerze an und leuchtete in die Ecke. Wie er schon vermutet hatte, waren alle Fledermäuse weg.

„Leuchte noch mal auf den großen Balken", bat Anna. Sie glaubte, etwas entdeckt zu haben, und tippelte näher.

Er hielt die Kerze direkt unter den Querbalken.

„Das sind Buchstaben, lateinische Buchstaben, offensichtlich von Hand eingeritzt. Das ist eine Inschrift, ... sie verläuft ... bis zum Ende des Balkens."

Sie stammelte vor Aufregung, lief unterhalb des Balkens entlang und versuchte, die sichtbaren lateinischen Worte zu übersetzen. Die Buchstaben waren zum Teil von dem Kot der Fledermäuse überdeckt und schwer zu entziffern.

OCULUM ...

„Ich erkenne deutlich Auge.“

„Warte.“

Thomas holte einen alten Strohbesen, den er in der hinteren Ecke entdeckt hatte. Er versuchte, den Balken notdürftig zu säubern. Anna versuchte, die nun deutlicher erkennbaren lateinischen Worte zu entziffern und zu übersetzen. Sie hoffte, dass ihre vorhandenen Lateinkenntnisse reichten.

INVESTIGA ... OCULUM ...

FINDE DAS AUGE DER AUGEN ... UND ERLEBE ES ZUR FRÜHEN MORGENSTUND

„Vielleicht bedeutet es hier eher erkennen. Aber eigentlich, du hast recht, heißt es erleben.“

Thomas fand keinen Sinn in den Worten und fragte sich, wann ... wer diese Zeilen hier eingeritzt hatte.

Anna wiederholte mehrmals laut die Worte und prägte sich das Geschriebene ein.

Ich muss in Ruhe nachdenken, es muss eine plausible Deutung geben.

Sie bat Thomas, diesen schaurigen Ort mit ihr zu verlassen. Auf keinen Fall wollte sie die Rückkehr der Fledermäuse abwarten. Auf Zehenspitzen und darauf bedacht, sich nicht zu beschmutzen, suchten sie einen geschützten Platz im überdachten Gang.

Anna schwirrte der Kopf und, um sich abzulenken, betrachtete sie den Nachthimmel, der mit unzähligen hellen und noch heller leuchtenden Sternen übersät war.

Leise wiederholte sie die Inschrift auf Lateinisch, übersetzte erneut.

„Finde das Auge der Augen und erlebe es zur frühen … frühesten Morgenstunde."

„Hier oben sind keine Augen, sondern nur Sterne zu sehen." Thomas' zynischer Unterton offenbarte seine Enttäuschung.

„Auge der Augen", wiederholte Anna und noch während sie die Worte aussprach, erinnerte sie sich an das, was sie zuvor in der Kirche gesehen hatte.

„Aber natürlich, das muss es sein. … Gottes Auge ist gemeint, Gottes Auge wacht über alles, das Auge der Augen."

Wie elektrisiert sprang sie auf.

„Gottes Auge, das habe ich gesehen, unten im Beichtstuhl an der Rückwand, als wir uns dort versteckt haben. Eine Darstellung von Gottes Auge in einem hellblauen Dreieck."

„Bist du sicher?"

„Ganz sicher, ich zeige es dir."

Unbemerkt schlichen sie den Weg zurück.

Im Münster war es mittlerweile merklich kühl und trotz der Pullover, die sie sich übergezogen hatten, froren sie. Das Mondlicht fiel seitlich durch die Spitzbogenfenster und tauchte die Kathedrale in milchiges, gespenstisches Licht.

Die überlebensgroßen Heiligenfiguren der Seitenaltäre warfen ihre noch größeren Schatten auf die gegenüberliegende Wand. Anna schmiegte sich eng an Thomas' Arm.

„Schaurig hier", murmelte sie leise.

„Keine Angst, wir sind in Gottes Haus", erwiderte Thomas schelmisch und überspielte geschickt seinen Anflug von Furcht. Dicht aneinandergedrängt, gingen sie Arm in Arm zum Beichtstuhl. Auf der Rückwand sahen sie es – Gottes Auge, ein schwarzes Dreieck auf himmelblauem Hintergrund und in der Mitte ein fast zwanzig Zentimeter großes Auge. Thomas hielt die Kerze so nah wie möglich an die Abbildung. Inmitten des Auges waren vier verblasste Buchstaben J H W H:

„Das ist nicht Lateinisch, das ist Hebräisch. Ein Tetragramm – J H W H. Man liest diese Konsonanten zusammen mit Vokalen, also: Jehowa oder auch Jahweh. Beides bedeutet den Eigennamen Gottes."

„Bin beeindruckt!" Anna errötete und war erleichtert, dass er es in diesem Licht nicht bemerkte.

Sie waren doch nur Freunde, Kommilitonen und studierten Kunstgeschichte in Aachen. Sie ahnte, dass Thomas mehr für sie empfand. Aber sie war sich ihrer Gefühle nicht sicher. Sie mochte ihn und war dankbar, dass er sie begleitete. Mehr wollte sie sich im Moment nicht eingestehen. Sie hatten einen Urlaubstrip nach Italien unternehmen und in Rom auf gemeinsame Freunde stoßen wollen. Thomas fuhr einen gebrauchten Campingbus und hatte Anna eine Mitfahrgelegenheit angeboten. Aber unerwartete Ereignisse hatten alles verändert.

„Anna, träumst du?"

„Nein ... was ...?", stammelte sie.

„Ich hatte eben vorgeschlagen, dass wir bis ‚zur frühesten Morgenstunde', also bis Sonnenaufgang hierbleiben. In den vorderen Bänken habe ich zusammengefaltete Decken gesehen. Ich nehme an, sie liegen da, um sie sich während der Messe über die Beine zu legen. Eine Heizung habe ich nicht entdeckt."

Sie setzten sich ganz vorne ins Chorgestühl, wickelten sich bis unter die Nasenspitze in mehrere Decken und drängten sich dicht aneinander.

Leise unterhielten sie sich über alles, was den Tag über vorgefallen war. Thomas stellte vorsorglich den Handywecker auf fünf Uhr, um auf keinen Fall den Sonnenaufgang zu verpassen. Er wünschte seiner Kommilitonin eine gute Nacht und neckte, falls irgendwelche Gespenster oder Geister auftauchten, dürfe sie ihn auf jeden Fall wecken.

Anna stieß ihn in die Seite und äußerte lässig, er dürfe sie in so einem Fall auch wecken. In Wahrheit war sie sich nicht so sicher, ob es in einem so alten Gemäuer nicht vielleicht doch spukte.

Während Anna noch über die Ereignisse der vergangenen Tage nachdachte, hörte sie Thomas bereits gleichmäßig schnarchen. Sie dachte an diesen Anruf vor einer Woche.

*

Sie hatte die letzte Zwischenprüfung in Kunstgeschichte absolviert. Vor ihr lagen die Semesterferien, aber am Abend war erst mal die große Abschlussparty. Sie hatte drei Stufen auf einmal genommen und die drei Stockwerke zu ihrer Studentenwohnung in Rekordzeit bewältigt.

Schon vor der Haustüre hörte sie das Telefon klingeln, öffnete so schnell wie möglich die Tür und erreichte das Telefon noch rechtzeitig. Atemlos meldete sie sich mit ihrem Familiennamen Sander.

„Irma, du bist es? Ich wollte euch auch gleich anrufen; stell dir vor, die Zwischenprüfung ist gut gelaufen!"

Etwas in Irmas Stimme ließ Anna aufhorchen, als sie ihr gratulierte.

„Was ist los, Irma? Du klingst so bedrückt."

Irma, die Frau ihres Onkels Hubert, brachte Anna schonend bei, dass es ihrem Onkel schon seit Längerem gesundheitlich nicht gut gehe. Es wäre das Herz, sein altes Leiden, und er hätte ihr streng verboten, Anna während ihrer Prüfung darüber zu informieren. Aber jetzt wollte er sie noch mal sehen, um ihr unbedingt etwas mitzuteilen. Ob sie sich denn nicht sofort auf den Weg machen könnte, weil er wahrscheinlich nicht mehr lange ...?!

Anna konnte nicht glauben, was sie da hörte. Ihr Onkel sollte ...! Selbst in ihren Gedanken konnte sie das Wort kaum aussprechen. Niemals, das konnte nicht sein, aber Irmas Worte, die in ein Schluchzen übergingen, ließen keinen Zweifel.

Anna würgte nur die Worte „ich komme" heraus und legte auf. Tränen stiegen ihr in die Augen, bahnten sich erste Wege über ihre Wangen und strömten dann unaufhörlich.

Unter Tränenschleiern fing sie an zu packen und erst, als sie schon fast alles eingepackt hatte, versiegten die Tränen. Sie war gerade im Bad und versuchte, die salzigen Spuren in ihrem Gesicht mit kaltem Wasser zu entfernen, als jemand an der Türe Sturm läutete. In ihrer momentanen Verfassung hatte sie nicht die Absicht, die Türe zu öffnen, aber das Klingeln hörte nicht auf.

„Na mach schon auf."

Thomas, ihr Kommilitone, klopfte ungeduldig gegen die Türe. Er betonte, dass die anderen schon in der Stammkneipe warteten, um den Abschluss würdig zu feiern.

Anna wollte ihn abwimmeln, öffnete deshalb die Türe nur einen Spalt. Sie wollte etwas Belangloses erwidern, konnte es aber nicht und brach erneut in Tränen aus. Thomas öffnete die Türe und schloss sie ungefragt in seine Arme. Unter Schluchzen erzählte sie ihm von dem Anruf und er versuchte, sie mit mitfühlenden Worten zu trösten.

Thomas war die Lust auf Feiern auch vergangen. Er bot ihr an, sie nach Konstanz zu fahren. Anna lehnte ab. Aber er betonte nachdrücklich, dass er solch eine Sehnsucht nach dem Bodensee und Konstanz hätte, dem Ort, an dem er einige Semester studiert hatte. Viele Freunde warteten schon lange auf seinen Besuch. Außerdem wäre ihr gemeinsames Urlaubsziel Italien von Konstanz aus bedeutend schneller zu erreichen.

Anna wusste, dass er in Wahrheit bei ihr bleiben wollte, und auch sie wollte im Moment lieber in Gesellschaft sein.

*

Obwohl sie nur eine kurze Rast eingelegt hatten, dämmerte es bereits, als sie nach langer Fahrt vor der Jugendstilvilla, ihrem Zuhause, in Konstanz eintrafen.

Irma, zierlich gebaut mit weißem, kraus gelocktem Haar, öffnete die hohe Türe und blickte sie aus von Tränen verquollenen Augen an.

Anna drückte sie kurz innig an sich und stürmte an ihr vorbei in das Schlafzimmer ihres Onkels. Sie überließ es Irma und Thomas sich gegenseitig vorzustellen.

Ihr Onkel Hubert lag auf dem Rücken und hatte die Augen geschlossen. Leise schlich sie näher an das Bett heran. Er schien friedlich zu schlafen und Anna konnte, wollte sich gar nicht vorstellen, dass er so schwer krank war. Liebevoll betrachtete sie sein silbergraues Haar und sein immer noch jugendliches Gesicht. Nur wenige Falten um Augen und Mund verrieten sein Alter.

Gedanken, Erinnerungen jagten ihr durch den Kopf. Schon auf der Fahrt hatte sie Thomas von vielen unvergessenen Ereignissen aus ihrer Kindheit erzählt.

Vom tödlichen Verkehrsunfall ihrer Eltern, den sie seinerzeit als einjähriges Baby als Einzige überlebt hatte. Onkel Hubert hatte sie zu sich genommen, er war damals noch Junggeselle und mit einem Baby, das ständig versorgt werden musste, heillos überfordert. Aber er war der einzige noch lebende Verwandte gewesen, der Bruder ihres Vaters.

Sowohl seine wie auch die Familie ihrer Mutter lebten nicht mehr. Nur er hatte sie vor dem Waisenhaus retten können und so musste er umgehend für ein Kindermädchen sorgen.

Irma hatte in dieser Situation nur kurzfristig aushelfen wollen, für einen Monat, danach wollte sie als Au-pair-Mädchen nach Amerika. Oft hatte sie den beiden vorgehalten, dass aus dem Monat über zwanzig Jahre geworden wären, nur ihretwegen. Aber ihr Ton war nie wirklich vorwurfsvoll gewesen, sondern eher schelmisch. Immer wieder musste sie die Geschichte wiederholen, wie Onkel Hubert und sie Irmas Herz erobert hatten. Sie erzählte von Anton, Irmas Verehrer, der nach einem Jahr in ihr Leben getreten war und mit ihr nach Amerika gewollt hatte. Irma wäre damals überglücklich gewesen, dass ihr Traum doch noch in Erfüllung gehe. Aber Onkel Hubert hatte sie nicht gehen lassen wollen. Er war sehr bemüht gewesen, jedes Treffen mit Anton zu verhindern. Zunächst wäre Irma noch gutgläubig gewesen, Hubert hätte immer einen Vorwand gefunden, um sie als Babysitterin im Hause zu halten. Aber dann hatte er es übertrieben; er hatte Anna früh ins Bett gesteckt und das Fieberthermometer an eine Glühbirne gehalten. Angeblich sollte Anna vierzig Grad Fieber haben.

Selbstverständlich blieb Irma zu Hause, sagte Anton erneut ab und rief den Kinderarzt. Unter vier Augen hat ihr der Arzt dann verraten, dass Anna gar nichts fehle und dass die vermeintliche Krankheit wohl nur ein vorgeschobener Grund wäre, um sie am Fortgehen zu hindern.

Die kommende Szene liebte Anna bis zum heutigen Tage. Irma war so wütend gewesen, hatte sofort die Koffer gepackt, ihm die Adresse von einer Kollegin vor die Nase geknallt und war bereits mit dem Gepäck in der Hand an der Haustüre. Da wäre sie als Zweijährige weinend auf der Treppe gestanden, mit dem Teddy in der Hand, im Schlafanzug. Ohne zu zögern hätte Irma die Koffer fallen lassen und sie in die Arme genommen.

Onkel Hubert habe nur gestottert.

„Ich habe doch nur gewollt, dass du …!"

„Dass ich was …?!", hätte sie geschrien.

„Ich möchte so gerne, dass du bleibst. Ich … wir brauchen dich!" Mit energischen Schritten wäre er auf sie zugegangen.

„Ich kann es nicht ertragen, dass dich ein anderer in seinen Armen hält … ich liebe dich, Irma!"

„Ich auch", hätte sie mit ihrem Piepsstimmchen gesagt und sich ganz eng an sie geschmiegt.

„Küss mich endlich du … du …", hatte Irma nur noch hervorgebracht und weiter war sie nicht gekommen. Ihr erster Kuss mit Anna in den Armen.

Irma hatte geahnt, dass er die gleichen Gefühle für sie hegte wie sie für ihn. Aber da er ihr seine Liebe nicht gestanden hatte, hatte sie sich entschieden zu gehen.

Irma und Onkel Hubert waren für Anna die wichtigsten Menschen in ihrem Leben. Eine Erinnerung an ihre Eltern hatte sie nicht, sie malte sich nur ein Bild aus den Erzählungen von Onkel Hubert. Die beiden hatten später geheiratet und sie adoptiert, aber sie war ihr einziges Kind geblieben.

Anna drückte sanft Huberts Hand, erinnerte sich an die spannenden Gute-Nacht-Geschichten, die er für sie erfunden hatte.

Er spürte ihre Anwesenheit, öffnete die Augen und stieß mühsam ein „Anna" hervor.

„Onkel Hubert", hauchte sie. Liebevoll strich sie ihm über die Wange, konnte ihre Tränen nicht zurückhalten.

„Anna, weine nicht, wir haben gemeinsam eine wunderbare Zeit verbracht", flüsterte er schwer atmend, „komm bitte ganz nah heran, das Sprechen strengt mich an."

Anna beugte sich dicht zu ihm.

„Hör zu, es ist wichtig. Alles, was ich dir jetzt sage, habe ich auch aufgeschrieben ... verbrenne den Brief ... wenn du ihn gelesen hast."

Sein Atem ging schwer, mühsam formte er die Worte, abgehackte Sätze.

„... das größte Geheimnis der Menschheit ... musst du wahren, es darf nicht entdeckt werden, ... aber auch nicht verloren gehen ... es darf nicht in falsche Hände gelangen ... du musst ... der Safe ... hinter der Bi... Geburtsda... dei... Eltern ... verwahre ... pass auf ... sehr wichtig!"

Anna hörte nur noch einzelne Wortfetzen, rief verzweifelt nach Irma. Diese stürmte herein, gefolgt von Thomas.

Onkel Hubert öffnete noch einmal die Augen, sah Thomas an, sah Anna an, lächelte, blickte zu Irma und bevor er noch etwas sagen konnte, fiel sein Kopf leblos zur Seite.

*

Die Beerdigung war vorüber und Anna hatte sich nach tiefer Trauer wieder gefasst. Thomas war zu Freunden gezogen, rief aber täglich an und versicherte ihr, dass es ihm am See gut gefiele. Mit Italien habe es keine Eile, die Semesterferien hätten ja erst angefangen.

Anna schob die Vorhänge vor den hohen Fenstern ihres Jugendzimmers zur Seite und blickte auf die vom Mondlicht beleuchtete schmale Straße hinunter. Die schwungvoll geformten Dächer der Jugendstilvillen hoben sich als schwarze Silhouette vom bleichen Himmel ab. Vereinzelt brannten noch Lichter in den Häusern und wirkten wie große Augen, die wachsam auf die menschenleere Allee mit ihren hohen alten Kastanienbäumen blickten. Eine Katze schlich durch die Eisenstäbe des Gartenzauns und verschwand unter dem nächsten Strauch.

Sie liebte diesen Anblick. Hier war sie aufgewachsen, hier kannte sie jeden Winkel, die besten Verstecke in der gesamten Straße. Bei jedem Wetter, jeden Tag hatte sie hier mit den Nachbarskindern auf der Straße gespielt. Im ganzen Haus war es still. Offensichtlich wirkte das Beruhigungsmittel, das der Arzt Irma verschrieben hatte und sie konnte endlich schlafen.

Anna selber fand keine Ruhe, die letzten Worte ... Wortfetzen ihres Onkels schwirrten in ihrem Kopf herum. Das größte Geheimnis der Menschheit zu wahren, das nicht verloren, aber auch nicht entdeckt werden durfte. Er hatte von einem Safe gesprochen ... den Rest hatte sie nicht verstanden, hatte nur ein „Bi..." herausgehört.

Bi... wie Bild, hatte sie gedacht, *ein Safe hinter einem Bild.*

Sie hatte sich systematisch auf die Suche gemacht.

Die Villa mit ihren hohen Stuckdecken bot viele Möglichkeiten für ein Versteck. Eine alte Wendeltreppe aus dunklem Holz mit Balustrade verband alle drei Stockwerke. Sie blickte hinter jedes Gemälde, jede noch so kleinste Zeichnung, nicht nur im bewohnten Teil, sondern auch im Weinkeller und auf dem Dachboden. Doch sie hatte nichts entdeckt, hinter den Gemälden und Zeichnungen war nur nackte Wand oder Mauerwerk.

Es ist zum Verrücktwerden. Was kann Bi ... noch bedeuten?

„Bi... Bi...", wiederholte sie.

Ein Wort formte sich auf ihren Lippen – Bibel.

Eine große alte Bibel befand sich im Herrenzimmer. Sie lenkte ihre Schritte zur kleinen Bibliothek, wie sie den Raum genannt hatte, und schaltete das Licht an. An allen vier Wänden des hohen Raumes mit einfacher Stuckdecke zogen sich Bücherregale entlang, die bis zur Zimmerdecke reichten.

Bücher über Ausgrabungen, Bücher in französischer, englischer, sogar in lateinischer Sprache türmten sich in den Gestellen. Als Universitätsdozent für Geschichte und Latein hatte Onkel Hubert im Laufe der Jahre jede Menge Literatur zusammengetragen. Wie oft hatte sie als Kind diese Bücher nur wegen ihres schönen Einbands in die Hand genommen. Sie steuerte auf die lateinischen Bücher zu, war sich ziemlich sicher, dass unter diesen Büchern die große, alte Bibel sein musste. Beim letzten Besuch hatte sie noch Textstellen für ihr Referat herausgesucht.

Das Deckenlicht fing plötzlich an zu flackern und erlosch nach wenigen Sekunden. Blind tastete sich Anna vor zum Lichtschalter, drückte darauf, aber vergeblich, offensichtlich war die Glühbirne defekt. Sie fluchte leise, bahnte sich jedoch im Halbdunkel einen Weg zur Stehlampe neben dem ausladenden Ohrensessel und knipste diese an. Sie gab ein eher spärliches Licht und mit zusammengekniffenen Augen suchte Anna das Bücherbord ab, bis sie ganz oben in der Mitte die Bibel entdeckte.

Sie nahm die hölzerne Leiter, die neben dem Regal stand, platzierte sie passend und stieg die Sprossen hinauf.

Direkt vor ihr war die Bibel und mit beiden Händen hievte sie das schwere Buch heraus. Nur mit Mühe konnte sie das Gleichgewicht auf der Leiter halten, mit solch einem Gewicht hatte sie nicht gerechnet. Sie legte die Bibel zur Seite auf die nebenstehenden Bücher. In der frei gewordenen Lücke wurde ein Sicherungskasten sichtbar. Sie konnte sich nicht daran erinnern, ihn jemals zuvor gesehen zu haben. Aber sie erinnerte sich, dass Onkel Hubert seinerzeit nicht wollte, dass sie die Bibel aus dem Regal holte.

Eilig entfernte sie rechts die Bücher und stapelte sie auf die freien Flächen im Regal.

Was soll ein Sicherungskasten in dieser Höhe? Das macht keinen Sinn, diese Aufmachung kann nur Tarnung sein.

Die Kippschalter des Sicherungskastens waren nummeriert bis einunddreißig.

... die Geburtstage deiner Eltern ...

... einige der letzten Worte ihres Onkels. Sie betätigte die entsprechenden Schalthebel. Diese gaben zwar nach, aber es geschah nichts.

Sie kannte die Geburtstage ihrer Eltern auswendig, die konnten nicht falsch sein. Bei jedem Besuch am Grab ihrer Eltern las sie die Zahlen ihrer Geburt und den Tag ihres Todes. Sie versuchte es noch mal.

Hatte sie sich vertippt?

Wieder nichts.

Was mache ich falsch ... fehlen Zahlen?

Einer spontanen Eingebung folgend, gab sie zusätzlich ihr eigenes Geburtsdatum ein. Sie vernahm ein kaum hörbares Klicken und im selben Moment sprang die Türe des vermeintlichen Sicherungskastens auf. Ebenso vorsichtig wie gespannt öffnete Anna die Türe, unverkennbar die eines

Tresors. Im Inneren befand sich ein kleines metallenes Kästchen, daneben ein Bündel Geldnoten mit einer Banderole darum. Neugierig betrachtete sie die Aufschrift.

Für meine geliebte Nichte Anna

Sie war überrascht. Sie schätzte, es war mehr Geld, als sie jemals besessen hatte. Das Kästchen war verschlossen, obendrauf klebte ein Etikett mit handgeschriebenem Text.

Du findest den Schlüssel dort, wo Du Deine privaten Dinge aufbewahrst. Keine Sorge, ich habe nichts gelesen, ich habe nur ein weiteres Teil hinzugefügt!

Liebe Grüße
Hubert

„Onkel Hubert hatte gewusst, wo mein Versteck war? Kann das wahr sein?", murmelte Anna leise vor sich hin.

Nur mit Mühe bewahrte sie Ruhe, schloss den Tresor und kletterte mit einer freien Hand die Leiter hinunter. In der anderen hielt sie die Geldbanderole. Das Kästchen hatte sie unter den Arm geklemmt. Nachdem sie den Tresor wieder hinter den Büchern verborgen hatte, ging sie nicht, nein sie stürmte über den langen Flur zurück in ihr Zimmer, direkt auf den Sekretär zu.

Dieser war ein Erbstück ihrer Eltern und stand über Eck, nahe am Fenster. Sie zog die oberste schmale Schublade auf, nahm sie heraus und legte sie samt Inhalt auf ihr Bett.

Bisher war sie sich sicher gewesen, dass nur sie das Geheimfach kannte. Sie drückte im leeren Schubladenfach gegen die Rückwand. Im gleichen Moment öffnete sich diese einen kleinen Spalt. Anna griff hinein und zog einen Packen Briefe hervor.

Die Briefe kannte sie, es waren unzählige, die sie an ihre verstorbenen Eltern geschrieben hatte; Briefe einer heranwachsenden Jugendlichen, die versuchte, die Welt zu verstehen. Beim Herausnehmen hörte sie einen dumpfen Aufschlag und ertastete einen winzigen Schlüssel.

Ihre Hände zitterten vor Aufregung und es gelang ihr erst beim dritten Versuch, den Schlüssel in das winzige Schloss des Kästchens zu stecken. Sie öffnete den Deckel und fand einen kleinen gefalteten Brief.

Liebe Anna,

ich wollte Dir Folgendes persönlich mitteilen, aber ich fand bisher nicht den richtigen Zeitpunkt. Deshalb habe ich mich entschlossen, diesen Brief zu schreiben.

Ich weiß nicht, womit ich anfangen soll.

Deine Eltern, Linus, mein Bruder, und Sarah, waren wundervolle Menschen. Als Historikern galt ihr Hauptinteresse natürlich der Menschheitsgeschichte. Sie fanden Hinweise auf einen Beweis, ein Geheimnis, das nicht preisgegeben, aber auch nicht verloren werden darf, sondern nur aufbewahrt sein soll, bis dass die Zeit gekommen ist, es zu verstehen.

Leider sahen das andere nicht so und wollten unbedingt den Beweis. Deine Eltern weigerten sich, ihre Erkenntnisse über die Hinweise zur Auffindung des Beweises preiszugeben.

Ich weiß bis heute nicht, ob die Ursache für den Tod Deiner Eltern tatsächlich nur ein Unfall war oder ob man Deine Eltern einschüchtern wollte. Man hat seinerzeit Risse an der Bremsleitung des Autos gefunden. Ob es sich um Marderbisse handelte oder ob die Bremsleitung bearbeitet worden war (die Risse waren zu gleichmäßig hatte damals ein junger Kommissar gemeint), ich habe Deinetwegen nicht nachgeforscht. Ich wollte, dass man Dich unbehelligt aufwachsen lässt.

Das Geheimnis, der Beweis, gilt als verschollen. Ich selbst habe nur einen Teil des Hinweises auf das Geheimnis von Deinen Eltern erhalten und verwahrt.

Heute, wenn Du dieses Kästchen geöffnet hast, weiß ich, bist Du schon eine erwachsene Frau. Ich möchte, sieh es als meinen letzten Willen an, dass Du das Erbe Deiner Eltern schützt und sicher bewahrst.

Suche den Ort des Friedens – und Du wirst beginnen zu verstehen, welches Geheimnis sich verbirgt. Rechne mit „bösen Kräften", die versuchen, Dir das Erbe zu entwenden. Anna bitte suche, finde und bewahre es, bis dass die Menschheit es verstehen kann.
Vernichte diese Zeilen, wenn Du sie gelesen hast.

In Liebe
Hubert

Anna las den Brief wieder und wieder. Sie konnte es nicht fassen, dass ihre Eltern Opfer eines Mordes gewesen sein sollten. Bisher war sie mit der Tatsache, die Ursache ihres Todes wäre ein Autounfall gewesen, aufgewachsen.

Das war an sich schon ein trauriges Schicksal, aber dass meine Eltern vielleicht Mordopfer waren, weil sie ein Geheimnis entdeckt hatten, das für die Menschheit von größter Wichtigkeit war …?!

Ihre Gefühlswelt geriet aus den Fugen. Dennoch tat sie, was ihr Onkel verlangt hatte, und verbrannte den Brief im Waschbecken ihres kleinen Badezimmers.

*

Sie war gerade erst aufgewacht, als Irma an die Zimmertüre klopfte und fragte, ob sie reinkommen dürfe. Anna brummelte ein Ja.

Irma trat mit einem Tablett, auf dem sich Kaffee, Frühstückshörnchen sowie zwei Gedecke befanden, ein und stellte es auf das kleine Tischchen mit den geschwungenen Beinen, das unter dem Fenster stand.

Annas Jugendzimmer war unverändert geblieben, denn sie liebte ihre antiken Möbel, den Kleiderschrank aus hellem Holz, den Klappsekretär in der Ecke mit dem verschnörkelten Gesims und natürlich ihr Himmelbett mit den bunten Vorhängen.

Das ist das erste Mal, dass wir gemeinsam in meinem Zimmer frühstücken, so was!

Irma bemerkte ihren überraschten Ausdruck.

„Das zweite Gedeck ist nicht für mich. Ich habe schon längst gefrühstückt; es ist für Thomas. Er möchte dich unbedingt sehen. Ich dachte, du freust dich auch, ihn zu sehen. Wenn nicht …?"

Sie wollte, dass Anna nach der tiefen Trauer wieder in ihren Alltag zurückfand.

„Nein, ich freue mich, aber er soll noch einen Moment warten, bis ich mich angezogen habe."

Energisch schlug sie die Decke zurück und huschte ins Bad.

Bei einem Blick zurück bemerkte sie, dass Irma wieder einen frischeren Teint hatte. Die dunklen Augenringe durchweinter Nächte waren noch sichtbar, aber deutlich blasser.

„Oh, Frühstück, gute Idee, ich habe heute noch nichts gegessen", meinte Thomas leicht verlegen, „wie geht es dir?"

Als Anna sich dem Tisch näherte, nahm er sie ungefragt in seine Arme. Sie wehrte sich, aber nicht ernsthaft und konnte nicht verhindern, dass erneut Tränen über ihr Gesicht liefen. Offensichtlich war die Trauer noch nicht überwunden, offensichtlich würde sie immer wieder aufkeimen.

Sie löste sich von ihm.

„Ich …", stammelte sie, „ich muss mit dir reden, aber du musst schwören, dass du zu keinem ein Wort darüber verlierst, weil ich …!"

„Ich schwöre."

Pathetisch hob er drei Finger in die Höhe.

Sie schilderte ihm, was geschehen war. Zunächst hörte er schweigend zu, kommentierte nur mit „das ist nicht dein Ernst" und wiederholte am Schluss, weil er sich immer noch nicht sicher war, ob er das, was sie erzählt hatte, für bare Münze nehmen sollte. „Und du hast den Brief verbrannt?", fragte er.

Nickend stimmte Anna dem zu.

Er glaubt mir nicht, aber ich kann es ja selbst kaum glauben.

„Hast du eine Idee, was ‚Ort des Friedens‘ bedeuten kann?“

„Ort des Friedens“, wiederholte er.

Nachdenklich rieb er sich das Kinn und blickte gedankenverloren an Anna vorbei durch das hohe Fenster hinter ihr.

„Vielleicht könnte man so einen Friedhof beschreiben?“

„Der Friedhof!“

Anna sprang auf.

„Warum bin ich nicht selbst darauf gekommen? Ich denke, ich weiß, was Onkel Hubert meint. Ähm … wir haben uns immer einen Spaß daraus gemacht, raffinierte Verstecke zu finden, solche, die sonst keiner entdecken würde. Am Grab meiner Eltern gibt es eines.

In Eile verließen sie das Haus und bevor Anna die Haustüre hinter sich zuzog, rief sie Irma zu, dass sie dringend frische Luft bräuchte.

Wie schon so oft ging Anna, unter der hohen Zypressenallee vorbei an den endlosen Gräberreihen dieses jahrhundertealten Friedhofs, auf das Grab ihrer Eltern zu.

Das Lärmen der Stadt schien verstummt, nur das Zirpen der Vögel unterbrach die Stille. Einer schien den anderen in seiner melodiösen Vielstimmigkeit übertreffen zu wollen. Der Weg war in kühlen Schatten getaucht, lediglich zwischen den Zypressen brach die Sonne durch.

Sie blieb vor einem eingefassten Grab stehen, ein Engel aus weißem Marmor, fast lebensgroß, hielt ein offenes Buch in der Hand und lehnte am Grabstein. Die Szenerie glich einer Szene aus einem Theaterstück. Thomas meinte, man könnte annehmen, der Engel würde jeden Moment beginnen vorzutragen.

„Ja das hat eine faszinierende Wirkung auf den Betrachter, es ist unser altes Familiengrab", erklärte Anna nicht ganz ohne Stolz.

Thomas betrachtete den Grabstein aus weißem Marmor, auf dem eine Reihe von Namen, Geburts- und Sterbedaten, die bis zum Anfang des letzten Jahrhunderts zurückreichten, eingraviert waren. Anna kniete bereits vor dem Grab nieder und öffnete den kupfernen Deckel des Weihwasserbehälters.

„Onkel Hubert hielt dies für ein hervorragendes Versteck", flüsterte sie.

Mit dem Weihwasserwedel nahm sie Wasser auf und spritzte es über das Grab. Sie hob den Kupferdeckel an und untersuchte den Behälter. Ihre schmalen Finger ertasteten einen kleinen Riegel und öffneten ihn.

„Da ist etwas, eine Rolle."

Unruhig blickte sie sich um, hoffte, dass keiner sie beobachtete.

Sie entdeckte jedoch nur eine ältere Frau, die am anderen Ende der Gräberreihe den Grabschmuck pflegte.

Trotzdem bat sie Thomas, sich vor sie zu stellen, um nicht gesehen zu werden. Sie nahm ein Röhrchen in der Größe eines Kugelschreibers heraus, ließ es unbemerkt in ihre Handtasche gleiten und schloss den Weihwasserbehälter wieder.

Mit einem verschwörerischen Nicken forderte sie Thomas auf, ihr zu folgen. Kaum hatten sie die schattige Allee verlassen, brannte wieder die heiße Mittagssonne auf ihre noch ungebräunte Haut. Sie eilten zum Friedhofsausgang und stiegen in den Kleinbus. Die Klimaanlage verbreitete eine angenehme Kühle, und Thomas schlug vor, noch ein Stück weiter ins Grüne zu fahren.

Nach ungefähr einem Kilometer bog er in einen Feldweg ab, der ein blühendes Rapsfeld teilte. Unter einer Baumgruppe hielt er an. Ungeduldig versuchte Anna bereits, eine Öffnung zu finden:

„Versuch du es, ich bekomme das Ding nicht auf!"

Eingehend untersuchte er das winzige Rohr.

„Kannst du auch nicht, siehst du, hier ist eine Schweißnaht. Das Ding, wie du es nennst, kann man nur aufbrechen. Warte."

Er stieg aus, zog unter dem Vordersitz einen Werkzeugkasten hervor und suchte nach einer Zange. Geschickt brach er ein Ende auf und schüttelte eine winzige Papierrolle auf Annas ausgestreckte Hand. Behutsam rollte sie das kleine Schriftstück auseinander. Vor Aufregung hielt sie den Atem an.

In leicht vergilbter Schrift befanden sich lateinische Worte, ein lateinischer Satz auf der Papierrolle.

INVESTIGA SIGNA VANITATIS …

Sie las vor und versuchte zu übersetzen. Latein beherrschten beide, es war ein Pflichtfach in ihrem Studium. Aber anscheinend waren sie aus der Übung, denn es dauerte einige Zeit, bis sie den Text entschlüsselt hatten.

FINDE … DAS SYMBOL … DER VERGÄNGLICHKEIT … WARTE AUF DAS LICHT DER UNTERGEHENDEN SONNE … UND DU FINDEST DIE WEISENDE HAND

Noch ein Rätsel, ich habe keine Ahnung, was das bedeutet.

Schulterzuckend blickte sie Thomas an.

„Ich weiß es auch nicht, aber Symbole der Vergänglichkeit sind zum Beispiel knöcherne Schädel, Totenköpfe, die in Katakomben oder in Kirchen in Vitrinen ausgestellt sind."

„Klingt plausibel, aber …"

„Ich würde vorschlagen, wir suchen in den bekannten Kirchen in Konstanz oder in der näheren Umgebung nach einem solchem Symbol."

„Okay, eine andere Idee habe ich auch nicht."

Sie fuhren zurück zur Villa, um sich zu verabschieden. Irma bedauerte dies sehr, aber Anna wusste, dass Tante Inge morgen für einige Wochen zu Besuch kommen würde, um ihrer Schwester in dieser schweren Zeit beizustehen. Außerdem versprach sie, sich regelmäßig zu melden.

Sie hatten sämtliche Kirchen in Konstanz sowie im näheren Umkreis vergeblich nach einem Symbol der Vergänglichkeit abgesucht, bis sie endlich hier in Salem einen Hinweis gefunden hatten.

Noch vor ein paar Tagen hätte sie sich nicht vorstellen können, dass sie freiwillig eine Nacht in diesem kühlen Münster verbringen würde. Sie lehnte sich müde an Thomas, der leise schnarchte.

*

Munteres Vogelgezwitscher weckte Anna. Sie öffnete die Augen und es dauerte einen Moment, bis sie wieder wusste, wo sie war. Erstes Sonnenlicht erhellte die Kathedrale. Sie versuchte auszumachen, woher die Geräusche kamen, und entdeckte drei Spatzen, die in dem hohen Gewölbe über der Kreuzigungsszene flatterten. Einer ließ sich auf dem von Sonnenlicht beschienenen Steinboden nieder.

Sieben Stufen führten zu einem Halbrund hinauf, in dessen Mitte ein gläserner Schrein stand, in dem eine Nachbildung des Leichnams Jesu aufgebahrt war.

Im Halbrund war die Kreuzigungsszene, im Hintergrund die Stadtansicht von Jerusalem durch Perspektivmalerei dargestellt, wodurch eine Tiefenwirkung entstand und Jerusalem sich bis zum Horizont auszudehnen schien.

Anna schälte sich aus ihren Decken und stieg wie magisch angezogen die Stufen empor. In diesem Moment flogen die Spatzen vom Boden des Podests hinauf in die Wölbung des Halbrunds. Sie blickte nach oben und für einen Moment stockte ihr vor Erstaunen der Atem, denn über ihr, im hohen erhabenen Gewölbe, sah sie es …

DAS AUGE DER AUGEN

Umsäumt von unzähligen, gelb leuchtenden, gläsernen Sonnenstrahlen, die ein ovales Medaillon formten, sah sie inmitten eines, ebenso aus Glas gefertigten, hellblauen Dreiecks ein großes aufgemaltes Auge.

Die Morgensonne warf ihre Strahlen durch das gläserne Auge und es leuchtete so hell, dass Anna ihre Augen geblendet abwandte. Der halbrunde Raum war in hellgelbes Sonnenlicht getaucht, und sie konnte ihren Blick nicht von dem Gemälde wenden. Sie sah die Stadt Jerusalem, in mattem Weiß gemalte Tempel und darüber den Nachthimmel, der von den ersten Strahlen der aufgehenden Sonne erhellt wurde. Im Vordergrund sah sie die Kreuzigungsszene, Jesus in der Mitte an das Kreuz genagelt, die beiden Schächer rechts und links mit festgebundenen Armen am Kreuz. Eine Schlange zu Füßen von Jesus hatte ihren Kopf erhoben und bewegte sich scheinbar auf sie zu. Die Szene marterte sich in ihr Gehirn, ihre realen Sinne verloren sich.

Sie hört das raschelnde Geräusch der sich bewegenden Schlange ... sie ist inmitten des Geschehens ... die Geräusche der Stadt dringen an ihr Ohr, Schreie, Rufe, das Knarren alter Karren, das I-ahen von Eseln ... gleichzeitig spürt sie die sanfte Kühle des frühen Morgens am Kreuzberg ... diese alles verschluckende unnachahmliche Stille, kein Vogel zwitschert, kein Wind regt sich, atemlose Stille ...

„Anna, wach auf, Anna bitte, bitte wach auf!"
Wie leblos lag sie in Thomas' Armen zu Füßen des Schreins.
Er hatte Angst, wusste nicht, wie lange sie schon bewusstlos war. Thomas hob ihren Kopf an, rüttelte sie sanft und nach scheinbar endlosen Minuten öffnete sie ihre Augen. Sie fühlte sich, als würde sie aus Trance erwachen.
„Oh ... mein Kopf brummt", stöhnte sie.

Im ersten Moment wusste sie nicht, wo sie war. Aber dann erinnerte sie sich.

„Ich, ich", begann sie, „ich ..."

Sie verstummte, benötigte Zeit, um das Erlebte in Worte zu fassen. Er versuchte, sie zu beruhigen, nahm sie in die Arme.

„Thomas, es war so seltsam, als wäre ich im Geschehen des Gemäldes ... ich, wie soll ich es ausdrücken? ... Ich spürte den Schmerz um den Verlust des Gekreuzigten, spürte gleichzeitig die Gleichgültigkeit der Stadt, hörte die Geräusche des Alltagslebens in der frühen Morgenstunde, Schreie, Rufe ... hörte das Rascheln der Schlange zu seinen Füßen ... es war so real ... und dann hörte ich dich wie aus weiter Ferne!"

Thomas nickte, aber eigentlich begriff er nicht, was sie da erzählte.

„Als ich aufgewacht bin, habe ich dich stöhnen gehört, ich bin zu dir gerannt und konnte dich gerade noch auffangen, bevor du die Stufen hinuntergefallen wärst. Du bist ohnmächtig gewesen, ich bin in großer Sorge um dich gewesen, ich ..."

Er unterbrach seine Worte, denn die Geräusche einer knarrenden Türe schreckten sie auf. Es blieb keine Zeit, ein Versteck zu suchen, deshalb krochen sie, so leise sie konnten, unter die Bänke. Aus seinem Augenwinkel sah Thomas einen Geistlichen, der mit eiligen Schritten zur Türe mit der Aufschrift „Sakristei" auf der gegenüberliegenden Seite lief. Die Seitentüre der Kirche war geöffnet.

Sie nutzten die Chance und verließen schnellen Schrittes das Münster.

Die weitläufige Schlossanlage war menschenleer, bis auf wenige Gärtner, die bereits in den frühen Morgenstunden in die oval geformten Beete, die die Grünfläche zierten, blühende Pflanzen einsetzten. Rotierende Rasensprenger versprühten ihre Wasserfontänen über die trockene, an manchen Stellen schon braun gewordene Rasenfläche. Das gleichmäßige Surren der Spritzanlagen war das einzige Geräusch, das die sonntägliche Ruhe unterbrach. Am oberen Tor sahen sie die ersten Kirchgänger in ihrem Sonntagsstaat auf dem Weg zur Frühmesse.

Sie versuchten, unauffällig zum unteren Tor zu schlendern, nahe dem Parkplatz, auf dem ihr Campingbus stand. Hinter dem Tor blieb Anna abrupt stehen.

„Warte ... der Mann neben unserem Bus, diesen Mann kenne ich. Er war bei der Beerdigung, er stand abseits in der hintersten Reihe, und er war derjenige, der mich nach der Beerdigung im Vorbeigehen so unverblümt angestarrt hat. Ich habe dir von ihm erzählt und von dem auffälligen Amulett, das er trug. Es war rund mit einem silbernen Kreuz mit gleich langen Seiten auf schwarzem Untergrund."

Anna wagte erneut einen Blick und merkte, dass der Mann sie beobachtete.

„Umarme mich, schnell, er darf mich nicht sehen."

Thomas ließ sich das nicht zweimal sagen.

„Er kommt uns entgegen", sagte Thomas als er über Annas Schulter schielte. Ohne zu fragen, zog er Anna ins feuchte Gras der Wiese neben dem Tor und wälzte sich auf sie.

Er küsste sie. Sie fühlte sich überrumpelt, nicht, dass der Kuss nicht schmeckte, aber Thomas war eben nur ein Freund und Freunde küsste man höchstens auf die Wange.

Anna schubste ihn zur Seite und sah, dass der Verfolger weder vor dem schwarzen Lieferbus noch am Tor stand. Sie zögerten nicht, liefen direkt zum Auto und starteten.

Thomas blickte unentwegt in den Rückspiegel, aber es schien ihnen keiner zu folgen. Er maß Anna amüsiert mit einem Seitenblick. Sie spürte es und ärgerte sich über sich selbst, dass sie rot wurde.

„Ich kenne einen kleinen Campingplatz, gleich hier in der Nähe unterhalb der Barockkirche Birnau. Was meinst du, ein ruhiger Platz, wo wir in Ruhe über alles reden können?"

*

Eine halbe Stunde später saßen sie direkt am See auf einer niedrigen Steinmauer und kühlten ihre Füße im Wasser.

Vor ihnen breitete sich die spiegelnde Wasseroberfläche des Sees am sanft abfallenden Ufer aus. Im Dunst erahnte man die gegenüberliegende Seeseite, und im Hintergrund erhoben sich die mächtigen Alpen, deren Gipfel selbst jetzt im Sommer noch mit Schnee bedeckt waren.

„Ich muss noch mal zu diesem ehemaligen Kloster, es muss dort noch ein weiterer Hinweis …"

Anna wurde vom Klingeln ihres Handys unterbrochen und nahm den Anruf entgegen.

„Anna!", Irmas Stimme überschlug sich vor Aufregung, „Anna, man hat heute Nacht hier eingebrochen. Ich habe es erst heute Nachmittag bemerkt, denn ich habe gestern Nacht bei Veronika, meiner alten Schulfreundin, geschlafen. Das Haus war mir ohne euch zu einsam."

„Eingebrochen", wiederholte Anna fassungslos, „ist etwas gestohlen worden, … hast du die Polizei gerufen?"

„Ja, die Polizisten sind noch da, seltsamerweise fehlt nicht ein Stück der wertvollen Antiquitäten. Aber stell dir vor, im Herrenzimmer haben sie einen Tresor gefunden hinter den Büchern im Regal. Er war geöffnet, aber leer, … ich wusste gar nichts von dem Tresor, ich habe auch keine Ahnung, ob da etwas darin war. Anna wusstest du …?"

„Nicht am Telefon."

„Aber die Polizei wollte wissen …"

„Sag ihnen, dass ich nichts weiß. Bitte, bleibe noch bei deiner Freundin, bis Tante Inge kommt. Versprich mir das!"

„Ja … ja, aber warum?"

„Weil … ich ruf dich wieder an, pass auf dich auf, der Akku vom Handy ist gleich leer!"

Ich lüge ja nicht gerne, aber ich muss das Gespräch jetzt beenden, bevor noch jemand mithört.

Sie legte auf und berichtete Thomas ziemlich aufgeregt, was geschehen war.

„Wer auch immer, sie haben unsere Spur aufgenommen, ab sofort müssen wir vorsichtig sein."

Er versuchte, seiner Stimme einen sachlichen Ton zu geben, aber eigentlich fand er diese Nachricht mehr als erschreckend.

„Aber was ich nicht verstehe, hat jemand von dem Tresor gewusst oder war es Zufall, dass sie ihn entdeckt haben?"

Thomas zuckte mit den Achseln:

„Ich weiß es auch nicht ..., aber das Geheimnis muss für sie von großem Interesse sein."

Anna schauderte und schlang ihre Arme um die Beine.

„Rechne mit bösen Kräften." Geschieht nun das, was Onkel Hubert prophezeit hat?, überlegte sie.

*

Sie liehen sich Fahrräder; sie wollten nicht noch mal das Auto nehmen, möglicherweise war es zu auffällig. Der Fahrradweg Richtung Salem führte durch einen Mischwald mit hohen Tannen und Buchen. Die Kühle des Waldes erfrischte sie, bevor sie nach kurzer Wegstrecke wieder der sengenden Hitze ausgesetzt waren. Sie streiften einen kleinen Weiher, in dessen Mitte Seerosen blühten.

Das Geräusch einer heulenden Säge unterbrach das gleichmäßige Surren und Zirpen der Insekten. Der Geruch von frisch gesägtem Holz wehte vom Wald herüber. In der Ferne tauchten die in barocker Manier geschwungenen Dächer von Salem auf. Anna sog die Eindrücke auf und vergaß für einen Moment ihre immer wieder aufkeimende Trauer und Anspannung.

Vor dem Schloss stellten sie die Fahrräder ab und schlossen sich der bereits wartenden Gruppe für die nächste Führung an.

Sie näherten sich dem Altarbereich. Anna wollte es vermeiden, konnte aber nicht verhindern, dass die Erinnerung an ihr unfassbares Erlebnis sie überfiel. Sie bekam weiche Knie und wehrte sich gegen den sofort einsetzenden Schwindel. Ihr Zustand besserte sich erst, als sie die Kirche verließen und sich im Kreuzgang befanden. Sie blickte durch die hohen Rundbogenfenster mit den Bleiverglasungen.

Nur mit einem Ohr hörte sie der jungen Museumsführerin zu, die erklärte, dass die im oberen Stockwerk gelegenen Zellen der Mönche heute von den Internatsschülern bewohnt würden.

Erst das Sommerrefektorium, der ehemalige Speisesaal der Mönche, fesselte ihre Aufmerksamkeit wieder. Die Decke des Raumes bestand fast ausschließlich aus Stuckwerk, aus Putten, Rosetten und filigraner Ornamentik.

Die Museumsführerin bezeichnete dies als Wunder des Stucks von Salem. Sie näherten sich dem hinteren Bereich. Dort befand sich ein voluminöser weißer Kachelofen, der mit zahlreichen bunten Darstellungen bebildert war.

„Dieser Kachelofen ist einer der schönsten Öfen aus der berühmten Steckborner Werkstatt, gefertigt von Emanuel Bauer. In den großen Medaillons sehen sie Szenen aus dem Alten und dem Neuen Testament, in den kleinen Medaillons Szenen aus dem Alltagsleben der Mönche", führte die Fremdenführerin weiter aus und zeigte auf eine der Kacheln.

„Hier zum Beispiel die Darstellung, wie Elias über den Jordan ging."

Wie gebannt starrte Anna auf die Abbildung und konnte die Augen nicht abwenden. Ein unsichtbares Band zog sie in das Geschehen hinein.

... sie sieht einen Fluss ... zwei Männer in langen Gewändern, ... sieht sie in das flache Boot steigen ... eine Art Schlauchboot, das sich selber aufbläst, hört Geräusche ... brausendes Wasser ... Zirpen, Surren wie von Tausenden von Grillen ... sie sieht Licht, helles, grelles, blendendes Licht, kann es kaum ertragen ... sie sieht einen der Männer, Elias, wie er inmitten des unerträglich hellen Leuchtens geht ...

„Anna", eine Stimme aus weiter Ferne drang an ihr Ohr, „Anna, wach auf ...!"

Sie öffnete die Augen, nahm aber nur verschwommen Gesichter, Augenpaare wahr, die sie anstarrten.

„Sie kommt zu sich."

Thomas flüsterte, um sie nicht zu erschrecken.

Anna richtete sich auf und blickte auf die Gruppe, die sie umlagerte.

„Anna, bist du okay?"

„Ich glaube schon ... Was ist passiert?"

„Du warst ohnmächtig."

Die anderen aus der Gruppe umlagerten Anna im Halbkreis.

„Soll ich einen Arzt rufen?", fragte die Führerin besorgt.

„Nein, nein ... danke, es geht schon wieder ...", stammelte Anna.

„Trinken Sie", mischte sich eine ältere Dame ein und reichte ihr eine kleine Mineralwasserflasche, die sie vor ihren Augen öffnete. Anna lehnte ab, aber die Dame bestand darauf. Mit zitternden Händen nahm sie die Flasche an und trank einen großen Schluck. Die junge Museumsführerin war sichtlich nervös, blickte dauernd auf die Armbanduhr. Sie rang um Fassung.

„Ähm ... ruhen Sie sich aus, bleiben Sie hier, ich lasse die Türe offen. Links den Gang entlang kommen Sie wieder hinaus."

Die Gäste wünschten ihr gute Besserung, und die ältere Dame, die ihr die Wasserflasche gereicht hatte, ermahnte sie, einen Arzt aufzusuchen. Anna wartete, bis der Letzte den Raum verlassen hatte, bevor sie sich an Thomas wandte.

„Es war alles wieder so lebensecht, als wäre ich mitten im

Geschehen … ich habe Wasser gesehen … ein Boot … ich habe ein Surren wie von Tausenden von Grillen gehört …"

Sie fröstelte und spürte, wie sich Gänsehaut auf ihren Armen bildete. Thomas wollte sie beruhigen, legte den Arm um ihre Schultern. Aber Anna entwand sich energisch seiner Umarmung und versuchte aufzustehen.

„Was hatte die Führerin erzählt, bevor ich das Bewusstsein verloren habe?"

„Sie hat eine Bibelstelle zitiert, warte."

Er schlug ein kleines Heftchen, einen Museumsführer auf und blätterte.

„Das muss die Bibelstelle sein!"

Laut las er vor:

2. Buch der Könige, Kapitel 2, Absatz 11

„Zusammen mit seinem Jünger Elisa ging der Prophet Elias durch das Land. Dass sein Leben bald zu Ende gehen würde, wussten beide. Sie kamen an den Jordan. Elias teilte die Wasser des Jordan, indem er mit einem Mantel darauf schlug, und beide gingen hindurch. Am anderen Ufer hörten sie ein mächtiges Brausen und ein feuriger Himmelswagen mit feurigen Rossen fuhr hernieder, gerade auf sie zu. Elisa verbarg sein Gesicht mit den Händen, er konnte den hellen Schein, das Leuchten nicht ertragen. Als er wieder aufsah, war Elias im Wetter in den Himmel entschwunden. Er war also nicht gestorben, sondern in den Himmel aufgefahren. Als Elisa wieder zu sich gekommen war, nahm er den zurückgelassenen Mantel seines Meisters, teilte wie er die Wasser des Jordans und berichtete dem Volke mit großer Freude von dem Himmelswunder."

Anna nickte und schien noch in Gedanken versunken, als sie zu Thomas aufblickte.

„Elias nimmt seit dieser Zeit eine Sonderstellung ein, er ist nicht gestorben, sondern in den Himmel aufgefahren. Die Juden erwarten deshalb seine Wiederkunft als Messias, als ihren Erlöser und", fügte sie nach einer kurzen Gedankenpause hinzu, „manche Zeitgenossen von Jesus hielten ihn selbst für den wieder erstandenen Elias."

Ist es wahr, was ich eben so lebensecht erlebt habe? Kann das so gewesen sein?

Sie war verwirrt, trat erneut vor den Ofen und betrachtete die Abbildung. Im Hintergrund waren die geflügelten Pferde dargestellt, die eine Kutsche zogen, die von Feuer umflammt war, und mitten in der Kutsche stand Elias.

Im Vordergrund sah man den Mantel am Ufer liegen, davor eine kniende Gestalt. Schritt für Schritt umrundete sie den Ofen, studierte die Malereien auf den einzelnen Kacheln. In vielen der biblischen Szenen offenbarte sich Gott durch Feuer. Unvermittelt blieb sie vor einer Abbildung stehen, auf der Moses dargestellt war, wie er die Schafe weidete und sich die Schuhe auszog vor dem im Hintergrund brennenden Dornbusch.

Sie konnte ihren Blick wieder nicht lösen, wie hypnotisiert starrte sie auf das Gemalte und vor ihren Augen öffnete sich das Bild.

… sie hört knisterndes Feuer, … sie hört Schafe blöken, sie spürt den Schrecken, aber auch die Begeisterung, die Moses erfasst … hört das Surren Abertausender Grillen …

Thomas sah, dass Anna wieder leichenblass wurde, und zog sie von dem Ofen und seinen Bildern fort. Kraftlos sank sie in seine Arme. Keuchend schleppte er sie den Kreuzgang entlang, mit jedem Schritt schien Annas Körpergewicht schwerer zu werden. Der Innenhof lag näher als der Ausgang und er bugsierte sie durch die halb geöffnete Holztüre. Vorsichtig bettete er sie auf den kühlen Rasen. Im gleichen Moment erwachte sie.

„Was ist passiert?" Sie setzte sich auf.

„Du bist wieder ohnmächtig geworden. Ich habe dich aufgefangen, bevor du zu Boden gingst, und von diesem Ofen weggetragen."

„Oh … diese Darstellungen vom Alten Testament …“, mit zittriger Stimme brach sie ab.

Thomas fühlte mit ihr, versuchte, sie zu beruhigen.

Sie hob den Blick, betrachtete den Innenhof, der umgrenzt war von rohen grauen Sandsteinmauern mit Rundbogenfenstern. Der Garten war symmetrisch in Kreuzform geteilt durch schmale Kieswege und von Obstbäumen gesäumt. Dieser Innenhof spiegelte eine antike, fast vergessene Welt wider, und die Stille, die Besinnlichkeit des Ortes, ließ sie zur Ruhe kommen.

„Das Geheimnis liegt hier, Thomas; ich weiß nicht, was mit mir geschieht, aber es geschieht hier. Ich muss diesen Ofen noch mal betrachten, ich muss wissen, welche Szenen noch dargestellt sind!“

Thomas schüttelte den Kopf.

„Nein, Anna, irgendetwas ‚Unbeschreibliches‘ überwältigt dich hier in Salem, ich kann nicht zulassen, dass du dich dem noch einmal aussetzt.“

„Ja, ich weiß … aber ich muss trotzdem herausfinden, was *das* ist, glaub mir, ich muss!“

Sie blieb beharrlich und brachte ihn dazu, noch einmal gemeinsam in den Speisesaal mit dem Kachelofen zu gehen. Sie waren gerade im Begriff, die weiteren Darstellungen rund um den Ofen zu betrachten, als sie Stimmen und Schritte vom Gang her hörten. Anna reagierte schnell und zog ihn mit sich zu zwei hölzernen Klappen direkt neben dem Ofen. Sie waren in ungefähr einem Meter Höhe angebracht und ließen sich öffnen.

Dahinter befand sich ein kleiner Vorraum. Ohne Zeit zu verlieren, kletterten sie über den steinernen Unterbau und verbargen sich dahinter. Thomas konnte gerade noch die hölzernen Türen schließen, bevor sich die nächste Besuchergruppe dem prächtigen Ofen mit den Fayencemalereien näherte. Diesmal erklärte eine tiefe männliche Stimme die Geschichte des Ofens.

„Übrigens, zwölf von den neunzehn großen Medaillons

zeigen Szenen aus dem Neuen und dem Alten Testament, Szenen, in denen sich Gott durch Feuer offenbart. Hier die Darstellung des brennenden Dornbuschs. Sie erinnern sich, wir sehen hier, wie Moses sich dem brennenden Dornbusch nähert, als er die Schafe hütet. Er wollte wissen, warum dieser Busch brannte und loderte, aber nicht verbrannte. Eine Stimme befahl ihm, die Schuhe auszuziehen, denn er stehe auf geheiligtem Boden, und diese Szene ist hier abgebildet."

Die Besucherschar befand sich direkt vor ihnen.

„Diese beiden Klappen verschlossen die Durchreiche zur Küche", erklärte der Gästeführer und öffnete die hölzerne Verkleidung, „dahinter befindet sich heute eine kleine Orgel."

Unwillkürlich zogen sie die Köpfe ein, hielten den Atem an. Zum Glück blickte kein Neugieriger über den Unterbau.

Der junge Mann bat die Gäste, ihm in den Novizengarten zu folgen. Sie warteten, bis die Schritte verhallten, und kletterten mit steifen Beinen aus ihrem Versteck.

„Sei bitte vorsichtig, ich bleib an deiner Seite, und versuche, mir zu erzählen, was du siehst, falls dich ‚was auch immer‘ überwältigt." Sie nickte gedankenverloren.

Ich ahne, was sich mir offenbaren will.

Sie nahm einen Stift und einen Block aus ihrem Rucksack, notierte die Bibelstellen von jeder Abbildung, die oben am Bildrand in römischen Ziffern und Text aufgemalt waren, während sie den Ofen umrundete. Vor der Darstellung des Falles der Mauern von Jericho blieb sie stehen. Wie gebannt betrachtete sie das Bild, sah die einstürzenden Mauern und den Zug der Israeliten, die die Stadt umrundeten, angeführt von den Posaunenbläsern und Priestern in bodenlanger Robe, welche die Bundeslade trugen. Das starre Bild fing an, vor ihren Augen lebendig zu werden,

... der Zug bewegt sich, Geräusche hallen in ihren Ohren ...

Unwillkürlich hielt sie sich die Ohren zu, dennoch hörte sie

... Posaunen, das Klirren von Rüstzeug ...

„Rede, sprich", hörte sie Thomas wie aus weiter Ferne, aber es war ihr nicht möglich. Ihre Zunge war wie gelähmt.

... stampfende Schritte, entsetzte Rufe und Schreie schallen aus der Stadt, sie hört Hunderte Stimmen greinen ... hört ein durchdringendes Sirren, ... gewaltiges Grummeln von einstürzenden Mauern, markerschütternde Schreie ...

Anna schrie auf, und im selben Moment verlor sie die Kontrolle über ihre Beine, die Hände, immer noch auf die Ohren gepresst, ging sie zu Boden. Thomas kniete neben ihr, versuchte, sie aufzurichten, zauderte mit sich selbst.

Ich darf das nicht mehr zulassen.

„Anna ...", rief er mit zitternder Stimme, „Anna, wach auf, bitte!"

Es dauerte scheinbar endlose Minuten, bis sie ihre Augen wieder öffnete. Unverwandt starrte sie ihn an, schien ihn nicht zu erkennen. Tränen stiegen ihm in die Augen.

„Anna, ich bin es!"

Mit eindringlicher Stimme versuchte er, sie aus ihrem Zustand zu wecken. Ihr Blick wurde klarer, sie erkannte ihn, schenkte ihm ein Lächeln.

„Es ist vorbei, Thomas", sagte sie mit ruhiger, erstaunlich fester Stimme, „ich werde es nicht mehr zulassen, ich werde keines der Bilder mehr auf den Kacheln betrachten. Ich weiß nicht, warum das hier mit mir geschieht, aber ich ahne nun, worum es geht, es ..."

„Das darfst du auch nicht und was ...!"

„Später ... wir sollten zusehen, dass wir von hier verschwinden."

Die Türe war abgeriegelt, blieb nur noch der Weg durch

das Fenster. Sie öffneten es vorsichtig und konnten ohne Mühe hinausklettern, da der Raum ebenerdig lag.

Ein weißes Pferd hinter dem Zaun auf der angrenzenden Weide beäugte sie neugierig. Thomas drückte das Fenster von außen so gut es ging zu, und möglichst unauffällig schlenderten sie am Weidezaun entlang.

„Sie da, das ist Privatbereich, was machen Sie hier?", donnerte ihnen eine kräftige Stimme entgegen. Ein Mann in grünen Gummistiefeln und grauer Arbeitsjacke baute sich vor ihnen auf.

Er zwirbelte seinen üppigen Lippenbart.

„Hier steht übrigens groß ein Schild – PRIVAT –."

„Ähm, … entschuldigen Sie, das haben wir nicht gesehen", stammelte Thomas.

Der Mann forderte sie auf, durch das Gatter ein paar Schritte weiterzugehen. Wie gescholtene Kinder schlichen sie an ihm vorbei.

*

Sie radelten die gleiche Strecke zurück zum Campingplatz; bergab brachte der Fahrtwind angenehme Kühlung an diesem immer noch heißen Sommerabend.

„Hat Ihr Bekannter Sie gefunden?", begrüßte sie der Eigentümer des Campingplatzes, ein jung gebliebener Sechziger mit krausen weißen Locken und vollem Bart, als sie die Fahrräder zurückbrachten.

„Bitte?", fragte Thomas erstaunt.

„Na ja, heute Mittag war ein junger Mann hier. Wie soll ich ihn beschreiben? Fast kahlköpfig war er und ähm … auffällig war sein Amulett, das vor seiner tätowierten Brust baumelte. Er hat nach einem jungen Paar und einem roten Campingbus gefragt, deswegen glaubte ich, er sprach von Ihnen beiden und habe ihm Ihre Namen genannt. Seinen hat er mir jedoch nicht verraten, er sagte nur, er käme heute Abend nochmal vorbei."

„Wie, ähm … was?" Anna war schockiert.

Thomas versuchte, seine Aufregung zu verbergen.

„Sie sagten, er trug so ein größeres Amulett um den Hals?"

„Ja, ja ... so einen großen schwarzen Anhänger an einem Lederband mit quadratischem, silbernem Kreuz in der Mitte. Wissen Sie, wer es ist?"

„Ähm, ... eigentlich nicht, ich denke, es handelt sich eher um eine Verwechslung. Aber könnten Sie bitte die Abrechnung fertig machen? Wir haben uns entschlossen, doch noch heute weiter nach Italien zu fahren."

Er blickte Anna fragend an.

„Ähm, ja ... wir fahren heute noch."

Wie haben die uns aufgespürt, war das Zufall oder werden wir ständig beobachtet?

Verstohlen schaute sie sich um, aber außer spielenden Kindern war niemand in der Nähe. Thomas drängte zum Aufbruch, auch ihm war es, wie er mehrmals wiederholte, nicht geheuer, dass man ihnen so direkt auf den Fersen war.

Es dämmerte bereits, als sie in Konstanz über die alte Rheinbrücke einfuhren und rechter Hand auf den Seerhein blickten. Das unregelmäßig vorspringende Ufer zeichnete sich im Licht der untergehenden Sonne vor dem Rhein ab und bot einen Anblick, der an ein Gemälde alter Meister erinnerte.

„Ich muss mit Irma sprechen", meinte Anna, „vielleicht hat sie eine Ahnung, wer diese Amulett-Träger sein können."

„Okay, wenn du meinst, aber erst muss ich noch versuchen, Mike telefonisch zu erreichen."

Thomas hielt bei der nächsten Parkmöglichkeit an, um zu telefonieren.

„Hey Mike, Tommy hier", meldete er sich am Handy, „hast du Zeit? Können wir uns vielleicht gleich im ‚Klapperkasten' treffen? ... Geht super, also in zehn Minuten. Ja, das können wir gleich alles bereden. Bis gleich."

„Könntest du mir bitte erklären ...?"

Sie störte es, nicht gefragt zu werden.

„Wart ab, ich habe eine Idee", unterbrach Thomas, „und keine Sorge, ich erzähle kein Sterbenswörtchen über deine ähm ... Angelegenheit. Komm, steig aus!"

Sie betraten das Lokal „Klapperkasten", im unteren Stockwerk eines dieser typischen Konstanzer Häuser mit hohem Dachgiebel. Jugendstilornamentik in Blumenkelchform verzierte die blassgrüne Fassade. Das Studentenlokal war noch recht leer um diese Uhrzeit, um sieben Uhr abends, und sie machten es sich auf den rot und gelb gepolsterten, mit Lederimitat bezogenen Stühlen bequem. Anna gefiel die Einrichtung, sämtliche Stühle und Tische präsentierten sich im Stil der Sechzigerjahre.

Sie aßen bereits Pizza, als Mike, groß, schlaksig, eine schwarze Sonnenbrille in die braunen Haare gesteckt, breit grinsend auf Thomas zustürmte.

„Hey, alter Kumpel", begrüßte einer den anderen und gegenseitig klopften sie sich auf die Schulter.

Er stellte die beiden einander vor und nach den üblichen Gesprächen „Weißt du noch damals?", kam Thomas endlich zur Sache.

Anna fand Mike wirklich nett, aber im Moment kreisten ihre Gedanken um die letzten Ereignisse und die Frage, wie es weitergehen sollte.

„Ob ich deinen Bus für den Urlaub haben will und du im Gegenzug mein kleines Auto? Was für eine Frage, ich wäre ja blöd, wenn ich da nicht zustimmen würde. Klar Mann, aber wieso und ab wann?" Mike war verblüfft.

„Ab sofort, wir haben nämlich eine Einladung in eine Villa am Lago Maggiore", log Thomas, „für die schmalen Straßen dort ist der Campingbus zu breit und zu lang."

Je weniger Mike weiß, umso besser, dachte Thomas.

„Tja, und in zwei, drei Wochen können wir ja wieder tauschen."

„Wenn ihr darauf besteht, gerne."

Ein Lächeln breitete sich auf Mikes Gesicht aus.

„Juliane und ich wollten morgen ans Meer nach Italien fahren. Glaubt mir, die wird Augen machen, wenn ich morgen früh mit einem Campingbus vorfahre."

Das Gepäck war schnell verstaut in dem kleinen roten Polo. Sie verabschiedeten sich und verabredeten, telefonisch in Kontakt zu bleiben.

Anna fand Thomas' Plan, den Bus nach Italien fahren zu lassen, um ihre Spur zu verwischen, sehr gelungen, monierte aber, dass er sie vorher schon hätte informieren können.

„Versteh doch, wir ziehen die beiden ungefragt in diese ähm ... Angelegenheit hinein."

„Ich denke nicht. Wer auch immer uns verfolgt, sie werden früher oder später den Tausch bemerken."

„Stopp, ... hier ist unser Haus!"

Thomas fuhr absichtlich ein Stück weiter und meinte nur, dass er es besser fände, nicht direkt in der Einfahrt zu parken.

„Hm ... dann ist es wohl auch besser, wenn ich Irma anrufe und sie uns die Türe am Hintereingang öffnet. Wer weiß, womöglich hast du recht und diese Typen beobachten bereits die Villa."

Irma wartete schon an der Hintertüre.

„Anna, was ist denn nur los? Ich habe mir solche Sorgen gemacht."

Sie umarmte Anna und führte sie ins Haus. Anna versuchte, ihr ihre Ängste zu nehmen, fragte aber dennoch, ob sie das Gefühl hätte, beobachtet zu werden.

„Ähm ... nein, aber Inge meint das, redet von Männern, die um unser Haus schleichen und uns beobachten. Aber ich glaube, sie bildet sich das nur ein."

„Gar nichts bilde ich mir ein!"

Inge kam die Treppe herunter.

Anna lief ihr entgegen, begrüßte ihre Tante herzlich und stellte ihr Thomas vor.

„Vor knapp einer Stunde lungerte schon wieder so ein Geselle vor der Türe herum. Am liebsten würde ich die Polizei rufen, dass sie mal nachfragt, was die hier treiben."

Anna war schockiert.

War das möglich, waren die Verfolger so nahe?

„Es darf uns keiner von der Straße aus sehen", betonte sie.

Irma verstand ihre Unruhe nicht, lenkte aber ein.

„Na, also gut. Wenn ihr meint, wir werden beobachtet, dann folgt mir in die ‚Dunkelkammer'. Anna, du weißt schon, der Raum neben der Küche, die ehemalige Speisekammer, die keine Fenster hat." Sie wandte sich an Thomas.

„Mein Mann hat seinerzeit seine Fotografien in diesem Raum selbst entwickelt."

Sie ging voran und schnappte sich im Vorbeigehen einen Stuhl aus der Küche. An einem kleinen runden Tisch, der mitten im Zimmer stand, fanden sie Platz. Offensichtlich diente der Raum als Abstellkammer, denn Bananenkisten mit alter Kleidung sowie Kartons mit unsortierten Fotografien stapelten sich vor den Wänden. Inge brachte einen dreiarmigen Kerzenleuchter, zündete die Kerzen an und schaltete die Neonleuchte aus, deren Licht den Raum mit den nackten weißen Wänden noch kahler erscheinen ließ.

„So ist es gemütlicher", lächelte sie und setzte sich an den Tisch. Inge, anders als die zarte, eher schmächtige Irma, war groß und kräftig trotz ihrer siebzig Jahre. Nur die graugrünen Augen und die spitze Nasenform ließen eine Ähnlichkeit mit ihrer Schwester erkennen.

Sie drängten Anna, ihnen alles zu erklären, aber diese gab nur zu, dass sie den Inhalt des Safes hätte und darüber kein weiteres Wort verlieren dürfe. Irma verstand nicht, warum Anna ihr nicht vertraute, aber heimliches Getue war sie auch von Hubert gewöhnt gewesen.

Sie blickte Anna nachdenklich an und meinte, dass sich vielleicht doch was Wahres hinter den abenteuerlichen Geschichten, die Hubert erwähnt hatte, verbergen könne.

„Was für Geschichten?" Anna und Thomas fragten gleichzeitig, wie aus einem Munde.

„Hubert regte sich gelegentlich mächtig über irgendeinen Geheimbund auf, eine ehemalige Studentenvereinigung, die ihn immer wieder drängte, sich ihrer Gemeinschaft anzuschließen. Sie waren der Meinung, er allein könne beweisen, was die Menschheit längst wissen sollte. Hubert beschimpfte sie immer als Dilettanten, als Wichtigtuer und erklärte sie zu ‚Spinnern'. Mehr hat er mir nicht erzählt, außer, dass solche Fanatiker nicht ungefährlich seien. Ich habe auch nicht nach Details gefragt. Im Gegenteil, ich versuchte immer, ihn zu beruhigen. Du weißt ja, Aufregung tat seinem Herz nicht gut. Ach, Anna …!"

Irma seufzte und eine Träne rann ihr aus den Augenwinkeln. Inge reichte ihr ein Taschentuch und stupste sie aufmunternd.

„Jetzt müssen wir uns erst mal um Anna kümmern, Irma."

„Du hast recht." Sie räusperte sich.

„Was geht hier vor Anna, der Einbruch, diese Typen, von denen Inge spricht?"

„Ich weiß nur, dass Thomas und ich auch verfolgt werden. Es geht vielleicht um …"

„Pass auf, was du sagst", unterbrach sie Thomas, „sie sollten besser nichts davon wissen, sie sollten … nicht mit hineingezogen werden."

Anna verstummte augenblicklich und Thomas lächelte entschuldigend in die Runde.

„Gut", meinte Inge, die Thomas abschätzig betrachtete, „ihr werdet eure Gründe haben."

„Können wir euch helfen?" Irma konnte nur mit Mühe ihre Neugier bezwingen.

„Dieser Geheimbund, Irma, hast du jemals eine Bezeichnung oder einen Namen gehört?"

„Nein, wirklich nicht oder … Hubert erwähnte einmal, das war nach einer Vernissage, die, wie er sie nannte, lächerlichen ‚Quadratkreuzträger'. Anscheinend waren sie auch auf dieser Vernissage gewesen und Hubert hatte sich mächtig über ihre überhebliche Art geärgert."

„Quadratkreuzträger sagst du? Ein solch auffälliges Amulett trug auch dieser Mann, der mich auf der Beerdigung beobachtet hat. In der Mitte war ein eingekerbtes Kreuz, mit gleich langen Seiten … quadratisch."

„Und ich wette, diese Gestalten, die in der Straße herumlungern, gehören auch dazu", empörte sich Inge. Unbehagen breitete sich aus.

„Gegen jemand etwas zu unternehmen, dessen Absichten man nicht kennt, ist immer schwierig. Morgen gehe ich auf sie zu und frage sie direkt, ob sie hier wohnen oder zu Besuch sind", sagte Inge und schlug mit beiden Händen auf den Tisch.

Anna wollte lieber kein Aufsehen erregen, aber Thomas fand die Idee nicht schlecht.

„Wenn ihr ihnen gegenüber erwähnt, dass wir nach Italien in Urlaub gefahren sind mit einem Campingbus, würden sie das sicher glauben und wir hätten sie auf eine falsche Fährte gesetzt."

Thomas erzählte von dem Autotausch.

„Wir hätten dann Zeit uns um ähm … die ‚Sache' zu kümmern", vollendete Anna Thomas' Gedankengang.

Inge erklärte sich gerne bereit, dies zu tun. Irma war nicht einverstanden, sie sorgte sich um die beiden, drängte sie, sich unter den Schutz der Polizei zu stellen.

Stürmisches Klingeln an der Haustüre unterbrach ihre Einwände.

Beunruhigt sahen sie sich gegenseitig an, Inge reagierte als Erste.

„Ihr bleibt hier drin!" Inge zog Irma mit sich. Sie hörten, wie Inge über die Sprechanlage nachfragte und den Türöffner betätigte. Anscheinend kannte sie die Stimme.

„Kommissar Bender, was verschafft uns die nochmalige Ehre?", scherzte Inge.

„Entschuldigen Sie die späte Störung, Frau Sander", sagte

der Kommissar und wandte sich an Irma, „aber Ihre Nachbarin meinte, dass Sie verdächtige Personen an Ihrem Hintereingang gesehen habe. Wegen des Einbruchs neulich ist sie wohl besorgt."

„Ach, wahrscheinlich waren es die jungen Leute, die uns die Kartoffeln in den Keller gebracht haben", antwortete Inge, ehe Irma etwas sagen konnte.

„Aber da Sie schon mal da sind, Herr Kommissar, mir ist da etwas Ungewöhnliches aufgefallen! Seit gestern lungern hier solch seltsame Typen in der Straße herum. Ich habe das Gefühl, sie beobachten uns, vielleicht könnten Sie die mal unter die Lupe nehmen!"

Diese Mitteilung schien Kommissar Bender sehr zu beunruhigen, denn er bot ihnen sofort an, sie unter Polizeischutz zu stellen.

„Ich habe im Gegensatz zu meiner Schwester nichts dergleichen bemerkt", versicherte Irma, „sollte mir morgen etwas auffallen, melden wir uns umgehend. Nein, glauben Sie mir, Polizeischutz ist wirklich nicht nötig!"

Inge war auch der Meinung, dass es morgen noch reichen würde, diese Männer unter die Lupe zu nehmen.

Der Kommissar ließ sich nur ungern davon abbringen und bestand darauf, morgen früh auf jeden Fall einen Kollegen vorbeizuschicken. Er bat nicht, er verlangte, dass Anna sich unbedingt bei ihm melden sollte, es sei sehr wichtig. Irma wollte wissen, was so wichtig sei, aber das wollte er Anna nur persönlich mitteilen. Sie versprach ihm, dies Anna, sobald sie sich meldete, mitzuteilen, und es gelang ihr, ihn endlich zu verabschieden.

Sie eilten zu den beiden zurück. Irma drängte Anna, sich unbedingt sofort bei Kommissar Bender zu melden, weil sie sich große Sorgen um ihre Sicherheit machte. Anna musste versprechen, sich später mit dem Kommissar in Verbindung zu setzen, erst dann konnten sie sich verabschieden.

2

„Ich muss noch mal zu diesem ehemaligen Kloster", drängte Anna, als sie wieder im Auto saßen.

„Das dachte ich mir schon, aber heute nicht mehr", entschied Thomas.

Schon wieder entscheidet er.

Sie wollte widersprechen, aber schon bei dem Gedanken daran, was sie dort erwartete, fühlte sie sich unbehaglich. Trotzdem war ihr bewusst, dass sie nur dort eine Erklärung für all das „Ungewöhnliche" finden konnte.

„Heute bleiben wir in Konstanz, Mike hat mir doch den Zweitschlüssel von der Wohnung in der Altstadt gegeben. Du weißt schon, in der er ein Zimmer gemietet hat. Anscheinend steht die Wohnung im Moment leer, da alle seine Mitbewohner in Ferien sind."

Thomas riss das Lenkrad herum und bog quer über die Straße zur Tankstelle ab.

„Was soll das denn?"

„Wir brauchen noch Proviant!"

„Okay."

„Dass man an der Tankstelle auch Haarfärbemittel kaufen kann, wusste ich bis heute nicht", meinte Anna, als sie eine Viertelstunde später über die ausgetretenen alten Holzstufen die drei Stockwerke zur Altbauwohnung hochstiegen.

Thomas setzte die Einkaufstüten ab und öffnete die grün gestrichene hohe Holztüre. Bevor er den Lichtschalter betätigen konnte, hielt Anna seinen Arm fest.

„Wir sollten besser kein Licht machen, überlege mal, wenn sie den Bus verfolgt haben, dann haben sie auch gesehen, dass er hier vor dem Haus geparkt war und bereits losgefahren ist."

„Du hast recht. Es ist besser, wenn wir auf der Dachterrasse nächtigen, Schlafsäcke haben wir ja dabei."

Er kannte die Dachterrasse, denn früher war er hier oft zu Gast gewesen. Sie stiegen noch zwei Etagen höher und überquerten auf groben Dielenbrettern einen alten Dachboden, liefen vorbei an aus rohen Latten gezimmerten Holzverschlägen.

Eine gewundene, alte Holztreppe führte bis zu einer schmalen Türe. Sie klemmte, nur mit Kraftanstrengung und unter knirschenden Geräuschen ließ sie sich öffnen.

Sie betraten eine große Dachterrasse, die von einem alten Jugendstilgeländer begrenzt war. Der silberne Anstrich blätterte bereits von der Verzierung, den aus Eisen geformten Blumenranken und Blüten, ab.

Zur Ostseite hin breitete sich der See in seiner scheinbar unendlichen Weite aus wie ein dunkler, fast schwarzer Spiegel. Rechter Hand schimmerte das Schweizer Ufer mit seinen Lichtern in der Dunkelheit und zur Westseite blickten sie auf die Altstadt mit ihren schmalen Gassen. Eng schmiegten sich die hohen, alten, meist sehr schmalen Häuser mit ihren geschweiften oder spitzen Giebeln aneinander. Beim Blick Richtung Norden erhob sich das mächtige Münster, mit seinem von innen beleuchteten Kirchturm. Filigran zeichneten sich die kunstfertig gearbeiteten Ornamente der Neogotik hinter einer vielfarbigen, leuchtenden Verglasung ab und vermittelten den Eindruck, als sähe man ein überdimensionales orientalisches Teelicht.

Thomas legte den Arm um Anna und für einen Moment hatten sie das Gefühl, als gäbe es nur sie beide auf der Welt.

Etwas befangen löste sich Anna und ihr Blick fiel auf zwei hölzerne Sonnenliegen, die vor der Giebelmauer standen. Wenige Minuten später lagen sie warm in ihre Schlafsäcke gehüllt nebeneinander auf den Liegen und betrachteten die Sterne, versuchten, Sternbilder zu erkennen.

„Anna, willst du über deine Erlebnisse im ehemaligen Kloster reden?"

„Nein noch nicht, ich verstehe es selbst noch nicht … ich …"

Ihre Worte wurden von knarrenden Geräuschen unterbrochen; deutlich hörten sie Schritte auf den alten Holzstiegen ein oder zwei Etagen unter ihnen.

„Wer ...?", fragte Anna.

„Psst ...", machte Thomas und legte den Finger an den Mund. Gespannt lauschten sie.

„Die Wohnung hat Besuch und offensichtlich nicht von einem der Mitbewohner."

Seine Stimme konnte einen Hauch von Angst nicht verbergen.

„Wo, wo ... sollen wir uns verstecken, wenn sie heraufkommen? Hier oben gibt es kein Versteck."

„Wir müssen auf den Dachboden hinunter, komm, schnell", flüsterte Thomas. So leise sie konnten, schlichen sie auf Socken die wenigen Holzstufen hinunter und verbargen sich gleich um die Ecke hinter dem großen gemauerten Kamin.

Schritte näherten sich, die Stufen knarrten mehrfach hintereinander, es mussten mindestens zwei Verfolger sein. Keuchender Atem und Schweißgeruch streiften die beiden.

Anna hielt unwillkürlich den Atem an. Die Gestalten hasteten keine Armlänge entfernt von ihr die Treppe hinauf.

„Hier ist keiner, aber schon seltsam, dass hier zwei Schlafsäcke liegen. Andererseits bei Studenten wundert mich das nicht, offensichtlich haben sie vergessen, ihre Schlafsäcke einzupacken", hörten sie eine Stimme mit höhnischem Unterton.

„Ich habe dir doch gesagt, dass der Bus weggefahren ist. Glaub's mir doch", krächzte eine andere Stimme.

Die Gestalten stiegen wieder direkt neben Anna und Thomas die Treppe hinunter und Anna hatte Angst, dass ihr aufgeregtes Atmen lauter wäre als die Kirchturmuhr, die einmal schlug. Bewegungslos verharrten sie hinter dem Kamin, bis die letzten Schritte verklungen waren.

„Verflucht noch mal, die sind uns dicht auf den Fersen. Diese Bande!"

Thomas machte seinem Ärger Luft, indem er einen Ball, der am staubigen Boden lag, in den hintersten Winkel des Dachbodens schoss. Sie stiegen zurück auf das Dach, krochen in ihre Schlafsäcke und wagten nicht, laut zu sprechen.

„Vielleicht sollten wir doch zur Polizei gehen … morgen", flüsterte Thomas. Er war sich nicht mehr sicher, ob sie sich allein gegen diese Übermacht wehren konnten. Anna drückte seine Hand. „Morgen sehen wir weiter."

Jeder für sich hing seinen Gedanken nach, bis sie trotz der Aufregung der Schlaf übermannte.

*

Morgens tranken sie eine Tasse Kaffee am Holztisch der rustikal eingerichteten Küche. Wie alle anderen Räume der Altstadtwohnung gab es auch hier hohe Decken und Wände. Thomas zeigte ihr das Bad. Lindgrüne Kacheln mit Blütenornamentik, offensichtlich aus der Zeit des Jugendstils, bedeckten die Wände bis auf halbe Höhe.

„Wow!" Anna war begeistert.

Sie färbten sich die Haare und bereits nach einer halben Stunde konnten sie das Ergebnis betrachten.

„Hey, du siehst vollkommen verändert aus mit deinen blonden Haaren, wie so ein Frauenaufreißer!" Anna schmunzelte.

„Echt cool, nicht?" Thomas lachte, setzte zusätzlich eine verspiegelte Sonnenbrille auf und betrachtete sich zufrieden im Spiegel. Die Verwandlung war gelungen. Anna flocht ihr nun schwarzes Haar zu einem Seitenzopf und setzte sich ein weißes Käppi auf.

„Nicht wiederzuerkennen, steht dir auch gut."

„Danke, aber ähm … vergiss nicht, Mike anzurufen, du wolltest ihn warnen."

„Okay, mach ich."

Er versuchte mehrmals, Mike zu erreichen, vergebens.

„Ich versuche es später noch mal. Pass auf, ich gehe jetzt

hinunter vor das Haus, und wenn mir nichts Verdächtiges auffällt, rufe ich dich auf dem Handy an!"

Anna folgte ihm kurz darauf und während sie auf dem holprigen Straßenpflaster liefen, das an vielen Stellen in der Altstadt noch vorhanden war, sah Anna im Schaufenster eines der vielen kleinen Geschäfte ihr Spiegelbild. Im ersten Moment erschrak sie, sie erkannte sich nicht wieder. Sie sah eine junge burschikose dunkelhaarige Frau.

Na, wenn ich mich selbst schon nicht erkenne, ist die Tarnung perfekt.

Sie fuhren zur Autofähre und setzten nach Meersburg über. Touristen aus allen Ländern, wie sie an den französischen und italienischen Wortfetzen erkannten, besetzten auch den letzten Platz. Der Kapitän schien sein Schiff schneller als gewöhnlich über die Seestrecke zu steuern. Anna und Thomas, die am Bug der Fähre standen, spritzte tosende Gischt nicht nur in das Gesicht, sondern benetzte auch ihre Arme und Beine, wenn sie nicht rechtzeitig zurücksprangen. Bei der Hitze des Tages empfanden sie es jedoch als willkommene Abkühlung.

Von Meersburg führte sie eine wenig befahrene Straße über die hügelige, teilweise bewaldete Landschaft bis Salem.

Die schattige Terrasse des Gasthauses vor den Toren des Schlosses lud zu einem kühlen Getränk ein, und nach einer kurzen Rast schlossen sie sich erneut einer Führung durch das Kloster an. Es war dieselbe junge Museumsführerin wie gestern. Sie blickte die beiden an, erkannte sie aber nicht.

Das ist der Beweis, keiner erkennt uns, dachte Anna.

Als sie wieder den ehemaligen Speisesaal der Mönche erreichten, beschwor Thomas sie, sich die Bilder auf den Kacheln des Ofens nur oberflächlich anzuschauen. Wenn sie etwas spüre, solle sie sich sofort abwenden und ihm ein Zeichen geben. Er würde sich die Szene dann einprägen, ebenso die Bibelstelle. Anna versprach es und sie umrundeten den bebilderten Kachelofen abseits der anderen Führungsteilnehmer.

„Die Feuersäule", presste Anna hervor.

... das Surren von Abertausenden von Grillen dröhnt in ihren Ohren, eine blendende Helligkeit dringt nicht nur in ihre Augen, durchleuchtet ihren Körper ...

Thomas konnte sie gerade noch rechtzeitig zu einem Stuhl in der hintersten Stuhlreihe ziehen, bevor ihr die Füße einknickten.

Sie ließ den Kopf vornüber hängen und Thomas beschwor sie, ein paar Mal tief durchzuatmen, reichte ihr gleichzeitig eine Wasserflasche.

Die anderen Gäste schienen nichts bemerkt zu haben. Sie steuerten gerade an den Stuhlreihen, die den Raum füllten, vorbei auf den Kachelofen zu.

Anna kämpfte mit Unwohlsein, sie versuchte, gleichmäßig zu atmen, und konzentrierte sich auf die Worte der Gästeführerin.

„Hier sehen Sie die Darstellung mit der Feuersäule. Gott zeigte sich bei Tage als Wolke und bei Nacht als Feuersäule, damit Moses den Weg in das gelobte Land finden konnte."

„Oder hier", sie zeigte auf die Darstellung des brennenden Dornbusches, „überzeugt Gott Moses, wieder nach Ägypten zurückzukehren. Er soll das Volk aus der Knechtschaft befreien und in das gelobte Land führen, obwohl er in Ägypten einen Aufseher, der einen Arbeiter schlug, ermordet hatte und geflohen war. Die Szene ist übrigens hier dargestellt."

Sie berührte eine weitere Kachel.

„Es war die Zeit um 1720 vor Christus, als die Israeliten nach Ägypten kamen. Wie Sie vielleicht wissen, dauerte die ägyptische Knechtschaft ungefähr fünfhundert Jahre. Die

Hebräer wurden zum großen Teil als Arbeiter in Ziegeleien eingesetzt. Ziegel brauchte man damals für den Bau von Pyramiden, kleineren Pyramiden. Hier auf der Abbildung schürt ein Arbeiter das Feuer im Brennofen, andere befördern Ziegel auf dem Rücken oder mit einer Schiebekarre, ähnlich unserer heutigen Schubkarre. Links sehen Sie den Ägypter, der den Hebräer schlägt, weil er ihm nicht schnell genug arbeitet. Moses gerät darüber so in Zorn, dass er den Ägypter erschlägt. Den Leichnam verscharrt er im Sand nahebei."

Mit einem Finger deutete sie auf das Detail der Darstellung.

„Moses war überzeugt", setzte sie ihre Erklärung fort, „keiner hätte ihn beobachtet. Aber am nächsten Tag erfuhr er, dass der Pharao davon wusste und ihm nach dem Leben trachtete, und so musste er fliehen. Er floh zu den Midianitern, heiratete dort die Tochter von Jitro, dem Priester von Midian, und hütete fortan dessen Schafe."

Anna kannte diese Überlieferung. Ihr Kreislauf war wieder stabil und sie verließen gemeinsam mit der Gruppe den prächtigen Raum. Die frische Luft des Innenhofes, durch den sie geführt wurden, belebte sie.

„Ich habe mir jede Szene eingeprägt", flüsterte Thomas ihr zu.

Sie folgten der jungen Führerin in ein weiteres Gebäude und besichtigten den prächtigen Kaisersaal des Klosters mit fast lebensgroßen Nachbildungen von Kaisern und Königen sowie Büsten von Päpsten aus weißem und goldgefasstem Stuck.

„Wir besichtigen noch die Bibliothek, gehen Sie bitte die Treppe hinunter und dann rechts bis zum Ende des Ganges. Ich komme gleich nach, ich muss noch kontrollieren, ob alle Türen geschlossen sind", meinte die Führerin.

Anna und Thomas gingen voran und bemerkten, dass die Türe zur Bibliothek offen stand. Im Türschloss steckte ein Schlüsselbund. Thomas zog ihn ab und ließ ihn unbemerkt in seine Jackentasche gleiten. Anna sah ihn vorwurfsvoll an.

„Vielleicht können wir ihn noch gebrauchen", flüsterte er ihr zu und wirkte keineswegs schuldbewusst.

Die Stuckarbeiten in der Bibliothek waren ebenfalls in Weiß und Gold gehalten. Eine Galerie mit hölzerner Balustrade umrandete in vier Meter Höhe den rechteckigen Raum und unterstrich die Ehrfurcht gebietende Größe des Saales.

„Früher umfasste die Bibliothek circa 40 000 Bände, die meisten wurden aber bereits Anfang des Jahrhunderts an die Universität Heidelberg verkauft. Die wertvollsten Bücher des einstigen Bücherbestandes befinden sich heute in Räumen, die vor Feuchtigkeit geschützt sind, unter Verschluss. Bis heute fehlt jedoch eines der bedeutendsten Bücher, das diese Bibliothek besaß."

Sie räusperte sich und fuhr nach einer kurzen Pause, die die Spannung steigerte, fort.

Auch die bisher eher unaufmerksameren Gäste hingen jetzt an den Lippen der Führerin und ihr Lächeln zeigte, dass sie diesen Moment genoss.

„Bei der ‚Bibel der Bibeln' soll es sich um eine Abschrift der ersten gefundenen Texte des Apostels Matthäus handeln. Nur für kurze Zeit, im siebzehnten Jahrhundert, soll sich diese Bibel zur weiteren Abschrift hier in diesem Kloster befunden haben. Ungeklärt ist bis heute, ob diese Bibel bei dem Klosterbrand Ende des siebzehnten Jahrhunderts, wie zum Beispiel auch die Kopie der Aufzeichnungen des ‚Konstanzer Konzils', verbrannte. Wissenschaftler und Forscher haben bisher vergeblich danach gesucht und den einzigen Anhaltspunkt für ihre Existenz finden wir in Legenden, in denen von geheimnisvollen Kräften, die von dieser Bibel ausgingen, berichtet wird", beendete die Museumsführerin ihre Erklärungen.

Anna konnte nicht fassen, was sie da hörte. Thomas' Blick kreuzte den ihren. Die Überraschung stand auch ihm deutlich ins Gesicht geschrieben.

Ungeduldig warteten sie das Ende des Rundgangs ab,

sie hatten Fragen, brannten vor Neugier. Als die Gäste den Raum verließen, gingen die beiden auf die junge Frau zu und bedankten sich persönlich bei ihr für die interessante Führung. Anna fragte nach, ob es noch irgendwelche Informationen über dieses geheimnisvolle ‚Bibel der Bibeln‘ gäbe. Doch die nette Führerin schüttelte den Kopf.

„Nein, leider nicht, sämtliche Versuche, dies als Legende oder Wahrheit zu beweisen, sind gescheitert. Manche behaupten, dass sich die Abschrift und das Original oder zumindest eines von beiden noch hier im ehemaligen Kloster an einem unbekannten Ort befindet. Mehr weiß ich nicht", sagte sie und führte sie aus dem Gebäude.

„Ich denke, jetzt wissen wir, was wir suchen, beziehungsweise was die mysteriösen ‚Amulett-Träger‘ suchen", folgerte Thomas, „und offensichtlich meinen sie, du wüsstest, wo diese ‚Bibel der Bibeln‘ zu finden ist."

„Nein, natürlich nicht, aber vielleicht …"

Das Surren von Thomas‘ Handy unterbrach ihre Worte.

„Thommy, Mike hier, sag mal, was ist das für ein verdammter Mist, in den du uns da hineingezogen hast? Seit gestern Nacht, seit wir in Italien sind, werden wir verfolgt! Ich warte hier am Campingplatz in Donoratico bereits über eine halbe Stunde auf Juliane. Sie ist vom Einkauf fürs Frühstück hier um die Ecke nicht zurückgekommen … Moment, ich bekomme gerade einen Anruf … Juliane … Ich rufe gleich zurück."

„Verdammt, Mike und Juliane wurden verfolgt", wiederholte Thomas und gab weiter, was Mike berichtet hatte.

Anna biss sich auf die Lippen, sie hatten die Gefahr unterschätzt, in die sie ihre Freunde da gebracht hatten. Sie machten sich jetzt große Vorwürfe, die beiden nicht eingeweiht und gewarnt zu haben. Angespannt warteten sie auf den Rückruf und es vergingen endlose Minuten, bis Mike sich wieder meldete.

„Juliane ist okay, aber sie haben sie aus dem Auto gestoßen!"

Anna hielt ihr Ohr dicht an sein Handy.

Sie stände zwar noch unter Schock, aber sie wäre nicht ernsthaft verletzt, hätte nur ein paar Schürfwunden am Ellenbogen und Knie, konnte sie mithören.

„Anna möchte Juliane sprechen."

„Okay."

Thomas gab das Handy weiter.

„Hey Juliane, es tut mir so leid, Thomas wollte euch noch informieren und hat mehrmals versucht, euch anzurufen! Wir konnten ja nicht ahnen, dass ...", stammelte Anna.

„Das braucht dir nicht leidtun", beruhigte sie Juliane, obwohl sich ihre Stimme vor Aufregung fast überschlug, „außer, dass ich eben etwas Angst ausgestanden habe, ist mir nichts passiert. Aber Anna, die waren nur noch einigermaßen nett zu mir, weil sie anhand eines Fotos von dir sahen, dass ich nicht die bin, die sie suchen. Sie haben mich in ihren schwarzen Lieferbus gebracht und ausgefragt ... sie wissen jetzt, dass wir die Autos getauscht haben ... sie wissen auch Kennzeichen und Autotyp! Anna, wir kennen uns nicht und ich weiß nicht, was diese seltsamen Typen von dir wollen. Aber die sehen nicht unbedingt harmlos aus, sie tragen alle so einen Ring oder ein Amulett mit eingeritztem viereckigem Kreuz. Soll ... soll ich die Polizei informieren?"

„Nein, noch nicht", beschwor Anna sie, „ich ... ich kann dir nicht mehr sagen, tut mir leid."

„Können wir euch helfen?", fragte Juliane nach kurzer Funkstille besorgt. Sie musste akzeptieren, dass weiteres Fragen keinen Sinn machte.

„Leider nicht, oder doch, ... habt ihr einen Laptop dabei? Ja ... vielleicht bekommt ihr heraus, welchem Geheimbund oder ähnlichem diese ...ähm ‚Quadratkreuzträger' angehören."

„Klar, tun wir. Wir melden uns, sobald wir Genaueres wissen. Passt auf euch auf!", erwiderte Juliane ernst und beendete das Gespräch.

Thomas hatte mitgehört.

„Wenn die jetzt unser Auto kennen, sollten wir es stehen lassen und zu Fuß ...“

Anna schüttelte nur den Kopf und unterbrach ihn.

„Das können wir später entscheiden, wir müssen unbedingt noch mal in die Innenräume ... ich bin mir sicher, dass wir etwas übersehen haben.“

Thomas war einverstanden und sie schlenderten zurück in das prächtige Barockgebäude. Vier mächtige Säulen trugen die hohe Eingangshalle und in unmittelbarer Nähe des Eingangs führten Stufen hinunter zu einem angelehnten Tor.

„Komm!“ Anna zog Thomas mit durch das Tor.

Sie betraten einen Weinkeller mit hohem Gewölbe, in dem sich Hunderte von hölzernen Fässern die Wände entlangreihten. Die größten Fässer maßen über drei Meter Höhe und ihre bauchige Breite betrug bis zu zwei Meter.

„Hörst du das?“, flüsterte Thomas.

Sie hörten eine Toilettenspülung rauschen.

„Hierher“, dirigierte Thomas.

Sie verbargen sich hinter zwei großen Fässern in nächster Nähe. Ein junger Mann in Arbeitskleidung eilte schnellen Schrittes an ihnen vorbei und zog die Türe hinter sich zu.

„Nicht schon wieder“, meinte Thomas sarkastisch, während er vergeblich versuchte, die Türe mit einem Schlüssel des eingesteckten Bundes zu öffnen.

Anna runzelte die Stirn.

„Erinnerst du dich? Die Museumsführerin hatte doch einen Geheimgang erwähnt, der von oben im dritten Stock, vom ehemaligen Empfangsraum des Abtes bis hinunter in den Weinkeller führt. Ein Eingang muss hier unten sein.“

Sie sahen sich in dem geräumigen Weinkeller mit seinem hohen Gewölbe um. Fass an Fass aus dunklem vom Alter verfärbten Holz, kaum eines unter zwei Meter hoch, säumte den Mittelgang. Einige zierten geschnitzte Weinranken, auf anderen prangten Wappen. Über den Fässern befanden sich vergitterte Fenster. Anna übernahm die Suche auf der rechten und Thomas auf der linken Seite. Nach wenigen Minuten trafen sie sich wieder im Mittelgang – weder sie noch er hatten einen Eingang entdeckt.

„Die Führerin hat doch erzählt, dass dieser Gang noch vorhanden ist, aber nicht mehr genutzt wird. Wir müssen etwas übersehen haben", bemerkte Anna.

„Hast recht, okay, lassen wir uns Zeit bei der Suche." Systematisch suchten sie erneut Meter für Meter des Weinkellers ab, jedes freie Stück Wand tasteten sie nach einer verborgenen Türe ab. Dennoch entdeckten sie nach wie vor nichts.

„Der Eingang muss getarnt sein, wenn er nicht an einer Wand beginnt, dann ..."

Anna legte den Kopf schief und betrachtete die Reihe mit den größten, über zwei Meter hohen Holzfässern. Das letzte Fass an der Querwand sprang eindeutig etwas mehr hervor, fast einen halben Meter.

Sie liefen zu diesem Fass und drängten sich im schmalen Abstand zum nächsten Fass an die Außenwand. Aber nicht an der Wand, sondern an der Rückseite des Holzfasses entdeckte sie eine ovale Öffnung, eine Türe, ungefähr in einem Meter Höhe. Im unteren Bereich erkannte man an der helleren Verfärbung des Holzes, dass hier ursprünglich Stufen hinaufgeführt hatten.

Sie kletterten auf den Rand des Fasses und versuchten, die Türe zu öffnen. Einen Zentimeter bewegte sie sich, klemmte aber dann wieder und erst, als sie sich mit all ihrer Kraft dagegenstemmten, öffnete sich die Türe unter lautem Knarren einen Spalt breit.

„Leise war das nicht gerade", murmelte Anna.

„Scheint aber keiner gehört zu haben", erwiderte Thomas.

Sie zwängten sich hindurch und Thomas nutzte die Taschenlampenfunktion seines Handys und ließ den Strahl durch das Fass gleiten. Es war leer, zumindest bis zur knapp einen Meter gegenüberliegenden Fasswand. Dort befand sich offensichtlich eine zweite Rückwand und seitlich, zur gemauerten Wand hin, konnten sie eine runde Öffnung ausmachen.

Verblüfft trat Anna noch mal einen Schritt zurück und blickte von außen auf das Fass. Man konnte von außen nicht ahnen, dass es eine doppelte Rückwand gab. Sie stießen die fast runde Türe auf und augenblicklich schlugen ihnen Kühle und Feuchtigkeit entgegen.

Im Strahl des Lichts erkannten sie einen dunklen Gang. Schimmel überwucherte nicht nur die Decke, sondern auch die Seitenwände. Am Ende des Ganges führte eine schmale Treppe nach oben. Die steinernen Stufen waren schwarz, nass und bröckelten stellenweise, ebenso wie das seitliche Mauerwerk aus groben unbehauenen Steinen, an dem ein dünnes rostiges Eisengeländer befestigt war.

Anna verzichtete darauf, es anzufassen, und Schritt für Schritt wagten sie sich vorwärts. Eine fette große schwarze Spinne, offensichtlich aufgeschreckt vom Strahl der Lampe, krabbelte die Stufen hinunter ihnen entgegen. Anna konnte nur mit Mühe einen Aufschrei unterdrücken, sprang aber zur Seite und drängte sich eng an Thomas. Von der Decke baumelten Spinnweben herab und streiften ihre Köpfe. Selbst Thomas ekelte sich, doch vor Anna ließ er sich nichts anmerken. Der Aufgang ging in eine schmale Wendeltreppe über und außer einem hellen Ziepen hörten sie nur ihren eigenen keuchenden Atem. Anna wollte sich lieber nicht vorstellen, was für ein Tier dieses Geräusch von sich gab. Stufe für Stufe stapfte sie hinter Thomas her, ihren Blick starr auf Thomas' Fersen geheftet.

Geräusche unterbrachen die Stille, deutlich hörten sie das Klatschen von Händen, Applaus.

„Vielen Dank", vernahmen sie eine kräftige Stimme, „darf ich Sie jetzt bitten, mir zum Ausgang zu folgen." Schritte entfernten sich und das unverständliche Gemurmel wurde immer leiser.

Die Wendeltreppe endete und sie betraten einen schmalen Vorsprung. Dünne Lichtstrahlen drangen durch die langen, schmalen Ritze in der hölzernen Wand direkt vor ihnen. Sie erkannten die Umrisse einer Türe und Thomas drückte vorsichtig dagegen, aber nur unten bog sie sich etwas auf.

„Wir sollten hier warten, bis es dunkel wird", flüsterte er.

„Auf keinen Fall warte ich hier", zischte Anna leise und drängte sich an ihm vorbei. Die Vorstellung, noch länger in diesem düsteren Gang mit seinen tierischen Bewohnern auszuharren, gefiel ihr gar nicht.

Sie tastete die hölzerne Wand direkt neben der Ritze ab und berührte in Augenhöhe eine Wölbung, einen flachen Knauf. Vorsichtig drehte sie ihn und im gleichen Augenblick knackte es. Schwerfällig sprang die Türe einen Zentimeter auf und erst als sie beide sich mit ihrem Gewicht dagegenstemmten, öffnete sich die hohe Holztüre, laut knirschend und über den Boden schleifend. Sobald der Spalt breit genug war, zwängten sie sich hindurch und wurden von der Helligkeit des Tageslichts geblendet. Sie brauchten Minuten, bis sich ihre Augen wieder an das Licht gewöhnt hatten, und erkannten, dass sie sich wieder im repräsentativen Empfangsraum des Abtes befanden.

Thomas drückte die Türe von innen zu und bemerkte, dass diese in der Wandverkleidung, einer handbemalten Stofftapete, kaum zu erkennen war. Nur wenn man genau hinsah, entdeckte man die Türaufhängungen aus Messing im oberen und unteren Bereich der Türe. Sie schlichen in gebückter Haltung unterhalb der Fensterkante durch den angrenzenden Raum, um auf keinen Fall hinter den Fenstern gesehen zu werden. Aber es ließ sich nicht vermeiden, dass das alte Parkett bei jedem Schritt knarrte.

Anna stieß Thomas an und zeigte auf einen weiß gekachelten Ofen. In ungefähr einem Meter Höhe waren auf allen drei Seiten im gekachelten weißen Mantel des Ofens drei Schlüssel untereinander herausgearbeitet.

„Wahrscheinlich ein Wappen von einem der Äbte", flüsterte Thomas zurück, „aber … psst … hörst du das?"

Sie hörten Schritte, näherkommende Schritte und eine weibliche, eher raue Stimme.

„Morgen früh brauchen wir die Holzböden nicht zu bohnern ...“

Panik überfiel Anna, wo sollten sie sich verstecken? Ohne zu zögern, öffneten sie die Türe neben dem Kachelofen und stolperten in einen spärlich beleuchteten Raum.

„... aber das alte Laken aus Leinen auf dem Bett des Abtes ist ganz staubig, das sollte man morgen früh ausschütteln“, fuhr die Stimme fort.

Die andere, helle, fast schon piepsige Stimme versprach, sich darum zu kümmern; und erst als sich die Stimmen entfernten, nicht mehr verständlich waren, wagte Anna, sich umzuschauen. Sie befanden sich in einer Art Besenkammer, Bohnermaschine, Kehrbesen, Eimer und Putzutensilien türmten sich hier. Thomas vermutete, dass es wohl ursprünglich das Ankleidezimmer des Abtes gewesen war, weil es direkt an sein Schlafzimmer grenzte. Sie entschieden sich, in dem Raum zu bleiben und zu warten, bis es dunkel wurde. So gut es ging, machten sie es sich bequem, setzten sich auf den Dielenboden und lehnten sich mit ihren Rücken an die Wand.

„Anna, du wolltest mir erzählen, was dir für eine ‚Ahnung‘ gekommen ist.“

„Nein, im Moment noch nicht, ich möchte mir erst sicher sein, ob meine Ahnung mich nicht täuscht.“

„Okay“, meinte Thomas sichtlich enttäuscht.

Sie versuchte, ihm nochmals ihre Haltung verständlich zu machen.

„Das Geheimnis, von dem mein Onkel sprach, ist vielleicht in dieser ‚Bibel der Bibeln‘ beschrieben, aber ich soll es nur bewahren, das Geheimnis, nicht lüften.“

Was soll dies bedeuten ... es scheint, sie weiß selbst noch nicht, was sie denken soll, dachte er.

„Ja, ich verstehe dich“, antwortete er.

Sie machte eine Pause, versuchte, ihre Gedanken zu ordnen.

„Ich habe ein unbestimmtes Gefühl, dass hier ein Hinweis zu dem Versteck ist und dass diese Amulett-Träger auf der gleichen Fährte sind. Ich … wir müssen ihnen zuvorkommen, sie dürfen es nicht finden."

„Haben falsches Subjekt erwischt, wieder entfernt … Autotausch … neues Fahrzeug bekannt … Polo rot … Kennzeichen bekannt … Raum Bodensee … Konstanz … Meersburg und Hinterland … over.
„Nur observieren … Zugriff nur auf Befehl … over!"
„Verstanden … over!"

Die krächzende Verbindung wurde unterbrochen und die beiden schwarz gekleideten Männer, getarnt als Security, schalteten das Gerät in ihrem ausgebauten schwarzen Lieferbus ab.
„Hast du das Kennzeichen notiert? Okay. Dann gehe ich mal auf die Suche", meinte der Kräftigere von beiden und stieg aus, und bei der Bewegung baumelte sein Amulett unter dem Hemd hervor. Er musste nicht lange suchen, denn keine fünf Meter weiter, auf dem Parkplatz des ehemaligen Klosters stand der rote Polo mit dem gesuchten Kennzeichen.
„Okay, super. Dann müssen wir nur noch warten, bis sie auftauchen", war der kleinere Kahlköpfige mit der auffälligen Tätowierung am Arm, einem Kreuz mit gleich langen Seiten, zufrieden.
Er schaltete das Gerät an.

„Fahrzeug gefunden, Subjekt nicht da … observieren weiter, over."

„Anna, wach auf, es ist schon dunkel, wir sind wohl beide eingeschlafen." Sanft rüttelte Thomas sie.

Müde rieb sich Anna die Augen, gähnte und es dauerte einen Moment, bis sie wieder wusste, wo sie war. Sie stand auf und bewegte ihre steif gewordenen Arme und Beine.

„Bist du so weit?", fragte Thomas.

Anna nickte und gemeinsam schlichen sie zurück in den Schlafraum des Abtes. Der Vollmond tauchte den Raum in bläulich weißes Licht und das Laken, auf dem alten aus Holz gearbeiteten Bett, leuchtete grell, schneeweiß.

Sie passierten einen winzigen Raum, in dem Kirchengewänder in Vitrinen ausgestellt waren. Beim nächsten Zimmer handelte es sich offenbar um die Privatkapelle des Abtes. Der Altar, ein schwarzer Tisch mit weißen Einlegearbeiten, ruhte auf geschwungenen Beinen und war fast das einzige Möbelstück in diesem Raum. Ein hölzernes Kreuz mit je einem Messingleuchter rechts und links davon befand sich auf dem Altar.

„Warte", rief Anna Thomas leise hinterher, als er voranschlich.

Er drehte sich um und kam zurück. Sie zeigte auf ein Medaillon direkt unter der Decke auf der Wand gegenüber. Das Gemälde zeigte einen Nachthimmel und der Bildbetrachter schaute durch den Vorhang eines Fensters auf den Vollmond, welcher wiederum einen Planeten, der wie die Erdkugel aussah, mit seinem Licht anstrahlte.

„Die Weltkugel sieht aus, als würde man sie aus dem Weltall betrachten, aber die Malerei, so verblichen wie sie ist, ist spätestens aus dem 18. Jahrhundert. Damals war die Ansicht der Weltkugel, wie sie hier abgebildet ist, noch gar nicht bekannt", flüsterte Anna aufgeregt.

„Vielleicht die treffende Fantasie des Künstlers."

Eine andere Erklärung fand er auch nicht.

„Thomas, siehst du das ...?", stammelte sie und zeigte auf den Privataltar des Abtes.

Über dem Altar befand sich eine Öffnung, ein ovales Fenster in der Form einer kunstvoll geformten Rocaille. Das Mondlicht fiel genau durch die Öffnung und beleuchtete den schwarzen Altartisch mit seiner Einlegearbeit, einen Brief in Stein gearbeitet, weiße Schrift auf schwarzem Stein. Nur ein Teil der Buchstaben wurde vom Mondlicht beleuchtet. Es erschien ein lateinischer Text.

CLAVES TRES …

Im nächsten Moment wanderte der Mondstrahl weiter und der Altartisch lag im Schatten.

„Hast du das auch gesehen?"

„Ja unglaublich, aber wie …?"

Er fischte sein Handy aus dem Rucksack, stellte die Taschenlampenfunktion ein und leuchtete auf den Altartisch.

„Dacht ich es mir doch. Anna, die Buchstaben, die wir gelesen haben, sind etwas erhöhter und gerundet, nicht so flach eingelegt wie die anderen, siehst du's?"

Anna nickte, setzte die erhöhten Buchstaben zu Wörtern zusammen und begann gleichzeitig zu übersetzen.

CLAVES TRES …

SCHLÜSSEL DREI …
IM ZUSAMMENSPIEL NUR EINER SEI…
BEWAHRE … WAS ZU BEWAHREN GILT

oder auch
… NICHT VERGEHE …
WAS ZU BESTEHEN GILT

„Schlüssel, drei Schlüssel wie auf dem Kachelofen im Schlafzimmer des Abtes."

Sie gingen zurück zum Ofen, dem hohen weiß gekachelten Ofen, der sich im Mondlicht weiß leuchtend präsentierte. Thomas untersuchte die Wölbungen in Form von Schlüsseln im Schein der Taschenlampe. Der oberste hatte drei Zacken, der mittlere vier Zacken und der unterste fünf Zacken am Schlüsselbart. An einer Bruchstelle im unteren Bereich sah er, dass die Schlüssel nur geformter Ton waren.

„Drei Schlüssel, drei Schlüssel im Zusammenspiel nur einer sei", wiederholte Anna laut.

„Wir suchen drei Schlüssel … Schlüssel im übertragenen Sinne … Schlüssel, um etwas zu öffnen?", fragte Thomas.

„Ich habe keine Ahnung!"

„Überall finden sich hier Schlüssel, komm ich zeig es dir", ereiferte sich Thomas und lief voran zum Kaisersaal. Das Mondlicht verlieh dem Kaisersaal mit seinen weißen, fast lebensgroßen Figuren ein gespenstisches Aussehen. Anna erwartete beinahe, dass die Kaiser und Könige von ihren hohen Podesten sprangen und sich zu ihnen gesellten.

Direkt über dem Eingangsportal hielt Eglesia als eines der Symbole der kirchlichen Macht einen übergroßen Schlüssel in der Hand. Das war der einzig sichtbare Schlüssel, aber diesmal aus Stuck gefertigt. Enttäuscht verließen sie den Kaisersaal. Anna dachte angestrengt nach und biss sich vor lauter Anspannung auf die Lippen.

„Ich möchte nochmals in die Bibliothek."

Thomas fragte nicht warum, sondern folgte ihr. Vorsichtig schlichen sie die Treppe hinunter, dennoch knarrten die alten Eichenbretter unmäßig laut bei jedem Schritt.

„Einen Schlüssel haben wir ja", feixte Thomas, holte den geliehenen Schlüsselbund aus der Jackentasche und schloss die Türe zur Bibliothek auf.

Die durch die hohen Fenster einfallenden Lichtstrahlen des Mondes unterstrichen den altehrwürdigen Eindruck, der gleichermaßen in Weiß wie in Gold gehaltenen Bibliothek.

Sie traten ein und am Eingang entdeckte Anna dank des hellen Mondlichts, was sie suchte. Der Katalog der ehemaligen Klosterbibliothek lag in einer knapp einen Meter hohen Vitrine unter einer Glasplatte.

Bei der Führung war ihr dieses Buch, das ungefähr so dick wie zehn Atlanten war, schon aufgefallen. Der Katalog lag aufgeschlagen in der leider verschlossenen Vitrine.

„Thomas, ich muss den Katalog ganz vorne aufschlagen. Kannst du die Vitrine öffnen?" flüsterte Anna.

„Das ist ein Schloss mit Stift", murmelte Thomas nach eingehender Untersuchung, „ohne Schlüssel bekomme ich die Vitrine nicht auf."

„Dann gib mir den Schlüsselbund, bitte", bat Anna, einer Eingebung folgend.

„Wenn du so nett fragst, gerne." Er reichte ihn ihr.

„Dachte ich's mir doch. Wetten, dieser kleine Schlüssel mit dem verzierten Ring ist es?"

Ohne Mühe öffnete Anna die Vitrine. Behutsam schlug sie den gewaltigen Katalog vorne auf.

„Die ersten Einträge sind von 1576", stellte sie fest.

Thomas schaute ihr über die Schulter und richtete den Strahl seiner Handylampe auf den Katalog. Sie erkannten, dass es sich nicht um einen Katalog handelte, sondern um Eintragungen, wann ein Buch ausgeliehen und wann es wieder zurückgegeben wurde.

„Willst du jetzt jede Seite aufschlagen?", fragte Thomas, der nicht ahnte, wonach Anna suchte.

„Nein, warte", flüsterte Anna, „der Ofen wurde um 1730 fertiggestellt, so hat es die Führerin erklärt."

Sie blätterte weiter, fast bis zum Ende des Buches.

„Warte, hier … 1726 wurde die Bibel von einem Herrn Armin Kern ausgeliehen, hier ist der Eintrag … von Beruf Kunstmaler, tätig in der Werkstatt von Emanuel Bauer in Steckborn. Hey, das ist doch derselbe Künstler, der die Bibelszenen auf dem Kachelofen gemalt hat!"

Sie blätterte weiter, aber bis zum Ende der Aufzeichnungen im Jahre 1803 fand sich in dem Katalog kein Vermerk über die Rückgabe der Bibel.

„Wenn es die ‚Bibel der Bibeln' ist, dann ist sie auf jeden Fall damals nicht verbrannt, beim Klosterbrand 1697, da sie 1726 ausgeliehen wurde", überlegte Anna, „wir … wir müssen folglich in Steckborn weitersuchen."

Thomas pflichtete ihr bei und Anna schlug den Katalog in der Mitte, wieder an der gleichen Stelle auf, wie sie ihn vorgefunden hatten. Sie schloss die Vitrine und Thomas knipste das Handylicht aus. Erst jetzt bemerkten sie, dass es draußen bereits hell wurde und es an der Zeit war, das Gebäude zu verlassen.

„Subjekt bisher nicht aufgetaucht … warten … Beobachtung direkt vor Objekt … erwarten Instruktionen … over", betonte eine tiefe Stimme, unterbrochen von schnarrenden Geräuschen.

„Kein Zugriff … nur verfolgen … over", krächzte eine andere Stimme.

„Ich gehe oben in den Schlossgarten und schau mich um", bestimmte der mit der Glatze und den Tätowierungen am Unterarm. „Du bleibst hier beim Auto; melde dich, wenn sich was rührt!"

Anna und Thomas versteckten sich im Eingangsbereich hinter dem breiten Sockel einer der Säulen, die den Eingang zierten und stellten sich auf eine längere Wartezeit ein. Aber bereits nach wenigen Minuten öffnete sich hinter ihnen das Tor zum Innenhof.

Sie hatten gerade noch Zeit, sich auf der anderen Seite der Säule zu verbergen, ehe eine Limousine an ihnen vorbeifuhr. Ein älterer Herr stieg aus, öffnete das vordere Tor, stieg wieder ein und fuhr hinaus in die Schlossanlage. Das Tor blieb geöffnet und Anna und Thomas schlichen zum Ausgang.

Die Internatsschüler joggten durch das Schlossgelände und waren im Begriff, direkt an ihnen vorbeizulaufen. Das war ihre Chance, sie reihten sich im hinteren Drittel ein.

„Seid ihr unsere Feriengäste von der Stiftung?", fragte der große Lange, der neben Thomas joggte.

„Jaaa …", meinte Thomas gedehnt.

„Dacht' ich mir, normalerweise joggen wir nämlich ohne Rucksäcke", grinste er und lief schneller voran.

Sie wollten sich von der Gruppe am unteren Tor trennen, aber dort stand ein Mann in schwarzer Ledermontur, möglicherweise war es einer der Amulett-Träger. Das Risiko, entdeckt zu werden, war ihnen zu groß, deshalb joggten sie weiter mit der Gruppe, bis diese die Schlossanlage verließen.

Anna ließ sich auf einen Streifen Wiese am Wegesrand fallen.

„Wow, erst keinen Schlaf und dann auch noch joggen!"

Thomas schnaufte, machte aber bereits Dehnübungen.

„Bleib du hier, ich sehe nach, ob wir es wagen können, den Polo zu nehmen."

Er streifte seinen Rucksack ab, legte ihn neben Anna ins Gras und spurtete erneut los.

*

Nach einer knappen halben Stunde kam er atemlos zurück.

„Da, … da steht ein schwarzer Transporter, direkt neben unserem Polo. Ein Mann, gekleidet wie ein Wachmann, sitzt im Auto", berichtete Thomas atemlos. Er holte tief Luft.

„Er … er hat einen Ring, so einen Ring mit diesem quadratischen Kreuz. Ich habe es gesehen, weil er seinen Arm aus dem Fenster baumeln ließ."

„Das bedeutet, dass sie uns dicht auf den Fersen sind und wir das Auto nicht mehr nehmen können", stellte Anna sachlich fest.

Thomas warf sich erschöpft neben sie ins Gras und streckte alle viere von sich.

„Dann laufen wir eben", beschloss Anna, „ich habe hier auf den Schildern gelesen, dass es nur eine knappe Stunde Fußmarsch zum Affenberg ist – diesem Areal, in dem die Berberaffen leben. Ich weiß, dass von dort aus Busse an den See fahren."

„Okay, aber erst mal brauch ich eine Verschnaufpause."

*

Hohe Kiefern und Buchen warfen ihre langen Schatten auf den Waldweg, der sie zum Affenberg führte. Kaum ein Sonnenstrahl drang durch das dichte Blätterdach der jungen Bäume unter den mächtigen Stämmen des Mischwaldes.

Die Kühle des Waldes belebte sie und ließ sie ihre Müdigkeit vergessen. Nach einer halben Stunde Fußmarsch führte sie die Wanderroute aus dem Wald heraus. Sie empfanden die wärmenden Sonnenstrahlen nach dem schattigen Wald als sehr angenehm. Eine Herde Schafe weidete am nah gelegenen Bachlauf. Der Schäfer in seinem langen schwarzen Umhang und mit dem großen Hut wirkte wie ein Relikt aus alten Tagen. Sie grüßten ihn und er winkte freundlich zurück. Zwei große Hirtenhunde mit weißem Fell hielten die Herde in Schach und schienen nicht nur aus Pflichtbewusstsein, sondern auch mit großem Vergnügen die Schafe, die sich ein Stück weit von der Herde abgesondert hatten, kräftig zu fetzen. Unter lautem Blöken flohen die offensichtlich zu fest gekniffenen Schafe zurück zur Herde.

Der Feldweg führte weiter durch hohes, duftendes Gras. Das emsige Surren von Insekten und das Zirpen der Grillen, die aber innehielten, sobald sie sich näherten, erfüllte die Luft. Die Sonne wanderte ihrem Höchststand entgegen, und sie sehnten sich wieder nach Schatten.

Nach einer weiteren Viertelstunde Fußmarsch erreichten sie den Gutshof am Affenberg. Sie steuerten auf einen schattigen Platz unter einem der zahlreichen Kastanienbäume zu.

Der Gutshof wimmelte von Familien mit lärmenden Kindern, die fast jede Bank vor den roh gezimmerten Tischen besetzt hatten. Auf den Dächern der alten Wirtschaftsgebäude staksten Störche in eigens für sie angelegten Nistplätzen. Sie klapperten unentwegt mit ihren Schnäbeln und fütterten ihre lärmenden Jungen.

Die durchwachte Nacht machte sich nun bemerkbar, nur

mit Mühe konnte Anna sich wachhalten. Sie stärkten sich mit Kaffee und einem Imbiss und suchten anschließend die Bushaltestelle. Der Bus wartete bereits mit laufendem Motor auf die letzten Gäste. Zielsicher strebten sie die letzte Reihe im Bus an, eine unbesetzte lange Bank. Thomas lehnte seinen Kopf an das Fenster und schloss die Augen. Anna bettete ihren Kopf an seine Schulter und nach wenigen Minuten schlief auch sie ein.

Erst in Friedrichshafen, der Endstation der Buslinie weckte sie der Busfahrer. Thomas rieb sich den Schlaf aus den Augen und stammelte eine Entschuldigung, aber der Busfahrer lachte nur und konnte auch ihre Frage, wie sie von hier nach Steckborn kämen, beantworten. Er wusste, dass sie von hier eine Fähre nach Romanshorn nehmen konnten und von dort, meinte er, gäbe es sicherlich eine Bahnverbindung nach Steckborn. Sie dankten ihm für seine Hilfe und machten sich auf den Weg zum Hafen.

Als sie den Hafen erreichten, fuhr gerade ein behäbiges weißes Fährschiff, in dessen Bauch sich eine Menge Autos, Motorräder und Fahrräder befanden, ein.

Unzählige krächzende Möwen umschwärmten das Schiff. Sie warteten, bis sämtliche Fahrzeuge und alle Fahrgäste von Bord gegangen waren und betraten mit den ersten Passagieren die Fähre. Sie suchten sich einen überdachten Platz oben an Deck. Anna fand altes Brot im Rucksack und warf es den Möwen zu, wobei sie unwillkürlich den Kopf einzog, denn einige Möwen kamen ihr in ihrer Gier nach Futter, so nahe, dass sie beinahe ihre Haare streiften. Manche Möwen wiederum waren so geschickt, dass sie bereits im Flug die Brotkrumen mit ihren Schnäbeln auffingen. Erst als die Fähre sich vom Ufer entfernte, flog der Schwarm wie auf Kommando unter lautem Gekreisch zurück zum Hafenbecken.

Thomas zog Anna zu einer windgeschützten, noch freien Bank seitlich an der Reling, denn der Ansturm der Touristen begann und in wenigen Minuten waren alle freien Plätze belegt.

Anna betrachtete den See mit seinen leicht gekräuselten Wellen und beobachtete die zahlreichen Segelboote mit ihren gebauschten weißen Segeln in oft gewagter Schieflage. Sie streckte ihr Gesicht der Sonne entgegen und gab sich dem wohligen Gefühl des Nichtstuns hin, bis sie Rorschach erreichten.

„Nehmt euch Busstationen und Taxis vor, vermutlich haben sie euch gesehen und lassen ihr Auto stehen ... over!"
„Verstanden ... over!"
... unterbrach die tiefe Stimme von einem der Verfolger.

Mit der Bahn erreichten sie Steckborn und erkundigten sich nach dem Weg zum Museum. Sie liefen durch die Altstadt mit ihren aufwändig restaurierten Fachwerkhäusern und entdeckten das markante Wahrzeichen.

Ein hoher Rundturm schmiegte sich eng an ein mittelalterliches Schloss, die Grundmauern standen in der Strömung des Rheins. Im Inneren des Museums befanden sich zahlreiche Vitrinen, in denen antike Töpferwaren, Krüge, Schüsseln, Haferln und einzelne Kacheln ausgestellt waren.

Thomas griff nach einer Broschüre und las vor.

„... irgendwann hat ein findiger Töpfer in feuchten Lehm Töpfe gedrückt, um die Wärme abstrahlende Oberfläche des Ofens zu vergrößern. So ein Topf hieß damals Kachala, daraus leitet sich das heutige Wort Kachel ab. Somit wurde der Hafner, der Töpfer, zum Ofenbauer."

Sie waren in diesem Moment zur Mittagszeit die einzigen Gäste im Museum und der gelangweilte Wärter, ein älterer Herr, gesellte sich zu ihnen.

„Sie sind vor allem an den Kacheln interessiert?", begann er die Unterhaltung.

„Ja, wir waren in Salem und haben gehört, dass der fantastische Majolika-Ofen hier in Steckborn gefertigt wurde", erwiderte Anna.

„Ach der mit den biblischen Szenen, der sagenumwobene

Ofen", erzählte er, bemüht, hochdeutsch zu sprechen, aber mit unverkennbarem schweizerischem Akzent.

„Sagenumwoben?", wiederholte Anna und konnte ihre Aufregung nicht verbergen.

Der Wärter mit seinem grauen, vollen Haar kratzte sich an seinem krausen, ebenso grauen Vollbart.

„Bei der Bemalung der Ofenkacheln wurden laut der Legende die Künstler, der Meister und seine Gesellen, seinerzeit von Visionen und Träumen heimgesucht. Übrigens Vorbild für die Bemalung soll eine wertvolle alte Bibel gewesen sein, die aus der Bibliothek aus Salem entliehen war."

Er machte eine dramatische Pause und schien zu genießen, dass die beiden gespannt jedem seiner Worte folgten.

„Die Bilder in der Bibel sowie die Kacheln mit diesen identischen Motiven sollen lebendig geworden sein ... nicht nur, dass sie sich bewegt hätten, auch alle Geräusche, die zur Darstellung des Bildes gehörten, sollen ihnen in den Ohren geklungen haben. Zwei von den Gesellen waren zeitweise ‚wie von Sinnen und vom Wahn bemächtigt'. So wurde es überliefert."

Anna und Thomas tauschten Blicke.

„Nicht zu glauben." Thomas schüttelte den Kopf.

„Weiß man, was mit der Bibel geschah?", fragte Anna wissbegierig, „ging sie wieder zurück nach Salem?"

„Ja ... nein, dieser Frage sind schon viele nachgegangen. Mit Sicherheit weiß man nur, dass diese Bibel nach Sankt Gallen in die Klosterbibliothek zur nochmaligen Untersuchung gebracht wurde, junge Frau."

Eher belustigt blickte er Anna an.

„Es freut mich, dass Sie so interessiert sind. Sind Sie Studenten?"

„Ja, wir studieren beide Kunstgeschichte." Anna antwortete sofort für beide, denn sie brannte vor Neugier.

„Wissen Sie denn sonst noch was über diesen Ofen oder die Bibelabschrift?"

Er lächelte.

„Tja, man hat erzählt, dass immer wieder Mönche in diesem Kloster bei Betrachtung des Ofens in diesen Zustand geistiger Verwirrtheit geraten sind. Man hat den Ofen wohl auch schon exorziert, weil man seltsam böse Mächte darin vermutete!"

Anna sog jedes Wort auf.

„Und ...?", löcherte sie den Wärter.

„Mehr weiß ich wirklich nicht und meiner Meinung nach sind das nur Legenden, oder?"

Er betonte das „oder" und strich sich schmunzelnd den Bart glatt.

Anna war enttäuscht, dass sie nicht mehr in Erfahrung bringen konnte, aber dennoch bedankte sie sich bei dem Wärter für seine ausführlichen Erklärungen und verließ mit Thomas das Gebäude.

„Von wegen Legende", murmelte Anna, als sie draußen auf den Stufen vor dem alten, steinernen Dorfbrunnen saßen.

„Ist das bei dir auch so, dass du Geräusche hörst, wenn ...?", fragte Thomas mitfühlend.

„Ja, aber nicht nur Geräusche, ich spüre Wind, ich sehe blendend weißes Licht."

„Das erschreckt dich, stimmt's?"

Sie wiegte den Kopf.

„Ja und nein, ich weiß nicht, wie ich das erklären soll ..."

„Schon gut, ich glaube, ich verstehe deinen Gedankengang, du meinst, dass die Geschichte, die biblische Geschichte sich auch möglicherweise anders zugetragen hat. Eben nicht so, wie man es heute glaubt, und du weißt selber nicht, was du glauben, was du denken sollst?"

Anna blickte ihn überrascht an und fragte sich, wie viel Thomas bereits ahnte.

„Ja du hast recht, solche Gedanken beschäftigen mich und deshalb muss ich in die Bibliothek nach Sankt Gallen."

„Nichts anderes habe ich vermutet." Sie standen auf und im selben Moment surrte das Handy.

„Hey, Tommy, ich bin's Mike, pass auf, was wir im Internet herausgefunden haben. Geheimbund oder gar Sekte möchten sie nicht genannt werden, sie nennen sich wissenschaftliche Vereinigung. Sie befassen sich mit unerklärlichen Phänomenen wie Gedankenübertragung, Vorahnungen sowie Astrologie, Erforschung der wahren Menschheitsgeschichte … und Ähnlichem. Viele bekannte Persönlichkeiten, auch Forscher und Wissenschaftler, gehören dieser Vereinigung, den Kernkreuzern, an. Namen sind allerdings keine veröffentlicht, Erkennungsmerkmal dieser Vereinigung ist ein quadratisches, vertieftes Kreuz. Es sieht aus wie ein Pluszeichen, meist als Amulett oder als Ring getragen."

„Das sind sie, egal wie sie sich taufen. Meiner Meinung nach sind das Fanatiker und die können auch gefährlich werden. Danke dir … jetzt wissen wir mehr! Aber könnt ihr vielleicht doch noch eine Anschrift herausbekommen, Mike?"

„Klar, versuchen wir. Aber was wollen die denn von Anna?"

„Das wissen wir auch nicht. Wir stellen Nachforschungen an. Aber mehr darf ich nicht verraten, okay?"

Mike schwieg zunächst am anderen Ende der Leitung.

„Du wirst schon deine Gründe haben", lenkte er dann aber in einem versöhnlichen Ton ein. „Passt auf euch auf! Sobald wir was wissen, melden wir uns oder ihr euch, wenn ihr Hilfe braucht. Grüße von Juliane. Ciao!"

*

Die Bibliothek in Sankt Gallen war noch geöffnet, als sie nach dem langen Marsch vom Bahnhof dort ankamen. Sie schlüpften in die bereitgestellten Filzpantoffel vor dem Eingang.

So außergewöhnlich prächtig hatten sie sich die Bibliothek nicht vorgestellt, denn der einst rechteckige Raum teilte sich in barocker Manier in geschwungene Nischen. In der oberen Galerie setzten die Nischen sich fort und verwandelten den Raum in ein gewelltes Oval. An den Wänden, in antiken hölzernen Regalen befanden sich Tausende alter und uralter Bücher mit ihren dunklen, ledernen, teils in Gold beschrifteten Buchdeckeln. Das honigfarbene Parkett mit den eingelegten Holzornamenten unterstrich die würdevolle Ausstrahlung der Bibliothek.

Sie schlurften in ihren Filzpantoffeln an den Vitrinen und Regalen entlang und sahen Bücher, die fast einen Meter Länge hatten und fast viermal so dick wie ein gewöhnliches Buch waren.

Thomas bemerkte, dass man ein solches Buch kaum allein tragen konnte. Andere Bücher waren in dunkelbraunes oder dunkelrotes Leder gebunden und mit farbigen Gravuren verziert. In den Vitrinen lagen aufgeschlagene Bücher mit handgemalten Bildern, meist biblische Szenen, die in leuchtenden Farben dargestellt waren.

In einer halbhohen Vitrine aus rötlichem Holz, die sich in der Mitte des Raumes befand, hatte Anna etwas entdeckt. Ein großes Buch, dessen Einband aus bereits rissigem, verblichenem, rotem Leder bestand und auf dessen Buchdeckel drei gekreuzte Schlüssel, mit unterschiedlich gezackten Bärten, eingeprägt waren.

„Sehen die nicht so aus wie die Schlüssel, die auf dem Salemer Kachelofen im Zimmer des Abtes abgebildet sind?", flüsterte Anna.

Ohne Thomas' Antwort abzuwarten, las sie den lateinischen Titel.

TRES CLAVES SAPIENTIAE,
VERITATIS, COGNITIONIS

„Drei Schlüssel zur Weisheit, Wahrheit und Erkenntnis, heißt das übersetzt", meinte Thomas, „und ja, sie erinnern tatsächlich an die drei Schlüssel auf dem Ofen, nur dass sie dort übereinander abgebildet waren und nicht gekreuzt."

„Ich muss einen Blick in das Buch werfen", flüsterte Anna.

Er nickte und verwickelte den jungen Mann, der Aufsicht hatte, in ein Gespräch. Thomas erklärte ihm, dass sie Kunstgeschichte studierten und wegen eines Referats über die Symbolik der Schlüssel wäre es wichtig, dass sie Einsicht in eben dieses Buch haben könnten.

Die Dame an der Kasse, mit ihren künstlich nachgezogenen Augenbrauen und ihrer hochtoupierten Frisur, hatte offensichtlich zugehört und mischte sich in das Gespräch ein.

Sie betonte, dass dies auf keinen Fall möglich wäre, und wenn man Einsicht wolle, dann nur auf Anfrage beim Bibliotheksvorstand und mit Voranmeldung. Im gleichen Atemzug wandte sie sich unwirsch an den jungen Mann und herrschte ihn an, er solle darauf achten, pünktlich zu schließen, da sie etwas eher gehen müsse wegen der Ratssitzung mit dem Bürgermeister und den kirchlichen Würdenträgern.

Hoch erhobenen Hauptes stolzierte sie auf ihren klackenden Stöckelschuhen mit kleinen Schritten, bedingt durch ihr enges dunkelblaues Kostüm, aus der Bibliothek.

„Wenn ich jetzt gleich zur Ratssitzung mit dem Bürgermeister und den kirchlichen Würdenträgern gehe", äffte der junge Mann die sich entfernende Dame mit ihren toupierten Haaren nach, stolzierte wie ein Pfau und hob gleichzeitig die Nase hoch. Er verdrehte seine blauen Augen und schüttelte seinen Kopf, wobei der Zopf seines zusammengebundenen langen, blonden Haares hin und her schlenkerte.

Anna kicherte und Thomas hatte Mühe nicht allzu laut zu lachen.

„Ist doch wahr", empörte sich der sportliche junge Mann, „tut so, als wäre sie hier Direktorin, dabei ist sie nur eine einfache Angestellte. Übrigens ich studiere auch Kunstgeschichte und Archäologie. Das hier ist nur mein Sommerjob. Ihr wollt das Buch ansehen? ... Wartet, ich habe eine

Idee." Er zog weiße Handschuhe über, die er aus der Schublade der Vitrine holte.

„Mir hat sie ja nicht verboten, das Buch aufzuschlagen."

Er hob den gläsernen Deckel der Vitrine an, öffnete den kunstvoll gearbeiteten Buchdeckel und blätterte vorsichtig die einzelnen Seiten auf. Neugierig blickten sie auf die lateinischen Texte. Der größte Teil setzte sich mit philosophischen und theologischen Aspekten der Bibelinhalte auseinander.

Interessant fand Anna eine Anmerkung, dass man die Bibeltexte nicht wörtlich nehmen dürfe, sondern nur im übertragenen Sinne verstehen solle. Die drei Schlüssel hatten offenbar nur symbolischen Charakter. Sie entdeckten keinen brauchbaren Hinweis auf die ‚Bibel der Bibeln‘, nur Anmerkungen von mehreren Professoren zum gleichen Bibelinhalt.

„Ich verstehe nicht, warum dieses Buch so großes Interesse weckt. Zugegeben, es ist ein besonders prachtvoll gestaltetes Exemplar, aber dennoch gibt es noch etliche andere Schriften dieser Art", meinte der junge Mann.

Anna fiel ihm ins Wort.

„Wer hat sich noch dafür interessiert?"

„Na, neulich ein hoher geistlicher Würdenträger, vorgestern ein Pater und später am Nachmittag desselben Tags irgendein hohes Tier aus der Politik!"

Er verzog sein Gesicht zu einer Grimasse und fuhr fort.

„Dieser Politiker, den Namen weiß ich nicht mehr, aber sein protziger Ring, mit einem eingekerbten quadratischen Kreuz, ist mir aufgefallen."

Anna blickte ihn mit weit aufgerissenen Augen an.

„Was starrst du mich so an, trägst du auch so etwas?"

„Du meine Güte, nein, aber bei unseren Nachforschungen sind wir auch auf diese … Kernkreuzer gestoßen", stammelte Anna.

„Das klingt interessant, habt ihr nicht Lust auf ein Bier, drüben im ‚Gasthaus zum Zinnkrug‘? Sagen wir in

einer Viertelstunde, so viel Zeit brauch ich, um zu schließen."

„Warum nicht", erwiderte Thomas, „oder was meinst du
Anna?"

„Klar, gerne. Übrigens, ich heiße Anna, hey."

„Und ich Thomas."

„Hey, ich bin Andy", sagte der junge Wärter und schüttelte ihnen die Hände.

„Okay, das Lokal ist die Gasse entlang bis zur nächsten
Querstraße. Im Eckhaus ist das Lokal, nicht zu übersehen
über der Eingangstüre hängt ein schmiedeeisernes Wirts-
hausschild mit dem Relief eines Zinnkrugs."

Sie verließen die Bibliothek und schlenderten, da sie ja
noch Zeit hatten, durch die engen Gassen der Altstadt mit
den niedrigen dicht aneinander gedrängten Fachwerkhäusern. Das Fachwerk war vor allem in den üppig verzierten
Erkern kunstvoll geschwungen und die Erker selbst wurden
von Herkulesfiguren oder von Schwänen getragen.

Thomas wusste, dass nach der Reformation im sech-
zehnten Jahrhundert keine Motive der Bibelgeschichte oder
Heiligenfiguren als Dekoration mehr verwendet wurden.
Sie versuchten, die Sprüche in Schweizer Sprache, meist im
unteren Teil der Erker eingraviert, zu verstehen. Bis sie im
„Gasthaus zum Zinnkrug" einkehrten, verging doch mehr
Zeit als eine Viertelstunde.

Andy saß bereits im hintersten Teil des Lokals und winkte ihnen zu. Unwillkürlich zogen sie den Kopf ein, denn
die Decke war sehr niedrig und ebenso wie die Seitenwände
holzvertäfelt. Die Einrichtung war original und liebevoll re-
stauriert.

Unter der Holzdecke lief ein schmales Bord an sämtlichen
Wänden entlang, auf dem sich Hunderte von Zinnkrügen,
zierliche, hohe und bauchige befanden und den Raum fast
in ein Museum verwandelten. Sie setzten sich zu Andy an
den alten runden Tisch und das Gespräch war schnell im
Gang.

„Nicht nur Personen aus der Politik, sondern auch Geistliche besuchten uns. Fragt mich nicht nach Namen, die weiß ich nicht mehr. Neulich kam so ein Geistlicher, „Eure Eminenz" sollte ich ihn ansprechen, wegen diesem Buch. Aber wie ich dann mitbekommen habe, ging es nicht um dieses Buch, sondern um eine Bibel, eine besondere Bibel."

Andy prostete ihnen zu. Anna konnte nur mit Mühe ihre Neugier bezwingen und wartete ungeduldig, bis er fortfuhr.

„Seinerzeit war diese Bibel wohl hier in St. Gallen, um näher untersucht zu werden."

„Das haben unsere Nachforschungen auch ergeben", bestätigte Anna, „aber wo ist diese Bibel?"

Andy schüttelte den Kopf.

„Leider habe ich keine Ahnung. Aber ich habe gehört, wie die Herren vom Bibliotheksvorstand und ihre Eminenz diskutierten, sich gegenseitig beschuldigten, etwas zu verheimlichen. Ich hatte vor der Türe Aufsicht und sollte für fünfzehn Minuten niemanden einlassen. Natürlich hat es mich interessiert, worum dieser Streit ging."

Andy senkte die Lautstärke seiner Stimme.

„Ihr werdet nicht glauben, was ich ähm … unfreiwillig mitgehört habe!"

Instinktiv rückten sie die Köpfe über dem Tisch zusammen.

„Die Kirche soll damals diese Bibel für ‚unrein' angesehen haben und sie sollte verbrannt werden."

Andy setzte erneut den Bierkrug an, nahm einen kräftigen Schluck und Thomas tat es ihm gleich.

Anna drehte ungeduldig ihren Krug zwischen den Händen und dachte nur,

nun mach schon.

„Aber anscheinend wurde diese Bibel vorher von einem Unbekannten entwendet. Denn es gab auch Geistliche, die Sorge hatten, beim Verbrennen könnte durch den Rauch ‚Dämonisches' entweichen und sich verbreiten."

„Hat man keine Vermutung, wo sich die Bibel heute befindet?" Anna bemühte sich, ihre Aufregung zu verbergen.

„Nein anscheinend nicht. ... Redet bitte leiser, dreht euch auch nicht um, ich glaube der Typ hinten an der Theke ist einer der Securitymänner des Politikers, der das Buch einsehen wollte. Wenn ich mich nicht täusche, trug ebendieser Politiker einen Ring mit quadratischem Kreuz und die Männer eine Kette, eine Art Amulett mit gleicher Einkerbung. Nicht hinsehen ... ich habe das Gefühl, er und sein Kumpan beobachten euch ... uns schon längere Zeit."

„Nein ... bist du sicher?", fragte Anna und Thomas konnte es sich nicht verkneifen einen Blick Richtung Theke zu werfen.

„Da sind ohne Zweifel Mitglieder der Kernkreuzer", flüsterte Thomas.

„Oh nein! Ist es Zufall, dass sie hier sind oder sind sie uns direkt auf den Fersen?" Anna flüsterte, versuchte, Ruhe zu bewahren.

„Was habt ihr beiden damit zu tun?", wollte Andy wissen.

„Ähm ... wir sind über das Referat zur Klostergeschichte auch auf den Hinweis zu dieser Bibel gestoßen, wüssten gerne, was sie so einmalig macht, und versuchen, sie aufzustöbern. Anscheinend denken diese Kernkreuzer – so nennt sich diese wissenschaftliche Vereinigung, haben wir herausgefunden –, dass wir wissen, wo diese besondere Bibel ist ... und seither verfolgen sie uns!", erklärte Thomas und blickte Anna entschuldigend an. Er musste etwas preisgeben.

Andy war irritiert, blickte von einem zum anderen und wusste nicht, was er von dieser Angelegenheit halten sollte. Aber die beiden waren ihm sympathisch, er glaubte ihnen.

„Wo bleibt ihr heute Nacht?", fragte er.

„Ähm ... wir wollten uns ein Zimmer suchen", meinte Thomas.

„Wenn ihr wollt, könnt ihr bei mir übernachten, im Moment ist ein Zimmer in unserer Wohngemeinschaft nicht belegt."

„Ja gerne, danke für das Angebot", sagte Anna, „aber erst mal sollten wir unbemerkt aus der Gaststube gelangen."

„Wir gehen getrennt hinaus, am besten geht ihr vor", flüsterte Andy, „zuerst Richtung Toilette."

Mit einem Kopfnicken zeigte er die Richtung an.

„Am Gang geht ihr aber an den Toiletten vorbei geradeaus, bis ihr auf den Hintereingang stoßt. Ich warte dort auf euch."

Sie bezahlten und Anna ging als Erste in Richtung Toilette. Achtlos lief sie an den beiden Typen vorbei, aber sie spürte, wie deren Blicke ihr auf Schritt und Tritt folgten.

Sie überfiel Panik.

Hoffentlich erkennen sie mich nicht … reichen die gefärbten Haare, um sie zu täuschen?

Unter Anspannung wartete sie vor der Türe, verbarg sich hinter einem Lieferwagen und war erleichtert, dass nach wenigen Minuten Thomas und kurz danach Andy auftauchte. Der Hinterausgang befand sich am Rande eines Parks und Anna hörte ein leises Rauschen. In der Nähe musste ein Bach oder Fluss sein.

„Schnell, folgt mir, diese Typen sind aufgesprungen, nachdem ihr nicht zurückgekommen seid. Die suchen euch zwischen Eingangstüre und Toilette", berichtete Andy.

Er lief voran über einen Kiesweg und kletterte nach einigen Metern oberhalb des Flusses die Böschung hinunter. Sie versteckten sich hinter einem ausladenden Gebüsch, flach auf dem Bauch liegend, und schon im nächsten Moment glitt der Strahl einer Taschenlampe über das Strauchwerk hinweg.

„Verdammt, wo sind die?", fluchte eine Männerstimme und leuchtete flussauf- und flussabwärts.

„Subjekt abhandengekommen. Gesichtet in St. Gallen … sie hat mittlerweile schwarze Haare und er blonde … erwarte Instruktionen … over!"

Mehr konnten sie nicht hören, da das Funkgerät laut krächzte.

„Zugriff ... wenn gesichtet ... verstanden ... over", wiederholte dieselbe Stimme.

Die Stimme war nur noch leise zu hören, anscheinend entfernten die Verfolger sich.

„Zugriff galt wohl euch", vermutete Andy, „wollt ihr zur Kantonspolizei?"

„Nein, ... noch nicht", erwiderte Anna.

Andy war sich nicht sicher, ob sie richtig handelten. Aber letztendlich, sagte er sich, war es ihre Angelegenheit.

„Okay, ... dann machen wir eben einen kleinen Umweg zu mir nach Hause."

Er bat sie, ihm zu folgen, sich möglichst leise zu bewegen und nicht zu sprechen. Sie schlichen in entgegengesetzter Richtung an der steilen Böschung entlang. Immer wieder rutschten sie ab, da das Gras feucht war.

Sie gelangten unter eine Brücke und nahmen eine Treppe, die nach oben führte. Die Stufen waren schmal und glitschig. Jeder Schritt musste vorsichtig gesetzt werden und auf der Brücke sahen sie, dass vor ihnen eine schmalspurige Vorstadtstraße lag, die steil anstieg und von schwachem Laternenlicht beleuchtet wurde. In der Ferne hörten sie das Brummen von Motoren, vermutlich von Lastkraftwagen, die auch nachts auf den Straßen unterwegs waren. In leicht gebückter Haltung huschten sie von einem Schatten der Laterne zum nächsten die Straße hinauf. Auf der Höhe bogen sie links in einen schmalen Fußweg ab und erreichten ein altes Fachwerkhaus.

Andy öffnete das Gartentor, das laut knarrte, und lief voran auf einem mit Steinplatten gepflasterten unebenen Weg zum Haus. Wenige Stufen, die stellenweise schon bröckelten, führten zur Eingangstüre.

Er öffnete die niedere Holztüre, wagte aber erst das Licht einzuschalten, nachdem er alle Vorhänge zugezogen hatte.

„Aua!" Thomas stöhnte und rieb sich seinen Kopf, den er sich an dem niedrigen Türsturz gestoßen hatte.

„Entschuldigung", meinte Andy, „habe vergessen, dich zu warnen."

Andy bot ihnen Platz auf einer alten aus Holz gefertigten Eckbank in einer kleinen Stube mit niedriger Holzdecke an. Das Fachwerk war im Innenraum freigelegt worden, um den einst winzigen Raum zu vergrößern, und die Stube grenzte an eine offene Küche.

Andy entkorkte eine Flasche Rotwein und in gelöster Stimmung gab Anna preis, dass sie nicht nur die ‚Bibel der Bibeln' suchten, sondern, dass diese Bibel nicht in falsche Hände geraten dürfe.

Andy tat es leid, dass er nichts Weiteres über den Verbleib dieser Bibel wusste. Der Gesprächsstoff ging ihnen nicht aus. Es war schon weit nach Mitternacht, als sie die steile Treppe zu den Zimmern im ersten Stock hinaufgingen.

Ein großes Bett stand mitten im Raum und füllte, bis auf einen Schreibtisch am Fenster sowie einen Schrank an der einzigen Wand ohne Schräge, das Zimmer vollständig aus. Anna war umgehend im Bett und schlief schon, bevor ihr Thomas eine gute Nacht wünschen konnte.

*

„Anna, wach auf, du träumst nur." Thomas versuchte, sie wachzurütteln.

„Ist etwas passiert?", rief Andy, der an die Türe klopfte.

„Nein, Anna hatte wohl einen Albtraum und hat deshalb geschrien", beschwichtigte Thomas ihn.

Anna richtete sich auf.

„Wo bin ich?", stammelte sie.

„Hier bei mir", murmelte Thomas.

Sie brauchte einen Moment, bis sie sich erinnerte, wo sie war und dass sie nur geträumt hatte.

„Da war eine Frau, in einem bodenlangen schwarzen

Gewand, sie stand an einem Fluss. Der Vollmond erhellte die Dunkelheit. Sie hatte etwas unter ihrem Gewand, ich wollte sehen, was es war; aber sobald ich sie von vorne sehen wollte, drehte sie sich weg und wandte mir den Rücken zu. Ich sah nur kurz etwas Helles … vielleicht ein Buch … Ihre Hand glitt über altes Gemäuer. An der untersten Stufe einer Treppe am Fluss blieb sie stehen … und dann bin ich aufgewacht."

Anna zitterte vor Aufregung.

„Es war so unheimlich, dieser Fluss, diese Treppe … und dennoch kam mir dieser Ort bekannt vor."

Thomas versuchte, sie zu beruhigen, wiederholte, dass es sich doch nur um einen Traum gehandelt habe.

*

Sie mussten wieder eingeschlafen sein, denn polternde Schritte und laute Stimmen weckten sie erneut.

„Hey, sag uns, wo die sind, und wir tun dir nichts", hörten sie eine tiefe raue Stimme.

Andy stieß einen durchdringenden Schmerzensschrei aus.

„Verdammt, das war Andy", fluchte Thomas und sprang aus dem Bett. Im selben Moment wurde die Türe aufgerissen und drei Männer in schwarzer Ledermontur und mit schwarzen Stiefeln stürmten herein.

„Anziehen, mitkommen!", befahl der Kräftigste der zwei.

„Hilfeee!!", rief Anna.

„Schnauze!", befahl der Kräftige mit dem Ring im Ohr, drückte ihr die Hand auf den Mund und bog ihr unsanft den Arm auf den Rücken.

„Wenn ihr tut, was wir sagen, passiert euch nichts … man will sich nur mit euch unterhalten, beeilt euch."

Anna schnappte nach Luft, und erst, als sie mit einem zustimmenden Nicken versprach, nicht zu schreien, lockerte er seinen Griff.

Wie befohlen, zog sie sich an, schulterte ihren Rucksack

und stieg die Treppe hinunter. Thomas und Andy stolperten hinterher. Sie wurden von einem Kahlköpfigen in Schach gehalten. Der andere Entführer drängte sie in einen schwarzen Lieferwagen, der direkt vor dem Gartenzaun parkte.

Die einzige Person, die zu dieser frühen Morgenstunde unterwegs war, die Zeitungsausträgerin, blickte verblüfft von der gegenüberliegenden Straßenseite auf das Geschehen.

„Rufen Sie die Polizei", rief Andy ihr zu, „wir werden entführt!"

„Guter Witz", rief einer der verkleideten Securitymänner schlagfertig und lachte die ältere Dame an. Ehe diese jedoch etwas erwidern konnte, rauschte der schwarze Lieferbus davon.

3

Dichtgedrängt saßen sie auf einer schmalen, hart gepolsterten Bank längs zur Fahrtrichtung. Die Hände hatte man ihnen unter Protest hinter dem Rücken festgebunden. Anna war so beschäftigt damit, während der kurvenreichen und schnellen Fahrt das Gleichgewicht zu halten, dass sie keine Zeit hatte, sich zu fragen, was mit ihnen geschah.

„Was soll das?!", rief Thomas, um die Motorengeräusche zu übertönen, aber die Entführer beachteten ihn nicht. Nach ungefähr einer halben Stunde Fahrt hielt der Lieferwagen an und die Schiebetüre wurde aufgerissen. Der Kahlköpfige stieg ein und verband einem nach dem anderen mit einem schwarzen Tuch die Augen.

„Was haben Sie mit uns vor?", fragte Anna trotzig, die sich ebenso wie Thomas und Andy wehrte.

„Klappe halten und einen großen Schritt nach unten", erwiderte einer der Männer unwirsch, packte Anna am Arm und bugsierte sie über die hohe Stufe aus dem Wagen.

Die Augenbinde verrutschte und Anna sah für einen Moment ein Schild mit der Aufschrift BOOTSWERFT bevor ihr der Entführer die Augenbinde wieder festzurrte.

Man führte sie einen hallenden Gang entlang, dann etliche Stufen hinab. Anna hörte das leise Plätschern von Wellen und bemerkte, dass sie offensichtlich einen Steg mit Querrippen hinaufgeführt wurde, als sie stolperte und beinahe der Länge nach hingefallen wäre.

„Du sollst auf sie aufpassen", rief einer der anderen Männer, der sie im letzten Moment aufgefangen hatte, seinem Komplizen verärgert zu.

Beim nächsten Schritt schwankte der Boden unter ihren Füßen und sie konnte nicht fassen, dass sie tatsächlich auf ein Schiff oder Boot entführt wurden. Sie hörte Thomas und Andy stöhnen, anscheinend ging man mit den beiden nicht so behutsam um wie mit ihr.

„Da hinein", befahl die Stimme und bugsierte sie in eine Kajüte.

„Zielobjekt da … Zielort erreicht … erwarten weitere Order … over", gab die Stimme in das Funkgerät ein.
Es krächzte.
„... verstanden … over."

Man nahm ihnen die Augenbinden ab und zu ihrer Überraschung auch die Handfesseln.
„Was soll das jetzt?" Thomas verstand nicht, was hier geschah.
„Willkommen an Bord."
Sie vernahmen eine akzentfreie Männerstimme.
„Kommen Sie auf das Oberdeck, nehmen Sie die Treppe direkt vor Ihnen."
Verdutzt blickten sich die drei an, folgten aber der Aufforderung.
„Ich bedaure die Umstände, die Sie in Kauf nehmen mussten", begrüßte sie höflich ein großer, sonnengebräunter Mann mittleren Alters. Graumeliertes, akkurat geschnittenes Haar umrahmte sein Gesicht mit ebenmäßigen Zügen und stechend blauen Augen. Der perfekte Sitz seines dunkelblauen, offensichtlich teuren Anzugs verlieh ihm eine auffallende Eleganz.
Überrascht blickte er Anna an.
„Fräulein Sander, unverkennbar ... die Ähnlichkeit mit Ihrer Mutter ist verblüffend! Endlich habe ich das Vergnügen, Sie kennenzulernen, und ich hoffe, meine Männer haben Sie zuvorkommend behandelt. Mein Name ist Bender, ich kannte Ihre Eltern aus der Studienzeit."
Er streckte Anna die Hand entgegen, aber sie weigerte sich, den Gruß anzunehmen.

Was bildet der sich ein, erst entführt er uns und jetzt ...?!, dachte sie.

Wut stieg in ihr auf und verdrängte ihre anfängliche Angst. Mit zorniger Stimme polterte sie los.

„Ich erwarte, dass Sie uns sofort wieder an Land bringen, ich habe kein Interesse, Ihre weitere Bekanntschaft zu machen ... Ich werde Sie wegen Freiheitsberaubung anzeigen ... in drei Fällen."

„Ich kann Ihre Reaktion gut verstehen, Fräulein Sander, aber glauben Sie mir, es ist sehr wichtig, dass wir uns unterhalten. Ich muss Ihnen unbedingt einiges zeigen ... erklären!", erwiderte der Mann, der sich als Bender vorgestellt hatte, in sanftem Ton.

Aalglatt dieser Typ, dachte Anna.

Sie wiederholte in bemüht sachlichem Ton ihre Forderung.

Er zuckte gelassen mit seinen Schultern und setzte ein versöhnliches, entschuldigendes Lächeln auf.

„Erfrischen Sie sich, trinken Sie einen Kaffee und genießen Sie das Frühstück, bitte ...", überging er galant ihren Protest und zeigte auf einen gedeckten Frühstückstisch, „wir sehen uns gleich wieder."

Ehe sie weitere Einwände vorbringen konnte, hatte er sich umgedreht und war die Treppe hinuntergegangen.

Gereizt machte sie ihrem Ärger Luft, dass er ihre Forderungen so einfach überging. Thomas und Andy pflichteten ihr lauthals bei. Aber es schien keinen zu interessieren.

„Was soll's? Etwas essen und trinken sollten wir auf jeden Fall", meinte Thomas und schenkte sich und den anderen Kaffee ein.

Anna versuchte, sich zu beruhigen, und nahm ihre Umgebung prüfend in Augenschein.

Sie stellte fest, dass sie sich auf einem mehrstöckigen Ausflugsschiff modernster Bauart befanden. Der Boden war mit blauem Teppich ausgelegt und steuerbord befand sich im Halbrund eine Fensterfront. Zwei Tische aus Stahl standen quer zur Fensterfront, davor Stühle aus Stahlgeflecht mit gepolsterten Sitzen. Im vorderen Bereich war ein überdimensionaler Bildschirm angebracht, der an eine Filmleinwand erinnerte; und mit den drei Stuhlreihen davor, wirkte das Ensemble wie ein separater kleiner Kinosaal. Anna schlenderte zur Fensterfront, wollte den Vorhang zur Seite ziehen und hoffte zu erkennen, wo sie sich befanden. Aber einer der Entführer kam umgehend auf sie zu und gab ihr unmissverständlich zu verstehen, dies zu unterlassen.

„Wir müssen eine Möglichkeit finden, von Bord zu kommen", flüsterte Andy und rieb sich seine wund gescheuerten Handgelenke. Thomas nickte. „Unbedingt", erwiderte Anna leise.

Mehr wagte sie nicht zu sagen in dieser befangenen Situation.

Thomas reichte ihr eine Tasse Kaffee, aber Anna war skeptisch, roch an dem Kaffee und fragte sich, ob man Gift riechen konnte. Aber sie verwarf diesen Gedanken wieder, denn wie wollte ihr ominöser Gastgeber ihr etwas zeigen oder erklären, wenn sie vergiftet würde? Beruhigt schlürfte sie den heißen Kaffee.

Herr Bender kam nach etwa zehn Minuten zurück und bat sie höflich, in den vorderen Stuhlreihen vor dem Bildschirm Platz zu nehmen. Da Widerstand im Moment sinnlos schien, folgten die drei dieser Aufforderung.

Die Vorhänge wurden zugezogen, das Licht gelöscht und der Bildschirm angeschaltet.

„Bitte sehen Sie sich erst folgende Bilder an, ehe wir uns unterhalten", sagte Herr Bender betont freundlich.

Auf dem Bildschirm erschien eine Folge von Fotografien mit Ufos und Augenzeugenberichte. Sie präsentierten unerklärliche Phänomene und deren wissenschaftliche Erläuterungen.

Anna war nicht sonderlich interessiert, ähnliche Dokumentationen hatte sie bereits gesehen. Im Gegenteil, sie fragte sich, was das sollte. Viel eher wollte sie wissen, was dieser Typ mit ihren Eltern zu tun hatte.

Teilnahmslos ließ sie die Bilder vor ihrem Auge vorbei-
ziehen, aber dann stockte ihr kurz der Atem. Eine ähnliche,
nein, dieselbe Abbildung wie auf dem Kachelofen – Elias'
Himmelfahrt – Elias verharrte vor dem Fluss, vor ihm lag
ein übergroßer Mantel und am Himmel sah man Pferde vor
eine Kutsche gespannt, deren Hufe ebenso wie die Kutsche
in Flammen standen. Eine Stimme las den Bibeltext vor:

Die Bibel, das 2. Buch der Könige, Kapitel 2, Vers 11

*Zusammen mit seinem Jünger Elisa ging der Prophet Elias durch
das Land. Dass sein Leben bald zu Ende gehen würde, wussten beide.
Sie erreichten den Fluss Jordan. Elias teilte die Wasser des Jordan,
indem er mit seinem Mantel darauf schlug, und beide gingen hindurch. Am anderen Ufer hörten sie ein mächtiges Brausen, ein feuriger Himmelswagen mit feurigen Rossen fuhr hernieder, auf sie zu.
Elisa verbarg sein Gesicht mit den Händen und als er wieder aufsah,
war Elias im Wetter in den Himmel entschwunden.*

So hätte es nach heutigem Verständnis für uns ausgesehen.
Man sah ein flaches Schlauchboot, das sich selbst aufblies
und … das Wasser teilte sich … im Hintergrund zeigte sich
ein ähnliches unbekanntes Flugobjekt, wie sie es schon ein
paar Bilder vorher gezeigt hatten, Flammen schlugen aus
seitlichen Düsen. Elias wurde an einer Art Strickleiter hin-
aufgezogen … Elisa nahm das Schlauchboot und fuhr wieder
zurück an das Ufer.

Anna bekam eine trockene Kehle und musste husten.
Die nächste Szene zeigte Moses, wie er das auserwählte
Volk durch die Wüste führte, auch dies eine der Darstellungen auf dem Kachelofen. Die theatralische Männerstimme
zitierte den Bibeltext:

Die Bibel Exodus 2. Buch Moses, Kapitel 13, Vers 21

*Eine weiße Wolke zeigte ihnen am Tag den Weg, eine Feuerwolke
in der Nacht...*

„Nach heutigem Verständnis ...“, erklärte dieselbe Stimme.

Auf der Leinwand erschien wieder über der dargestellten Szene ein rundes Ufo, das bei Tage weiße Gaswolken und in der Nacht Stichflammen ausstieß.

Andy und Thomas räusperten sich und Anna rutschte unruhig auf ihrem gepolsterten Stuhl hin und her. Herr Bender bemerkte ihre Unruhe.

„Nur noch zwei Darstellungen, dann schalte ich das Gerät ab, einverstanden?“, fragte er.

Ohne eine direkte Zustimmung abzuwarten, ließ er den Vortrag weiterlaufen. Ein Gemälde von Moses und den Israeliten beim Zug durch die Wüste, als es Manna vom Himmel regnete, wurde gezeigt und ein Sprecher dozierte:

„Einige der Wunder Gottes sind heute erklärbar. Die Beduinen im Sinaigebiet sammeln das sogenannte Manna heute noch. Es wird als Zucker- und Honigersatz verwendet. Schildläuse saugen Saft aus den Tamariskenzweigen, um für ihre Larven wichtige Nährstoffe zu erhalten. Den Saftüberschuss, sondern sie in Form von Tropfen ab, die zu weißlichen Kugeln erstarren und zu Boden fallen. Diese Kugeln muss man am frühen Morgen sammeln, wie es auch in der Bibel geschrieben steht, denn in der Sonne schmelzen die Kugeln und ziehen Ungeziefer an. Dieses Beispiel beweist, dass die Wunder in der Bibel oft übertrieben dargestellt sind.“

Die eher nüchterne Stimme kündigte an, dass sie wörtlich Stellen aus der Bibel zitieren werde, aber gleichzeitig erschien der Text im unteren Bereich:

Exodus 19

Erscheinung Gottes am Berg Sinai, im 3. Monat, seit dem Auszug der Kinder Israels aus Ägypten.

Am dritten Tag, als es Morgen geworden war, brachen Donner los und Blitze zuckten, schweres Gewölk hing über dem Berg und überaus stark schmetternder Posaunenschall war zu hören. Das ganze Volk im Lager bebte. Moses führte das Volk Gott entgegen aus dem Lager heraus.

Sie stellten sich am Fuß des Berges auf. Der Berg Sinai war ganz mit Rauch bedeckt, weil der Herr im Feuer auf ihn herabgekommen war. Der Rauch stieg wie der Rauch eines Schmelzofens auf. Der ganze Berg zitterte gewaltig. Der Posaunenschall ward stärker und stärker. Moses redete und Gott antwortete ihm unter Donnerschall.

Tafeln aus Stein.

Als der Herr seine Reden mit Moses auf dem Berg Sinai vollendet hatte, überreichte er ihm zwei Gesetzestafeln, steinerne Tafeln, die vom Finger Gottes beschrieben waren.

„Auch dies könnte nach heutiger Sichtweise ein Raumschiff gewesen sein ... höhere Wesen ... die versuchten, Moses' soziales, gerechtes Zusammenleben an Beispielen wie den Gleichnissen ... zu vermitteln ... die zehn Gebote gelten bis heute."

40 Tage und 40 Nächte war er beim Herrn, er aß kein Brot, er trank kein Wasser. Er schrieb auf die Tafeln die Bundesworte, die zehn Gebote.

Moses stieg vom Berg Sinai herab und die beiden Gesetzestafeln waren beim Abstieg in seiner Hand. Moses aber wusste nicht, dass seine Gesichtshaut durch die Unterredung mit Gott strahlend geworden war. Aaron und die Israeliten aber sahen es. Sie fürchteten sich daher, ihm zu nahen.

Moses aber rief ihnen zu, da kamen Aaron und alle Fürsten der Gemeinde zurück und Moses redete mit ihnen. Danach kamen auch alle übrigen Israeliten näher heran. Er richtete an sie alle Befehle aus, die der Herr ihm auf dem Berge Sinai gegeben hatte.

Moses führte das Gespräch mit ihnen zu Ende. Darauf legte er eine Hülle über sein Gesicht. Wenn Moses zur Unterredung vor den Herrn trat, nahm er die Hülle bis zu seinem Fortgehen wieder ab. Er ging dann hinaus und redete zu den Israeliten, was ihm aufgetragen war.

Da sahen die Israeliten das Gesicht Moses, das erstrahlte. Moses legte dann wiederum die Hülle vor sein Antlitz, bis er wieder zur Unterredung vor den Herrn trat.

Exodus 32

Moses schlug das Offenbarungszelt außerhalb des Lagers auf, er nannte es das „Zelt der Offenbarung" oder auch „Begegnung". Jeder, der den Herrn befragen wollte, ging zum Offenbarungszelt. Ging Moses zum Zelt hinaus, erhob sich das ganze Volk. Jeder stellte sich an seinen Zelteingang und schaute Moses nach, bis er ins Zelt eingetreten war.

Sobald aber Moses das Zelt betrat, ließ sich die Wolkensäule herab und stand am Zelteingang und Gott sprach mit Moses.

... Moses wollte Gottes Angesicht sehen, doch der Herr sprach ...

„Mein Angesicht kannst du nicht sehen, denn kein Mensch kann mein Angesicht schauen und dabei am Leben bleiben."

„Wurden die Gesetze in Stein gelasert? Leider gibt es keine Beweise ... oder musste Moses sich mit einem strahlungssicheren Helm schützen, hatte das „höhere Wesen" eine für Menschen unverträgliche Strahlung?

Überall in der Welt gibt es Zeichen ihrer einstigen Anwesenheit, zum Beispiel die in Stein gehauene Darstellung eines Menschen mit Helm und in Overall mit Atemmaske und Schlauch zum Tank auf dem Rücken in El Baul in Guatemala ... oder die Zeichnungen auf der Grabplatte von Palenque, die eine Darstellung zeigen, in der jemand eindeutig mit einem Helm über seinem Kopf in einem raketenähnlichen Fluggerät sitzt und Schalter und Hebel betätigt ... oder die Felszeichnungen in Italien Val Camonica, auf der auch ohne Fantasie eindeutig Prä-Astronautik zu erkennen ist ... oder der Mechanismus von Antikythera, der auf 70 vor Christus datiert ist und heute im Nationalmuseum in Athen ausgestellt ist. Es handelt sich um die älteste erhaltene Zahnradapparatur und sie stellt die Wissenschaftler vor ein Rätsel, da diese Technik erst mehr als 1300 Jahre später erfunden wurde.

Die entsprechenden Felszeichnungen und Darstellungen wurden auf dem Bildschirm überdimensional vergrößert gezeigt, ehe Bender das Gerät abschaltete.

Die drei schauten sich unsicher an, doch Anna fand als Erste ihre Sprache wieder.

„Die letzten Darstellungen mögen authentisch sein, aber der Rest Ihrer Aufnahmen sind Fiktionen, Sie haben die Bilder gestellt!"

Herr Bender lächelte überlegen.

„Zugegeben, teilweise, aber wie sollen wir diese Beschreibungen sonst darstellen? Dinosaurier werden heute auch zum Leben erweckt, grafisch genau, Computertechnik auf höchstem Niveau, sicherlich haben Sie dies auch schon in geschichtlichen Dokumentationen gesehen."

„Aber die Wissenschaftler haben Beweise, Knochenfunde, Gebisse, woraus sie die Dinosaurier rekonstruieren, bildlich auferstehen lassen", konterte Anna.

„Ja, Beweise, richtige Beweise, Beweise, die nicht anerkannt werden, wie zum Beispiel der Palast der Masken in Mexiko. Die Abbildungen erinnern an Astronauten. Oder die Stelen mit ähnlichen Darstellungen in Peten, in Guatemala. Die heutigen Forscher erklären diese Funde schlicht zu Kultfiguren."

Bender machte eine Pause und baute sich direkt vor Anna auf. Er durchbohrte sie mit seinem Blick:

„Beweise, genau, Beweise braucht man, Sie haben einen Beweis, Anna."

Anna erschrak für einen Moment, hatte sich jedoch gleich wieder im Griff und verzog ihre Mundwinkel zu einem künstlichen Lächeln.

„Beweise? Ich?", sagte sie fast höhnisch. „Davon müsste ich selbst wohl am ehesten etwas wissen. Nein tut mir leid, das entspringt Ihrer Fantasie oder besser gesagt Ihrem Fanatismus."

„Fanatismus, Fantasie", wiederholte er in arrogantem Ton, „schöner Versuch, aber, Anna, ich weiß, dass Du einen Beweis hast! Was sonst sollte dein Versteckspiel, deine Tarnung, Du brauchst mir nichts vorzumachen."

„Ich wüsste nicht, dass ich Ihnen das Du angeboten habe", ärgerte sich Anna, „wir haben uns die Haare gefärbt, wie Tausend andere Jugendliche auch ... nur zum Spaß, just for fun!"

„Fräulein Anna Sander, was soll das? Verstehen Sie denn nicht ... es geht um die Wahrheit!"

„Welche Wahrheit?", mischte Thomas sich ein.

„Die Wahrheit über Gott, den Glauben, die Menschheit und natürlich über die Unwahrheiten, die sowohl von der Kirche wie auch von der Wissenschaft verbreitet werden!"

Anna regte sich auf.

„Ich soll das alles wissen?! Entschuldigen Sie aber ...!"

Sie schüttelte den Kopf, lächelte ungläubig, blickte ihn eher mitleidig als vorwurfsvoll an und ließ sich auf einen freien Stuhl neben dem Esstisch fallen.

Herr Bender durchmaß mit großen Schritten den Schiffsinnenraum und bei jedem Schritt flatterte der dünne Stoff seiner Hosenbeine. Abrupt blieb er vor Anna stehen, zog sich einen Stuhl heran, setzte sich gegenüber und suchte Blickkontakt.

„Begreifen Sie wirklich nicht, worum es mir, worum es uns geht?", fragte er Anna.

Anna wurde es unbequem auf dem Sessel und sie versuchte, seinem Blick auszuweichen.

„Selbst wenn", stammelte sie, „selbst wenn wir schon ‚höhere Wesen' als Besucher hier auf Erden hatten. Was wollten sie, wo sind sie, warum sind sie nicht hier oder, wie es eben auch in der Bibel steht, warum sind sie nicht wiedergekommen?"

„Ja, exakt diese und viele andere Fragen stellen wir uns auch. Konnten sie nicht kommen ... oder warten sie darauf, wiederzukommen ... bis die Menschheit sie begreift? ...

Bewegen sie sich durch das Weltall wie wir uns auf Straßen ... mussten sie ihren Planeten verlassen? ... Fragen über Fragen!"

Er beugte sich vor, brachte sein Gesicht auf Annas Augenhöhe und taxierte sie.

„Vielleicht wissen Sie wirklich noch nicht, dass Sie einen Beweis aufspüren können!"

Anna wurde die aufdringliche Nähe unerträglich. Sie stand auf, drängte sich an ihm vorbei und blieb erst einige Schritte entfernt wieder stehen.

„Beweise, was für Beweise?!", sagte sie aufgebracht.

„Wollen Sie wirklich den Menschen den Glauben nehmen, den Glauben an das Gute, das Übermächtige, den Trost, die Hoffnung, die der Glauben schenkt in schweren Zeiten? Das Seelenheil rauben, das für die Gläubigen Übereinstimmung mit der Lehre Jesus Christus bedeutet? Denken Sie wirklich, dass es den Menschen von Nutzen wäre, wenn sie wüssten, dass Gott ein ‚Außerirdischer' war?!"

Anna atmete schnell, vor Aufregung glühten ihre Wangen, dennoch musste sie ihrem Unmut Luft machen.

„Gott ist für die Gläubigen die Instanz, nach der die Menschheit im Guten strebt! Den Glauben zerstören? Hat es nicht lange genug gedauert, bis sich die Weltreligionen durchgesetzt haben?!"

Herr Bender setzte sich auf die Armlehne eines Stuhls, steckte die Hände in die Hosentaschen und lächelte zynisch.

„Denken Sie wirklich, der Glaube kann etwas bewirken ... außer, dass die vermeintlich ‚Guten' weiter ausgenutzt, hingehalten werden, während die ‚Bösen' alles an sich reißen und immer mehr Macht, vielleicht eines Tages die Weltherrschaft erringen?!" Er suchte nach Worten.

„Denken Sie an die jüngste deutsche Geschichte. Hitler, ein Führer, der den Menschen Heil versprach, hatte Erfolg ... ungeachtet seiner Gräueltaten, die Massen waren blind, ... weil er ihnen Hoffnung gab, Heil und Sieg versprach."

Andy konnte nicht mehr an sich halten.

„Ein Beispiel, wo einer die Hoffnungslosigkeit der Menschen ausnützt ... aus machthaberischen Gründen, kann man nicht mit den Werten des Glaubens, mit der Lehre Christi gleichsetzen."

Herr Bender lächelte überlegen.

„Wenn schon Werte, dann die Wahrheit ... Menschen, die sich der Wirklichkeit stellen, dem Streben nach Wahrheit. Wir, die Kernkreuzer, müssen die Herrschaft übernehmen, damit der Planet überleben kann. Wir müssen aufräumen mit dem kindlichen Glauben an Gott, mit der Unwahrheit hier auf unserem Planeten. Wir wollen das globale Denken, die globale Wahrheit, Wirklichkeit verkünden und den Glauben nur als Glauben an ‚höhere Wesen' und ‚höhere Intelligenz' verbreiten. Wir brauchen aber Beweise ... und einen Beweis hast Du!"

Er fixierte sie erneut.

„Diesen Beweis brauche ich, brauchen wir!"

Anna wandte sich ab, sie hatte genug von seinem fast schon hypnotischen Blick, stand auf und ging zu Thomas. Thomas sah ihr an, dass sie gleich wieder aufbrausen wollte, und versuchte, sie zu beschwichtigten; er legte den Arm um sie.

„Frag nach dem Beweis ... versuche, Zeit zu gewinnen", murmelte er leise.

„Lass mich", erwiderte Anna erregt und wand sich aus seinem Arm.

„Wie können Sie Gott verteufeln als Instanz für den Glauben an das ‚Gute', an alles, was wir als Werte der Menschheit sehen, als das ‚Wahre', das ‚Gute' erachten?!"

Voller Verachtung schleuderte Anna ihm diese Worte entgegen.

Dieser ließ sich jedoch nicht aus der Ruhe bringen, setzte sich auf die Tischkante und erwiderte in überheblichem Ton.

„Wir verteufeln nicht, wir vergöttern nicht, wir wollen den Menschen den eigentlichen Hergang zeigen, die wahre

Erkenntnis, die Wahrheit ohne die Schauspielerkünste der Kirche."

Thomas stieß sie erneut an.

„Spiel auf Zeit", flüsterte er.

Anna versuchte, sich zu beruhigen, atmete tief durch.

„Ich brauche Zeit, um darüber nachzudenken", raunzte sie widerwillig.

Bender breitete seine Arme aus und schenkte ihr ein versöhnliches Lächeln.

„Natürlich, das verstehe ich, nehmen Sie sich Zeit, Ihre Eindrücke, Ihre Erkenntnis, Ihre Empfindungen zu verarbeiten. Fühlen Sie sich als meine Gäste, essen Sie, trinken Sie. Im Salon ist ein Buffet für Sie bereitgestellt. Literatur oder weitere Filmberichte finden Sie hier in den Regalen."

Er zeigte auf die Bücherwand am Ende des Raumes.

„Versuchen Sie, unser Anliegen zu verstehen!"

In seinem Blick, der auf Anna ruhte, lag Mitgefühl, fast schon väterliche Fürsorge.

Für einen Moment war Anna davon verwirrt. Aber sie fasste sich schnell wieder und bat ihn betont höflich, sie jetzt mit ihren Freunden allein zu lassen.

„Selbstverständlich", erwiderte dieser ebenso höflich und verabschiedete sich mit den Worten: „Ich wünsche Ihnen einen angenehmen Tag, wir sehen uns morgen früh wieder."

„Kein Wort, außer unverfänglichem Gelaber", flüsterte Thomas, „wir werden abgehört."

Er zeigte unauffällig unter den Tisch. Anna musste sich selbst überzeugen und blickte unter den Tisch, während sie so tat, als würde sie sich die Turnschuhe fester schnüren. Sie sah ein kleines, metallenes Plättchen, das in der Mitte unter der Tischplatte klebte. Sie nickte Andy zu und er unterließ es, ebenfalls nachzusehen. Unter leichtem Geplauder nahmen sie sich hungrig von dem üppigen Buffet.

Thomas zog wahllos ein Buch heraus und schlug es auf. Er vertiefte sich kurz darin und winkte dann Anna und Andy zu sich.

„Seht euch das an", sagte er laut.

Mit seinem Finger zeigte er auf einzelne Worte.

„Wir … müssen … heute", er blätterte weiter, „Nacht … Ort … verlassen … Wasser."

Er stockte und zeigte nun auf einzelne Buchstaben.

„Sch … w …imm … we … sten suchen."

„Wie findet ihr das?", fragte er zum Schein.

„Nicht zu glauben", antwortete Andy ebenso laut und tat überrascht, „entschuldigt, aber ich brauche dringend frische Luft."

Thomas klappte das Buch zu.

„Gute Idee, Andy, komm, Anna, frische Luft tut dir auch gut."

„Okay", meinte sie und nebeneinander stiegen sie die breite Treppe hinauf. Auf der letzten Stufe versperrte ihnen der Kahlköpfige den Weg an Deck.

„Anna braucht frische Luft, ihr ist schwindlig", log Thomas.

„Moment, stehen bleiben", befahl er.

Er wandte sich ab und telefonierte mit dem Handy. Sie warteten am Aufgang und suchten mit den Augen die Reling ab. Andy stieß sie mit dem Ellbogen an und neigte den Kopf nach rechts, um sie auf den weiß gestrichenen Kasten, an dem ein Rettungsring hing, aufmerksam zu machen.

Der Kahlköpfige drehte sich wieder um.

„Geht in Ordnung, aber nur Du", entschied er und zeigte auf Anna. Thomas reagierte schnell, fasste Anna unter die Arme und murmelte kaum hörbar. „Taumle!"

„Sie sehen doch, dass ihr schwindlig ist. Andy, hilf mir, Anna zu halten."

Ohne dem Wachmann weitere Aufmerksamkeit zu schenken, schleppten die beiden Anna an ihm vorbei. Der Kahlköpfige wusste nicht, wie er reagieren sollte, und ließ sie passieren, telefonierte aber aufs Neue, ohne sie aus den Augen zu lassen.

Die drei lehnten sich an die Reling und holten nicht nur scheinbar tief Luft.

„Wisst ihr, wo wir sind?", fragte Thomas.

„Steckborn", vermutete Andy, „ich meine, diese vorgelagerte Landspitze gehört zu Steckborn."

„Sie sollen nur kurz an Deck bleiben", rief ihnen der Kahlköpfige zu, der sich offensichtlich wieder daran erinnerte, sie nicht zu duzen.

„Anna, lass dich fallen, tu so, als würdest du bewusstlos, wir brauchen Zeit...", flüsterte Thomas.

Theatralisch ließ Anna ihre Beine wegsacken und im letzten Moment, bevor sie auf die harten Bootsplanken fiel, fing Thomas sie auf. Erschrocken eilte der Kahlköpfige näher.

„Schnell, holen Sie ein Glas Wasser. Ich hoffe, sie kommt gleich wieder zu sich, in letzter Zeit hat sie das öfters."

Der Kahlköpfige nickte und verschwand unter Deck. Andy nutzte seine Abwesenheit und untersuchte den Kasten, indem er durch die obere Klappe spähte.

„Bingo, die Schwimmwesten sind da drin", flüsterte er.

Anna nahm scheinbar dankbar das Glas Wasser an.

„Haben Sie eine Liege für Anna und eine Decke? Ich denke, sie sollte unbedingt an der frischen Luft bleiben!"

Wieder wurde telefonisch Order abgefragt.

Bereitwillig hievten sie dann aber eine Liege und Stühle an Deck und stellten sie am Rande der Reling auf.

„Wir sollen uns euren Wünschen fügen", spöttelte der Kahlköpfige, „Decke und Auflagekissen kommen auch gleich. Sollte jedoch einer von euch um Hilfe rufen, werdet ihr euch wieder unseren Wünschen fügen!"

Er grinste höhnisch und setzte sich ganz in der Nähe auf einen Stuhl.

„Bestehe darauf, dass die Liege auch nachts draußen bleibt, zur Sicherheit, falls du dringend frische Luft brauchst", zischte Thomas Anna zu, „wir müssen heute Nacht fliehen."

Sie nickte und bestand auf ihre Forderungen.

Viele Stunden saßen die drei an Deck und vertieften sich

nur zum Schein in die griffbereit liegende Literatur. Gegen Abend spiegelte sich die untergehende Sonne im See und formte ein rotes Band, auf dem Abertausende von Wasserperlen glitzerten. Der Anblick berauschte sie und für einen Moment vergaßen sie ihre missliche Lage.

Nach dem Abendimbiss verlangten sie, dass man das Licht lösche, damit sie endlich ihre versäumte Nachtruhe nachholen könnten. Anna fragte nach einer Taschenlampe, damit sie an Deck könnte, falls sie wieder Unwohlsein überkäme. Nur widerstrebend erfüllten die Securitymänner ihren Wunsch.

In der großen Kajüte mit den weißen holzvertäfelten Wänden befand sich ein Bettenlager mit ausreichend Platz für mindestens sechs Personen. Der Kahlköpfige verlangte, dass die Kajütentür offen blieb, damit er sie jederzeit im Blick hätte. In einem unbemerkten Moment schlich Thomas zu der Sitzecke und schnappte sich mehrere der dort aufgetürmten Stuhlkissen. Andy versuchte unauffällig, seinem Beispiel zu folgen.

„Versteck sie im Bett, wir brauchen sie nachher", flüsterte Thomas und reichte Anna zwei Stuhlkissen.

„Versuch du zu schlafen, Andy und ich werden abwechselnd Wache halten. Sobald unsere Bewacher schlafen, und das werden sie sicher irgendwann während der Nacht, fliehen wir!", flüsterte Thomas.

„Ich bleib als Erster wach", grummelte Andy kaum hörbar.

*

„Anna, wach auf", raunte Thomas und schüttelte sie sanft.

Aus ihren verworrenen Träumen gerissen, blickte Anna ihn unverwandt an.

„Die Wachen schlafen auf Liegen an Deck, Andy stopft bereits seinen Schlafsack mit den Stuhlkissen aus."

Im Nu war sie hellwach, wühlte sich aus dem Schlafsack,

stopfte ihn noch schlaftrunken ebenfalls mit Kissen aus. Es gelang ihr, ihn in eine gekrümmte Form zu bringen, sodass es aussah, als schliefe jemand auf der Seite.

Barfuß schlichen sie auf den Stufen hoch an Deck und versuchten, jegliches Geräusch zu vermeiden.

Zwei der Bewacher waren an Deck, lagen auf den Sonnenliegen und schnarchten in unterschiedlichen Tonhöhen. Den Dritten sahen sie nicht. Anna vermutete, dass er sich auf der Brücke befand. Die Liegen waren direkt vor dem Kasten, in dem sich die Schwimmwesten befanden, aufgestellt. Auf diese mussten sie verzichten.

Lautlos folgten sie Thomas über Deck. Nur mit Mühe konnten sie die Umrisse der Aufbauten erkennen, denn der Mond wurde von vorbeiziehenden Wolken verdeckt.

„Auaaah!" Andy konnte einen kurzen Schmerzensschrei nicht unterdrücken. Er hatte sich seinen kleinen Zeh an einem Eisenteil gestoßen und es tat empfindlich weh!

„Was war das?" Der Kahlköpfige sprang wie von der Tarantel gestochen auf, stieß unsanft seinen schlafenden Kumpel an und rannte die Treppe hinunter unter Deck. Er wollte das Deckenlicht anknipsen, doch im letzten Moment hielt ihn sein Kumpan zurück.

„Halt, nimm die Taschenlampe, es ist doch alles ruhig … du weißt doch, wir sollen höflich sein."

Der Strahl der Taschenlampe streifte die scheinbar in ihren Schlafsäcken liegenden Gäste.

„Hey siehste, die schlafen", meinte der Tätowierte.

„Ich habe aber ein Geräusch gehört, ganz sicher", erwiderte sein Kumpan.

„Glaub ich dir, hier gibt's genug Wasservögel, die schrille Geräusche machen. Wir sind über Nacht ziemlich nah an das Ufer getuckert, und ich denke, dass die Vögel im Schilfgürtel vor uns nächtigen."

„Okay … trotzdem lieber einmal zu viel als einmal zu wenig kontrolliert. Kannst weiterschlafen, ich halte Wache", entschuldigte sich der Kahlköpfige.

„Schlafen kann ich jetzt nicht mehr. Komm, wir trinken noch ein Bier."

„Auch keine schlechte Idee", stimmte der andere zu.

Anna hatte sich neben den beiden hinter einem hohen Turm von Tauen versteckt und wagte nicht, sich zu bewegen. Sie spürte mittlerweile im Sitzen jeden Knochen auf den harten Schiffsplanken. Jedes Wort des Gesprächs über Motorräder musste sie sich anhören, ehe sie endlich wieder Schnarchen in unterschiedlichen Tonhöhen vernahm.

„Folgt mir und passt auf", flüsterte Thomas.

Wie Schatten bewegten sie sich über die Planken bis zum Heck.

„Seht ihr das?", flüsterte Thomas und zeigte auf ein kleines Beiboot, das mit einem Seil am Schiff befestigt sanft auf der leichten Strömung wiegte. Der Rhein war bei Nacht ein schwarzer Fluss und wirkte bedrohlich.

Einer nach dem anderen tauchten sie in das kühle Nass ein. Die Kälte des Wassers raubte Anna im ersten Moment den Atem. Zudem klebte ihre Hose an den Beinen und hinderte sie am Schwimmen. Der Rucksack schwamm wie ein Ballon hinter ihr her. Thomas hatte das Boot losgemacht, das nun direkt vor ihr in der Strömung trieb. Sie folgte ihm ebenso wie Andy hinter die Längsseite des Beiboots und hielt sich am Bootsrand fest. Vom Schiff aus konnte man sie nicht mehr sehen.

Andy zog das Boot in Richtung Schilfgürtel und in unmittelbarer Nähe ließ er als Erster das Boot los. Anna schwamm hinterher und empfand bei jeder Schwimmbewegung das leichte Plätschern als unmäßig laut. Thomas folgte und gab als Letzter dem Boot noch einen kräftigen Stoß. Es drehte sich mehrmals um die eigene Achse und glitt dann weiter in der Strömung flussabwärts. Nach ein paar Schwimmzügen fühlte Anna sumpfigen Morast unter ihren Füßen. Sie zog die Füße sofort wieder an. In ihrer Fantasie tummelten sich da unten Schlangen, Frösche, womöglich Blutegel. Aus Angst, dergleichen zu berühren, schwamm sie noch schneller an Land. In der Dunkelheit tauchten Lichtstrahlen auf. Das stotternde Geräusch eines Schiffsmotors wurde lauter, offensichtlich näherte sich ein Boot dem Ufer.

„Schnell ins Schilf", stieß Thomas leise hervor.

Geduckt bahnten sie sich einen Weg und ihre Füße sanken tief im schlammigen Untergrund ein. Spitze abgebrochene Schilfstängel bohrten sich schmerzhaft in ihre Fußsohlen. Nur langsam und mühsam kamen sie voran, denn die nasse Kleidung behinderte sie zusätzlich.

„Ich kann nicht mehr!" Anna seufzte, blieb stehen und keuchte.

„Wir haben es gleich geschafft, der Schilfgürtel muss gleich enden", versuchte Thomas, sie zu ermuntern.

Lautes Rufen schallte vom Ufer her und Lichtstrahlen streiften über ihre eingezogenen Köpfe hinweg.

„Dort drüben, das Haus", keuchte Thomas, „nur noch bis dahin … Andy bist du hinter uns?"

„Ja", vernahm Thomas die ächzende Antwort.

Die Türe des kleinen Hauses war verschlossen und die Fenster im Parterre waren vergittert. Das Haus lag im Dunkel und in der Auffahrt stand kein Auto. Die Bewohner dieses Ferienhäuschens schienen nicht anwesend zu sein. Sie schlichen näher, hörten in der Ferne das stotternde Geräusch eines Schiffsmotors. Das Geräusch wurde leiser … die Verfolger entfernten sich.

„Zieht die nassen Klamotten aus, wir borgen uns etwas von der Wäscheleine", flüsterte Thomas, dessen Zähne bereits vor Kälte klapperten. Seine Worte waren überflüssig, Anna und Andy bedienten sich bereits.

„Ein Badetuch!", jubelte Anna leise, zog es von der Leine und trocknete sich sorgfältig ab, bevor sie sich Rock und Bluse schnappte. Die Bluse war ihr einige Nummern zu groß, der bunte Wickelrock passte schon weitaus besser. Sie wollte gerade ihre nasse Kleidung auf die Leine hängen, als sie Hundegebell hörte. Im selben Moment ging im Haus das Licht an.

Sie wollte fliehen, aber ein großer Bernhardiner stellte sich ihr in den Weg und knurrte sie an.

„Nicht bewegen", zischte Andy.

Er selbst verharrte bewegungslos, obwohl er die nasse Hose erst halb ausgezogen hatte und sie unterhalb seiner schlotternden Knie hing.

„Bärli, Platz!", befahl eine tiefe Stimme.

Im Schein der Laterne, die an der Außenwand des Hauses direkt neben der Eingangstüre angebracht war, sahen sie einen großen eher kräftig gebauten jungen Mann, der mit einer Schrotflinte bewaffnet war.

„Wer ist da?", fragte er in schweizerischem Dialekt und richtete den Strahl einer Taschenlampe, die er in der anderen Hand hielt, auf sie.

„Drei Studenten, die bei einer nächtlichen Ausfahrt mit dem Ruderboot gekentert sind", antwortete Andy im gleichen Dialekt nicht ganz wahrheitsgemäß. Geblendet hielt er sich die rechte Hand schützend vor die Augen.

„Wir dachten, es wäre niemand im Hause und haben uns Kleidung von der Leine geborgt, bis unsere wieder trocken ist", ergänzte Anna zaghaft.

Der hünenhafte Schweizer, dessen eher rundes Gesicht ein voller dunkler Bart umrahmte, fing schallend an zu lachen. Gleichzeitig begann der Hund laut zu bellen.

„Bärli brav!", befahl er, als er sich wieder gefangen hatte, und wandte sich an Andy.

„Du kannst die Hose gern wieder hochziehen!"

Eine junge Frau im hellen Bademantel stellte sich hinter den Schweizer. Zunächst beäugte sie die unerwartete Gesellschaft misstrauisch, wandte sich dann aber amüsiert an Anna mit den Worten, dass ihre Kleidung ihr auch gut stünde.

Andy erzählte glaubhaft im Schweizer Dialekt von dem gekenterten Ruderboot.

Das junge Paar lud sie ein, mit ins Haus zu kommen und sich bei einer Tasse heißen Tees aufzuwärmen. Schon im Hausflur versorgte die junge Frau Andy und Thomas mit

trockener Kleidung. Die nasse Bekleidung roch nach See-
tang und deshalb warf sie diese sofort in die Waschmaschi-
ne. Den Gestank wollte sie nicht im Hause haben.

In der antik eingerichteten Stube mit offenem Balkenwerk wärmten sich die drei allmählich wieder auf.

„Ist das Boot abgetrieben?", fragte der Schweizer.

„Ja", bestätigte Thomas, „ich bin mal gespannt, ob wir
das wieder finden!" Er wirkte ein wenig verlegen, denn eigentlich hasste er es, die Unwahrheit zu sagen.

„Übrigens, mein Name ist Thomas, das sind Anna und
Andy. Wir sind drei angehende Kunsthistoriker. Ähm ...
zurzeit eben im Urlaub hier am Bodensee."

„Kunsthistoriker werdet ihr? Ob ihr es glaubt oder nicht,
ich habe anfangs auch Theologie und Kunstgeschichte studiert, ehe ich zum Lehramtsstudium gewechselt bin! Ich bin
Bert und das ist Susan, meine bessere Hälfte."

Susan wirkte neben ihrem großen Mann mit seinem vol-
len schwarzen Haar eher zierlich, aber drahtig. Ihr blondes
Haar fiel ihr über die Schultern und umrahmte ihr schma-
les Gesicht. Die blauen Augen über ihrer fein geschnittenen
Nase und der schmalen Mundpartie blickten munter in die
Runde.

„Ja, ja, als er mich kennengelernt hat, änderten sich seine Pläne schlagartig. Pfarrer wollte er jedenfalls nicht mehr
werden", bemerkte sie und lächelte.

„Echt wahr, du wolltest Pfarrer werden, katholischer
Pfarrer, der dem Zölibat untersteht?", fragte Anna skeptisch.

„Ich habe meine Entscheidung, kein Pfarrer zu werden,
nie bereut", lächelte Bert leicht verlegen.

Ein Wort gab das andere und ehe sie sich versahen, graute
schon der Morgen. Susan und Bert bestanden darauf, dass
sie im Gästezimmer übernachteten. Anna half Susan, die
Gästebetten zu beziehen, und bedankte sich nochmals für
ihre Gastfreundschaft. Sie war zu müde, um sich zu sorgen,
ob sie noch verfolgt wurden, zog die Decke über ihren Kopf
und streckte sich auf der bequemen Matratze aus.

*

„Wieso wollen Sie das wissen, sind Einbrecher unterwegs?", fragte Bert.

Bärli knurrte die drei Securitymänner an.

„Nein, drei junge Leute werden vermisst", antwortete der Kahlköpfige mürrisch.

„Sind Sie von der deutschen Polizei?"

„Nein, das nicht, aber wir sind um ihr Wohlergehen besorgt, also haben Sie jetzt jemanden gesehen oder nicht?"

„Nein", log Bert, die Typen mit ihren komischen Amuletten um den Hals gefielen ihm nicht.

„Aber warum suchen Sie nicht die Kantonspolizei auf, im nächsten Ort in Rorschach finden Sie eine Station, vielleicht erfahren sie dort Näheres!"

Die drei antworteten nicht, sondern stapften unverrichteter Dinge grußlos in ihren dunklen Lederstiefeln zu ihrem schwarzen Lieferbus. Bärli fing an, laut zu bellen, und fletschte die Zähne. Bert musste ihn ganz fest an die Leine nehmen, mit aller Kraft zerrte der Hund daran, und nur mit Mühe konnte er ihn halten.

„Aus, Bärli, aus!", rief Bert energisch.

Insgeheim konnte er den Unmut seines Hundes verstehen, er mochte diese Typen auch nicht. Bärli schnaufte nochmals ärgerlich, gehorchte dann aber und setzte sich neben Bert.

Das Gebell hatte die bis zu diesem Zeitpunkt noch Schlafenden aufgeschreckt. Sie blickten, selbst vom Vorhang verdeckt, durch das kleine Fenster der Mansarde und entdeckten die Verfolger, die gerade den Vorplatz verließen.

„Lasst mich erklären", bat Thomas die anderen, als sie die schmale Holztreppe hinuntergingen. Bert ging ihnen entgegen und an ihren unsicheren Mienen erkannte er sofort, dass er nicht die ganze Wahrheit wusste.

Während des Frühstücks im Garten erzählte Thomas den Gastgebern in Ansätzen, was bisher wirklich geschehen war.

Von einem Hinweis zu einem geschichtlichen Fund, den

andere auch gerne hätten, der aber auf keinen Fall in falsche Hände geraten dürfe! Von der Entführung, dass sie diesen Fanatikern aus dem Weg gehen mussten ... aber, da es geheim bleiben musste, auf keinen Fall zur Polizei gehen könnten. Zuvor mussten sie schwören, keinem anderen davon zu erzählen.

Bert kraulte seinen Bart, taxierte sie mit seinen blauen Augen.

„Wie Schwerverbrecher seht ihr nicht gerade aus. Ich glaube euch und ein geschichtlicher Fund, das finde ich spannend! Aber ... was habt ihr jetzt vor?"

„Ich habe nachgedacht, ich möchte unbedingt mit einem Geistlichen über ähm ... diese Angelegenheit reden."

Anna rieb sich nachdenklich die Schläfen.

„Andy, weißt du denn noch, wer dieser Geistliche war? Nicht die Eminenz, der andere, der sich für diese Bibel ... Mist", Anna biss sich auf die Lippen, fuhr aber fort, „interessiert hat."

Susan bemerkte ihre Unruhe.

„Keine Sorge, Anna, dein Geheimnis ist bei uns sicher, wir haben geschworen zu schweigen."

„Dieser Geistliche war so ein kleiner lustiger mit Vollbart, mit südländischem Teint. Pater war er, glaub ich, aus einem Kloster. Ich komm bloß nicht auf den Namen, irgendwo im Hinterland vom Bodensee ... irgendwas mit Ottoburg oder so ähnlich."

„Ottobeuren", warf Bert ein.

„Ja, genau, er hat auch nach dem Buch gefragt und wollte wissen, wo es geblieben ist. Er war sichtlich erschrocken, als ich ihm erzählt habe, dass sich auch andere Geistliche dafür interessieren."

„Weißt du noch, wie er hieß?", fragte Anna ungeduldig.

„Er hatte so einen alten Namen. Pater ... ach, ich komme nicht drauf!"

Man sah Andy an, dass er verzweifelt versuchte, sich zu erinnern.

„Andy, du sagst, ein kleiner Lustiger mit Vollbart", wiederholte Bert.

„Ja, stellt euch vor, er hatte so Sprüche drauf wie: ‚Was die da in Rom von sich geben, sollte man nicht so ernst nehmen'", sprudelte Andy diesen Teil der Erinnerung hervor.

„Pater Innozenz, das kann nur der Innozenz sein!"

„Pater Innozenz", wiederholte Andy verblüfft, „das ist der Name! Du kennst ihn?"

„Ich kenne ihn gut. Wir haben zusammen studiert, wir sind Freunde und versuchen, uns mindestens einmal im Jahr zu treffen."

Anna war verblüfft, sie musste diesen Zufall nutzen.

„Könntest du denn für uns ein Treffen mit ihm organisieren?"

„Organisieren?", grinste Bert und machte eine theatralische Pause. „Wir sind heute in Ottobeuren verabredet. Susan muss ein paar Tage als Krankheitsvertretung arbeiten, obwohl sie eigentlich Urlaub hat. Ja, und ich nutze die Gelegenheit, meinen alten Freund zu besuchen. Er mag Gesellschaft. Ich denke, es dürfte kein Problem sein, Studenten der Kunstgeschichte mitzubringen."

„Du meinst, das könnte klappen?"

„Denk schon, ich werde gleich mit ihm telefonieren und unseren Besuch ankündigen."

Thomas räusperte sich.

„Ich will ja nicht drängen, aber ich habe immer noch ein ungutes Gefühl. Ich denke, dass diese Typen noch hier in der Nähe sind. Wir sollten nicht mehr hier sein, falls sie sich überlegen, noch mal nachzusehen. Aber wie kommen wir von hier möglichst unbemerkt weg?"

„Mit unserem alten Kombi", schlug Susan vor, die hinter Bert aufgetaucht war.

Sie war kaum wiederzuerkennen in ihrem beigen Hosenanzug und den hohen Absatzschuhen, offensichtlich ihre Kleidung für das Büro.

„Ich habe schon bemerkt, dass du dich brennend für diesen geschichtlichen Fund interessierst und ihnen gerne helfen möchtest, nicht wahr?", sagte sie zu ihrem Mann.

Bert nickte und Susan hauchte ihm einen Kuss auf die Wange. Er spielte mit der einzelnen Strähne, die sich aus ihrem heute hochgesteckten Haar gelöst hatte, und erwiderte sanft ihren Kuss.

„Ich muss mich beeilen", meinte Susan, bestellte Grüße an Pater Innozenz und wünschte ihnen viel Erfolg bei der Suche.

Sie fuhr los und winkte ihnen zum Abschied aus dem silberfarbenen Auto.

„Wir haben in der Garage noch einen alten Kombi ohne Rücksitze", erklärte Bert, „normalerweise benützen wir ihn für den Transport von Brennholz. Aber wenn ihr euch auf die Pritsche legt und ich Decken über euch werfe, ist es wohl die unauffälligste Art für euch, unbemerkt nach Ottobeuren zu gelangen."

„Genial", freute sich Thomas.

*

Sie fuhren bereits eine gute halbe Stunde, als Bert das laufende Radio abstellte.

„Verdammter Mist, dieser schwarze Lieferwagen ist immer noch hinter uns. Kurz nachdem wir los sind, habe ich ihn bereits gesehen und trotz vieler Möglichkeiten abzubiegen, bleibt er uns auf den Fersen.

„Und ... was, was tun wir jetzt?", fragte Anna mit brüchiger Stimme.

„Frage ich mich auch gerade. Aber keine Sorge, Anna, ich habe eine Idee! Wart ab."

Über Handy rief er Susan an, aber was er da in Schweizer Dialekt mit ihr besprach, konnten weder Anna noch Thomas verstehen.

„Er tauscht das Auto mit Susan", informierte sie Andy, der ihre fragenden Blicke auffing.

„Aha", sagte Anna, die nicht begriff, was Bert vorhatte.

Sie hoffte nur, dass die Fahrt bald zu Ende wäre und sie den Verfolgern entkommen könnten. Zudem spürte sie auf der harten, kalten Pritsche, trotz einer Wolldecke als Unterlage, jede Unebenheit der Landstraße. Immer wieder wurde sie unsanft auf die blechernen Rillen der Ladefläche gedrückt. Bert schlängelte sich in rasantem Tempo die Serpentine der Auffahrt eines Parkhauses in Rorschach hinauf.

„Es geht los, setzt euch auf", dirigierte er und hielt abrupt an. Nervös drückte er auf die automatische Türöffnung eines anderen Autoschlüssels.

„Ihr müsst ins andere Auto wechseln, beeilt euch."

Er riss die Türe des Kombis auf und fast gleichzeitig die hinteren Türen des silbernen Opels nebendran.

„Bleibt mit den Köpfen unten", befahl er. Geduckt hechteten sie auf die Rückbank der Limousine. Bert warf das Gepäck in den Kofferraum und klemmte sich hinter das Steuerrad.

Auf dem Beifahrersitz lag der Sonnenhut von Susan, ein breitrandiger Strohhut, den er sich über den Kopf stülpte und tief ins Gesicht zog. Geschickt parkte er rückwärts aus und steuerte Richtung Parkhausausfahrt. Fast im gleichen Augenblick kam ihnen auf der Serpentine der schwarze Lieferwagen entgegen.

„Sie haben mich nicht erkannt", murmelte Bert aufgeregt und blickte in den Rückspiegel.

„Sie steigen aus … und untersuchen den Kombi. Bye, bye", flötete er und nahm die nächste Serpentine.

Kurz vor dem Kreuzlinger Zoll richteten sie sich einer nach dem anderen aus der auf Dauer unbequemen Lage mit eingezogenem Kopf wieder auf. Ihren Verfolgern waren sie erst mal entwischt. Anna versuchte, wieder innere Ruhe zu finden, um klare Gedanken zu fassen. Sie wandte sich an Andy.

„Andy, ich glaube, die Gefahr ist erst mal vorüber, du

kannst wieder nach St. Gallen zu deinem Job und deinem Häuschen zurückkehren. Es tut mir wirklich leid, dass du in diese ähm ... Angelegenheit hineingezogen wurdest. Aber versprich mir, dass du wachsam bist, wenn du wieder zu Hause bist. Und sollte dir etwas ungewöhnlich vorkommen, alarmiere bitte die Polizei."

„Ach, Anna", erwiderte Andy, „der Job in der Bibliothek ist mir schon nach den ersten vier Wochen langweilig geworden. Da gehe ich nicht mehr hin und ich könnte wetten, dass meine Vorgesetzte bereits die Kündigung geschrieben hat. Davon abgesehen interessiert es mich wirklich brennend, was die ‚Bibel der Bibeln' so einzigartig macht ... ich würde dir gerne bei der Suche helfen."

„Das könnte aber gefährlich werden", gab Anna zu bedenken.

„Eben, einer muss ja auf euch aufpassen", gab er grinsend zurück.

Die Fahrt zog sich dahin und als Bert in den Rückspiegel sah, musste er schmunzeln. Kopf an Kopf schlummerten seine drei Mitfahrer friedlich auf der Rückbank. Erst unmittelbar vor der Ankunft in Ottobeuren gelang es ihm, sie durch wiederholtes Rufen ihrer Namen zu wecken.

Pater Innozenz in langer schwarzer Kutte erwartete sie bereits am Parkplatz. Bert und er begrüßten sich herzlich, klopften sich gegenseitig auf die Schulter.

Als Ersten stellte Bert Andy vor und als Pater Innozenz ihn mit Händedruck begrüßte, hielt er seine Hand fest.

„Dein Gesicht kenne ich doch, wo haben wir uns schon gesehen?", versuchte er sich zu erinnern.

„In der Bibliothek in St. Gallen."

„Ah, der Student. Kunstgeschichte studierst du, stimmt's?"

Für einen Moment huschte ein dunkler Schatten über sein freundliches Gesicht mit den tiefliegenden, dunklen Augen. Er trug wie Bert einen Vollbart, der unter der schlanken langen Nase begann, nur schmale Lippen freiließ und bis zur Brust reichte. Sein noch fast volles Haar und seine drahtige Gestalt verliehen ihm ein jugendliches Aussehen. Neben Bert, der ihn um eine Kopflänge überragte, wirkte er klein, aber drahtig.

„Hallo, ich bin Anna, ebenso angehende Kunsthistorikerin", stellte sie sich selbst vor.

Pater Innozenz war ihr vom ersten Moment an sympathisch.

„Und das ist Thomas, noch ein Student, Kommilitone von Anna", erklärte Bert.

„Aha, dann kann ich nur hoffen, dass ihr mir keine Löcher in den Bauch fragt, während der Führung durch das Klostergebäude. Ihr wollt doch eine Führung?"

„Auf jeden Fall", antwortete Bert, „aber Anna hat noch weitere Fragen an dich. Vielleicht können wir uns nach der Führung noch irgendwo ungestört unterhalten."

„Ja, ich denke schon … einen Moment." Er zog aus den Umhängen seiner langen Robe ein Handy.

Telefonisch orderte er Abendessen für seine Gäste.

„In einer Stunde gibt es Vesper und einer vom Küchenpersonal hat versprochen, das Essen in meine Wohnung zu bringen. Dort sind wir ungestört, recht so?", fragte Pater Innozenz.

„Super, danke dir." Bert musste lachen.

Sie liefen durch einen Park mit hohen dickstämmigen Bäumen, vorbei an einem kleinen Fischteich, in dem sich rot und golden schimmernde Fische befanden, zum Eingang des Klosters. Das alte Klostergebäude mit seinem seitlichen Treppengiebel und dem hohen Spitzdach hatte dringend einen neuen Anstrich nötig, an vielen Stellen blätterte die Farbe ab und ließ den Blick auf graues Mauerwerk frei.

Unzählige kleine Fenster mit Gitterkreuz unterbrachen das Gemäuer des lang gestreckten Gebäudes und wiesen auf mehrere Etagen hin. Die beiden Freunde gingen voran und bei jedem Schritt raschelte die Kutte des Paters geräuschvoll. Sie hatten sich viel zu erzählen, denn sie plauderten unentwegt.

Erst vor dem Museumseingang blieb Pater Innozenz stehen und erklärte ihnen, dass das Gebäude aus dem frühen achtzehnten Jahrhundert stamme. Heute beherberge das Kloster nur wenige Mönche, ein Teil wäre Museumsbereich und einige Räume könnte man für Seminare mit Übernachtung mieten. Jedoch jetzt in den Sommerferien fänden keine Kurse statt. Er zeigte ihnen als Erstes die Kirche, einen unermesslich großen, hohen, ovalen Raum. In der Mitte, umrahmt von Säulengängen, war ein freies Rund wie in einem Tempel.

Anna fand bedauerlich, dass eine Hälfte des Kirchenraumes mit Gebetsbänken zugestellt war. Ihrer Meinung nach passte das gar nicht zu der tempelartigen Bauweise. Sie schritten durch den Bau und vor einem gläsernen Schrein in der Nähe des Altars blieb Anna stehen. Die Reliquie, ein Skelett in prächtigem, dunkelrotem Gewand, saß aufrecht darin und winkte freundlich mit einer Skeletthand, die in einem weißen Handschuh steckte.

„So eine Präsentation einer Reliquie habe ich noch nie gesehen!" Fragend blickte Anna Pater Innozenz an.

„Warum soll man immer nur liegend und traurig auf die Auferstehung warten?", antwortete dieser lächelnd und bat sie, ihm zu folgen.

Sie durchquerten Raum für Raum und einer schien prächtiger als der andere zu sein. Pater Innozenz versuchte, ihnen die Geschichte des Klosters zu veranschaulichen, und wies auf besonders wertvolle Schätze hin. In einem Saal befanden sich überlebensgroße Marmorskulpturen, im nächsten hohe ausladende Sakristeischränke mit kunstvollen Intarsien und aufwändigen Schnitzereien. Im Festsaal gab es sogar eine Bühne und Pater Innozenz berichtete, dass einst viele Aufführungen von Theaterstücken stattgefunden hatten. Heutzutage gäbe es nur noch einmal im Jahr das Krippenspiel.

Aber in der Kirche hätten seinerzeit die berühmten Dirigenten Herbert von Karajan und Leonard Bernstein Konzerte gegeben.

In der Bibliothek, einem großen rechteckigen Raum mit Säulengängen an den Längsseiten, präsentierten sich Wände voller Bücher, alle weiß gebunden. Das unterstrich die Erhabenheit des Raumes.

„Fantastisch. Sind die Bücher in weißes Leder gebunden?", Thomas war beeindruckt.

„Ja, man hat seinerzeit die alten Einbände der Bücher aus dunklem Leder durch neue aus weißem Ziegenleder ersetzt, um diese Wirkung zu erzielen", antwortete Pater Innozenz.

Andy betonte, dass diese Bibliothek mindestens so einmalig wäre wie die in Sankt Gallen. Anna schritt an den Bücherwänden entlang, sie fühlte sich wie hypnotisiert. Sie suchte etwas, wusste aber nicht was. Sie hatte das Gefühl, als hätte sie diesen Raum schon einmal gesehen. Sie erinnerte sich.

In meinem Traum habe ich eine Nonne gesehen ... Sie hatte etwas in der Hand gehalten ... ein Buch ... ein weißes Buch ...

Anna wurde schwindlig, sie setzte sich auf ein Podest zwischen den Regalen, rieb sich die Augen und fühlte sich wie kurz vor einer Ohnmacht. Bilder des Traumes tauchten vor ihrem geistigen Auge auf.

... ich habe ein weiß eingebundenes Buch gesehen wie diese Bücher hier ... einen Buchdeckel ... mit einem eingearbeiteten Schlüssel ... mit drei Zacken im Bart ...

„Was ist mit dir Anna, geht es dir nicht gut?" Thomas war besorgt zu ihr getreten.

„Ja ... nein, ich hatte eben ein Déjà-vu von dem Albtraum neulich bei Andy. Ich habe ..."

Sie brach ab und wandte sich an Pater Innozenz.

„Gibt es hier ein Buch, in dessen Buchdeckel, also im Einband, ein Schlüssel erhaben herausgearbeitet ist?"

„Oh, das kann ich dir nicht sagen, bisher ist mir so was noch nicht aufgefallen. Aber wie kommst du darauf?"

„Ähm ... ich habe ein solches Buch gesehen ... weiß eingebunden ... wie diese hier ... es war im Traum", antwortete Anna und blickte ihn unsicher an. Sie fragte sich, was er wohl über sie dachte. Egal, sie musste einen Vorstoß wagen.

„Darf ich mich umschauen? Kann ich oder besser gesagt, können wir die Bücher herausnehmen, um die Buchdeckel zu betrachten?"

„Oh, tut mir leid, ohne Genehmigung geht das hier nicht", meinte Pater Innozenz, „jedenfalls nicht jetzt ... vielleicht später, kommt", fügte er zu ihrer Überraschung leiser hinzu. Seine Gedanken kreisten, konnte das sein, dass gerade diese jungen Leute Licht in diese undurchsichtige Angelegenheit bringen konnten, die ihn seit Jahren beschäftigte?

Er führte sie ein Stockwerk höher in seinen Privatbereich.

Beim Betreten des ersten Raumes fiel Annas Blick sofort auf die Bücherregale aus dunklem Holz, die beide Längsseiten säumten und bis unter die hohe, weiß getünchte Decke reichten. Unzählige ältere Buchexemplare stapelten sich in den Regalen und die wenigen nicht verblichenen Bücher stachen als rote und weiße Farbtupfer in der Bücherwand hervor.

Vor dem hohen Fenster stand ein großer, schwerer Eichentisch, normalerweise wohl als Schreibtisch genutzt, wie Anna an den zur Seite geräumten Schreibutensilien unschwer erkennen konnte.

Im Moment diente er als Esstisch, denn er war mit zwei riesigen Vesperbrettern beladen und es war für fünf eingedeckt.

„Andy hat uns erzählt, dass Sie sich das Buch mit den drei Schlüsseln angesehen haben. Darf ich fragen, was speziell Sie interessiert hat?", fragte Anna.

„Später unterhalten wir uns", winkte Pater Innozenz ab, „setzt euch, greift zu, ihr seid eingeladen."

Es klopfte.

„Ja, ja, ich komme schon", rief Pater Innozenz und wandte sich an seine Gäste:

„Ich bin gleich wieder da, ich habe noch Verpflichtungen

... ach ja, und wenn ihr wollt, könnt ihr über Nacht hierbleiben. Wir haben freie Gästezimmer!"

„Gerne, ich auf jeden Fall", antwortete Anna, ohne die Antwort der anderen abzuwarten. Thomas und Andy nahmen das Angebot ebenfalls gerne an und Bert erinnerte ihn daran, dass er schon geplant hatte, ein paar Tage zu bleiben.

„Freut mich", sagte Pater Innozenz und eilte zur Türe.

Sie aßen von dem angebotenen Vesper und Anna merkte erst jetzt, wie hungrig sie war. Als Pater Innozenz zurückkam, war nur ein Anstandsrest übrig geblieben.

„So, meine Lieben, ihr dürft mich gerne per Du ansprechen und Anna für dich habe ich ein Einzelzimmer", meinte er. Sie bedankte sich, seine Gastfreundschaft machte sie fast schon verlegen, dennoch musste sie fragen.

„Die Bibliothek, ist sie nachts geschlossen, wird sie bewacht?", traute sie sich dennoch zu fragen.

„Nein", erwiderte er und musterte sie eingehend, „du möchtest nach dem Buch suchen?"

„Ja, das möchte ich ... es ist sehr wichtig für mich."

Er bat sie, ihm doch Näheres mitzuteilen. Sie zögerte, wollte zunächst wissen, weswegen ihn das Buch mit den drei Schlüsseln in der St. Galler Bibliothek interessiert habe.

„Das ist eine lange Geschichte, ich werde sie später erzählen." Sie überlegte, wollte nicht unhöflich sein und entschloss sich, ihm zu vertrauen, verlangte aber, dass er alles, was sie ihm gleich erzählen würde, wie ein Beichtgeheimnis behandeln sollte.

Mit dieser Forderung hatte er nicht gerechnet, aber konnte oder durfte er im Interesse der Sache überhaupt ablehnen? Er versprach es. Sie erzählte ihm, was bisher vorgefallen war, erwähnte aber nicht die ‚Bibel der Bibeln', sondern sprach nur von einer besonderen Bibel. Bert übernahm den Teil der Erzählung, wie sie bei ihm im Garten gestanden waren, und auch den Part von Andy mit der heruntergelassenen Hose, was zu allgemeinem Gelächter führte. Nur Andy verdrehte die Augen.

Anna fuhr aber wieder ernst fort.

„... ebendieser Traum ... oder dieses Déjà-vu ... ich bin mir ganz sicher, dass hier so ein Buch sein muss. Vielleicht ein weiterer Hinweis auf ...“

Sie hielt inne, leichte Röte stieg ihr ins Gesicht.

„Mehr möchte ich nicht erzählen.“

Pater Innozenz blickte sie verständnisvoll an.

„Schon gut, ich denke, ich weiß, worüber du schweigen möchtest. Du meinst sicher diese mysteriöse Bibel. Eine Chronik aus dieser Zeit berichtet über Mönche, die in Trance fielen, wenn sie ebendiese Bibel, verziert mit handgemalten biblischen Darstellungen, betrachteten. Ottobeuren wird erwähnt als Schlüsselträger eines Geheimnisses.“

Anna traute ihren Ohren nicht. Konnte das wahr sein? Ihre Stimme überschlug sich vor Aufregung.

„Kann ich diese Chronik einsehen?“

Pater Innozenz nickte.

„Ich bewahre sie momentan in meinem Tresor auf, weil ja, weil sich derzeit auffallend viele für diese Chronik interessieren, Mitbrüder, oberste Geistliche und auch Politiker. Wenn jemand sie zu Gesicht bekommt, dann du, ihr.“

Pater Innozenz bat sie, das Geschirr einen Stock tiefer in die Küche zu bringen, während er die Chronik aus dem Tresor holen würde.

Sie kehrten zurück. Pater Innozenz hatte ein schweres großes Buch mit einem alten, rissigen, braunen Ledereinband auf den Eichentisch gelegt. Er zog sich weiße Handschuhe über und öffnete das Buch vorsichtig in der Mitte, blätterte einige Seiten und suchte nach der bewussten Textstelle. Er fand die Ausführung, in der eindeutig Ottobeuren als Aufbewahrungsort eines „verschlüsselten Geheimnisses“ bezeichnet wurde, wie Bert es übersetzte. Alle Köpfe beugten sich über das Buch und versuchten, die gleichmäßige, auf das Feinste gezeichnete Federhandschrift zu entziffern und gleichzeitig zu übersetzen.

SI DIE IOHANNIS LUX …

„Hier steht was über den Johannistag. Haben wir den nicht morgen?", fragte Thomas in die Runde.

„Ja der Johannistag ist am 24. Juni, aber die Johannisnacht ist heute am 23. Juni", erklärte Anna.

„Wartet, hier kommt die Stelle, die ich meine …", unterbrach Pater Innozenz.

Er übersetzte leicht stockend.

WENN AM JOHANNISTAG SICH …
LICHT IN DER DUNKELHEIT ZEIGT …
WIRD … DER ORT … ERHELLT
AN DEM … EIN SCHLÜSSELWERK …
DER DREI … GESTELLT … EIN …
LEUCHTENDER STRAHL … DURCH DAS …
SCHLÜSSELLOCH … FÄLLT …
DEN ORT ZU SEINER ZEIT ERHELLT …

„Ja, so ähnlich würde ich das auch übersetzen … Ort kann natürlich auch Platz oder Stelle bedeuten", bemerkte Bert.

„Oder … leuchtender Strahl … kann eben auch nur für Licht stehen", meinte Andy.

„Aber worauf deuten diese Zeilen hin?", fragte Anna.

„Wenn es um Licht geht, muss es erst mal dunkel sein. Johannistag ist heute …", überlegte Thomas.

„Folglich … müssen wir heute Nacht", vollendete Andy seinen Gedankengang, … ein Schlüsselwerk … ein Buch suchen!"

„Und die Bücher sind in der Bibliothek … damals wie heute", warf Bert ein, „demnach benötigen wir heute Nacht Zugang zur Bibliothek."

Alle Augen richteten sich auf Pater Innozenz. Theatralisch breitete er seine Arme aus.

„Normalerweise geht das nicht, … aber im Interesse der Sache werde ich es ermöglichen, kommt mit!"

Sorgfältig verschloss er die Zimmertüre, ehe er sie den

langen Gang entlangführte. Zahlreiche Fenster mit Fensterkreuz befanden sich auf der Außenseite und Türen aus Nussbaumholz in regelmäßigen Abständen auf der Innenseite.

Er brachte sie in einen rechteckigen Raum mit weiß getünchten Wänden und hoher Decke. An den Längsseiten standen mehrere aus massivem Holz gefertigte Stockbetten.

„Das Quartier für die Herren …", bot Pater Innozenz mit einladender Geste an, „das Bad befindet sich am Ende des Flurs." Thomas und Andy suchten sich ein Bett nahe am Fenster aus. Bert breitete seine Sachen auf zwei Betten aus. Pater Innozenz blickte auf ihr Treiben. Er haderte mit sich, hatte eine Idee, wusste aber nicht, ob er sie umsetzen sollte.

Er räusperte sich.

„Ähm … in den Schränken hier am Eingang sind schwarze Kutten aufbewahrt. Da ihr heute Nacht in die Bibliothek wollt, wäre es unauffälliger, wenn ihr diese Gewänder anzieht. Offiziell geschieht dies, wie der Besuch in der Bibliothek, ohne mein Wissen."

„Klar doch", versprach Bert, der das Unbehagen des Paters spürte. Er wollte auf keinen Fall, dass sein Freund wegen ihnen Ärger bekam.

„Gut, meine Mitbrüder sind zurzeit auf einer Kirchentagung, ich bin als Einziger hiergeblieben, wegen Pater Ignatius. Er hat Rheuma und es plagt ihn oft so sehr, dass er kaum aus seinem Zimmer geht, meist nur noch zu den Gebetsstunden. Heute Abend um sechs Uhr gehe ich mit ihm zum Abendgebet."

Er wandte sich an Anna.

„Anna, schräg gegenüber ist ein kleines Zimmer, nur für dich. Die Bibliothek befindet sich die Treppe hinunter, fast genau unter deinem Zimmer."

„Okay, vielen Dank."

Pater Innozenz winkte ab, er freue sich immer über Besuch.

„Werden hier in Ottobeuren auch Johannisfeuer entfacht?", wollte Thomas wissen.

„Ja, jedes Jahr. Der jahrhundertealte Brauch wird immer noch gepflegt. Ihr könnt das Feuer heute Nacht hier von dem Fenster aus sehen, da es auf dem angrenzenden Acker jedes Jahr an der gleichen Stelle entfacht wird."

Er zeigte auf ein beachtliches Gebilde von Hölzern und Geäst, das sich auf dem Ackerboden türmte.

Sie verabredeten sich spätestens um elf Uhr vor der Bibliothek oder wer wollte zuvor auch in den Räumen von Pater Innozenz. Anna versprach, pünktlich zu kommen, aber sie hatte das Bedürfnis, sich erst noch auszuruhen.

*

Elf Mal schlug die Glocke, tief tönend und schwer.

Drei Gestalten, in schwarze Kutten gehüllt, warteten vor der Eingangstüre der Bibliothek. Die ankommende vierte schwarze Gestalt öffnete ihnen die Türe und ging wortlos zurück. Im Mondlicht, das durch die Fenster der Bibliothek drang, leuchteten die weißen Bucheinbände.

„Wo bleibt Anna?", fragte Thomas ungeduldig.

„Lass sie schlafen, sie hat Erholung nötig", beschwichtigte ihn Bert.

„Wo sollen wir anfangen?", fragte Andy.

„Dort, wo Licht einfallen kann ... also jeweils auf der anderen Seite der Fenster ... hier auf den Längsseiten", überlegte Thomas laut.

„Vergesst nicht, die Handschuhe anzuziehen, die Pater Innozenz euch gegeben hat, und geht vorsichtig mit den alten Büchern um", mahnte Bert.

Das aufdringliche Schrillen eines Handys weckte Anna. Schlaftrunken wälzte sie sich aus dem Bett, wunderte sich, dass keiner dran ging, denn es kam eindeutig aus dem Zimmer gegenüber und schrillte unaufhörlich. Schnell zog sie sich an und eilte hinüber in das andere Zimmer. Der Raum war leer und sie fand das immer noch schrillende Handy auf einem der Betten.

Auf ihr zaghaftes „Hallo" hörte sie nur ein Schluchzen.

„Hallo, wer ist da?", wiederholte sie besorgt.

„Hier ist Susan", wieder Schluchzen, mit zittriger Stimme fuhr die Stimme fort, „Anna … sie haben mich auf der Heimfahrt verfolgt … ein schwarzer Lieferwagen ... sie haben mich ... einen Abhang hinuntergedrängt ... sie haben mich mit einem Messer bedroht!"

„Susan, bist du verletzt?" Anna konnte im ersten Moment nicht glauben, was sie da hörte.

„Nein, wo ist Bert? Anna, ... gib mir Bert!"

Anna versuchte, Susan zu beruhigen. Sie erklärte ihr, dass Bert im Moment nicht in der Nähe des Handys war, sie ihn erst suchen müsse.

„Anna, sie wissen, dass ihr in Ottobeuren seid", fuhr Susan mit weinerlicher Stimme fort, „sie haben mich gezwungen, euch zu verraten!"

„Das ist doch Nebensache. Aber du bist nicht verletzt, wo bist du?"

Sie musste diese Neuigkeit aus ihren Gedanken verdrängen, zunächst war Susans Befinden wichtig.

„Nein, mir ist nichts passiert, ... ich stehe noch am Auto, ich muss Hilfe holen, allein bekomme ich das Auto nicht aus dem Graben", erwiderte Susan schon etwas weniger aufgewühlt.

„Ruf bitte die Polizei an, erzähle ihnen von diesen Typen, aber nichts über uns", bat Anna.

Susan versprach es und ihre Stimme wirkte wieder gefestigter. Deshalb wagte Anna, die Frage zu stellen, die ihr schon auf der Zunge brannte.

„Seit wann wissen die Verfolger, dass wir hier sind?"

„Ungefähr seit einer Viertelstunde ... ich musste erst das Handy suchen, sie hatten es weggeschleudert … ich habe es auf dem Acker gefunden ... zum Glück unbeschädigt."

„Oh, dann haben wir nicht mehr viel Zeit, pass auf dich auf! Es tut mir so leid Susan, was sie dir angetan haben. Ruf bitte die Polizei, aber entschuldige, ich muss schnell die anderen warnen!"

„Ja, tu das, ich komme schon zurecht ... bis später."

Anna verlor keine Zeit und rannte die Treppe hinunter zur Bibliothek. Sie öffnete die Türe und stieß vor Schreck einen Schrei aus. Drei Gestalten in schwarze Gewänder gehüllt berührten mit von weißen Handschuhen verhüllten Händen weiße Bücher. Das fahle Mondlicht ließ sie unmenschlich, geisterhaft erscheinen.

„Anna, bist du es? Was ist los?", rief Thomas leise.

„Ähm, ihr seht aus wie Gespenster, ich habe mich erschreckt, aber ...", flüsterte Anna verlegen und eilte auf die anderen zu.

In knappen Worten erzählte sie von dem Anruf.

„Verdammt!" Bert fluchte und ballte seine Hände zu Fäusten, „diese Typen können was erleben, wenn ich die erwische!"

Anna versuchte, ihn zu beruhigen.

„Glaub mir, Susan ist wieder wohlauf und sie ist nicht verletzt!" Sie setzte ihre Betonung auf – nicht –.

„Tut mir leid, was passiert ist, Bert, aber denk daran, dass wir bisher das Buch nicht entdeckt haben", mischte sich Thomas ein, „das sollten wir aber, bevor diese Typen hier auftauchen."

„Okay, du hast recht." Bert versuchte, seinen Ärger für den Moment zu vergessen. „Suchen wir weiter."

Anna ließ ihren Blick bereits über die gegenüberliegende Wand gleiten.

„Seht ... ihr das?", fragte sie stammelnd und zeigte auf das Fenster über sich und dann auf die gegenüberliegende Wand. Licht, flackerndes Licht, Feuerschein fiel durch das Oberfenster, das oben rund und unten rechteckig geformt war und auf der gegenüberliegenden Bücherwand einen Lichtkegel in Form eines überdimensionalen Schlüssellochs malte. Sie eilte auf die andere Seite zur beleuchteten Stelle. Fast im gleichen Moment verdeckte eine Wolke den Feuerschein. Die anderen folgten ihr und Andy knipste die Taschenlampe an.

Anna hatte sich die Abbildung des übergroßen Schlüssellochs gemerkt und zog direkt vor sich in Brusthöhe ein schweres in weißes Leder gebundenes Buch heraus. Auf dem Buchdeckel war ein Schlüssel, ungefähr eine Handspanne groß mit drei Zacken im Bart eingeprägt.

„Dieses Buch habe ich in meinem Traum gesehen."

Wie einen lang gesuchten Schatz hielt sie es in den Händen.

„Psst, ... habt ihr das gehört?", flüsterte Andy, „das war klirrendes Glas!"

Sie lauschten, verharrten still.

Holzstufen knarrten. Bert knipste das Licht aus.

„Verdammt, da kommt jemand, wir ... wir müssen uns verstecken. Anna steck das Buch wieder zurück", dirigierte Thomas.

Sie nickte und zählte leise.

„Dreizehntes Buch, vierte Reihe von unten, zweites Regal", prägte sie sich ein.

„Schnell, beeilt euch, wir nehmen die Treppe zur Galerie", flüsterte Bert und öffnete eine Türe, die so geschickt zwischen den Bücherwänden in die Fassade eingearbeitet war, dass sie kaum sichtbar war. Sie zwängten sich durch die schmale Türe und blieben, dicht hintereinander gedrängt, auf den Stufen einer schmalen Wendeltreppe stehen.

Eine tiefe raue Stimme drang an ihre Ohren.

„Die Bibliothek, das muss der Raum sein, in dem ich vorhin den Lichtkegel einer Taschenlampe gesehen habe. Durchsucht ihn!"

Der Holzboden schwang unter den Schritten der Verfolger.

„Ist hier jemand?", rief kurz darauf eine gebrechliche Stimme, „Bruder Innozenz, bist du es?"

Schlurfende Schritte und das tackernde Klopfen eines Stockes näherten sich.

„Wo ist denn der Lichtschalter noch mal? Ah ... hier."

Bruder Ignatius kam nicht mehr dazu, das Licht anzuschalten, vehement wurde er zu Boden gerissen.

„Hiii…lfe, Pater Innozenz!", rief der Greis mit zittriger Stimme.

„Sei still Alter, dann geschieht dir nichts, von dir wollen wir nichts", zischte die raue Stimme.

Ehe Pater Ignatius etwas erwidern konnte, klebten sie ihm den Mund zu, verbanden seine Augen mit einem Tuch und fesselten seine Hände. Röchelnd blieb er auf dem Boden liegen.

Bert wollte hinausstürmen, helfen. Nur mit Mühe konnten Andy und Thomas ihn zurückhalten. Sie hörten Schritte, die näherkamen und direkt vor der getarnten Türe stehen blieben. Hatten sie etwas gehört? Unwillkürlich hielt Anna die Luft an. Sie hatte Angst, man könnte ihr aufgeregtes schnelles Atmen hören.

„Hey, komm rüber … hier ist eine versteckte Türe", rief die raue Stimme. Offensichtlich gab es auf der gegenüberliegenden Seite den gleichen Aufgang und sie hörten das Poltern von Schritten, die Verfolger stürmten die Treppe hinauf.

Bert ließ sich nicht länger aufhalten, leise öffnete er die Türe und winkte den anderen, ihm zu folgen. Sie liefen auf Pater Ignatius zu, wollten ihm helfen, doch im gleichen Moment wurde die Türe aufgerissen. Pater Innozenz prallte auf Thomas, der direkt vor der Türe stand.

„Hoppla", rief Pater Innozenz und torkelte rückwärts.

„Da unten sind sie, ergreift sie!"

Die Verfolger, die oben auf der Galerie standen, hatten sie entdeckt.

Pater Innozenz sah schnell zu Bruder Ignatius, blickte dann nach oben auf die Galerie und begriff die Lage.

Es blieb keine Zeit, sich um Bruder Ignatius zu kümmern, er drehte sich um, lief in entgegengesetzter Richtung los und winkte den drei Studenten und Bert, ihm zu folgen. Sie rannten hinterher, bis sie den Raum mit der Theaterbühne erreichten. Anna blickte zurück, die Verfolger waren noch nicht zu sehen.

„Links hinter der Bühne führt eine Treppe hinunter zum

Seitenausgang in den Park. Lauft ... ich versuche, sie aufzuhalten", stieß Pater Innozenz atemlos aus und rannte wieder
zurück. Er öffnete das nächstgelegene Fenster am Gang und
rief so laut er konnte.

„Hiiilfe ... Hiiiilfe ... Einbrecher im Kloster ... Hiiilfe!"
Ruckartig wurde er zurückgerissen und unsanft auf den
Boden gedrückt.

„Schnauze ... oder du kannst was erleben. Wo sind die
anderen?"

„Wer ...?", stellte sich der Pater dumm.

„Das Mädchen und ihre Freunde. Du weißt genau wer."

„Weiß ich nicht", beharrte Pater Innozenz.

Der Stärkste von ihnen versetzte ihm einen kräftigen Fuß-
tritt in den Bauch und einen etwas leichteren ins Gesicht.
Pater Innozenz krümmte sich vor Schmerzen und spürte auf
seiner Wange heißes Blut, das ihm aus der Nase floss.

„Wo ... sind ... sie?", fragte der Kahlköpfige und betonte
jedes Wort einzeln.

„Da entlang", stöhnte er und zeigte zitternd in die falsche
Richtung. Sie drehten sich auf dem Absatz um und rannten
los. Pater Innozenz rappelte sich mühsam unter Schmerzen
auf und schleppte sich zum Ende des Ganges bis zur Treppe,
die nach draußen führte. Er humpelte die Treppe hinunter
bis ins Freie und rief erneut um Hilfe.

Einige der Männer, die das Ausgehen des Johannisfeuers
bewachten, liefen ihm entgegen.

„Pater Ignatius ist noch drinnen ... Vorsicht Einbrecher ...
sind gefährlich", mühsam brachte er die Worte hervor und
sackte dann kraftlos vornüber auf den gepflasterten Weg.

*

Pater Innozenz erwachte erst wieder im Rettungswagen
und blickte auf Bruder Ignatius, der direkt neben ihm auf
einer Liege saß.

„Gott sei Dank", murmelte Pater Ignatius erleichtert,

„ich dachte schon, du wachst gar nicht mehr auf, Bruder Innozenz."

„Wo bin ich? ... Was ist passiert? ... Mein Kopf, ... mein Bauch ... tun weh ...", flüsterte Pater Innozenz verwirrt, als er sah, dass er an einem Tropf hing.

Ein junger Mann in weißem Dress und leuchtend oranger Weste beugte sich über ihn.

„Ich bin Arzt, Pater, Sie haben eine leichte Gehirnerschütterung und große Hämatome im Bauchbereich. Ich möchte Sie zur Sicherheit noch röntgen, wir fahren gleich ins Krankenhaus."

Die Erinnerung kehrte zurück. Pater Innozenz wusste wieder, was geschehen war, und fragte nach seinen Gästen.

„Ich bin hier." Bert machte sich vor dem Krankenwagen bemerkbar.

„Lass dich mal ruhig röntgen, alter Junge!"

Er stieg ein und tätschelte mitfühlend seinen Arm.

„Mensch Innozenz, ich wusste gar nicht, dass du so mutig bist. Anna allerdings findet, du warst zu leichtsinnig. Sie ... nein wir haben uns große Sorgen um dich gemacht."

„Wo sind die anderen?"

Bert beruhigte ihn, berichtete, dass die drei sich im Park versteckt hätten, bis Hilfe gekommen wäre. Die Einbrecher seien mit quietschenden Reifen kurz vor dem Eintreffen der Polizei davongerast. Die Einbrecher hätten es wohl auf die wertvollen Kunstschätze des Klosters abgesehen, bevor sie gestört worden wären. Bert betonte das Wort „Einbrecher" und blickte Pater Innozenz eindringlich an.

Die Polizei würde sich wundern, dass gar nichts abhanden gekommen war. Ihrer Meinung nach hätten die Einbrecher auch im Vorbeigehen einen Silberleuchter oder dergleichen einstecken können. Pater Innozenz hatte den Wink verstanden. Bei einer Befragung durch die Polizei würde er die gleiche Version der Ereignisse schildern.

Erst als der Krankenwagen losfuhr, fand Pater Innozenz Zeit, sich nach dem Befinden von Bruder Ignatius zu erkun-

digen. Aber dieser meinte nur, mit der Größe von Innozenz'
blauen Flecken könne er nicht mithalten, er hätte nur ein
paar kleinere. Er verlangte aber, dass die Mitbrüder informiert würden, und Pater Innozenz versprach, dies so bald
wie möglich zu tun.

Erst im Morgengrauen kehrte Pater Innozenz mit dem
Taxi wieder zurück. Nachdem keine inneren Verletzungen
festgestellt worden waren, hatte er darauf bestanden, das
Krankenhaus umgehend wieder verlassen zu dürfen. Bruder
Ignatius sollte noch eine Nacht zur Beobachtung bleiben.

Er sah, dass in der Kantine noch Licht brannte, und
machte sich auf den Weg dahin. Eine kleine Gesellschaft,
nicht nur Bert, Anna, Thomas und Andy, sondern auch
einige besorgte Dorfbewohner erwarteten ihn in der
schmucklosen Kantine mit ihren nackten weißen Wänden.
Auf den kleinen Tischen standen Thermoskannen und Reste
von belegten Broten auf kleinen Tellern. Sie umringten den
Neuankömmling und Pater Innozenz musste mehrmals versichern, dass er und Pater Ignatius bis auf Blessuren unversehrt seien, ehe die Dorfbewohner und das Küchenpersonal
sich verabschiedeten. Zudem richtete er Grüße von Ignatius
aus. Er dankte den Gästen, dass sie so beherzt geholfen hatten, die Einbrecher zu vertreiben.

Endlich waren sie unter sich und Anna hielt es für nötig,
sich bei allen zu entschuldigen, vor allem bei Pater Innozenz,
dass sie ihn in diese offensichtlich gefährliche Angelegenheit
mit hineingezogen hatte. Sie fühlte sich schuldig beim Anblick seiner dick geschwollenen und blutverkrusteten Nase.
Doch Pater Innozenz wehrte ab.

„Anna, hör auf, dir Vorwürfe zu machen, du trägst keine
Schuld. Diese Typen wären früher oder später sowieso hier
aufgekreuzt wegen dieser Chronik. Es ist nur gut, dass ihr
die Kutten ausgezogen habt, bevor ihr wieder ins Kloster
kamt. Ich hätte Schwierigkeiten gehabt, eure Verkleidung
zu erklären. Habt Ihr eigentlich das Buch gefunden, das du
gesucht hast, Anna?"

„Ja, haben wir, aber …"

Sie erzählte sehr ausführlich, was geschehen war.

Pater Innozenz hatte es auf einmal eilig, stellte sofort seine fast volle Kaffeetasse ab und löschte das Licht in der Kantine. Sein Anflug von Müdigkeit war wie weggeblasen und unverzüglich begaben sie sich in die Bibliothek. Zielsicher ging Anna auf das Regal zu und zählte in Gedanken:

Dreizehntes Buch, vierte Reihe von unten, zweites Regal.

Vorsichtig zog sie das Buch heraus und legte es auf ein Stehpult in nächster Nähe. Pater Innozenz holte Handschuhe aus einer Schublade des Pults und reichte sie Anna. Sanft strich sie über den Bucheinband, die Wölbung des Schlüssels mit den drei Zacken und öffnete den schweren, dicken, fast daumenbreiten Buchdeckel. Alle fünf Köpfe beugten sich darüber.

Ein kunstvoll gemaltes, schwarzes *S* auf blauem Hintergrund bildete den Anfang des lateinischen Textes. Sie blätterte vorsichtig Seite für Seite um.

Es ging um das … Alte Testament … Buch Moses … Auszüge aus der Bibel. Sie gewannen keine neuen Erkenntnisse, aber Anna war sich wegen ihres Traumes sicher, dass es etwas zu entdecken gab. Sie musste anders an die Sache herangehen. Einer Eingebung folgend, schlug sie das Buch zu, stellte es auf den Buchrücken, drückte die Buchdeckel fest aneinander und ließ sie im nächsten Moment los. Das Buch klappte im vorderen Teil auf. Auf dieser Seite war ein großes *E* als erster Buchstabe abgebildet – ein kunstvoll gemaltes *E* in Form eines Engels, der einen Schlüssel in seinen Händen hielt.

Aber auch diese Bibelstelle lieferte keine weitere Information.

„Warte mal, ich frage mich, warum das Buch so weit vorne aufgeschlagen ist und nicht irgendwo in der Mitte", meinte Thomas.

„Darf ich mal? Seite 85, merkt euch die Seitenzahl."

Er klappte das Buch zu und versuchte es noch mal. Wieder fiel das Buch im vorderen Viertel auf, fast an der gleichen Stelle, eine Seite vor der Abbildung des Schlüssels.

„Der vordere Buchdeckel muss schwerer sein", folgerte Thomas und wog erst den vorderen Teil des Buchdeckels, dann den hinteren Teil in seinen Händen.

„Fühlt mal, eindeutig schwerer."

Die anderen wollten sich selbst überzeugen. Thomas zückte sein Taschenmesser.

„Darf ich?", fragte er Pater Innozenz.

Pater Innozenz zögerte, dann nickte er: „Wenn es sein muss." Im Interesse der Sache blieb ihm nichts anderes übrig, dennoch wusste er nicht, wie er eine solche Beschädigung seinen Mitbrüdern erklären sollte.

Thomas trennte mit dem spitzen Messer vorsichtig den Rand des Buchdeckels auf. Es ging einfacher, als er dachte, denn das Leder war an manchen Stellen schon rissig und nicht sehr dick, doch dann stieß er auf Widerstand. Er spähte mit einem Auge durch den winzigen Schlitz und bemühte sich, zu erkennen, was das Hindernis war.

„Das ist ein Stift, wie von einem Schloss … aber ich sehe keinen Riegel zum Öffnen."

„Vielleicht befindet sich der Riegel an einer anderen Stelle", vermutete Anna und drückte auf die Wölbung des Schlüssels … nichts tat sich.

Sie presste ihre Hand auf den Buchrücken und arbeitete sich Zentimeter für Zentimeter weiter. Auf einmal schnappte es kurz, aber hörbar, doch wieder geschah nichts. Sie drückte erneut auf dieselbe Stelle, eine Verzierung in Form einer Rosette, und mit einem Ruck sprang der Buchdeckel auf. Helles Leder kam zum Vorschein und in der Mitte lag ein großer eiserner Schlüssel. Zu einer Hälfte war er in den oberen Teil des Buchdeckels eingebettet, zur anderen Hälfte in den unteren Teil.

„Unglaublich!", murmelte Thomas ergriffen.

Anna sog vor Anspannung tief die Luft ein und löste den

eisernen Schlüssel behutsam aus dem Lederetui … einen Schlüssel, in dessen Schlüsselbart drei Zacken herausgearbeitet waren. Wie gebannt betrachteten alle den Schlüssel und für einen Moment herrschte ehrfürchtiges Schweigen. Doch ehe einer die Worte fand, hörten sie eine laute Stimme vor dem Eingang der Bibliothek.

„Nein, sie können hier nicht hinein … Pater Innozenz!", rief eine Stimme vom Gang her.

„Behindern Sie unsere Ermittlungsarbeit nicht", erwiderte eine andere Stimme unwirsch, „wir sind von der Spurensicherung beauftragt!"

„Hört ihr das? Das ist die Stimme von einem der Einbrecher ähm … Verfolger", stotterte Anna, griff nach dem Schlüssel und steckte ihn in ihre Hosentasche.

„Ich muss weg!"

Geistesgegenwärtig warf Bert ihr den Autoschlüssel zu und sie rannte zur Hintertreppe, sprang die Stufen hinunter, dicht gefolgt von Thomas. Sie liefen, so schnell sie konnten, über den gepflasterten Hof zum Auto, öffneten die Türen, sprangen hinein und fast im gleichen Augenblick raste Anna los. Thomas sah im Rückspiegel, dass Bert und Andy sich auf die Verfolger warfen, die ihnen dicht auf den Fersen waren, bevor diese ihren Lieferwagen erreichten.

„Wohin?", fragte Anna verzweifelt.

„Folge dem Schild Richtung Bahnhof, wir müssen das Auto loswerden", überlegte Thomas. Trotz Panik versuchte er, klare Gedanken zu fassen, sie durften sich keinen Fehler erlauben. Nach wenigen Minuten hatten sie den Bahnhof erreicht.

Anna parkte das Auto auf Thomas' Anweisung hin gut sichtbar direkt vor dem Bahnhof.

„Komm, ich habe eine Idee."

Er eilte zum Schalter, fragte nach der Abfahrtszeit des nächsten Zuges und löste zwei Karten. Der Zug nach Zürich fuhr gleich los. Sie ließen sich vom Schaffner, der am Bahnsteig stand, bestätigen, dass dies der richtige Zug sei, und stiegen ein.

Auf der anderen Seite stiegen sie wieder aus und schlichen hinter dem Zug bis zum Ende des Bahnhofs. Sie vergewisserten sich, dass sie keiner beobachtete, und überquerten die Gleise.

Anna steuerte den Kiosk an und ging zielsicher auf das Regal mit den Sonnenhüten zu. Für einen überteuerten Preis erstanden sie zwei breitrandige Sonnenhüte, die sie tief in die Stirn zogen und zwei Sonnenbrillen, die so groß waren, dass sie fast die Hälfte ihrer Gesichter bedeckten.

Sie schlenderten zum Busbahnhof, entdeckten einen Bus, der zurück nach Ottobeuren fuhr, und stiegen ein. Unruhig blickte sich Anna um, aber der Busparkplatz war menschenleer zu dieser frühen Tageszeit und der Bus nur mit wenigen Fahrgästen besetzt. Eine Frau mittleren Alters saß auf der vordersten Sitzbank und zwei junge Mädchen, die unentwegt kicherten, in der Reihe direkt vor ihnen. Sie machte sich große Sorgen, fragte sich ob Bert und Andy wohlauf waren, und war schockiert über die Dreistigkeit der Verfolger, noch einmal zurückzukehren. Sie konnte es kaum erwarten, bis der Busfahrer endlich startete. Thomas stieß sie mit dem Ellenbogen an und deutete mit dem Kopf zum Fenster. Der schwarze Lieferbus schoss ihnen mit enormer Geschwindigkeit entgegen. Unwillkürlich drückte sie sich tiefer in die Sitzbank und zog den Kopf ein.

„Meinst du, die fallen darauf herein?", flüsterte Anna.

„Glaub schon, die werden nach einer jungen Frau in Begleitung fragen. Wir waren eben die einzigen jungen Leute im Bahnhofsgelände und offiziell sind wir in den Zug nach Zürich gestiegen."

4

Andy saß auf der Tischkante, hielt abwechselnd einen Eisbeutel auf sein dick geschwollenes blaues Auge und seine aufgeplatzte Oberlippe. Die anderen saßen auf einfachen Holzstühlen in der Kantine. Zwei Polizisten umringten Pater Innozenz und befragten ihn.

„Ja, nur ein Buch ist entwendet worden", wiederholte dieser ungeduldig, „ich weiß wirklich nicht, warum gerade dieses!"

Die Polizisten konnten nicht nachvollziehen, dass die Diebe, wenn sie schon so unverfroren waren, noch einmal einzubrechen, nur ein Buch gestohlen haben sollten.

„Es muss mehr dahinterstecken", vermutete der Dorfpolizist mit dem Schnauzbart und lüpfte wiederholt seine Polizeimütze.

„Ich habe eine Meldung ans Kriminalamt weitergegeben und sie fahnden jetzt nach einem schwarzen Lieferbus", informierte der Kollege.

„Übrigens, wo sind Ihre weiteren Gäste? Die wollte ich auch noch befragen", fuhr er fort.

„Hier sind wir", antwortete Thomas und versuchte, den Polizisten möglichst selbstbewusst gegenüberzutreten.

„Tut mir leid, dass ich euch im Stich gelassen habe", wandte sich Thomas mit bedauernder Miene an die anderen, „aber Anna war so in Panik geraten ... ich musste mich um sie kümmern ... sie hätte sonst womöglich noch einen Autounfall verursacht! Das Auto steht am Bahnhof. Wir wollten unbedingt wieder herkommen, aber ehrlich gesagt, war auch ich zu aufgeregt zum Autofahren. Wir haben den Linienbus genommen."

„Ich hatte einfach nur Angst", entschuldigte sich Anna ... und das war nicht gelogen.

Sie hatten ihre Sonnenhüte und Sonnenbrillen im Bus zurückgelassen, ihre Tarnung hätte sicherlich Verdacht erregt.

„Macht euch darüber keine Gedanken", beruhigte Bert sie zum Schein, „gegen diese Typen hatten wir keine Chance, auch nicht mit eurer Hilfe. Ich habe zwar einige gut platzierte Kinnhaken austeilen können, ebenso wie Andy, aber mehr konnten wir nicht ausrichten."

„Ja, aber du hast wenigstens nichts abbekommen", lispelte Andy, der eine dick geschwollene Lippe hatte.

Bert war unverletzt geblieben, er hatte nur einen kleinen Kratzer unter dem linken Auge. Der Polizist gewann auch durch die Befragung von Anna und Thomas keine neuen Erkenntnisse.

„Heute tagsüber und heute Nacht bleiben Wachen hier ... es ist zwar unwahrscheinlich, dass die Diebe nochmals kommen, aber sicher ist sicher", ordnete er an.

Pater Innozenz nickte nur müde.

Die Fragerei muss ein Ende haben, dachte er.

„Entschuldigen Sie, aber wir brauchen alle eine Mütze Schlaf", entgegnete er höflich, bat die Polizisten zu gehen und begleitete sie zum Ausgang.

Thomas berichtete in knappen Worten, was sie unternommen hatten, bevor alle zu Bett gingen.

*

Gegen Mittag fanden sie sich wieder bei Pater Innozenz in der Stube ein. Anna zog den Schlüssel, den sie mittlerweile an einem Lederband befestigt um ihren Hals trug, unter ihrem dünnen Pullover hervor. Der handgeschmiedete Schlüssel schien unbenutzt, sie entdeckten keinerlei Gebrauchsspuren und schätzten, dass er ebenso alt wie das Buch sein musste. Auffallend war der Bart mit den drei spitzen Zacken in Dreiecksform. Anna legte den Schlüssel auf den Tisch.

„Was sperrt der Schlüssel auf, welches Schloss?", fragte Pater Innozenz.

„Wenn ich das nur wüsste, ich habe keine Ahnung", erwiderte Anna.

Thomas starrte auf den Schlüssel, versuchte, sich zu erinnern, wo er einen ähnlichen schon gesehen hatte.

„Na klar", meinte er, „in Salem, auf dem weißen Kachelofen im Zimmer des Abtes waren drei Schlüssel abgebildet. Sie hatten Bärte, mit drei, vier und fünf spitzen Zacken. Erinnerst du dich?"

„Stimmt, sie waren untereinander erhaben herausgearbeitet auf drei Seiten des Ofens, aber was ...?"

„Vielleicht geht es um drei Schlüssel."

„Du meinst, es gibt drei Schlüssel ... und wir müssen drei Schlüssel und ein Versteck suchen für ..."

„Für das Versteck der ‚Bibel der Bibeln'", bedächtig sprach Pater Innozenz ihre Gedanken aus.

Fassungslos starrte Anna ihn an. Konnte das wahr sein, war dies das Geheimnis, war es der Aufbewahrungsort der ‚Bibel der Bibeln', dem ihre Suche galt?

„Kann das wirklich sein?", stammelte sie ungläubig, „es gibt noch zwei weitere Schlüssel, aber wo ... wo ist das Versteck?"

„Das sollst wohl genau du herausfinden, Anna", äußerte sich Pater Innozenz vorsichtig.

„Wieso gerade ich?" Anna schluckte.

„Dein Onkel wusste wahrscheinlich, dass du ... wie soll ich es ausdrücken, die Gabe hast, Wahrnehmungen hast, Träume hast, die dir die Zukunft zeigen, nehme ich an."

Forschend blickte er Anna an, ließ ihr Zeit zu antworten, machte eine Pause, bevor er in sanftem Ton nachfragte.

„Ist das so, Anna?"

Sie schwieg, merkte, dass alle Blicke auf sie gerichtet waren. Über dieses Thema sprach sie nicht gern, aber sie musste wohl. Sie räusperte sich.

„Ja, seit meiner Kindheit schon träume ich von Ereignissen im Voraus, leider oft nur, dass jemand stirbt. Mit Onkel Hubert habe ich darüber gesprochen. Oder ich bin in Situationen, die ich scheinbar schon erlebt habe, im Traum ... sogenannte Déjà-vus ... Ich habe immer schon versucht, eine Erklärung dafür zu finden."

„Und wenn man mit jemandem darüber sprechen will, dann schaut der einen an, als sei man nicht bei Verstand", warf Andy ein.

„Kennst du das auch?", fragte Anna verblüfft.

„Oh ja, ich könnte dir viele Erlebnisse schildern, aber ich habe auch erlebt, dass diese Gabe helfen kann. Ein Beispiel hat mir meine Mutter erzählt. Als ich fünf Jahre alt war und wir über einen Bergpass nach Österreich in Urlaub gefahren sind, bin ich auf dem Sitz hinten im Auto neben meinen Geschwistern eingeschlafen. Auf der Passhöhe bin ich, wie sie erzählte, aus dem Schlaf aufgeschreckt und habe sie, da sie am Steuer saß, gefragt, wo denn die Bremse am Auto sei. Sie wollte es mir zeigen und drückte auf das Bremspedal, aber die Bremse funktionierte nicht! Sie sah einen großen Grenzstein vor sich, lenkte direkt darauf zu und das Auto kam zum Stehen. Die Vorderfront des Wagens war wie eine Ziehharmonika eingedrückt. Wenige Meter weiter hätten wir ohne Bremse keine Chance mehr gehabt, danach ging es nur noch steil den Pass hinab. Ich kann mich noch genau daran erinnern, dass eine Stimme mir befahl, aufzuwachen und nach der Bremse zu fragen."

Er suchte Annas Blick.

„Nur weil man nicht darüber spricht, heißt das noch lange nicht, dass für uns ‚Unerklärliches' nicht existiert", fügte er hinzu.

„Echt krass. Wenn das wahr ist, was ihr erzählt, dann seid ihr beide so etwas wie Vorausseher, Propheten", meinte Bert.

Das entlockte Anna ein Lächeln: „Wenn du meinst."

„Ja, das tue ich. Propheten gibt es schon seit Menschengedenken. Viele sind in der Bibel erwähnt. Oder denkt an Nostradamus. Viele seiner Visionen sind wie Traumbilder. Die Deutungen lassen sich schwer mit Daten belegen, aber in gewissen Zeiträumen geschieht, was er prophezeit hat!"

„Und nicht nur das, Telepathie, Gedankenübertragung, all so etwas ist möglich! Du kennst das sicher auch, Anna. Du denkst an eine Person und schon ruft sie an", warf Andy ein.

„Ja, das passiert mir oft, das ist für mich nichts Ungewöhnliches mehr", stimmte Anna ihm zu.

Thomas dachte an Annas Visionen. Dies wäre eine Erklärung, weshalb sie diese Wahrnehmungen gehabt hatte und er nicht.

Pater Innozenz sah Anna und Andy aufmunternd an.

„Seht es als besondere Fähigkeit an, als Geschenk, diese Gabe hat nicht jeder."

Er ließ seinen Blick in die Runde schweifen und versuchte, die Ereignisse einzuordnen.

„Seit gestern wissen wir, dass die Kernkreuzer auch die ‚Bibel der Bibeln‘ suchen und dass sie nicht davor zurückscheuen, Gewalt anzuwenden, und somit gefährliche Gegner sind. Anna, du brauchst dringend Hilfe. Und ich für meinen Teil helfe dir bei der Suche. Zudem kann ich, als einer der Stellvertreter der Kirche, es nicht zulassen, dass diese Bibel in falsche Hände gerät."

„Ich wäre auch gerne dabei", merkte Bert an, „aber natürlich nur, wenn Susan zustimmt. Ich möchte sie eigentlich nicht allein lassen nach dem Überfall gestern. Ich hoffe, sie hat den Schreck überwunden."

„Auf mich kannst du zählen, umsonst lass ich mir kein Veilchen verpassen!" Andy verzog seinen geschwollenen Mund zu einem Lächeln. Er behielt für sich, dass er hoffte, in dieser Bibel vielleicht eine Erklärung für all das offiziell „Unerklärliche" zu finden.

Thomas beteuerte, dass er jetzt, wo Gefahr drohe, auf keinen Fall von Annas Seite weichen werde.

„Danke, das ist echt nett von euch, aber ich bin mir nicht sicher, ob ich euch nicht einer zu großen Gefahr aussetze", gab sie zu bedenken.

„Das ist unser Risiko und nicht mehr nur deines. Und

wenn es brenzlig wird, können wir uns an den Kommissar wenden", antwortete Thomas und bekam von den anderen Zustimmung.

Er räusperte sich erneut, ihm war vorhin etwas eingefallen.

„Die Bücher aus Salem sind doch an die Universität Heidelberg verkauft worden. Erinnerst du dich? Die Museumsführerin in Salem hatte uns das erklärt."

Sie nickte und vollendete seinen Gedankengang.

„Du meinst, wir könnten dort ein weiteres Buch dieser Art mit einem Schlüssel finden? Möglich wäre das, aber wie bekommen wir dort Einlass?"

„Drei Studenten der Kunstgeschichte, ein Pater und ein ehemaliger Theologe sollten das wohl schaffen", meinte Pater Innozenz zuversichtlich. „Ich habe eine Idee, wer uns behilflich sein könnte. Vor ein paar Wochen habe ich auf einer Kirchentagung einen Professor von der Universität Heidelberg kennengelernt. Wir haben ein interessantes Gespräch über die Vereinbarkeit der Weltreligionen geführt und zum Abschied unsere Adressen ausgetauscht. Ich wollte mich schon längst bei ihm melden und bin mir sicher, dass er etwas für uns tun kann. Ich versuche jetzt gleich, ihn zu erreichen."

Er eilte aus der Stube, gefolgt von Bert, der mit Susan telefonieren wollte. Eine Viertelstunde später kehrte Bert zurück mit einem Lächeln auf seinen Lippen.

„Susan ist zwar nicht begeistert, dass ich nicht zurückkomme, versteht aber, dass ich dir unbedingt helfen möchte, das Geheimnis vor diesen gefährlichen Männern zu schützen. Sie möchte auf keinen Fall allein im Haus am See bleiben und möchte ihre Eltern überreden, heute schon zu kommen. Geplant war, dass sie erst übermorgen kommen, um ein paar Tage bei uns am See zu verbringen. Ich soll euch herzlich grüßen und im Notfall sollen wir die Polizei alarmieren. Sie möchte auch, dass ich mich möglichst täglich bei ihr melde."

Er wandte sich an Anna.

„Ich soll dir auch noch sagen, dass sie den Vorfall bei der Polizei angezeigt hat. Sie hat zwar nur von einem schwarzen Lieferbus berichtet, der sie so knapp überholt hätte, dass sie, um einen Aufprall zu verhindern, in den Graben ausweichen musste.“

„Gut so“, meinte Anna.

Sie fühlte sich zum einen Teil erleichtert, konnte aber dennoch ihre vorhandenen Schuldgefühle nicht unterdrücken.

„Ich ... ich wollte wirklich nicht, dass Susan in diese Angelegenheit mit hineingezogen wird“, entschuldigte sie sich.

Bert betonte, dass es schließlich seine Idee gewesen war, die Autos zu tauschen, und sie keine Schuld an dem Überfall hätte. Andy und Thomas waren derselben Meinung und beteuerten, dass sie ihr auf jeden Fall helfen wollten, diese Bande von Fanatikern loszuwerden.

Schon waren sie beim Thema.

„Da das Buch in ihren Händen ist“, folgerte Andy, „wissen sie auch, dass wir einen der Schlüssel haben, einen Schlüssel zu welchem Versteck auch immer.“

Er blickte Anna an, erwartete, dass sie noch etwas hinzufügte, aber sie schüttelte nur hilflos mit dem Kopf.

Wenn ich mehr wüsste, dachte sie, *säßen wir hier nicht tatenlos herum.*

„Meine Mitbrüder kommen morgen wieder“, informierte sie Pater Innozenz, als er zurückkam, „ich habe Erholungsurlaub beantragt und nach den Vorfällen letzte Nacht haben sie mir diesen ohne Weiteres genehmigt. Den Professor habe ich auch erreicht, er will sich für uns einsetzen und ruft zurück.“

Es klopfte an der Tür. Ein junger Mann in weißem Kittel schob einen Servierwagen herein, auf dem sich dampfende Schüsseln befanden.

„Gruß aus der Küche, ihr sollt euch erst mal stärken; gleich essen bitte, noch ist es warm."

Sie deckten den Tisch mit den bereitgestellten Tellern und ließen sich Schäufele, ein badisches Fleischgericht mit Kartoffelsalat, schmecken. Satt und für den Moment zufrieden, lehnte Anna sich nach dem üppigen Mahl zurück. Erst jetzt wurde ihr bewusst, unter welcher Anspannung sie die letzten Tage gestanden hatte.

„Legen wir uns eine Runde aufs Ohr", schlug Pater Innozenz vor, dem es wohl ähnlich ging, „ich schlage vor, wir treffen uns in zwei Stunden wieder hier."

Gegen diesen Vorschlag gab es keinerlei Einwände. Anna zog sich in ihr Zimmer zurück. Sie streifte ihre Schuhe ab und ließ sich auf das Bett fallen. Obwohl sie nur für ein paar Minuten die Augen schließen wollte, schlief sie umgehend ein.

*

„Thomas, lass sie doch noch schlafen!", schlug Andy vor.

Sie standen vor Annas Zimmer und trotz mehrfachen Klopfens öffnete sie nicht.

Aber Thomas wollte unbedingt nach ihr sehen und öffnete leise die Tür. Er setzte sich auf den Rand ihres Bettes und küsste sie sanft auf die Stirn. Sie wachte auf und, ohne darüber nachzudenken, gab sie sich ihrem unterdrückten Gefühl hin, zog ihn an sich und küsste ihn lang und innig.

„Wir sind hier in einem Kloster, Madame", grinste er verschmitzt, „ich bitte Sie!"

„Tja, diese Klosterbrüder", gab Anna lächelnd zurück.

Wenig später betraten sie die Stube von Pater Innozenz und eine laute Diskussion brandete ihnen entgegen.

„Worum geht's?", wollte Thomas wissen.

„Lest erst mal die Übersetzung", antwortete Andy. Seine Wangen glühten vor Aufregung.

Sie beugten sich über einen Auszug aus der Bibel:

– Ezechiel 1 und 2 –

„Gotteserscheinung bei der Berufung"

Ich schaute und siehe:

Ein Sturmwind kam vom Norden her, eine gewaltige Wolke und loderndes Feuer mit Glanz um sie her ... aus seinem Inneren strahlte es wie ein blinkendes Glanzerz, aus der Mitte des Feuers.

Aus ihm heraus erschien etwas, das vier lebendigen Wesen glich. Ihr Aussehen aber war dieses. Sie hatten Menschengestalt.

Sie überflogen einige eher unwichtige Ausführungen bis zur nächsten Beschreibung.

6. Ein jedes hatte vier Gesichter und ein jedes vier Flügel.

7. Ihre Füße waren gradlinig und ihre Fußsohlen, wie die Fußsohle eines Kalbes, sie funkelte wie poliertes Erz.

8. Menschenhände hatten sie unter ihren Flügeln, an den vier Seiten die Gesichter und die Flügel der vier Wesen.

9. Ihre Flügel berührten nämlich einander, wandten sich beim Gehen nicht um, ein jedes ging gerade vor sich hin.

10. Ihre Gesichter aber sahen so aus, ein menschliches Antlitz, wie ein Löwenantlitz in Richtung nach rechts bei jedem der vier, ein Stiergesicht nach links und ein Adlergesicht bei jedem der vier.

„Es geht um die vier Evangelisten", ereiferte sich Anna, „oder besser gesagt um die Symbole der vier Evangelisten – Mensch, Löwe, Stier und Adler. Der Mensch, das vorzüglichste Ebenbild Gottes mit Weisheit begabt, der Löwe ganz Majestät und Hoheit, der Stier unbezwingbare Kraft, der Adler, Herrscher über die unermessliche Weite des Raumes."

„Nach Deutung des heiligen Hieronymus versinnbildlichen die vier Lebewesen die Eigenart der vier Evangelisten", ergänzte Bert mit seinem fundierten theologischen Wissen.

Ihre Köpfe beugten sich wieder über den Text.

11. Ihre Gesichter und Flügel waren nach oben ausgespannt. Bei jedem berührten sich je zwei und zwei und bedeckten ihre Körper.

12. Jedes Lebewesen ging gerade vor sich hin, wohin der Geist sie zu gehen antrieb, dahin gingen sie. Sie wandten sich nicht beim Gehen.

13. Zwischen den Lebewesen war etwas, das aussah, wie brennende Feuerkohlen, wie Fackeln, die zwischen den Lebewesen hin und her fuhren, das Feuer hatte einen hellen Glanz und aus dem Feuer zuckten Blitze hervor.

14. Und die Lebewesen eilten hin und her, dass es aussah wie Blitze.

15. Ich schaute auf die lebenden Wesen und sah, dass auf der Erde neben jedem der vier Lebewesen sich ein Rad befand.

„Wahnsinn", meinte Thomas, „wenn man das wörtlich liest, denkt man, wir hätten Besuch gehabt von Wesen von einem anderen Stern!"

Fackeln ... Blitze ...! Energie oder Licht ... Jetzt erwähnen sie sogar noch Räder!"

„Wart ab, es kommen noch unglaublichere Beschreibungen. Lies weiter ...", forderte ihn Andy auf.

16. Die Räder hatten das Aussehen und waren verfertigt wie blinkende Tarissteine, alle vier hatten dieselbe Gestalt und waren so gearbeitet, als wäre ein Rad inmitten des anderen.

17. Nach den vier Richtungen konnten sie laufen, sie bogen nicht ab, wenn sie liefen.

18. Auch Felgen hatten sie. Ich schaute und siehe da, ihre Felgen waren bei allen vieren ringsum voller Augen.

19. Wenn die Lebewesen sich bewegten, gingen auch die Räder neben ihnen, erhoben sich die Lebewesen von der Erde, so erhoben sich auch die Räder.

„Eindeutig Fahrzeuge ... Raumfahrzeuge mit drehbaren Rädern", warf Andy aufgeregt ein.

20. Wohin der Geist sie zu gehen antrieb, gingen sie, die Räder erhoben sich gleichzeitig mit ihnen, weil der Geist der Lebewesen in den Rädern war.

21. Wenn die einen gingen, gingen auch die anderen, blieben jene stehen, so standen auch diese, erhoben sie sich von der Erde, dann erhoben sich auch die Räder gleichzeitig mit ihnen, weil der Geist der Lebewesen in den Rädern war.

22. Was man über den Häuptern der Lebewesen sehen konnte, war wie eine feste Platte, wie das erschreckende Blitzen von Bergkristall, nach oben hin ausgebreitet über ihren Häuptern.

„Eine Glasplatte, ... wahrscheinlich von innen beleuchtet", stammelte Thomas verwirrt.

„Könnte man sich nach der Beschreibung tatsächlich vorstellen", äußerte sich Bert und zwirbelte aufgeregt seinen Bart.

Sie vertieften sich erneut in den Text.

23. Unterhalb des festen Gewölbes waren ihre Flügel einer neben dem anderen ausgespannt, während bei jedem je zwei ihre Leiber bedeckten.

Ich hörte das Rauschen ihrer Flügel, das dem Rauschen vieler Wasser, der Donnerstimme des Allmächtigen glich. Wenn sie sich in Bewegung setzten, gab es ein lautes Getöse wie das Getöse eines Heereslagers. Standen sie still, so ließen sie ihre Flügel sinken.

25. Das Geräusch verbreitete sich auch oberhalb der festen Platte, die über ihren Häuptern war, standen sie oben still, ließen sie ihre Flügel sinken.

26. Oberhalb der festen Platte über ihrem Haupte war etwas, das wie ein Saphirstein aussah, etwas das einem Throne gleichsah, auf dem thronähnlichen Gebilde war obenauf eine Gestalt, die einem Menschen glich.

„Das muss eine Art von Fahrzeug, Flugzeug, ein Gefährt sein, das bewegliche Teile hatte, die sie hier als Flügel bezeichnen, die man auch sinken lassen konnte, und der Thron ... der Lenkplatz, hatte wahrscheinlich getönte Scheiben … Saphirstein, die Gestalt, die einem Menschen glich … ein Roboter ... ein Außerirdischer?", fragte Anna.

Keiner antwortete.

27. Dann schaute ich etwas wie blinkendes Glanzerz, das wie Feuer aussah, von einem Lichtkranz umrandet, es reichte von der

Stelle, die seinen Hüften gleichsah, nach aufwärts. Von der Stelle an, die seinen Hüften glich, abwärts sah ich etwas, das wie Feuer aussah. So war es ringsum von Lichtglanz umgeben.

28. Gleich dem Bogen im Gewölk an Regentagen, sah der Glanz rings um ihn aus. Das war der Anblick von dem, was der Herrlichkeit des Herrn glich. Als ich das schaute, fiel ich auf mein Angesicht und hörte jemanden laut reden.

„Ein beleuchtetes Gefährt, ein unbekanntes Flugobjekt", bemerkte Andy.

2. Kapitel

Er sprach zu mir.
„Menschensohn, stelle dich auf deine Füße, ich rede mit dir!"

Sie überflogen das Kapitel. Ezechiel wird aufgefordert, zu den abtrünnigen Söhnen Israels zu gehen.

Im dritten Kapitel stockte Thomas und zeigte auf den Abschnitt.

Entrückung nach Tel Abib …

Dann fuhr er fort … Menschensohn, alle meine Worte, die ich zu dir rede, erfasse in deinem Sinn und vernimm sie mit deinen Ohren.

11. Nun mach dich auf den Weg und geh zu der Verbannten-gemeinde, zu deinen Volksgenossen! Rede und sprich zu ihnen! So spricht der Gebieter und Herr, mögen sie hören oder nicht!"

12. Da hob mich ein Geisteswehen in die Höhe und ich hörte hinter mir das Getöse eines gewaltigen Erdbebens, als die Herrlichkeit des Herrn von ihrer Stätte aufstieg.

13. Es war das Rauschen der Flügel der Lebewesen, die einander berührten, und das Rollen der Räder gleichzeitig mit ihnen und das Getöse eines gewaltigen Erdbebens.

14. So hatte mich ein Geisteswehen in die Höhe gehoben und ent-rückt; ich ging verbittert dahin in erregter Stimmung, während die Hand des Herrn hart auf mir lastete.

15. So gelangte ich nach Tel Abib…

„Wow, wenn man das wörtlich liest und nicht im übertragenen Sinne verstehen möchte … Geisteswehen … Rauschen der Flügel … Rollen der Räder … es wurde nach den damaligen Vergleichsmöglichkeiten beschrieben, ein einem Flugzeug ähnliches Gefährt", warf Thomas ein.

„Mir drängt sich der Gedankengang auf, es könnte die Beschreibung von dem Besuch höherer Wesen … von ,Außerirdischen' sein, technisch weiter entwickelt, als wir es bis heute sind, … die beschriebenen Fahrzeuge können wir uns nur in einem gewissen Maß vorstellen."

„… Feuer … Glanzerz … Bergkristall … Saphirstein … die Regenbogenfarben …", fasste Andy noch mal die Eindrücke zusammen.

„Ihr Anliegen ist nachvollziehbar, sie hatten versucht, den Menschen durch die zehn Gebote und Gleichnisse so etwas wie ein Gewissen zu vermitteln, soziales Zusammenleben, Gerechtigkeit … den Glauben daran … eben an das Gute, das Göttliche", formulierte Thomas seine Gedankengänge und blickte in die Runde.

Für einen Moment herrschte betretenes Schweigen, die schlüssige Erkenntnis erschreckte nicht nur ihn.

„Was können wir tun, was soll ich tun?", fragte Anna unsicher.

„Es bewahren, es verwahren, bis die Menschheit es versteht", zitierte Thomas.

Pater Innozenz holte tief Luft, vor Erregung überschlug sich seine Stimme.

„Die ,Bibel der Bibeln' darf auf keinen Fall in falsche Hände geraten, schon gar nicht in die der Kernkreuzer. Der Glaube darf nicht in Frage gestellt werden. Glaube, der für alle Gläubigen Halt und Zuversicht bedeutet … nicht nur in der Not … die Menschheit ohne die Festung des Glaubens? … Nein, undenkbar … die Lehre der Nächstenliebe, deren Aufgabe ist, den Armen zu helfen … Jesus Christus … Gottes Sohn, der Kern des christlichen Glaubens … oder der Opfertod Jesu, dessen Leib zur Erlösung der Menschheit hingegeben wurde."

Pater Innozenz musste tief Luft holen, so sehr regte ihn die Vorstellung auf, dass die Kernkreuzer die ‚Bibel der Bibeln‘ für ihre Zwecke missbrauchen würden.

Etwas ruhiger fuhr er fort.

„Jesus, der Wunder bewirkte, Wunder, welche die Menschen beeindruckten, sie im Glauben bestärkten. Ist es nicht gleichgültig, ob die Wunder heute teilweise erklärbar sind? Geht es nicht viel mehr um die Menschen, die Glaubenshandlungen wie die Kommunion oder die Firmung vollbringen? Oder denkt an Ostern, Pfingsten, Weihnachten, wiederkehrendes Brauchtum, das an die biblischen, ursprünglich auch heidnischen Bräuche, die ins Christentum übernommen wurden, erinnert und den Menschen Halt im täglichen Leben gibt.“

Er überlegte, suchte nach den passenden Worten.

„Für die Menschen bedeutet es letztendlich auch Einigkeit mit der Allmächtigkeit ... dem Kosmos, der Unendlichkeit, dem Weltall, ... wenn ihr wollt. Ob Gott imaginär, bildhaft oder ein höheres Wesen ist, das vielleicht auch als ‚Außerirdischer‘, wie wir heute dazu sagen, zu sehen ist, ist einerlei. Geht es vielmehr denn nicht um den Inhalt ... den Inhalt der Lehre Christi?“

Anna seufzte tief und erwiderte leise:

„Ich empfinde das auch so, Pater Innozenz, erst recht nach meinen persönlichen visionären Erlebnissen mit den lebensechten Geräuschen.“

Sie ließ ihren Blick über die Gruppe hinweg schweifen und für einen Moment flackerten die erlebten Bilder und Geräusche wieder vor ihrem geistigen Auge auf. Sie räusperte sich, begann, ihre Empfindungen in Worte zu fassen.

„Erst jetzt ist mir bewusst, wie wichtig die Wahrung des Geheimnisses ist. Möglich, dass es Außerirdische waren, höhere Wesen, die uns zu vermitteln versuchten, gute Menschen, annähernd nach ihrem oder, wie die Kirche sagt, nach Gottes Ebenbild zu werden. Aber Fanatiker könnten die Gläubigen in große Verwirrung stoßen, die Erkenntnis in die falsche Richtung lenken. Es könnte ein Irrglauben entstehen. Wir müssen den Beweis, wenn es ihn wirklich gibt, in Sicherheit bringen."

Thomas sah das auch so und betonte, dass sie den Schlüssel unter allen Umständen vor den Kernkreuzern finden müssten.

*

Zunächst wurden nur Pater Innozenz und Bert in die Bibliothek in Heidelberg eingelassen und erst nach mehrfachem, zähem Verhandeln durfte auch Anna mit. Anders als die prächtigen Bibliotheken, die sie bisher gesehen hatten, war dieser Raum nüchtern. Die wertvollen alten Bücher standen archiviert in Regalen aus Metall, die bis unter die schätzungsweise vier Meter hohe Decke reichten.

„Wir sollten uns auf Anfang des achtzehnten Jahrhunderts konzentrieren, denn in dieser Zeit wurde der Ofen fertiggestellt", schlug Anna vor.

Bert und Pater Innozenz fanden den Vorschlag sinnvoll und folgten ihr. An den Stirnseiten der Bücherregale befanden sich Hinweistafeln, aus welchem Jahrhundert die Bücher oder Schriften stammten, und sie passierten etliche Reihen von Regalen, bis sie den Zeitraum 1650–1750 erreichten.

Sie teilten sich bei der Suche auf, Bert lief bis zum Ende des Ganges, Pater Innozenz ungefähr bis zur Mitte.

Anna begann mit der Suche von ihrem Standort aus. Schritt für Schritt arbeitete sie sich voran, ließ ihren Blick über die Bücherrücken schweifen. Schon nach wenigen Minuten des Suchens erregte ein Buch ihre Aufmerksamkeit. Leise rief sie die beiden Freunde zu sich und zeigte auf die oberste Reihe der Bücherwand.

„So einen Band wie diesen hat auch mein Onkel, ich meine, diesen dort oben mit dem dunklen, ledernen Einband und der eingravierten römischen Zahl V. Mein Onkel hat Band IV oder VI, wenn ich mich recht erinnere."

Bert rollte die verschiebbare Leiter in die geeignete Position, kletterte hinauf und zog das alte Buch heraus. Er reichte es Anna und sie trug es zu einem eckigen Tisch, der an der Stirnseite des Regals stand. Sie streifte sich ein paar weiße Handschuhe über, die ihr die Dame am Empfang vor dem Eintreten ausgehändigt hatte, und blätterte vorsichtig die Seiten auf. Ein Blick zur Seite bestätigte ihre Vermutung, dass die grauhaarige Dame ihr Tun aus einiger Entfernung genau beobachtete.

Drei Köpfe beugten sich über den lateinischen Text und Bert versuchte zu übersetzen.

„Es sind verschiedene Äbte aufgeführt, Äbte vom Kloster Salem, Abt Rudolf, sein Nachfolger Abt Armin. Der hat den Kachelofen damals in Auftrag gegeben und er hat sich geärgert, dass einige der Bemalungen der Ofenkacheln mit Szenen aus dem Alten und dem Neuen Testament ... in zwei- oder gar mehrfacher Art hergestellt wurden ... und für einen anderen Ofen in Chur verwendet wurden. Er hat über den Preis verhandelt, er wollte nur zahlen, wenn es Unikate wären. Die Vorlage, so wurde gegenargumentiert, wäre dieselbe gewesen, eine Bibel, die in Steckborn vorgelegen hatte.“

Bert blickte auf.

„Würdet ihr das auch so übersetzen?“

„Ja, genau so“, meinte Pater Innozenz ungeduldig.

„Bitte mach weiter“, bat Anna.

„Abt Armin hat darauf hingewiesen, dass die Bibel Eigentum des Klosters ist und die Werkstatt es nur als Leihgabe bekommen hatte.“

Sie überflogen einige unwichtige Ausführungen.

„Passt auf, was hier steht“, ereiferte sich Anna und zeigte auf einen Absatz weiter unten.

„Abt Armin verlangt die sofortige Rückgabe der Bibel, ... sie war nicht mehr auffindbar ... Gerüchte, Vermutungen, ... hier ist von Feuer in der Werkstatt die Rede, das gesamte Haus brannte damals ab und mit dem Inventar die Bibel.“

„Das kann nicht sein", sprach Anna leise vor sich hin. Sie las die Stelle nochmals und ihr fiel etwas Ungewöhnliches auf.

„Seltsam ist die Wortstellung in diesem Satz. Wörtlich übersetzt heißt es nämlich ... das Feuer, das vom Buch ausging, verbrannte sie."

Pater Innozenz musste ihr recht geben und Bert vermutete, dass dem Schreiber wohl ein Fehler unterlaufen sei.

„Eine Äbtissin und Nonnen eines Frauenklosters haben damals nach dem Brand die Verwundeten mit Salben gepflegt und mit Heilkräutertrunk beruhigt. Sie waren auf Wallfahrt nach Birnau und hatten in Steckborn seinerzeit Unterkunft für eine Nacht bezogen", fuhr Anna fort.

Abwechselnd übersetzten sie, aber der weitere Text handelte nur noch vom Nachfolger von Abt Armin. Anna überließ den beiden das Buch und suchte nach ähnlichen Bänden mit weißen römischen Zahlen an den Stirnseiten. Gleichzeitig hielt sie Ausschau nach Büchern mit Emblemen von Schlüsseln und achtete darauf, kein Buch zu übersehen.

Bert und Pater Innozenz hatten aufgegeben, im weiteren Text Wissenswertes finden zu wollen, und sortierten das Buch unter den Augen der Aufsichtsperson wieder ein.

Sie halfen Anna wieder bei der Suche. Aber weder sie noch Anna entdeckten ein weiteres Buch, das sie der Lösung ihres Rätsels näherbringen konnte. Anna war sehr enttäuscht, aber Pater Innozenz blickte sie aufmunternd an.

„Du hast doch erwähnt, dass dein Onkel einen ähnlichen Band hat. Wo ist dieser denn?"

„Ähm ... zu Hause in Konstanz im Bücherregal", erwiderte Anna verdutzt, „Pater Innozenz, du hast recht, es ist durchaus möglich, dass wir in diesem Buch etwas Brauchbares finden!"

Ihre Enttäuschung war wie weggeblasen und energisch schritt sie voran Richtung Ausgang.

Thomas und Andy erwarteten sie schon ungeduldig in einem Lokal mitten in der Altstadt von Heidelberg. Die

drei fanden sie in einem Separee mit hölzerner Wandvertä-
felung und einer eingebauten Eckbank, die Platz vor einem
dunklen Holztisch bot. In dieser urigen, mindestens hundert Jahre alten Gaststätte waren mehrere solcher Nischen
hintereinander eingebaut.

„Und?", fragte Thomas neugierig.

Anna erzählte, was sie gelesen hatten, und als sie von dem
Brand berichtete, wiederholte Thomas den Satz.

„Das Feuer, das vom Buch ausging, verbrannte sie, meinst
du, wäre die wörtliche Übersetzung?"

Nachdenklich blickte er in die Runde und äußerte dann
seine Gedanken.

„Und wenn es sich nicht um einen Schreibfehler handelt,
sondern damit beschrieben wurde, dass die Maler, die den
Kachelofen bemalten, krank wurden, Visionen hatten, als
sie die besondere Bibel als Vorlage nutzten ... und die Nonnen versuchten, sie zu beruhigen und zu heilen. Wer weiß,
denkbar auch, dass die Äbtissin diese Bibel an sich genommen hat."

Die Äbtissin..., wiederholte Anna in Gedanken und wie
ein Blitz traf sie die Erkenntnis.

„Mein ... Traum", stotterte sie, „in meinem Traum erschien eine Frau in ein langes schwarzes Gewand mit Kapuze gehüllt. Es könnte eine Äbtissin gewesen sein und sie
hatte etwas in der Hand; aber sie hat mir nicht gezeigt, was
sie verbarg. Immer wenn ich im Traum versuchte, es zu erkennen, drehte sie mir den Rücken zu. Dennoch erhaschte
ich einen Blick auf Bücher."

„Psst", flüsterte Andy, ehe einer etwas erwidern konnte.

Ihm war aufgefallen, dass das Gespräch am Nebentisch
verstummt war.

Vorsichtig spähte er um die Ecke.

Direkt hinter ihnen, nur getrennt durch die Rückwand
sah er vier Männer in schwarzen Lederwesten und mit auffälligen Tätowierungen auf den Armen.

„Diese Typen passen nicht in dieses Lokal. Ihre Gesichter kenne ich zwar nicht, aber ich halte es für besser, wenn wir gehen", meinte er.

Sie folgten seiner Aufforderung, zahlten und verließen ihre Plätze. Anna nahmen sie in die Mitte, um die Sicht auf sie zu versperren.

„Habt ihr gesehen?", fragte Anna aufgeregt, als sie vor der Türe waren, „der eine hatte einen großen Fingerring mit vertieftem, quadratischem Kreuz."

„Verdammt", fluchte Thomas, „diese Kernkreuzer verfolgen die gleiche Spur."

Sie eilten durch die engen Gassen zum Parkplatz, blickten immer wieder hinter sich, aber es folgte ihnen keiner. Wenige Kilometer hinter Heidelberg bog Bert von der Landstraße auf einen geteerten Feldweg ab und folgte einem Hinweisschild zu einem Aussichtspunkt, der bei einem Wasserturm endete.

Dieser war errichtet wie eine Burg in Miniaturform. Sie nahmen die steile Treppe hinauf zur Galerie und blickten über Zinnen in die weite Landschaft mit ihren sanften Hügeln, die bis zum Horizont reichten. Direkt unterhalb des Wasserturms breiteten sich Obstwiesen aus und der Duft von frisch gemähtem Gras wehte von den Weiden herüber. Die Stille in der heißen Mittagszeit wurde nur durch das Krähen eines Hahns in der Ferne unterbrochen. Anna fand Ruhe, fühlte sich sicher an diesem Ort und versuchte, ihre Gedanken zu ordnen.

„Wie geht's weiter?", fragte Thomas in die Runde.

„Wir sollten uns unbedingt das Buch deines Onkels ansehen", schlug Pater Innozenz vor.

„Aber im Moment könnte es gefährlich sein, dort aufzukreuzen, möglicherweise überwachen sie das Haus", warf Andy ein.

„Kann sein, aber ich kann ja meine Tante anrufen und sie kann für uns in dem Buch nachsehen", erwiderte Anna und tippte bereits die Nummer in ihr Handy ein.

„Hallo Irma, kannst du von einem anderen Telefonapparat aus anrufen? Es ist wichtig ... nein, ich weiß nicht, ob du abgehört wirst ... nur vorsichtshalber ... in zehn Minuten ... ja wäre gut, wenn du zur Nachbarin gehst. Bis gleich, danke."

Gespannt warteten sie auf den Rückruf.

„Hallo Anna, was ist nur los, dauernd haben wir Besuch von der Polizei. Eine Juliane wird in Italien festgehalten, anscheinend haben die Behörden dort gemeint, du bist es. Juliane und ihr Freund haben den Bus von Thomas? Du hast mir erzählt, dass ihr den Bus gegen ein kleines Auto getauscht habt, ... aber wieso sucht man dich? Kommissar Bender meint, du schwebst in Gefahr, du solltest dich unbedingt bei ihm melden. Anna, versprich mir das, ich habe Angst um dich!" Vor Aufregung überschlug sich ihre Stimme.

„Tante Irma, beruhige dich, mir geht es gut, hör mir bitte zu! Du brauchst dir keine Sorgen zu machen, ich bin nicht allein, ich habe mittlerweile vier Freunde, die auf mich aufpassen. Bitte suche in der Bibliothek das alte lederne Buch mit der eingravierten römischen Zahl IV oder VI. Weißt du, welches?"

„Ja, aber ...", erwiderte Irma.

„Bitte, es ist sehr wichtig! Bitte, suche es und ruf mich dann zurück", drängte Anna.

„Also gut, ich denke, ich weiß, welches Buch du meinst. Bis gleich."

Sie berichtete, was Irma ihr erzählt hatte, und Thomas zögerte keinen Moment, Mike anzurufen.

„Hey Mike, was ist los bei euch?"

„Hey Thomas, endlich habe ich dich in der Leitung, wir haben schon vergeblich versucht, euch zu erreichen. Die italienische Polizei hat uns kurz hinter der Grenze angehalten und kontrolliert. Juliane wurde getrennt von mir verhört. Warte, Juliane möchte es Anna selbst erzählen ... geht das? Okay, ciao Thomas!"

Anna übernahm das Handy.

„Hallo Juliane", brachte sie zaghaft heraus und wappnete sich gegen schlechte Nachrichten.

„Anna, hör zu ... die italienische Polizei wollte mich ausfragen, aber ich weiß ja nichts! Mehrmals habe ich wiederholt, dass wir nur die Fahrzeuge getauscht haben. Letztendlich haben sie es mir geglaubt. Aber Anna, einer der Polizisten trug einen Ring mit einem vertieften, eingravierten, quadratischen Kreuz und dieser hat jede meiner Regungen verfolgt und mich total verunsichert. Als wir für einen Moment allein waren, hat er mir nahegelegt, dich zu überzeugen, der Vereinigung beizutreten. Er betonte, Herr Bender wäre sehr enttäuscht von dir! Anna, sein Blick war unerträglich, er durchbohrte mich. In seinem fanatischen Blick lag der Ausdruck, wie soll ich es beschreiben? ... bedingungsloser Gewaltbereitschaft aufgrund blinden Gehorsams. Es war ein schauriger Moment, schon die Erinnerung daran bereitet mir Gänsehaut. Ich war sehr erleichtert, als die beiden anderen Polizisten zurückkamen und mir meinen Ausweis aushändigten."

Es krächzte mehrmals in der Leitung und sie verstand nur noch einzelne Sätze, Worte!

„... Kommissar Bender hat dafür gesorgt, dass wir freikommen ... sei vorsichtig, melde dich bei ..."

Die Verbindung wurde unterbrochen, mehrmals versuchte Thomas, nochmals anzurufen, aber irgendwann gab er auf.

Anna wiederholte mit zittriger Stimme das Gespräch. Allein die Vorstellung von dieser Situation jagte ihr einen kalten Schauer über den Rücken.

Annas Handy surrte erneut, Irma rief zurück.

„Das Buch ... es ist nicht mehr da", stammelte Irma aufgeregt, „ich verstehe das nicht! Ich kann mir nur vorstellen, dass es bei dem Einbruch entwendet worden ist, und ich habe es nicht bemerkt!"

„Das Buch ist nicht da!" Anna konnte nicht fassen, was sie da hörte.

„Hast du wirklich in jedem einzelnen Bücherregal gesucht?", fragte sie nochmals eindringlich.

„Ja, mehrmals", beteuerte Irma, „Anna das beunruhigt mich, die Sache gefällt mir nicht. Bitte melde dich bei dem Kommissar, ich gebe dir seine Handynummer."

Sie wollte zwar nicht, aber ihrer Tante zuliebe notierte Anna die Nummer und versprach, sich in Kürze wieder zu melden.

„Das Buch ist weg, gestohlen?", fragte Bert entsetzt, „Aber das bedeutet, diese … diese Fanatiker wissen mehr als wir, sie sind uns mindestens einen Schritt voraus!"

Die anderen waren nicht weniger entsetzt, aber Thomas gelang es, Ruhe zu bewahren, und wandte sich an Anna.

„Fällt dir irgendetwas zu dem Buch oder deinem Onkel ein, denk nach", beschwor er sie.

„Zu dem Buch? … Nicht, dass ich wüsste."

Sie schüttelte den Kopf, blickte auf und fing einen mitfühlenden Blick von Pater Innozenz auf. Sie versuchte, ihre Gedanken zu ordnen, forschte nach einem Zusammenhang.

Buch, Versteck, die Worte jagten ihr durch den Kopf und Bilder der Erinnerung tauchten vor ihrem inneren Auge auf, aber eine Erinnerung stach hervor.

„Onkel Hubert hat mich mal gefragt, was ich für das beste Versteck für einen Schatz halte. Nachdem ich ihm, meiner Meinung nach, die ausgefallensten Verstecke genannt hatte, hat er nur den Kopf geschüttelt.

„Das beste Versteck ist eines, das man ständig vor Augen hat und als solches nicht erkennt", erwiderte er.

„Natürlich habe ich gleich gefragt, was er damit sagen möchte."

„Eine Blume unter Blumen zum Beispiel", hat er augenzwinkernd geantwortet."

„Ja und?", fragte Thomas ungeduldig.

Sie zuckte mit den Schultern.

„Mehr hat er nicht erklärt, er hat nur gemeint, wenn ich älter bin, würde ich das schon verstehen."

„Blume unter Blumen … Schlüssel … einer wie drei", fasste Andy zusammen.

„Blumen, Schlüssel?" Thomas verdrehte die Augen, er sah keinen Zusammenhang bei diesen Wortspielereien.

„Schlüsselblume, Himmelschlüssel …", überlegte Anna.

„Das erinnert mich an das Grab unserer toten Katze, Tigra. Sie war sehr alt geworden und als sie starb, haben wir sie im Garten an der Hecke im Schlüsselblumenbeet begraben. Die Stelle erkennt man heute noch, denn wir haben eine kleine Erhöhung, einen Grabhügel nannte ihn Onkel Hubert, aufgeschüttet und sogar eine kleine, steinerne, rechteckige Grabplatte eingegraben mit Inschrift. Für mich war das seinerzeit ganz wichtig, zu wissen, wo sie liegt."

Anna senkte den Kopf.

„Genauso, wie ich wusste, wo meine Eltern lagen."

Thomas sprach aus, was die anderen dachten.

„Das ideale Versteck für einen Schlüssel … und direkt vor deinen Augen."

*

Trotz schwüler Mittagshitze und Enge im Auto waren alle aufgedreht und gönnten sich nur eine kurze Rast. Gegen Abend erreichten sie Konstanz und Bert hielt vor einer Pension am Rande der Stadt, die er von einem früheren Aufenthalt her kannte. Es gab noch freie Zimmer und bevor sie diese bezogen, verabredeten sie sich in einer halben Stunde zum Abendessen im Restaurant im Parterre. Pater Innozenz zeigte sich in hellblauem Hemd und schwarzer Hose. Im ersten Moment erkannte Anna ihn gar nicht, denn ohne seine Robe wirkte er fremd. Dennoch fand sie, dass ihm weltliche Kleidung gutstand. Nur der Kragen des Hemdes, ein Rundkragen, wie man ihn heutzutage nicht mehr trug, ließ auf einen Geistlichen in weltlicher Kleidung schließen. Er erklärte ihnen, dass Geistliche im Urlaub auch weltliche Kleidung tragen dürfen, und setzte sich zu ihnen an den Holztisch des rustikal eingerichteten Restaurants.

Die gesamte Einrichtung wies schon deutliche Gebrauchsspuren auf, aber auf den Tischen lagen weiße, gestärkte Tischdecken, die den Eindruck peinlichster Sauberkeit vermittelten.

Nach dem üppigen Mahl setzten sie sich alle in ein Nebenzimmer, machten gemeinsam einen Plan für den kommenden Tag und vorsorglich noch einen Plan B, falls es Schwierigkeiten geben sollte.

Obwohl es schon elf Uhr abends war, wagte Anna, Irma anzurufen und informierte sie über ihre Pläne.

Am nächsten Morgen klingelten drei Gärtnergehilfen in grüner Arbeitskleidung an Irmas Türe.

Pater Innozenz und Andy saßen in einiger Entfernung im Auto und beobachteten das Geschehen.

Irma führte die Gärtner zur Garage, in der die Gerätschaften für die Gartenarbeit bereitstanden. Dem jüngsten Gehilfen drückte sie kleine Blumentöpfe zum Einpflanzen in die Hand und Anna ging direkt auf die kleine Erhöhung zu, inmitten der fast verwelkten Schlüsselblumen. Selbst bei näherem Hinschauen bemerkte man nicht, dass der Gärtnergehilfe eine Frau war, denn sie hatte ihre langen Haare geschickt unter einem grünen Käppi versteckt.

„Sie beobachten uns", flüsterte Thomas ihr im Vorbeigehen zu, „Andy hat mir über Handy mitgeteilt, dass er drei Typen im Lieferwagen an der Ecke gesehen hat."

Sie nickte, nahm die Warnung ernst und versuchte, sich möglichst unauffällig zu verhalten. Bert hatte bereits den elektrischen Rasenmäher angeworfen und schob ihn über die weite Rasenfläche. Thomas ging mit der Heckenschere ans Werk und spürte bereits nach wenigen Metern, wie anstrengend es war, die hohe Hecke zu schneiden.

Anna bemühte sich bereits, mit einer kleinen Gartenschaufel die steinerne Platte freizulegen. Sanft strich sie über die Inschrift.

Hier ruht Tigra, unsere geliebte Katze.

Erinnerungen an Tigra überwältigten sie, wie sie übermütig von Ast zu Ast im Apfelbaum gesprungen war oder, dass kaum ein Blatt, das im Wind über den Rasen wehte, vor ihren Fängen sicher gewesen war.

Seufzend legte sie die Steinplatte zur Seite und grub tiefer und tiefer, bis sie auf das tönerne Behältnis stieß, in dem Tigras Asche lag. Onkel Hubert hatte seinerzeit darauf bestanden, sie zu verbrennen und dann erst zu begraben. Vorsichtig legte sie das Behältnis zur Seite und grub weiter, aber außer Regenwürmern kam nichts zum Vorschein.

Dann stockte die Schaufel, stieß auf etwas Hartes. Es war aber nur ein Stein und enttäuscht warf Anna ihn achtlos zur Seite. Unermüdlich schaufelte sie Erde heraus und ein kleiner Hügel wuchs bereits neben dem Loch, das immer breiter und tiefer wurde. Sie fand nichts und als Bert ihr zurief, dass er gleich fertig wäre mit Rasenmähen, nickte sie nur. Sie musste auch nichts sagen, ihr enttäuschter Gesichtsausdruck sprach Bände.

Unwillig füllte sie das Loch wieder mit Erde, bettete das tönerne Behältnis ein und setzte die jungen blühenden Pflanzen ein. Sie ebnete die Stelle sorgfältig und passte die steinerne Platte wieder ein. Mit einem Seufzer auf den Lippen erhob sie sich aus ihrer knienden Haltung. Sie machte ihrer Enttäuschung Luft und kickte den halbrunden Stein an den Gartenzaun.

„Was ist das denn?", dachte sie verblüfft.

Der Stein war unten abgeflacht, eben war ihr das nicht aufgefallen. Sie blickte sich um und als sie sicher war, dass sie keiner beobachtete, hob sie ihn auf. Bei näherem Hinsehen fiel ihr auf, dass die eine Seite krumm gewölbt war, wie ein gewöhnlicher Stein, aber die andere Seite eindeutig bearbeitet, abgeflacht worden war. Unauffällig ließ sie ihn in die weite Tasche ihres Arbeitskittels gleiten.

„Kleine Erfrischung, meine Herren!", rief Irma extra laut und bedeutete ihnen zu kommen.

„Gerne", rief Bert zurück, wischte sich den Schweiß von der Stirn und folgte der Einladung.

Er war irritiert, denn als Anna sich den anderen näherte, strahlten ihre Augen plötzlich, ganz im Gegensatz zu eben.

„Ich habe etwas gefunden", murmelte sie, nahm das Tablett mit den Getränken und steuerte zielsicher die fensterlose Kammer an. Die anderen folgten ihr und ehe alle um den Tisch saßen, hatte Anna bereits begonnen, die Rückseite des Steins zu untersuchen.

Sie entdeckte an beiden Seiten feinste Rillen, eine Schubleiste und bemühte sich zunächst behutsam, dann kräftiger, diese zu bewegen, aber sie klemmte. Irma holte Speiseöl aus der Küche und Anna tropfte vorsichtig etwas in die steinernen Rillen. Auch das half nichts, die eingefügte Platte ließ sich nicht einen Millimeter schieben.

Das Surren eines Handys unterbrach den Moment äußerster Spannung und bis Thomas sein Handy aus der Hosentasche unter seiner Gärtnerkleidung gefischt hatte, verging fast eine Minute.

„Thomas, sie nähern sich dem Haus. Wir versuchen, sie aufzuhalten, beeilt euch, das Grundstück zu verlassen!", informierte Andy knapp und legte auf.

„Sie kommen … Plan B … Beeilung!", dirigierte Thomas.

Sie blickten sich verdutzt an, aber dann, wie auf Kommando, setzten sie sich gleichzeitig in Bewegung.

Irma rief sofort Kommissar Bender an und berichtete ihm aufgeregt von den seltsamen Typen, die auf ihr Haus zusteuerten. Er versprach, sofort zu kommen, und schärfte ihr ein, auf keinen Fall die Türe zu öffnen. Bert, Thomas und Anna kletterten hinter dem Haus über den Zaun und verschwanden in Nachbars Garten.

Pater Innozenz probierte seinerseits, die Männer aufzuhalten, und wendete umständlich auf der schmalen Straße.

Wie aus Versehen schnitt er den Männern auf dem Bürgersteig den Weg ab, würgte absichtlich den Motor ab und öffnete das Seitenfenster.

„Entschuldigen Sie", sprach er sie an, „das ist ein neues Auto für mich. Kennen Sie sich vielleicht mit Automatik aus, können Sie mir helfen, ihn wieder zu starten?"

„Keine Zeit, Alter", meinte einer von ihnen unwirsch.

„Meine Herren, bitte! Eine Minute, ich kann doch so nicht stehen bleiben!"

„Auf N zum Starten und dann auf R für Rückwärtsfahren", stöhnte der Größte von den Dreien.

„Bitte noch mal langsam", bat Pater Innozenz.

„Mann, auf R."

„Ah ja, danke", erwiderte Pater Innozenz höflich und ließ den Motor aufheulen.

„Und jetzt?", rief er und gab sich auffallend begriffsstutzig.

„Auf S", brüllte der Große.

„Oh, danke!" Er schoss rückwärts, schoss vorwärts und steuerte wieder direkt auf den Bürgersteig vor den Männern zu.

„Entschuldigung und vielen Dank noch mal", rief er überfreundlich.

„Mann, zisch ab!"

Pater Innozenz verzog keine Miene und würgte wie versehentlich den Motor erneut ab. Dem Größten von den dreien riss der Geduldsfaden und er fing an, das Auto zu schaukeln.

„Keine Aufregung meine Herren, ich habe es gleich", versuchte Pater Innozenz, sie zu beschwichtigen.

Einige Anwohner, vom Lärm angelockt, standen bereits vor ihren Häusern und beobachteten das Geschehen. Einer der Nachbarn wollte eingreifen, aber im selben Moment fuhr Pater Innozenz mit Kavalierstart los.

Andy sprang hinter der nächsten Häuserecke hervor und als Pater Innozenz ihn sah, trat er so kräftig auf die Bremse, dass die Reifen quietschten. Thomas riss die seitlichen Türen auf und die vier warfen sich in das Auto. Pater Innozenz raste los, bevor die hintere Autotür wirklich geschlossen war.

„Sie haben uns gesehen, sie laufen zu ihrem Bus!", brüllte Anna und starrte weiter aus dem Rückfenster.

Die Verfolger fuhren los, holperten eine kurze Strecke auf der Fahrbahn und blieben stehen.

„Andy, du hast doch nicht die Reifen zerstochen?", fragte Pater Innozenz. Aber wirklich entsetzt klangen seine vorwurfsvollen Worte nicht.

„Na, klar doch", antwortete der Angesprochene übermütig.

„Gut gemacht", lobte ihn Pater Innozenz.

„Hut ab, auch deine Aktion war echt bühnenreif, Pater Innozenz", betonte Andy und erzählte den anderen, was er unternommen hatte. Bert fing an, schallend zu lachen. Sein Lachen war ansteckend und die anderen stimmten in das Gelächter ein, alle außer Anna.

Ihr war nicht nach Lachen zumute, sie waren in Sicherheit, aber was würde mit Irma geschehen?

In der Ferne hörte sie das Heulen von Sirenen und hoffte, dass dieser Einsatz Irma galt.

Bert bemerkte als Erster, dass Anna nicht mitlachte, und bemühte sich, wieder ernst zu werden.

„Anna hat ein Behältnis im Garten gefunden", informierte Bert.

„Ja", platzte sie mit ihrer Sorge heraus, „ich hoffe, diese Typen rächen sich nicht an Irma."

„Der Einsatzwagen müsste schon da sein und Kommissar Bender wird dafür sorgen, dass deine Tante bewacht wird", beschwichtigte Bert sie und räusperte sich, ehe er fortfuhr: „Mehr Sorgen bereitet mir, dass sie, wenn sie uns nicht mehr verfolgen können, die anderen informieren und unseren Autotyp, vielleicht auch das Kennzeichen weitergeben und ...!"

„Oh ... daran habe ich noch gar nicht gedacht", unterbrach ihn Pater Innozenz, „wir sollten uns ein anderes Auto besorgen. Wir sind eben an einer Autovermietung vorbeigefahren."

Ohne eine Zustimmung abzuwarten, wendete er abrupt. Bert verhandelte mit dem Autovermieter und tauschte seinen Kleinwagen gegen ein Allradfahrzeug mit extra breiten und großen Reifen ein.

„Super, diese amerikanischen Schlitten", schwärmte Andy und strich sanft über das weiße Leder der Sitze.

„Cool nicht?" erwiderte Bert, der darauf bestanden hatte, wieder selbst am Steuer zu sitzen, „sie hatten nichts anderes sofort verfügbar und ich musste ja einen Grund angeben, weshalb wir ein anderes Auto brauchen. Ich habe dem Autovermieter erklärt, dass wir eine Bergtour machen wollen und ein geländegängiges Fahrzeug bräuchten. Er hat mir, ohne dass ich danach fragen musste, angeboten, mein Auto so lange in der Garage unterzustellen. Übrigens wenn wir wollen, können wir das Fahrzeug die ganze Woche behalten!"

„Die Idee mit der Bergtour ist nicht schlecht", warf Andy ein, „Appenzell ist nicht weit von hier, ich kenne dort eine abgelegene Hütte. Was meint ihr?"

Dieser Vorschlag gefiel ihnen, auch Anna stimmte zu, obwohl sie den Stein am liebsten sofort geöffnet hätte.

Ich muss Geduld haben, ein sicherer Aufenthaltsort ist erst mal wichtiger.

Spät am Nachmittag saßen alle fünf um einen runden Tisch in einem kleinen Nebenraum der gemütlichen, holzvertäfelten Hütte. Hier fühlten sie sich unbeobachtet und Anna konnte endlich den Stein genauer untersuchen. Mit der Spitze ihres Taschenmessers fuhr sie die Schubleistenränder ab, fand jedoch keine Unregelmäßigkeit.

Vorsichtig strich sie über die Rundung des Steins und spürte eine flache Vertiefung. Sie drückte kräftig auf diese Stelle und versuchte gleichzeitig, die eingefügte Platte zu bewegen. Millimeter für Millimeter öffnete sich das Fach und gab den Blick auf einen geschmiedeten eisernen Schlüssel frei. Behutsam nahm Anna ihn wie einen kostbaren Schatz heraus und bettete ihn auf den Tisch.

Sie holte den anderen Schlüssel, den sie an einer Leder-schnur um den Hals trug, hervor und legte ihn direkt dane-ben. Er war etwas größer als der aus dem Stein, ansonsten waren die beiden Schlüssel fast identisch. Der kleinere hatte vier, der größere drei Zacken am Bart. Anna entdeckte auch an diesem zweiten Schlüssel keinerlei Gebrauchsspuren. Ihr Gesicht glühte vor Aufregung.

„Zwei haben wir", betonte sie feierlich, „einer fehlt noch, aber wo finden wir den? Wir haben keine Spur!"

Damit sprach sie aus, was alle dachten, und wie hypno-tisiert starrten sie auf die Schlüssel, als müssten die ihnen die Lösung verraten. Pater Innozenz runzelte nachdenklich seine Stirn.

„Der dritte Schlüssel müsste dann zwei oder fünf Zacken am Schlüsselbart haben, nehme ich an."

Anna blickte den Pater überrascht an.

Drei Bärte, vier Bärte, fünf Bärte an drei verschiedenen Schlüsseln? Ich habe das schon gesehen … wir hatten darüber schon gesprochen!

„Anna, du siehst aus, als hättest du gerade einen Geist gesehen, was ist los?", fragte Andy.

„Ähm, nichts … ich bin nur müde."

Sie spürte, dass sie ihr nicht glaubten, aber sie wollte ihre Erkenntnis nicht preisgeben.

„Echt?" Thomas klang skeptisch.

Das Klingeln von Annas Handys holte sie zurück in die Gegenwart.

„Anna, hier ist Irma, ich möchte euch warnen, der Kom-missar musste die Männer gehen lassen. Der Kommissar möchte dich unbedingt sprechen, er meint du schwebst vielleicht in Gefahr und …"

Anna unterbrach ihren Redeschwall.

„Danke, dass du uns Bescheid gesagt hast, aber ich lege jetzt auf … vielleicht wird dein Telefon abgehört. Ich passe auf mich auf! Versprochen!", und ehe Irma etwas erwidern konnte, hatte sie aufgelegt. Die schlechte Neuigkeit sorgte für Unruhe.

Bert meinte, dass sie sich diese Nacht hier sicher fühlen könnten. Er fragte Anna, ob sie denn nicht eine Idee hatte, wo sie den dritten Schlüssel finden könnten.

Aber Anna gähnte nur laut und bat, sie in Ruhe nachdenken zu lassen. Morgen würde man weitersehen.

*

Das muntere Zwitschern vieler Vögel und das auffallend melodiöse Flöten eines einzelnen Vogels drang an Annas Ohr. Sie öffnete ihre Augen und sah die ersten Sonnenstrahlen, die den rot und weiß karierten Vorhang vor dem kleinen Fenster beleuchteten und den holzvertäfelten Raum in rotes Licht tauchten. Ihre Begleiter schliefen friedlich nebeneinander im Bettenlager gegenüber. Thomas lag neben ihr und sie versuchte, ihn zu wecken, rüttelte ihn sanft.

„Wach auf, bitte. Ich muss dir etwas Wichtiges mitteilen", flüsterte sie ihm ins Ohr.

Aber erst nach mehrfachem, nicht mehr ganz so sanftem Rütteln, öffnete Thomas seine Augen und versprach, in wenigen Minuten hinunter in die Stube zu kommen.

Sie schlürfte bereits heißen Tee, als Thomas, der noch schlaftrunken wirkte, sich zu ihr an einen der langen Holztische in der kleinen Stube setzte. In der Berghütte war schon erstes Leben, eine Gruppe Wanderer beendete ihr Frühstück am Nebentisch und war im Begriff aufzubrechen.

„Thomas", begann Anna leise ihre Worte, während sie ihm eine Tasse Tee reichte, „ich glaube, ich weiß, wo der letzte Schlüssel zu finden ist."

„Wo?", fragte er aufgeregt, seine Müdigkeit war wie weggeblasen.

„Ich … ich vertraue dir, aber ich will dich und die anderen nicht weiter in ähm … die Angelegenheit hineinziehen", antwortete sie zögernd.

„Das letzte Versteck muss ich allein finden, der letzte Teil der Suche, die Wahrung des Geheimnisses ist allein meine Aufgabe!"

„Nein", widersprach Thomas entschieden, „das ist viel zu gefährlich. Du brauchst Schutz, du brauchst Hilfe! Du brauchst uns!"

„Mag sein, aber sie suchen fünf Personen, wenn ich allein gehe, helft ihr mir, weil ihr die Aufmerksamkeit auf euch lenkt. Zudem ist es sicherer, wenn ihr nichts wisst, dann könnt ihr auch nichts verraten; glaube mir, das ist von Vorteil", wollte sie ihren Gefährten der ersten Stunde überzeugen.

„Ich gehe auf jeden Fall mit, mich wirst du nicht los!", widersprach Thomas erneut und egal wie viele Einwände Anna auch anführte, er bestand darauf, sie zu begleiten.

Sie lenkte schließlich ein und sagte ihm, dass der Hüttenwart gleich ins Dorf hinunter zum Einkaufen fahren würde. Er war bereit, sie mit ins Tal zu nehmen.

„Wow, das hast du schon organisiert und wie verändert du aussiehst, wie eine Bergwanderin!"

Er war beeindruckt und sah ein, dass er Anna nicht unterschätzen durfte. Sie hatte ihr Haar zu einem langen Seitenzopf geflochten und ein rotes Kopftuch aufgesetzt, das sie im Nacken zusammengebunden hatte. Die Hosenbeine hatte sie bis unter die Knie hochgekrempelt.

Er folgte ihrem Beispiel, schlug die Hosenbeine um und steckte sein sonst überhängendes kariertes Hemd ordentlich in den Hosenbund. Leise schlich er ins Bettenlager und holte seinen Rucksack.

Bevor sie losfuhren, schrieb Anna eine kurze Nachricht über ihre Absicht an die anderen und bat sie, nicht nach ihr zu suchen. Sie würde sich melden, wenn sie Hilfe bräuchte.

Ich hoffe, sie respektieren meinen Wunsch, dachte sie, war sich aber nicht so ganz sicher.

Der Hüttenwart setzte sie nach einer kurvenreichen Fahrt in Heiden, einem kleinen Bergdorf, ab.

Sie lösten ein Ticket für die Fahrt mit einer nostalgischen Bergbahn, die ein offenes Verdeck hatte. Seit über hundert Jahren war die Bahn schon im Einsatz und beförderte bis heute die Fahrgäste auf der Strecke von Heiden nach Rorschach und zurück. Der Fahrtwind blies den beiden kühle Luft ins Gesicht.

Gelber Löwenzahn tupfte die saftig grünen Wiesen, welche die Bahnstrecke säumten. Vereinzelt zeigten sich Bauernhäuser mit ihren typischen, grün gestrichenen Fensterläden. Davor auf den Fensterbänken standen Blumenkästen, aus denen weiß und rot blühende Geranien sowie Weihrauchpflanzen rankten.

Auf den Weiden, nicht weit von den Häusern sahen sie schwarz-weiß gefleckte Ziegen und kleine Herden von Schafen, die in einer Reihe hintereinander quer zum Hang einen Hügel erklommen. Die jungen Lämmer blökten laut, brachen aus der wie mit dem Lineal gezogenen Linie aus und sprangen übermütig ihren Müttern hinterher.

Unterhalb tauchte der See auf und leuchtete wie ein türkisfarbenes Meer. Am Horizont, der im Dunst lag, schienen sich Himmel und Erde zu berühren.

Anna konnte einmal mehr verstehen, warum der Bodensee auch das „Schwäbische Meer" genannt wurde.

In Rorschach verließen sie die Bahn und liefen durch die Altstadt. Prächtige Bürgerhäuser mit hervorspringenden Erkern säumten die Straßen und in den Untergeschossen reihten sich Geschäfte, Cafés und Restaurants aneinander. Anna betrachtete die Auslage eines Optikergeschäfts und einer spontanen Idee folgend betrat sie den Verkaufsraum. Thomas folgte ihr, in der Annahme, sie wollte sich eine neue Sonnenbrille kaufen.

Sie fragte aber nach farbigen Kontaktlinsen und der Optiker konnte ihr eine Palette von Farben anbieten.

Thomas weigerte sich zunächst, ebenfalls Kontaktlinsen

einzusetzen, aber als er sah, wie verändert Anna mit strahlend blauen Augen statt ihrer braunen wirkte, lenkte er ein. Es gelang ihm nach mehreren Versuchen, und seine tiefschwarzen Augen wurden grau-grün.

„Wir brauchen noch ein anderes Outfit, bevor wir nach … gehen!", verkündete Anna.

„Wohin gehen?", fragte Thomas neugierig.

„Wart's ab", meinte sie nur.

Nebenan in einer Boutique erstand Anna einen rosafarbenen Rucksack, ein passendes rosa T-Shirt und ein Käppi, ebenfalls in Rosa mit violetten Glasperlen besetzt.

„Okay, du siehst aus wie ein Modepüppchen, ich erkenne dich kaum wieder … Aber das fehlt noch."

Er reichte ihr die rosafarbenen Turnschuhe. Sie lachte, zog sie an und rundete ihr Outfit perfekt ab. Sie bestand darauf, Thomas mit beigen, halblangen Shorts und einem beigen Leinenhemd auszustatten.

„So passt du besser zu mir! Siehst aus wie ein echter Snob!"

Ihr Blick fiel auf seine Füße.

„Nichts da, die Turnschuhe behalte ich an", wehrte Thomas ab.

Die Rorschach, ein großes behäbiges Schiff, brachte sie nach Friedrichshafen. Massen von Touristen besetzten jede freie Bank und unzählige von Fahrrädern füllten den Bug des Schiffes. Sie belegten eine der letzten freien Sitzmöglichkeiten, eine Holzbank ohne Rückenlehne zwischen den Fahrrädern. Bei der Ankunft hatten sie dafür aber den Vorteil, fast als Erste von Bord gehen zu können. Thomas wurde von der nachströmenden Masse so heftig gedrängt, dass er einem Klappschild auf der Mole nicht ausweichen konnte und es umstieß.

Mit Annas Hilfe stellte er es wieder auf.

„Wäre das nicht etwas für uns?", fragte Anna und las laut vor, was auf dem Plakat stand:

„Heute geführte Radwandertour durch das Linzgau mit einer Übernachtung in Salem."

Quer über dem Plakat mit Silhouette von Schloss Salem prangte ein orangefarbenes Schriftband.

– *Noch wenige Plätze frei* –

„Du willst wieder nach Salem?"

Das überraschte Thomas, damit hatte er nicht gerechnet.

„Ja, ... ich bin mir sicher, dass wir etwas übersehen haben!"

Sie war sich zwar nicht so sicher, aber das brauchte er ja nicht zu wissen.

Die Truppe von Radfahrern hatte ein beachtliches Tempo vorgelegt, obwohl es vorwiegend ältere Teilnehmer waren.

Anna wollte sich nicht blamieren und versuchte, das Tempo zu halten. Als sie Salem erreichten, glühte ihr Gesicht rot vor Anstrengung.

Auf der Terrasse des Restaurants suchten sie einen Platz im Schatten eines Kastanienbaumes und setzten sich an einen der zahlreichen Biergartentische. Sie bestellten sich etwas gegen den Durst und schwäbische Maultaschen.

Die Gastronomie und das Hotel waren in einem historischen Gebäude vor den Toren der Schlossanlage untergebracht.

Die Zimmereinrichtung war nicht mehr zeitgemäß, aber gediegen und gemütlich. Ein antiker gebauchter Kleiderschrank, ein ausladendes Bett aus Mahagoniholz sowie schwere Brokatvorhänge, die schon verblasst waren, erinnerten an den einst mondänen Stil.

Sie stellten ihr Gepäck ab und ruhten sich eine halbe Stunde aus. Dann verließen sie das Hotelzimmer und gesellten sich zu dem Teil der Gruppe von Radfahrern, die um vier Uhr das Schloss besichtigen wollten. Am Eingang, der sich unter dem Torbogen befand, fiel ihr ein Mann auf, der neugierig alle Eintretenden musterte.

Panik überfiel sie.

Sie erkannte ihn sofort; es war einer der Männer, die sie auf der Yacht bewacht hatten. Thomas erkannte ihn auch, versuchte aber, sich nichts anmerken zu lassen.

Er holte tief Luft, um sich Mut zu machen, hakte sich bei ihr ein, zog sie mit sich.

Auf Französisch, er wusste, dass Anna diese Sprache auch beherrschte, beschwor er sie, sich ihre Angst nicht anmerken zu lassen. Sie bemühte sich, ihre Panik zu bezwingen.

„Okay, ich sehe nicht mehr wie eine Studentin in abgewetzten Jeans aus!", flüsterte sie ebenfalls auf Französisch.

Sie hatte zusätzlich roten Lippenstift aufgetragen und ihre jetzt blauen Augen mit Lidschatten betont. Ohne auf den Entführer zu achten, schlenderten sie vorbei und unterhielten sich weiterhin in französischer Sprache.

„Er hat nichts gemerkt", flüsterte Thomas, als er einen schnellen Blick zurück wagte.

Massen von Menschen, darunter Familien mit plärrenden Kleinkindern und lärmende Jugendliche, wälzten sich durch die Anlage. Sie hatten eben erst auf dem Eingangsschild gelesen, dass auf Schloss Salem heute – **Tag der offenen Tür** – war und alle Räume der ehemaligen Klosteranlage frei sowie kostenlos zugänglich waren. Das erklärte den Andrang. Als Erstes nahmen sie sich die Bibliothek vor und betrachteten eingehend die Buchdeckel der älteren Bücher, auf der Suche nach Darstellungen von Schlüsseln.

„Heute sehen sie hier Bücher, die früher Eigentum anderer Klöster waren. Einige der hier ausgestellten Exemplare stammten aus dem frühen fünfzehnten Jahrhundert", erklärte ihnen ein junger Mann, der den Raum beaufsichtigte und Interessierten Auskunft gab.

Oberhalb des Raumes auf der Galerie, die den prächtigen Saal umrahmte, befanden sich an der Wand zahlreiche Wappen, in der Größe von kleinen Schilden.

Eines wies gekreuzte Schlüssel auf, jedoch nur zwei. Anna machte Thomas darauf aufmerksam. Doch der zuckte nur gleichgültig mit den Schultern und meinte, dass Schlüssel im Allgemeinen gerne als Symbol für Wissen und Macht verwendet wurden. Sie ließen sich von der Menschenmenge hinauf in den Kaisersaal treiben und entdeckten wiederum einen überdimensionalen Schlüssel in der Hand einer lebensgroßen, aus Gips gearbeiteten, weiblichen Figur – Eglesia mit Tiara und Schlüssel, ein Symbol für die kirchliche Macht.

Der Strom der Besucher zog sie weiter mit sich und drängte sie durch die ehemaligen Abtsräume. Im Schlafzimmer des Abtes stießen sie wieder auf den gewaltigen, unten eckigen, oben runden und weiß gekachelten Ofen. An allen drei Seiten befanden sich Abbildungen von drei Schlüsseln, einer mit drei, einer mit vier und einer mit fünf Zacken im Schlüsselbart. Zwei hatten die gleiche Form und Größe wie die Schlüssel, die Anna bereits gefunden hatte.

Als wären sie in die Kacheln eingearbeitet, so gegenständlich heben sie sich ab, dachte Anna und näherte sich unauffällig dem Ofen.

Sie strich über die Oberfläche der Kacheln. Auf zwei Seiten waren die Erhöhungen identisch und man sah beschädigte Stellen, an denen sich blassrote Keramik zeigte.

An der dritten Seite, zum nächsten Raum hin hatte der oberste Schlüssel mit den fünf Bärten eine weitaus höhere Wölbung als die anderen.

Das haben wir nicht bemerkt, neulich Nacht, dachte sie.

Sie suchte Blickkontakt mit Thomas, der von ihr durch die Menschenmenge getrennt worden war. Mit einer Kopfbewegung deutete sie auf die Stelle am Ofen. Erst als sie einen Schritt zur Seite trat, riss er vor Erstaunen die Augen weit auf und Anna war sich sicher, dass er verstanden hatte, was sie ihm mitteilen wollte. Gleichzeitig wollte er sie auf etwas aufmerksam machen, deutete mit dem Kopf hinter sie. Sie entdeckte, kaum zehn Köpfe hinter sich, einen der

Bewacher der Yacht, der sie unverblümt anstarrte. Ihre mittlerweile strahlend blauen Augen irritierten ihn und obwohl sie für einen Moment ihren Schreck nicht verbergen konnte, erkannte er sie nicht. Er wandte seinen Blick von ihr ab und heftete ihn auf den Ofen.

Ich hoffe, die höhere Wölbung fällt ihm nicht auf, dachte sie, wagte aber nicht, ihn zu beobachten.

Sie wurde von der Menschenmasse auf den Gang gedrängt und nahm wie viele andere die Treppe zur nächsten Etage. Auf dem Flur sonderte sie sich ab und tat so, als würde sie durch das Fenster den Innenhof betrachten. Sie öffnete eine Türe, aus der eben ein älterer Herr getreten war und vergewisserte sich, dass Thomas, der eben die Etage betrat, sah, was sie tat.

Es verstrich einige Zeit, bis Thomas sich ebenfalls durch die Menge bugsiert hatte und ihr unbemerkt folgen konnte.

Anna hatte richtig vermutet, sie befand sich auf der Galerie der Bibliothek. Sie verbarg sich in einer Ecke, die man vom unteren Raum aus nicht einsehen konnte. Thomas robbte am Boden entlang zu ihr.

„Ich habe etwas entdeckt", flüsterte sie und zeigte zum Regal schräg gegenüber. In der dritten Reihe von unten befand sich ein Buch mit gleichem Einband wie das in Heidelberg und das entwendete Buch ihres Onkels. Diesen Band zierte die römische Zahl III.

„Meine Damen und Herren, darf ich Sie bitten, die Bibliothek und das Gebäude zu verlassen? Wir schließen", drang die kräftige Stimme des jungen Mannes, der die Bibliothek beaufsichtigte, an ihre Ohren.

„Wir brauchen ein Versteck", flüsterte Anna.

Thomas nickte und zeigte ans andere Ende der Galerie. Dort lagerten vor der Wand mehrere übereinandergestapelte Kartons. Dahinter schien Platz zu sein.

„Jetzt", dirigierte Thomas leise, „bevor die Leute die Bibliothek verlassen und man jede Bewegung auf dem Holzfuß-boden hören kann."

Sie krochen auf allen vieren ans Ende der Galerie und zwängten sich in den Zwischenraum zwischen Wand und Kartons.

Nur einen Moment später wurde die Türe zur Galerie aufgerissen und ein Mann mittleren Alters, einer der Wachmänner, schritt die Galerie entlang und kontrollierte, ob die Fenster geschlossen waren, jedes einzelne. Er blieb direkt vor ihnen stehen.

An das Fenster hinter ihnen kam er nicht heran, da die hoch gestapelten Kisten das Fensterkreuz verdeckten. Anna pochte das Herz bis zum Hals, aber anscheinend war es ihm nicht die Mühe wert, die Kisten beiseitezuschieben. Er drehte sich um und verließ den Raum.

Anna atmete erleichtert auf und gemeinsam schlichen sie zurück. Vorsichtig nahm sie das Buch heraus und schlug die erste Seite auf. Sie bemühte sich, den lateinischen Text zu entschlüsseln.

„Es geht hier um Äbte von Salem ... Abt Frowin war wohl der erste Abt hier."

Vorsichtig blätterte sie weiter.

„Ah, hier ist eine Zeichnung des Äbtemonuments mit dieser Engelsputte, die auf den Namen von Abt Hubertus zeigt."

Im weiteren Text suchten sie gemeinsam die Stelle mit der Beschreibung über ebendiesen Abt, aber Anna merkte, dass ihr das Übersetzen schwerer fiel als sonst. Ihre Gedanken kreisten um den Ofen und die Stelle mit den herausgearbeiteten Schlüsseln.

„In seiner Zeit gab es ... die Umstellung vom julianischen auf den gregorianischen Kalender 1582 ... Ich kann mich im Moment nicht gut konzentrieren", meinte Anna und gab auf. Sie bat Thomas, sich auch die Seitenzahl 365 zu merken, schloss energisch das Buch und verstaute es in ihrem Rucksack.

„Thomas, ich bin mir sicher, dass der Schlüssel in die Ofenkachel eingearbeitet wurde, wir brauchen Werkzeug."

„Es könnte sein, aber es scheint mir fast zu offensichtlich."

„Denk daran, was mein Onkel gesagt hat … das beste Versteck ist eines, welches man täglich vor Augen hat und als solches nicht erkennt."

„Okay, versuchen wir unser Glück."

Er schlug vor, im Abstellraum mit den Gerätschaften nach Werkzeug zu sehen. Auf Zehenspitzen verließen sie die Galerie, schlichen über den Gang und öffneten leise die Türe, hinter der sich die Reinigungsgeräte befanden.

Anna hielt inne.

„Hörst du das?", flüsterte sie.

Sie hörten Hämmern, gedämpftes Hämmern.

„Was zum Teufel, wer …?", flüsterte Thomas.

„Psst…!", machte Anna. Die Geräusche kamen eindeutig von nebenan aus dem Raum, in dem sich der Ofen mit den Abbildungen befand.

„Sie bearbeiten den Kachelofen", flüsterte sie, „die … die wollen uns zuvorkommen. Wir müssen sie daran hindern!"

Sie stürmte los, Thomas konnte sie gerade noch zurückhalten, ehe sie die Türe aufriss. Im selben Moment hörten sie, wie das Eisentor, die Absperrung zu dieser Etage, quietschend geöffnet wurde.

„Ist da jemand?", rief eine tiefe Stimme.

„Security", meldete sich eine andere Stimme.

„Was tun Sie hier, hier ist nicht Ihr Bereich?", protestierte der mit der tiefen Stimme.

Sie hörten nur noch einen Aufschrei und danach einen lauten Aufprall.

„Verdammt", fluchte Thomas leise und bewaffnete sich mit einem Besenstiel.

Das Hämmern setzte wieder ein, sie mussten etwas unternehmen und wagten sich hinaus auf den Gang. Der Wachmann lag röchelnd auf dem Boden und nach einem Moment des Zögerns, eilten sie ihm zu Hilfe.

Aus blutunterlaufenen Augen blickte er sie angsterfüllt an, doch Thomas nickte ihm beruhigend zu. Schwerfällig deutete er mit dem Kopf Richtung Eisengitter.

„Ala … rm", brachte er stockend heraus.

Thomas verstand, rannte zum Alarmknopf gleich neben dem Eisengitter und drückte darauf. Im gleichen Augenblick ging das Heulen einer Sirene los.

Obwohl sie ihn selbst ausgelöst hatten, versetzte der Lärm sie in Panik, sie wussten erst mal nicht, was sie tun sollten. Sie mussten sich schnell entscheiden und verbargen sich hinter der nächstgelegenen Türe. Fast im selben Moment stürmten die Einbrecher, die Kernkreuzer, auf den Flur und rannten auf den Wachmann zu.

Ein Schuss fiel! Einer der Einbrecher schrie auf und fiel zu Boden. Thomas sprang aus seinem Versteck hinter einer Fensternische hervor und holte mit seinem Besen zu einem kräftigen Schlag auf den Rücken des anderen Einbrechers aus. Benommen torkelte dieser vornüber und klimpernd fiel ihm etwas aus der Hand auf den Steinboden. Anna preschte heraus, murmelte nur „der Schlüssel" und hob ihn auf.

Der Wachmann riss erstaunt die Augen auf und fiel im nächsten Moment wie leblos zur Seite, die Pistole noch fest umklammert in seiner Hand.

Die Sirenen heulten ohrenbetäubend.

Sie hatten keine Zeit, ein Versteck zu suchen, in wenigen Minuten würde die Polizei eintreffen. Direkt vor ihnen befand sich eine halbhohe Eisentüre, eine Ofentür.

Thomas öffnete sie und die beiden zwängten sich in einen Zwischenraum mit einem halben Meter Tiefe und einem knappen Meter Breite vor der eigentlichen Ofenklappe. Mit angezogenen Knien setzten sie sich gegenüber auf den Boden und lehnten sich mit ihren geschulterten Rucksäcken an die Wand.

Dann hörten sie polternde Schritte.

„Notarzt rufen, durchsuchen", befahl eine energische Stimme.

„Ein Kachelofen ist beschädigt", antwortete kurz darauf eine andere Stimme.

Durch einen Spalt auf ihrer Seite der eisernen Türe sah Anna, dass sich Polizisten um die Verletzten kümmerten. Zwei der Polizisten blieben direkt vor der Ofentür stehen und sie konnte jedes Wort ihrer Unterhaltung verstehen.

„Anscheinend fehlt nichts, der Einbrecher wurde angeschossen, bevor er etwas entwenden konnte. Weder der Einbrecher noch der Hausmeister sind vernehmungsfähig. Aber ich verstehe nicht, wieso der Ofen demoliert ist; wozu?"

„Ja, das macht keinen Sinn, aber sicher ist, dass der Wachmann, kurz bevor er geschossen hat, den Alarmknopf betätigt haben muss", erwiderte der andere.

Anna war beunruhigt.

Sie sprechen nur von einem Einbrecher. Wo ist der Komplize? Ist er geflüchtet? Ist er immer noch im Schloss? Wartet er genauso wie wir, bis die Polizei wieder das Gebäude verlässt?

Diese Vorstellung jagte ihr Angst ein; zudem hatte sie fast kein Gefühl mehr in ihren Beinen. Aber sie musste noch ausharren, immer noch drangen trampelnde Schritte und aufgeregte Stimmen an ihre Ohren.

Sie vermutete, dass man hier im Zwischenraum normalerweise Eimer und Schaufel zum Herausholen der Asche aufbewahrte.

Endlich verstummten die Geräusche, aber sie wagten noch nicht zu sprechen.

Anna streckte ihre Beine aus, seitlich vorbei an Thomas' Beinen. Gleichzeitig versuchte sie, ihren Rücken mit dem geschulterten Rucksack zu strecken, und stemmte sich gegen die blecherne Wandverkleidung. Im selben Moment gab diese nach und ehe sie sich versah, rutschte sie rücklings eine blecherne Rinne hinunter. Ihr Aufschrei hallte durch den Gang. Absolute Finsternis umgab sie und sie rutschte nach links, nach rechts und wusste nicht, wo oben oder unten war. Vor ihr tauchte mattes Licht auf und ungebremst stürzte sie aus der Rinne in kaltes Wasser. Hart schlug sie auf dem steinigen Flussboden auf und hatte Glück, dass der Rucksack, der während des Falles kopfüber gerutscht war, den Aufprall ihres Kopfes dämpfte.

Sie schnappte nach Luft und richtete sich mit zitternden Beinen aus dem knietiefen Fluss auf. Ihr Rücken schmerzte und sie spürte, dass er aufgeschürft war.

Es rumorte und instinktiv sprang sie zur Seite. Sie hörte einen klatschenden Aufprall und Fontänen von Wasser spritzten ihr entgegen.

„Oh, … verdammt, meine Knie!" Thomas fluchte nicht gerade leise und richtete sich auf.

„Was, … was war das denn? Anna, wo bist du?", fragte er in die Dunkelheit hinein.

„Hier."

Sie suchte seine Hand.

„Alles okay, Thomas?"

„Ja, ich denke schon, die Knie tun halt weh. Und du, bist du verletzt?"

„Geht schon, ich habe nur leichte Schürfwunden!"

„Ich wollte dich halten, bin dann aber selbst abgerutscht. Verrückt, dass so was noch vorhanden ist … ich schätze, das ist eine alte Abfallrutsche, direkt in den Fluss. Ist wohl ein Überbleibsel des ursprünglichen Klosters. Ich nehme an, dort oben befand sich früher die Küche."

„Könnte sein."

Sie musste laut niesen und bemerkte, dass sie vor Kälte zitterte. „Thomas, ich muss dringend aus dem kalten Wasser."

Am Rande der steinernen Flusseinfriedung machten sie im schwachen Mondlicht einen schmalen fußbreiten Sockel aus und kletterten nacheinander hinauf. Das Mauerwerk ragte mindestens einen Meter über ihre Köpfe.

Anna wollte von Thomas wissen, ob er auch mitgehört

hatte, dass nur ein Einbrecher dingfest gemacht worden war. Aber er unterbrach sie und bedeutete ihr, still zu sein.

Sie verstand nicht, was er wollte, aber dann hörte sie es auch, das Bellen und Knurren von Hunden und es schien immer näher zu kommen. Sie verloren keine Zeit und eilten in den Schatten des Brückenbogens, noch bevor Strahlen einer Taschenlampe über das Flussbett glitten, begleitet vom aufgeregten Bellen der Hunde. Unwillkürlich zog Anna den Kopf ein und drängte sich, ebenso wie Thomas, tiefer in den Schatten.

Sie sah nach oben und schreckte zurück. Über ihnen zeigten sich Schatten von drei riesigen Hundeköpfen, die durch die verschnörkelten Gitterstäbe des Eisengeländers ragten.

Das Licht der Taschenlampen warf die Schatten der Hundeköpfe überdimensional vergrößert wie Köpfe von Werwölfen an die Wand gegenüber.

Sie schauderte, schlang ihre Arme eng um den Körper, um das Zittern ihres Körpers zu bändigen, und rechnete jeden Moment damit, dass die Hunde, die offensichtlich ihre Witterung aufgenommen hatten, sie angriffen. Sie hörten eine tiefe Stimme.

„Da ist nichts, ich schätze, die Hunde haben eine Katze oder einen Marder aufgespürt. Wenn wir sie loslassen, sind sie nicht mehr zu bändigen!"

„Aus!", befahl ein anderer mit lauter Stimme.

Winselnd gehorchten die Hunde. Anna und Thomas konnten sehen, dass sie sich widerstrebend wegziehen ließen.

Anna atmete auf, versuchte, sich zu beruhigen, ihren Drang zu niesen zu unterdrücken, bis die Hunde außer Hörweite waren.

Aber sie wollte nicht länger in ihren nassen Kleidern bleiben. Mit klammen Fingern holte sie eine lange Hose und einen Pulli aus ihrem wasserdichten Rucksack und tauschte die nasse Kleidung gegen die trockene. Sie spürte, wie die Wärme allmählich in ihren Körper zurückkehrte.

„Hast du den Schlüssel?", fragte Thomas leise, nachdem auch er sich umgezogen hatte.

„Sicher, selbst bei dem Sturz in die Tiefe habe ich ihn nicht losgelassen."

Sie präsentierte ihn auf ihrer ausgestreckten Hand.

„Das ist der Letzte! Siehst du? Er hat fünf Bärte, wir haben alle!", flüsterte sie und für einen Moment schwiegen beide.

Weder er noch sie konnte fassen, dass es so war.

Der volle Mond tauchte das Schlossgelände in gespenstisches Licht und die Mauern sowie die barocken Gebäude spiegelten ihre Vergangenheit und vermischten das Gefühl von einst und jetzt. Anna fühlte sich zurückversetzt in eine Zeit, in der das Wiehern der Pferde, das Rattern der Wagenräder und das Hämmern des Schmiedes alltägliche Geräusche waren.

Sie setzten sich auf den Mauervorsprung und Anna wagte, die Taschenlampe einzuschalten. Sie richtete den Strahl auf das Buch.

„Auf Seite 365 hatte ich es zugeschlagen, die Textstelle, wo der julianische in den gregorianischen Kalender überging. Ah ja, Seite 365 … ich verstehe das nicht, hier steht nichts von der Kalenderumstellung."

Sie blätterte zurück.

„Ah, hier ist die Stelle, doch nicht Seite 365."

Sie stockte, blätterte vor und zurück.

„Ich glaube es nicht, Thomas. Es gibt zweimal die Seite 365 und 366, hintereinander …!"

„Wahnsinn", meinte Thomas, „und es ist die Anzahl der Tage im Jahr mit und ohne Schaltjahr...!"

Sie vertieften sich in den Text.

Wieder ging es um einen Abt … den Besuch einer Äbtissin, … die dem Kloster ein Vermächtnis … oder Erbe übergeben wollte, das der Abt jedoch ablehnte. Worum es ging, aus welchem Grund er es ablehnte, wurde im Text nicht weiter erklärt. Die Äbtissin hatte ihm später jedoch einen Text in Rätselform geschickt und ihn eindringlich gebeten, diesen in der Chronik, die im Buch der Äbte fortgeführt wird, wortgetreu zu erwähnen.

Anna las vor:

CLAUSTRUM ANTE CLAUSTRUM …

Sie versuchte, den Text ins Deutsche zu übertragen.

„Das Schloss vorm Schloss …", stammelte Anna, „bei eisernen Gittern, der Schlüssel im Mondlicht sich zeigt, der Schlüssel drei, wie einer sei … sei gewarnt … öffne nicht, schütze dich … es verbrenne … oder verzehre dich … sei gewarnt!"

„Was bedeutet das?", flüsterte sie und versuchte, ihre Gedanken zu ordnen. Sie wiederholte die Worte nochmals und wartete auf eine Antwort.

Doch Thomas erwiderte nichts, sondern starrte angespannt zum Ende des Bachlaufs.

„Mach das Licht aus", zischte er leise, „ich habe dort hinten eine Gestalt gesehen!"

Sie erkannte schemenhaft Umrisse und knipste sofort die Taschenlampe aus. Geduckt lief Thomas in entgegengesetzter Richtung los und Anna beeilte sich, ihm zu folgen. Das Buch hatte sie unter dem Arm geklemmt und den Rucksack lose über eine Schulter gehängt. Unter der nächsten Brücke teilte sich der Flusslauf.

„Anna, gib mir die Taschenlampe, ich biege nach rechts ab, geh du nach links", entschied Thomas, „ich versuche, sie auf meine Fährte zu locken. Es werden unsere ‚Freunde' sein … bring dich in Sicherheit … schnell!"

Sie nickte nur, drückte ihm die Taschenlampe in die Hand und rannte weiter. Ein Tunnel, der den Bachlauf überbrückte, verbarg sie. Doch die Dunkelheit zwang sie, mehr tastend als sehend ihre Schritte zu verlangsamen.

Der gemauerte Gang schien nicht enden zu wollen. Sie hörte nur ihr eigenes Keuchen und kurz bevor sie in Panik geriet, sah sie vor sich das Mondlicht auf dem Fluss glitzern.

Nach wenigen Schritten befand sie sich unter dem sternenübersäten Himmel. In unmittelbarer Nähe führte auf beiden Seiten des Bachlaufs eine gepflasterte Rampe zum Schlossgarten hinauf. Hallendes Echo schneller Schritte drang aus den Tiefen des Ganges an ihr Ohr.

Ohne zu zögern, schlich sie die Rampe empor, blieb in gebückter Haltung stehen und spähte über das Schlossgelände. Außer einer Katze, die an der Wand gegenüber entlangschlich und kurz den Kopf in ihre Richtung drehte, schien niemand im Schlossgarten zu sein. Sie rannte über die Parkfläche und verbarg sich im Schatten des nächsten Baumes. Ein greller Aufschrei, dessen Echo sich mehrfach wiederholte, durchbrach die Stille.

Thomas, ... das ist Thomas!

Für einen Moment war sie wie gelähmt, bei dem Gedanken daran, was er wohl an Schmerz erleiden musste, um solch einen markerschütternden Schrei von sich zu geben.

Aber dann erwachte sie aus ihrer Erstarrung, dachte nur noch daran, ihm zu helfen. Sie huschte von einem Baum zum anderen, bis sie den Fluss, direkt vor dem Schloss erreichte. Sie blieb stehen, lauschte, aber außer dem Rauschen des Baches, drang kein Geräusch an ihr Ohr. Sie stieg die Treppe zum Flussbett hinunter und lief den Mauervorsprung entlang bis zum Brückenbogen, der Stelle, an der sie sich von Thomas getrennt hatte.

Wo ist er, wie kann ich ihm helfen?

Verzweiflung überfiel sie, sie fühlte sich alleingelassen. Die Vorstellung, dass er verletzt war, trieb ihr Tränen in die Augen.

„Hör auf", ermahnte sie sich, wischte sich die Tränen aus den Augen und wusste sofort, was zu tun war.

Sie brauchte die Hilfe ihrer Freunde und wählte Andys Nummer.

Es surrte mehrmals, aber statt Andy meldete sich nur die Mailbox. Sie schluckte mehrmals, wollte deutlich sprechen, dennoch stammelte sie.

„Ich bin es, Anna, helft mir, ich bin in Salem, ... sie haben Thomas verfolgt ... ich habe ihn schreien gehört, aber ich weiß nicht, wo er ist. Kommt bitte!"

Anna hatte Mühe, sich zu beruhigen, dennoch gelang es ihr, ihre Gedanken zu ordnen.

Sie werden Thomas nicht ernsthaft verletzen. Sie brauchen ihn, um mich zu finden.

Um sich Mut zu machen, sprach sie die Worte leise vor sich hin; im selben Moment vibrierte das Handy ... *Thomas!*

Sie zitterte vor Aufregung und im ersten Impuls wollte sie das Telefonat annehmen, aber dann wurde ihr bewusst, dass sie dies nicht tun konnte! Thomas war in den Händen der Kernkreuzer! ... Die würden versuchen, sie zu erpressen – unter Androhung von Gewalt gegen ihn. Sie wünschte sich nichts sehnlicher, als seine Stimme zu hören, konnte kaum das lange Klingeln des Handys ertragen und hoffte, dass sie ihm keinen weiteren Schmerz zufügten.

Mit aller Deutlichkeit wurde ihr bewusst, dass sie ab sofort ganz allein auf sich gestellt war. Entschlossen klappte sie das Handy zu und nahm das schwere Buch zur Hand. Leider hatte sie die Taschenlampe nicht mehr, aber sie hatte noch ihr Taschenmesser mit Minilampe und punktuell erstaunlich hellem Licht. Sie suchte Seite 365 und übersetzte erneut die Stelle, die Warnung und den weiteren Text ...

Das Schloss vorm Schloss ... bei eisernen Gittern, der Schlüssel im Mondlicht sich zeigt, der Schlüssel drei, wie einer sei ... sei gewarnt, ... öffne nicht, schütze dich, es verbrenne ... oder verzehre dich ... sei gewarnt!"

Doch findet einer ... eine ... das Schloss vor dem Schloss, drei ist wie einer ... außer einer ... einem ... kann es keiner ... es bewahren ... es verwahren.

Ihre Gedanken schwirrten, sie erkannte keinen Sinn in dem Geschriebenen, wiederholte aber bedächtig die Worte und bemerkte eine Übereinstimmung. Sie saß hier vor dem Schloss, über ihr ein kunstvoll geschmiedetes Eisengitter …

Eine große Wolke verhüllte den fast vollen Mond und in der Dunkelheit konnte sie nichts mehr erkennen. Ungeduldig wartete sie. Nach scheinbar unendlich langen Minuten zeigte sich der Mond wieder und verbreitete sein bleiches Licht.

Dabei fiel ihr auf, dass das Gitter sich mit seinen schmiede-eisernen Ornamenten auf der gegenüberliegenden Seite als Schatten überdimensional spiegelte und filigran jedes Detail abbildete.

Aber was war das? Anna stockte der Atem.

Sie erkannte, dass genau unterhalb in der Wölbung des Brückenbogens ein Teil des Schattens des Ornaments wie ein quer liegender Schlüssel mit drei Bärten aussah.

Die Glocken der Kathedrale schlugen dreimal und ver-stärkten das Unheimliche dieses Moments. Ein kalter Schauer lief ihr über den Rücken, aber die Neugierde siegte. Sie verstaute das Buch im Rucksack, zog ihre Schuhe aus, krempelte ihre Hosenbeine hoch und stieg in den knietie-fen, kühlen Bach, um auf die andere Seite zu gelangen. Die Hälfte der Strecke hatte sie bereits geschafft, dann musste sie stehen bleiben, da sich erneut ein Wolkenfetzen vor den Mond geschoben hatte.

Sie wartete, hörte das gleichmäßige Zirpen der Grillen und spürte erst jetzt die kalte Nässe an ihren Füßen. Wie gebannt starrte sie Richtung Mond, wartete ungeduldig, bis die Wolken ihn wieder freigaben.

Doch dann sah sie es wieder deutlich vor sich. Die Schat-ten des Gitters formten erneut einen quer liegenden Schlüssel und die geschlitzten Bärte warfen wiederum Schatten in Form von Schlüssellöchern an die Mauer direkt vor ihr, knapp un-ter der Brückenwölbung. Sie watete, so schnell es ging, durch den Bach und kletterte auf den Sockel gegenüber. Mit ihren

Fingern ertastete sie eine Vertiefung, kaum drei Finger breit die nächste ... und noch eine ... drei Schlüssellöcher.

Wahnsinn, ich habe das Versteck gefunden!

Sie war überwältigt, löste die drei Schlüssel von der Lederschnur und wollte einen davon in das erste Loch stecken.

Er griff nicht, sie versuchte es bei der nächsten Vertiefung, wieder nichts. Vor Anspannung zitterten ihre Hände, einer der Schlüssel glitt ihr aus den Fingern, fiel ins Wasser.

Nur ruhig, beschwor sie sich.

Dank des Mondlichts sah sie den Schlüssel zu ihren Füßen im Bach glitzern. Sie holte ihn aus dem Wasser und probierte es erneut. Fast mühelos glitt er ins dritte Schlüsselloch, einer passte in das mittlere Schlüsselloch. Der Dritte wollte sich jedoch nicht einführen lassen.

Es muss gehen!

Erneut versuchte sie, ihn einzupassen, diesmal verkehrt herum. Aber auch das half nicht. Erst als sie ihn ganz waagerecht einführte, blieb er stecken. Dann wollte sie einen Schlüssel nach dem anderen drehen, doch keiner ließen sich auch nur einen Millimeter bewegen.

Drei ist wie einer ... alle drei auf einmal? Aber wie mit nur zwei Händen?

Ihr Gesicht glühte vor Aufregung. Sie bemühte sich, ihre Gedanken zu ordnen, Ruhe zu bewahren und hatte zumindest eine Idee.

Sie wickelte ihr Halstuch um den mittleren Schlüssel, biss mit ihren Zähnen darauf und versuchte, ihn wie auch die Schlüssel zu beiden Seiten mit ihren Händen gleichzeitig nach rechts zu drehen. Wieder bewegte sich nichts. Es würgte sie, sie holte tief Luft und begann erneut; diesmal drehte sie nach links. Sie spürte eine Bewegung, hörte ein schwerfälliges Klacken. Der Würgereiz wurde übermächtig.

Nur nicht aufhören!

Langsam, Millimeter für Millimeter drehten sich die Schlüssel weiter. Ein Ruck, und ein Stein löste sich aus dem Mauerwerk, öffnete sich wie eine Tresortüre.

Sie stolperte rückwärts und hing mit einem Bein über dem Bach, das andere fand gerade noch Halt auf dem steinernen Sockel. Wie eine Artistin bemühte sie sich, ihren Stand zu sichern, musste aber doch mit beiden Beinen ins Wasser und erneut auf den Sockel klettern. Sie ließ ihre Hand in das Innere, eine Aushöhlung gleiten. Ihre Finger ertasteten etwas Kaltes aus Blech oder Eisen. Sie griff danach und zog eine Kassette, eine schwarze, blecherne Kassette heraus. Ehrfürchtig hielt sie ihren lang gesuchten Schatz in den Händen.

Unfassbar, ich habe es, ich habe es gefunden!

Doch etwas störte ihren Glücksrausch, sie hörte platschende Geräusche, das Waten von Füßen im Bach.

Der Schreck fuhr ihr in die Glieder, sie reagierte sofort, nahm sich weder Zeit, das Versteck zu schließen noch die Schlüssel herauszuziehen. Sie klemmte sich die Kassette wie ein Buch unter den Arm, schulterte ihren Rucksack und rannte auf dem schmalen Sockel in entgegengesetzter Richtung los.

Die Wölbung über dem unterirdisch geführten Bachlauf wurde so nieder, dass sie nur noch gebückt vorankam. Der Rucksack schliff am Mauerwerk entlang.

Sie sah nichts in der Dunkelheit und stieß mehrmals mit dem Kopf an die Decke, denn der Tunnel wurde noch niedriger.

Auf den Knien robbte sie den schmalen Mauervorsprung entlang. Hinter sich vernahm sie Stimmengewirr, vermutete, dass das Versteck entdeckt worden war.

Der flach gewölbte Gang endete und sie befand sich unter einer kleinen hölzernen Brücke. Sie kletterte ein Stück die steile Böschung hinauf und stellte fest, dass sie mittlerweile außerhalb des Schlosses war, denn vor ihr breitete sich weites Wiesen- und Ackerland aus.

Verzweifelt suchte sie nach einem Versteck, aber sie sah nur einzelne Obstbäume, die sich in Abständen vor der Schlossmauer reihten. Sie rannte zu dem Baum in nächster Nähe, aber die Äste waren zu hoch über ihrem Kopf. Bei einem Baum, wenige Meter entfernt, hing ein Zweig etwas tiefer. Sie ergriff diesen mit einer Hand und zog sich, sich mit den Beinen am Stamm abstützend, unter äußerster Kraftanstrengung auf die kräftige Astgabelung. Die Kassette hatte sie fest unter den Arm geklemmt.

Die Stimmen wurden lauter, kamen näher.

Panik überfiel sie, hier oben war sie nicht sicher, aber sie musste die Kassette vor den Verfolgern retten.

Ohne einen weiteren Gedanken zu verlieren, warf sie die Kassette im hohen Bogen über die Schlossmauer, kletterte selbst auf diese und sprang hinunter. Sie hatte in der Dunkelheit den Erdboden nicht ausmachen können und fiel tiefer, als sie gedacht hatte. Zunächst landete sie auf ihren Füßen, versuchte, den Aufprall abzufedern, verlor aber das Gleichgewicht und schlug unsanft mit ihrem Kopf auf harten Grund auf.

Lautes Bellen und Rufe drangen noch in ihr Bewusstsein, bevor sie es verlor. Sie träumte …

… sieht wieder die schwarze Frau … sie steht vor dem Altar in der privaten Kapelle des Abtes und dreht ihr den Rücken zu. Langsam wendet sie sich um … und zeigt ihr Gesicht …

Anna schrie auf im Traum.

Das … das Gesicht … das Gesicht ist ihr Ebenbild … etwas blasser … etwas sommersprossiger … aber ihr Spiegelbild. Ihr Blick fragend, aber auch wissend. … verständnisvoll nickt sie Anna zu.

5

Anna wachte auf und fühlte sich wie gelähmt, sie wusste im ersten Moment nicht, wo sie war, was geschehen war. Ihr Kopf dröhnte und ihr Körper schmerzte.

Ihr Blick fiel auf das Schloss und auf Lichtkegel am anderen Ende des Parks und sofort geriet sie in Panik. Die Erinnerung an den Sprung, an die Kassette, an die Verfolger wurde wieder lebendig.

Wo war die Kassette?

Sie tastete ihre direkte Umgebung ab, wollte die Umrisse des Fundstücks ausmachen, entdeckte aber nichts. Die Lichtkegel kamen näher, die Suche galt sicher ihr.

Sie musste weg, später nach der Kassette suchen und versuchte, sich seitlich aufzurichten. Ein Stein lag im Weg und sie wollte ihn zur Seite rollen. Aber der Stein rollte nicht, er war nicht rund.

Sie wälzte sich unter Schmerzen zur Seite und merkte, dass nicht ein Stein, sondern die Kassette unter ihr lag.

Ich habe sie wieder!

Sie war außer sich vor Freude, obwohl sie spürte, dass die spitzen Kanten sich seitlich in das Fleisch gebohrt hatten. Die Stelle schmerzte, schien aber nicht zu bluten. Sie nahm die Kassette an sich und schaffte es, sich aufzusetzen. Die Lichter entfernten sich in die entgegengesetzte Richtung.

Gut so!

Dennoch hatte sie das Gefühl, als wäre jemand in ihrer Nähe.

Sie lauschte, hörte ein ungewöhnliches Geräusch, ein Winseln. Auf allen vieren, fast auf dem Bauch kriechend, näherte sich ihr ein Hund, ein schwarzer mittelgroßer Hund.

Er leckte ihre Hand und obwohl sie meist eher Angst vor fremden Hunden hatte, verspürte sie diesmal keine. Im Gegenteil, sie sprach sanft auf ihn ein und strich ihm über das Fell. Er schmiegte sich an sie und sie spürte seine Körperwärme, seine Zuneigung.

Das gab ihr Ruhe und Kraft. Kraft, die sie dringend brauchte. Leise sprach sie auf den Hund ein, bedankte sich für seine Gesellschaft, aber befahl ihm, jetzt wieder seiner Wege zu gehen und schob ihn energisch von sich.

Sie legte die Kassette in den Rucksack, schulterte ihn und schlich entlang der Mauer, die das Schloss umgab.

Die Lichter entfernten sich. Obwohl ihre rechte Körperseite schmerzte, kämpfte sie sich voran.

Anna blickte zurück und sah, dass der schwarze Hund ihr in gleichbleibenden Abstand folgte. Im schwachen Licht des Mondes machte sie am Ende der Längsmauer einen runden Turm, einen Wachturm aus. Sie zwängte sich durch die schmale, niedrige Öffnung und erkannte, dank der breiteren Sichtschlitze, durch die das fahle Mondlicht drang, einen weiß getünchten Steinboden.

Inmitten des Rondells suchte sie sich einen Platz und achtete darauf, dass Licht auf ihre Hände fiel. Sie atmete tief durch, für den Moment fühlte sie sich sicher an diesem Ort.

Ihre Vernunft riet Anna, die Kassette nicht zu öffnen, aber die Neugier siegte, sie musste diese öffnen.

Sie entdeckte aber weder ein Schloss noch eine andere Öffnung und tastete die Kassette Zentimeter für Zentimeter mit ihren Fingerspitzen ab. In der Mitte spürte sie eine Erhöhung und hielt die Kassette in das Licht, das durch den Mauerschlitz fiel.

Sie sah drei ineinander gekreuzte Schlüssel, mit drei, mit vier und mit fünf Bärten. Vor Aufregung stockte ihr der Atem und sie musste erneut tief Luft holen, ehe sie fest auf das Zentrum der gekreuzten Schlüssel drückte. Die Mitte gab nach und gleichzeitig sprang der Deckel einen kleinen Spalt weit auf. Vorsichtig hob sie den Deckel an und vor ihr lag, die ‚Bibel der Bibeln', das geheimnisvolle Buch.

Ehrfurchtsvoll betrachtete sie den schwarzen Bucheinband, mit dem gleichen Symbol, drei ineinander gekreuzten Schlüsseln.

Behutsam öffnete sie die ,Bibel der Bibeln'.

Die aufgeschlagene Seite zeigte ein gemaltes Bild mit unscharfen Konturen und stark verblassten Farben. Um mehr erkennen zu können, holte sie ihr kleines Taschenmesser mit der winzigen Taschenlampe hervor und beleuchtete das Bild. Sie sah einen alten Mann mit halblangem, weißem Bart und Haar, eine Darstellung Gottes. Um den alten Mann waren im Halbkreis unzählige von flammenden Zungen dargestellt und im unteren Bildrand sah man unzählige Menschen, die mit erstauntem Ausdruck zu ihm aufschauten. Anna war sich sicher, dass dieses Bild das Pfingstwunder darstellte. Ihr Blick fiel auf die handgeschriebenen Zeilen darunter, die in zwei Schriftblöcke aufgeteilt waren. Einer war in hebräischen Worten gefasst, der andere wies lateinischen Text auf. Sie wunderte sich, fragte sich, von wann das Geschriebene stammen könnte; hebräische Abschriften gab es seit dem Mittelalter. Im Moment fand sie nur eine Erklärung für das Vorhandensein beider Sprachen. Sie vermutete, dass die hebräische Übersetzung bei der Abschrift ins Lateinische erstellt worden war, und versuchte, den lateinischen Teil zu entziffern:

Apostelgeschichte 1, 2. Kapitel
Das Kommen des Heiligen Geistes

1. Als der Tag für das Pfingstfest gekommen war, waren sie alle beisammen am gleichen Ort.

2. Da erhob sich vom Himmel her ein Brausen, wie von einem daharfahrenden gewaltigen Sturm, und erfüllte das ganze Haus, in dem sie weilten.

3. Es erschienen ihnen Zungen wie von Feuer, die sich verteilten und einzeln herabsenkten auf einen jeden von ihnen.

4. Und alle wurden erfüllt von Heiligem Geist und fingen an, in anderen Zungen zu reden, so wie der Geist ihnen zu sprechen verlieh.

5. In Jerusalem aber hielten sich gottesfürchtige jüdische Männer auf, aus jedem Volk unter dem Himmel.

6. Als sich nun dieses Brausen erhob, lief die Menge zusammen und wurde bestürzt; denn es hörte ein jeder sie in seiner eigenen Sprache reden.

Anna überflog die weiteren Absätze.

Galiläer, Parther, Meder, Elamiter, Bewohner von Mesopotamien, von Judäa und Kappadozien ... von Ägypten und den Gegenden Libyens ... Kreter und Araber, alle hörten sie in ihren Sprachen die Großtaten Gottes ...

Eingehend betrachtete Anna die gemalte Darstellung, wollte Details erkennen, und im selben Moment öffnete sich das Bild vor ihren Augen und zog sie in das Geschehen hinein.

... sie hört Brausen, das Brausen eines Sturmwinds von ... ungeheurer Lautstärke. Sie presst sich die Ohren zu ... aber es hilft nicht ... sie hört Stimmen, ein Gewirr von Sprachen, orientalische Dialekte, alle gleichzeitig ... sie scheinen aus Lautsprechern zu kommen ...

Sie schrie leise auf und sackte bewusstlos vornüber.

Hundegebell und Knurren weckte sie und noch benommen richtete sie sich auf. Vor der niedrigen Öffnung erkannte sie den schwarzen Hund in Angriffsstellung. Gegenüber, bedrohlich nah, stand ein brauner Jagdhund, der etwas kleiner als der Schwarze war und ohne Unterlass kläffte. Der Große knurrte bedrohlich, fletschte die Zähne und stand kurz vor dem Angriff.

Der Kleinere spürte dies wohl, hörte auf zu bellen, warf sich unterwürfig auf den Boden, winselte und zog sich langsam rückwärts kriechend zurück. Wie ein Wachhund blieb der Schwarze in der Turmöffnung stehen. Sie konnte nicht fassen, dass er sie verteidigt hatte, wollte ihn streicheln, ihm danken, aber sie traute sich nicht. Sein anhaltendes Knurren schreckte auch sie ab. Sie wandte sich ab und ihr Blick fiel auf die umgefallene Kassette auf dem Steinboden und auf die ‚Bibel der Bibeln‘.

Sie erinnerte sich, was geschehen war, wusste aber nicht, wie lange sie bewusstlos gewesen war. Hastig hob sie die schwere Bibel auf, legte sie in die Kassette zurück und verstaute diese in ihrem Rucksack.

Lautes Bellen, nicht nur eines Hundes, sondern mehrerer Hunde, kam näher. Wahrscheinlich hatten sie ihre Fährte aufgenommen, aber Anna bezwang, nach einem Anflug von Panik, ihre Angst. Sie bugsierte den Rucksack durch den Sichtschlitz, die schmale Maueröffnung direkt über ihr.

Mit Anlauf sprang sie hoch, umklammerte die Brüstung, zog sich hinauf, schaffte es, ihren Körper quer durch den Mauerschlitz zu zwängen und ließ sich fallen. Sie landete aus ungefähr zwei Meter Höhe auf ihren Füßen und federte den Aufprall zusätzlich mit ihren Händen ab. Winzige Kieselsteine bohrten sich in ihre Handflächen, aber sie achtete nicht darauf, sondern hob unverzüglich den Rucksack auf und rannte, ohne sich umzudrehen auf den nahen Wald zu.

Hinter ihr gellten Pfiffe, das Knurren und Geifern der Hunde verfolgte sie. Kurz vor Erreichen des Waldes wagte sie einen Blick zurück und sah Strahlen von Taschenlampen, die über dem Mauerrand aufleuchteten.

Sie spürte, dass ihre Kräfte nachließen und schwer schnaufend ging sie in schnelles Gehen über. Endlich hatte sie den Waldrand erreicht, wollte noch ein paar Meter in den Wald hineinlaufen und dann für einen Moment rasten.

Aber sie stolperte über eine dicke Wurzel am Waldboden und fiel der Länge nach hin. Erschöpft blieb sie liegen und versuchte, wieder zu Atem zu kommen. Für einige Minuten hörte sie nur ihr eigenes stoßweises Atmen, aber dann drang noch ein anderes Geräusch an ihr Ohr. Sie hörte das gleichmäßige Stottern eines Automotors und im selben Moment leuchteten Scheinwerfer am oberen Waldrand auf. Anna rappelte sich auf, merkte, dass links neben ihr die Böschung steil abfiel und ließ sich fallen.

Sie rutschte halb liegend, halb sitzend einige Meter tief, bis ein dicker Baumstamm sie bremste. Scheinwerferlicht erhellte den Wald über ihr und deutlich vernahm sie das geräuschvolle Öffnen von Autotüren.

„Ich habe hier etwas huschen gesehen", hörte sie eine tiefe Stimme in unmittelbarer Nähe.

Anna kroch vorsichtig, darauf bedacht, keine Geräusche zu machen, mit dem schweren Buch und der Kassette auf dem Rücken, hinter den Baumstamm.

Keinen Moment zu früh hatte sie sich verborgen, denn bereits wenige Sekunden später streifte der Strahl einer Taschenlampe den Baumstamm, warf das Licht rechts und links neben dem Baum. Anna verharrte bewegungslos, wagte kaum zu atmen.

„Hier ist nichts, vielleicht hast du ein Tier, ein Reh oder dergleichen gesehen", konterte eine eher heisere Stimme, „komm wir fahren weiter!"

Erleichtert atmete Anna auf, aber sie hatte die krächzende Stimme erkannt. Die Stimme gehörte einem ihrer Bewacher auf der Yacht. Sie setzte sich vor den Baumstamm, zog ihre Beine an und umschlang sie mit den Armen, um sich vor der nächtlichen Kühle zu schützen. Es flößte ihr Angst ein, dass ihre Verfolger ihr so dicht auf den Fersen waren. In wenigen Stunden würde es hell werden und sie musste ihre Verfolger loswerden, nur wie?

Ihre Gedanken kreisten, sie fragte sich, ob sie richtig gehandelt hatte, ob es reichte, dass sie nur telefonisch versucht hatte, Hilfe für Thomas zu holen. Aber es blieb ihr keine andere Möglichkeit und für sich selbst durfte sie keine Hilfe erwarten, sie blieb auf sich allein gestellt.

Diese ‚Bibel der Bibeln', dachte sie verzweifelt, am liebsten würde ich sie verbrennen, dann hätten sie keinen Grund mehr, mich zu verfolgen.

Sie hielt inne, dieser Gedanke war tatsächlich die Lösung! Wie von der Tarantel gestochen, stand sie auf, vergewisserte sich, dass die Verfolger sich entfernten, und war beruhigt, als sie sah, dass die Scheinwerfer des Autos bereits hinter der nächsten Bergkuppe verschwanden.

Vom Schloss her hallte das aufgeregte Bellen der Hunde herüber. Anna versuchte, sich zu orientieren, sah, dass der Wald nach einer Senke unterhalb ihres Standorts gegenüber wieder anstieg und sich hinter den letzten Baumreihen helles Mondlicht zeigte. Sie folgerte, dass dort oben eine Lichtung sein musste, und wagte den steilen Abstieg.

Anna musste im Zickzack gehen, um nicht abzurutschen, und hatte dennoch Mühe, ihr Gleichgewicht zu halten.

Keuchend kletterte sie auf der anderen Seite bergauf, und hatte sie anfangs gefroren, so glühte sie jetzt förmlich vor Anstrengung, als sie endlich die Kuppe des Steilhangs erreicht hatte.

Zur linken Seite nicht weit entfernt zeigten sich barock geschwungene Giebel, die Konturen von Salem, die sich deutlich vor dem hell erleuchteten Nachthimmel abhoben. Zur rechten Seite in nächster Nähe befand sich ein Bauernhof mit angrenzenden Weiden und sie bemerkte, dass in einem Fenster des Bauernhauses noch Licht brannte, trotz der späten Stunde. Das kalte Mondlicht strahlte über die kleine Lichtung, auf der sie sich befand und zu ihren Füßen schlängelte sich ein Bach, wie ein silbernes Band durch die Weite des Tals.

Sie zögerte nicht und nutzte die Helligkeit des Mondes, um trockenes Geäst am Waldrand zu sammeln. Unbeirrt näherte sie sich dem Bauernhof, bis sie das Schnauben von Pferden und das vereinzelte Blöken von Schafen hörte, die ihre Weiden in unmittelbarer Nähe des Hofes hatten. Unten im Tal am Rande der Schlossmauer entdeckte sie zwei Scheinwerfer mit schwachem Licht.

Sie vermutete, dass der Fahrer nur mit Standlicht fuhr und offensichtlich nicht gesehen werden wollte. In der Nähe des Bauernhofs, noch auf der Lichtung, schichtete sie Holz, fand Feuerzeug und Papiertaschentücher in ihrem Rucksack und versuchte, ein Feuer zu entfachen. Zuerst bildeten sich nur dicke Rauchschwaden, aber unter kräftigem Pusten fackelte endlich ein kleines Feuer. Sie freute sich, fühlte Stolz, bisher hatte sie noch nie eigenhändig ein Feuer entfacht. Sie legte Äste nach, von dem beachtlichen Vorrat an trockenem Geäst, den sie bereits aufgehäuft hatte, bis ein weit sichtbares großes Feuer loderte. Die schwachen Lichter des Fahrzeugs näherten sich und hielten unterhalb der Bergkuppe an.

Aber dies kümmerte sie nicht, im Gegenteil. Sie lächelte, freute sich darüber. Sie holte die Bibel sowie das Buch über die Äbte und die Äbtissin aus dem Rucksack und bearbeitete beide mit dem Taschenmesser. Mit einem Schwung warf sie die ‚Bibel der Bibeln‘ in das lodernde Feuer. Die aufgeschlagenen Seiten fingen sofort Feuer, nur der dicke lederne Einband mit den gekreuzten Schlüsseln widerstand vorerst den Flammen.

Eilig schulterte Anna ihren Rucksack und rannte auf den Bauernhof zu. Weder die Pferde noch die Schafe beachteten sie, denn das Feuer setzte sie derart in Panik, dass die Pferde laut wiehernd und die Schafe ebenso laut blökend bis zum entgegengesetzten Ende der Weide, nahe dem Bauernhaus, flohen.

Anna hatte schon fast die Scheune erreicht, als der Hund an der langen Eisenkette anschlug, an dieser ungestüm zerrte und anfing, ohne Unterlass zu bellen. Mehrere Lichter im Haus gingen an. Sie bemühte sich, dem wütenden Hund nicht nahe zu kommen, und lief in weitem Bogen auf die Scheune zu.

In der Scheuneneinfahrt stand ein mit Heu beladener Anhänger und sie überlegte nicht lange, sondern kletterte auf den Heuberg.

Es gelang ihr noch gerade rechtzeitig, sich unter losem Heu zu verbergen, denn schon im nächsten Atemzug brach Panik aus.

„Feuer!", brüllte einer, „oben ... am Wald ... Feuer! Holt Feuerlöscher, Schaufeln, Decken, Feuer!"

Das Trampeln vieler Schritte mischte sich unter seine Rufe. Sie schob das Heu vor ihren Augen beiseite und sah mehrere Leute, fünf zählte sie, Richtung Feuer laufen.

Auf der Straße vor dem Bauernhof schoss ein Auto mit aufgeblendetem Licht heran und bremste hart vor der Scheuneneinfahrt. Zwei Männer rissen die Autotüren auf und stürmten Richtung Feuer. Sie meinte, ihre Verfolger zu erkennen, und das verwirrte sie, denn sie dachte, diese wären die Insassen des Autos mit dem schwachen Scheinwerferlicht unterhalb der Lichtung gewesen. Sie fragte sich, ob noch andere hinter ihr her wären. Unruhe erfasste sie und sie entschied, nicht länger an diesem Ort zu bleiben.

Geschickt kletterte sie aus dem mit Heu beladenen Wagen, dennoch blieben unzählige Strohhalme an ihrer Kleidung und in den Haaren kleben. Der angekettete Wachhund witterte sie, schlug erneut an und zerrte ungestüm an der eisernen Kette. Sie konnte nur hoffen, dass diese nicht riss. Denn es gab keine andere Möglichkeit, als ihn in engem Bogen zu umgehen, um in den Wald zu gelangen.

*

„Anna", rief Andy aufgeregt, „Anna bist du es?"

Er hechelte den Hang hinauf, gefolgt von Bert und Pater Innozenz, die schwer schnaufend versuchten, Schritt zu halten.

Endlich erreichten sie die Feuerstelle und waren verblüfft, dass sie weder Anna noch sonst jemanden vorfanden. Pater Innozenz blickte ins Feuer und erstarrte, als er die lodernden Seiten eines Buches und den vom Feuer beleuchteten Buchdeckel mit drei eingravierten ineinander gekreuzten Schlüsseln sah.

„Nein", schrie er verzweifelt, „die ‚Bibel der Bibeln' brennt!"

Im gleichen Augenblick tauchten die Leute vom Bauernhof auf, bewaffnet mit Schaufeln und Feuerlöscher.

„Sind sie verrückt, so nah am Wald Feuer zu entfachen!", polterte der Größte von ihnen los.

Er richtete den Feuerlöscher auf die Flammen, aber Bert schlug ihm geistesgegenwärtig das Gerät mit dem Fuß aus der Hand.

Pater Innozenz zerrte an seiner Kutte, zog sie über den Kopf und schlug damit auf die Flammen ein. Andy und Bert entrissen der verdutzten Mannschaft vom Hof die Schaufeln und schlugen auf die Flammen ein.

„Das ist ein wertvolles Buch, eine Bibel ... sie darf nicht verbrennen", stieß Pater Innozenz hervor.

„Aber ...?", fragte einer der Leute vom Hof.

„Kein Aber, später ... nehmt Erde und werft sie ins Feuer!"

Pater Innozenz' Präsenz ließ sie wortlos gehorchen. Seine Kutte hatte bereits Feuer gefangen und begann zu lodern. Bert versuchte mit einem Ast, das glimmende Buch herauszufischen und schob es vorsichtig Stück für Stück an den Rand. Andy bemühte sich, die glühenden, züngelnden Flammen mit der Schaufel zu ersticken. Einer der Bauern kam ihm zu Hilfe und sprang mit seinen schweren Stiefeln so lange auf die Glut, bis nur noch Asche übrig blieb. Bert gelang es, das Buch aus der heißen Glut zu ziehen, aber es glomm noch immer.

„Erde drauf!", rief Andy.

Im gleichen Moment flog eine Lederjacke auf das Buch. Zwei Hände griffen danach und hüllten das glimmende Buch in die Lederjacke ein. Qualmender Rauch stieg rund um das Bündel auf, nur einzelne Flammen züngelten hervor. Mit seinem Körper warf er sich auf das umwickelte Buch und drückte dieses gegen den Erdboden, um auch die letzten Flammen zu ersticken. Die anderen versuchten weiterhin, das Feuer einzudämmen, denn die höchsten Flammen erreichten bereits die untersten vorstehenden Äste der Bäume am Waldrand.

„Feuerlöscher schnell ... auf die Äste!", erklang ein Befehl.

Pater Innozenz, nur mit Unterwäsche und Strümpfen bekleidet, arbeitete fieberhaft mit. Er näherte sich dem am Boden Liegenden mit dem Buch unter sich, um ihm zu helfen. Der Pater beugte sich über ihn und im selben Moment traf ihn unerwartet eine Faust mitten ins Gesicht.

Er ging zu Boden und Bert, der den Angriff beobachtet hatte, warf sich auf den Angreifer. Ehe jemand verstehen konnte, was geschah, fiel ein Schuss. Bert sackte kraftlos zur Seite und fassungslos erstarrten die Umstehenden für einen Moment. Andy überwand als Erster seinen Schock und wollte Bert zu Hilfe eilen, aber eine raue Stimme befahl.

„Keine Bewegung, Hände hoch, ich richte zwei Pistolen auf euch."

In den Händen der dunklen, nicht zu erkennenden Gestalt, zeichneten sich Pistolen im Mondlicht ab.

„Eddi, bist du okay?", fragte die raue Stimme.

„Ja ... ah", stöhnte dieser mit heiserer Stimme, „ich habe das Buch, den Rest davon jedenfalls."

„Alle auf den Boden legen, sonst ...", drohte der Bewaffnete.

„Bert!", schrie Andy, „ihr Verbrecher, was habt ihr mit Bert gemacht?"

„Psst", zischte einer vom Bauernhof neben ihm und riss ihn zu Boden, „willst du uns alle gefährden?"

„Keinen Laut mehr, keiner bewegt sich, bis tausend zählen, wenn wir weg sind, sonst schieße ich. Verstanden? ... Eddi komm!"

Schritt für Schritt gingen sie rückwärts, hielten sie am Boden gleichzeitig mit ihren Pistolen in Schach und verschwanden aus dem Sichtfeld. Erst als der Motor eines Autos startete, wagten die Liegenden aufzustehen. Andy war jedoch bereits zu Bert gerobbt.

„Bert ... Bert", wiederholte Andy verzweifelt, „hörst du mich?"

Keine Antwort.

Pater Innozenz und einer der Männer vom Hof knieten sich neben Bert.

„Schnell die Ambulanz, Notruf, beeile dich!", forderte der Pater Andy eindringlich auf.

Aufgeschreckt reagierte Andy und setzte umgehend den Notruf ab.

Ein junger Mann vom Hof untersuchte Bert.

„Ich war beim Roten Kreuz", informierte er.

„Sein Puls ist da", kommentierte er sachlich, „wir müssen die Wunde abbinden, die Schulter ist getroffen. Ich brauche etwas Langes zum Abbinden … deine Hose schnell", wandte er sich an Andy.

„Pulli oder dergleichen für unter den Kopf", herrschte er die Umstehenden an, „Wasser ins Gesicht!"

Einer besprengte sein Gesicht vorsichtig mit Wasser aus einer Feldflasche.

Bert kam zu sich, röchelte leise.

„Bert, hörst du mich? … Antworte", flehte Pater Innozenz.

„Ja …", hauchte Bert schwach.

„Du bist angeschossen worden, bleib still liegen, die Wunde ist abgebunden, Hilfe kommt. Hast du verstanden?", fragte Innozenz wieder.

„Die Bi… Bibel", stotterte Bert.

„Haben wir", log Pater Innozenz, um ihn nicht aufzuregen.

Die anderen versuchten weiterhin, das Feuer zu löschen, das sich immer noch auszubreiten drohte.

Endlich gelang es ihnen, auch die letzten züngelnden Flammen zu ersticken. Betrübt blickten sie auf Bert und sahen Pater Innozenz ebenso entsetzt wie fragend an.

„Wir haben es nicht angezündet, wir sind nur vor euch darauf aufmerksam geworden! Ich bin ebenso schockiert wie ihr, später berichte ich mehr", versprach Pater Innozenz und blickte entschuldigend in die Runde.

Endlose Minuten vergingen, bis sie Sirenen hörten.

„Wir laufen ihnen entgegen zum Hof", meinte der Kleinste der Helfer und kam wenige Minuten später in Begleitung des Notarztes und der Sanitäter zurück.

Andy und Pater Innozenz warteten, bis Bert sicher auf der Bahre lag, und folgten dem Notarzt zum Ambulanzwagen.

„Sein Zustand ist ernst, er hat schon viel Blut verloren, aber er ist nicht lebensgefährlich verletzt, soweit ich es im Moment beurteilen kann", beruhigte sie der junge Notarzt. Er riet ihnen, zu bleiben und später telefonisch nach dem Befinden zu fragen. Unter Sirenengeheul raste der Ambulanzwagen Richtung Krankenhaus Überlingen.

Die Polizei fuhr ihnen entgegen, traf am Tatort ein und begann, jeden Einzelnen zu befragen. Aber eine genauere Beschreibung der Täter konnte keiner geben, sondern nur mitteilen, dass der Name Eddi gefallen war.

Pater Innozenz schwieg, was die besondere Bibel betraf, und verlangte, Kommissar Bender zu informieren. Nur mit ihm wollte er sprechen. Aber Andy konnte nicht ruhig bleiben.

„Wir vermissen noch Thomas und Anna", warf er aufgeregt ein.

Er erklärte der Polizei, dass Thomas und Anna von den beiden Tätern wegen eines wertvollen Buches verfolgt wurden, das jetzt wohl verbrannt war oder zumindest der größte Teil davon. Er betonte, dass er sich große Sorgen um die beiden mache.

Pater Innozenz blieb nichts anderes übrig, als dies zu bestätigen, fragte aber erneut nach Kommissar Bender.

Die Dorfpolizisten schienen sichtlich überfordert, denn ein über das andere Mal wiederholten sie die gleichen Fragen.

Endlich erreichten sie Kommissar Bender telefonisch und er versprach, so schnell wie möglich, spätestens in einer knappen Stunde da zu sein. Bis dahin sollten sich alle Beteiligten am Bauernhof einfinden.

Auf dem Hof versorgten die Frauen zunächst Pater Innozenz und Andy mit Kleidern und danach alle Wartenden mit heißem Tee und Kaffee, den sie in der schlicht eingerichteten Stube servierten. Pater Innozenz rief im Krankenhaus in Überlingen an. Die Anwesenden waren erleichtert, als sie erfuhren, dass Bert die Operation gut überstanden hatte und bereits aus der Narkose aufgewacht war. Pater Innozenz gab die Telefonnummer von Susan weiter, bat aber darum, mit dem Anruf noch zu warten, er wollte ihr zuerst schonend beibringen, was geschehen war.

Endlich traf Kommissar Bender ein und fragte als Erstes nach Anna und Thomas. Seine Größe, mindestens ein Meter neunzig, und der durchbohrende Blick seiner blauen Augen verunsicherten Andy.

„Wir wissen es wirklich nicht, sie haben uns frühmorgens heimlich verlassen. Sie haben uns gebeten, ihnen nicht weiter zu folgen. Sie haben nur einen Brief hinterlassen ... sie wollten ähm ... die Angelegenheit allein zu Ende bringen", beteuerte Andy.

Der Kommissar merkte, dass Andy im Beisein der anderen nichts weiter preisgeben würde. Er bedankte sich bei den Leuten vom Hof für ihre Hilfe, bat sie aber, ihm die Stube für einige Zeit für seine Ermittlungen zu überlassen. Die Bauern folgten dieser Aufforderung eher widerwillig, ihre Neugierde war noch nicht befriedigt. Einer nach dem anderen zogen sie sich in die geräumige Küche zurück. Als der Letzte gerade den Raum verließ, klingelte Andys Handy.

„Anna", rief er, „wo bist du? ... Thomas ja ... ich habe verstanden ... und du? ... wie? ... ja, du rufst wieder an!"

Kommissar Bender riss ihm das Handy aus der Hand.

„Frau Sander Sie müssen ...", fing er an, aber die Verbindung war bereits unterbrochen.

Andy berichtete aufgeregt von Annas Worten, von der Verfolgungsjagd, ... dass Thomas die Gegner auf sich gelenkt habe, von einem Schrei, den sie gehört hatte ... und dass sie nach Thomas im Flusslauf der Aach innerhalb der Klostermauern suchen sollten. Sie sollten sich beeilen ...

es sei schon über zwei Stunden her ... und sie hätte einen Schuss gehört ... und der Akku sei fast leer.

Kommissar Bender kam in Fahrt.

„Haben Sie Thomas' Handynummer?", wandte er sich an Andy.

„Ja, hab ich", antwortete Andy und wählte die Nummer.

„Gesprächspartner nicht erreichbar", wiederholte er die Ansage.

„Versuchen Sie es gleich noch mal", ordnete Kommissar Bender an und während er noch überlegte, welcher Schritt der nächste sei, klopfte es an die Stubentür.

„Entschuldigen Sie, aber unser Zivildienstleistender hat oben an der Feuerstelle ein Handy gefunden, dort wo der Verletzte gelegen ist", berichtete die Bauersfrau und überreichte es mit einem unsicheren Lächeln dem Kommissar.

„Sind wir jetzt auch in Gefahr?", platzte sie heraus.

Kommissar Bender versuchte, sie zu beruhigen, versicherte ihr, dass die Gefahr vorüber sei. Er betonte, dass sie sich alle bis auf eine Ansprechperson zur Ruhe legen könnten, und dankte ihr nochmals für ihre bereitwillige Hilfe. Aber erst, als er ihr versprach, sie über Neuigkeiten zu informieren, ließ sie sich von ihm wieder hinausbegleiten.

Kommissar Bender bat um absolute Ruhe, während er die Mailbox des gefundenen Handys abhörte.

„... Begleiter von Zielperson erreicht sie nicht über Handy ... hören Tumult ... folgen den Geräuschen ..."

Der Rest ging in elektronischem Gekrächze unter.

„Das muss ein Handy von den Verfolgern sein ...", stammelte der Kommissar. Er konnte kaum fassen, welch einen Fund er in den Händen hatte. Bender befahl den Dorfpolizisten, das Handy sofort wieder aufzuladen.

„Klar machen wir, ähm ... was ich noch sagen wollte, ich kenne mich aus bei den Flussläufen der Aach. Wir haben als Kinder oft dort gespielt", erzählte der Größere der beiden Dorfpolizisten.

„Sehr gut, Sie fahren mit mir im Auto, ihr anderen folgt uns!", dirigierte Kommissar Bender.

Bevor er aus dem Zimmer stürmen konnte, stellte sich Andy ihm in den Weg: „Moment, auf Berts Handy ist auch was drauf, ich habe es vorhin an mich genommen", warf Andy ein und stellte die Ansage auf lauten Ton zum Mithören.

„... Anna ist weg ... friere ... Fluss ... kann mich nicht bewegen ..."

Es folgten weitere, leider unverständliche Wortfetzen.

„Das ist Thomas", murmelte Andy entsetzt.

Der Kommissar alarmierte sofort die Ambulanz und bestellte sie nach Schloss Salem.

„Kommt, beeilt euch!"

Mit hoher Geschwindigkeit holperten die Streifenwagen über den Feldweg und in weniger als fünf Minuten waren sie vor den Toren des Schlosses.

Sie stiegen die gepflasterte Rampe zum Fluss hinunter, befreiten sich eilig von ihren Schuhen, krempelten die Hosenbeine hoch und begannen mit der Suche. Das Wasser des Bachbettes reichte ihnen bis zu den Knien, aber die Sorge um Thomas ließ sie die eisige Frische des Baches ertragen. Nach wenigen Schritten mussten sie gebückt gehen, da die Untertunnelung des Bachlaufs mit niedriger Wölbung begann.

„Thomas", rief Andy verzweifelt, „Thoooomas!"

Nichts.

„Thomas, Thooomas!", riefen Pater Innozenz und Andy gemeinsam noch lauter.

„Psst", machte der Kommissar.

Sie hielten inne und vernahmen ein schwaches „Ja ... ah!"

Es kam eindeutig von links, aber der Fluss schien nur in gerader Linie weiterzufließen.

„Hier weiter, dort hinten muss eine Abzweigung kommen, ich bin mir ziemlich sicher", meinte der Dorfpolizist und lief voran, „rufen Sie weiter!"

„Thooomas, hier ist Andy, Thooomas antworte", rief dieser.

„Andy ...", hörten sie eine schwache Stimme.

Sie bogen links ab und im Schein der Taschenlampe entdeckten sie in knapper Entfernung eine zitternde Gestalt – Thomas.

Er saß im Fluss.

Angetrieben, ihm zu helfen, bewegten sie sich im Laufschritt durch das Wasser. Sie kamen näher und sahen, dass sein Gesicht leichenblass und seine Lippen blau waren.

„Andy, Pater Innozenz", presste Thomas mühsam hervor, „wo ist Anna?"

„In Sicherheit", nahm Kommissar Bender den beiden anderen die Antwort ab. Er wollte nicht, dass Thomas sich zusätzlich aufregte.

„Ich bin Kommissar Bender", stellte er sich vor, „können Sie aufstehen?"

Thomas zitterte vor Kälte, schüttelte den Kopf. „Nein, ich kann meinen linken Fuß nicht bewegen."

Andy wollte ihn aufrichten, aber Kommissar Bender hielt ihn zurück.

„Überlass das besser den Sanitätern!" Behutsam legte er Thomas sein Jackett über die Schultern.

Da hörten sie die Sirenen, die Sirenen eines Krankenwagens. Der Dorfpolizist verständigte die Einsatzkräfte über Handy, gab die Koordinaten des Fundortes durch und eilte ihnen entgegen.

„Wo ist Anna ... ist sie entkommen?", wiederholte Thomas seine Frage unter Zähneklappern. Pater Innozenz wollte ihn beruhigen, wählte seine Worte mit Bedacht:

„Sicherlich ruft sie gleich an, mach dir keine Sorgen. Sie war es, die uns alarmiert hat und beschrieben hat, wo wir dich suchen sollen!"

Thomas nickte und konnte seine Tränen nicht mehr zurückhalten, Tränen der Erleichterung und der Erschöpfung. Andy umarmte ihn, versuchte, ihn zu trösten.

Ein Trupp von Sanitätern in Gummistiefeln, die Bahre tragend, und wegen des niederen Gewölbes gebückt gehend, näherte sich. Vorsichtig hoben die Sanitäter Thomas auf die Bahre, schnitten ihm die Hose vom Bein, befreiten seinen Oberkörper von der nassen Kleidung und wickelten ihn in Thermodecken. Der Rückweg gestaltete sich äußerst schwierig, denn die Sanitäter hatten Mühe, Thomas auf der Bahre zu balancieren. Das unebene Bachbett ließ sie immer wieder stolpern und sie kamen nur sehr langsam voran. Es dauerte seine Zeit, bis sie die kopfsteingepflasterte Steigung erreichten. Zu viert hievten sie Thomas die Rampe hinauf zum Sanitätswagen.

„Soweit ich es im Moment beurteilen kann, haben Sie einen Knöchelbruch, jede Menge Blessuren und Sie sind stark unterkühlt", diagnostizierte eine junge Ärztin, die Thomas im Ambulanzwagen untersuchte.

Einer der Sanitäter flößte Thomas bereits heißen Tee ein und richtete einen Heizstrahler auf ihn. Kommissar Bender durfte ihn, mit dem Einverständnis der Ärztin, zu dem Vorfall befragen.

„Wie war das? Anna wollte allein weiter nach Salem …?"

Thomas unterbrach ihn, „... um etwas zu suchen. Als die Verfolger uns aufgespürt haben, haben wir uns getrennt. Ich wollte sie auf meine Spur locken."

Seine Stimme versagte. Er zitterte, nicht mehr nur vor Kälte, sondern auch wegen der grauenvollen Erinnerung.

„Und dann?", fragte Kommissar Bender behutsam.

„... sie haben mich getreten und gestoßen ... und gezwungen, Anna anzurufen ... Aber sie war nicht erreichbar!"

Tränen liefen ihm über das Gesicht und unter Schluchzen fuhr er fort.

„Einer ist mit seinen schweren Stiefeln auf meinen Fuß gesprungen, ich war wohl kurz bewusstlos vor Schmerzen. Als ich wieder zu mir kam, waren sie nicht mehr da. Ich nehme an, als da oben auf dem Gelände Gebell und Rufe zu hören waren, haben sie es vorgezogen zu fliehen."

Pater Innozenz und Andy, die vor der geöffneten Türe des Sanitätswagens standen, hatten mitgehört. Entsetzen spiegelte sich auf ihren Gesichtern und Pater Innozenz bat den Kommissar, mit ihm den Platz zu tauschen.

„Es ist vorbei", beruhigte er Thomas und umschloss dessen Hand mit seinen Händen, um ihm Trost zu spenden.

Die Tränen versiegten und die Ärztin bat Pater Innozenz, den Wagen zu verlassen. Er stieg aus und fast im selben Moment schrillte Andys Handy. Überrascht, wer um diese Nachtzeit wohl anrief, nahm er den Anruf entgegen.

„Anna ... ja er ist in Sicherheit ... ein Bein gebrochen ... wo bist du? Der Schuss? ... Bert ist angeschossen worden ... nein, er hat es überstanden ... ist im Krankenhaus. Anna wo bist ... Kommissar Bender möchte ..."

Weiter kam er nicht, die Verbindung wurde unterbrochen.

Der Kommissar tobte.

„Sie sollten sie mir sofort geben, wenn sie anruft!! Ich glaube, Sie unterschätzen die Gefahr, in der sie schwebt!"

„Ich ... ich kam nicht dazu", verteidigte sich Andy, „sie hat nur gesagt, wir sollen ihr vertrauen, und als sie Ihren Namen gehört hat, hat sie aufgelegt."

„Wo ist Anna ... was ist mit Anna ... was ist mit Bert?" Thomas richtete sich stöhnend auf.

„Es geht ihr gut, Bert auch wieder, ich erzähle dir alles ... morgen", konnte ihm Andy noch zurufen, bevor der Sanitätswagen die Türe schloss und losfuhr.

„Sie kommen jetzt mit mir auf die Polizeistation", ordnete der Kommissar gegenüber Pater Innozenz und Andy an, indem er jedes seiner Worte betonte und seinen offensichtlichen Unmut nicht verbergen wollte.

„Sie sind mir genaueste Erklärungen schuldig, haben Sie immer noch nicht begriffen, dass Anna in höchster Gefahr schwebt? Sie wird von einer skrupellosen Sekte verfolgt, von Fanatikern. Wenn Anna diese wertvolle Bibel hat, dann werden sie sich diese holen, notfalls auch mit Gewalt."

Widerspruch war sinnlos und so folgten die beiden ihm wortlos. Direkt neben dem Schlossgebäude war eine Polizeistation, in einem Altbau von der Größe eines Einfamilienhauses. Die unteren Räume dienten als Wachstube und der Kommissar wies sie an, auf den unbequemen, harten Holzstühlen vor dem ausladenden Schreibtisch, der schon deutliche Gebrauchsspuren aufwies, Platz zu nehmen. Etwas eingeschüchtert versuchte Pater Innozenz, dem Blick von Kommissar Bender auszuweichen, und betrachtete scheinbar interessiert die alphabetische Sortierung der Ordner, die sich in dem leicht verstaubten Wandregal befanden. Sein Blick blieb an einem älteren, frei stehenden, hölzernen Garderobenständer haften. Eine einzelne neue Polizeimütze, die über einem der Haken hing, wirkte wie ein Fremdkörper in dieser altgedienten Polizeistation.

„Ich glaube nicht, dass sie Anna noch weiterverfolgen", begann Pater Innozenz, der sich wieder gefangen hatte, die Unterredung. „Diese Kernkreuzer haben, was sie wollten, zumindest das, was davon übrig geblieben ist, die ‚Bibel der Bibeln' ist verbrannt, ... leider!"

„Verbrannt? Sind sie sicher?!"

Für einen Moment schien der Kommissar, die Fassung zu verlieren.

„Trotzdem, Anna hat das vernichtet, was sie wollten; wer weiß, ob sie sich nicht genau aus diesem Grund an ihr rächen wollen!"

Er hielt inne und taxierte Andy und Pater Innozenz mit seinem Blick.

„Sie ahnen anscheinend tatsächlich nicht, in welcher Gefahr Anna schwebt. Wir versuchen schon länger, dieser Sekte mit ihren Machenschaften etwas nachzuweisen, leider gelingt uns das nicht! Selbst Menschen, die bedroht oder auch körperlich misshandelt wurden, weigern sich aus Angst vor weiteren Sanktionen der Kernkreuzer, gegen diese auszusagen. Wir müssen Anna finden, bevor sie in deren Hände gerät! Die Fahndung nach den Mitgliedern der Sekte läuft, bisher aber ohne Erfolg."

„Ich denke, Anna versteckt sich, bis sie keiner mehr verfolgt", erwiderte Pater Innozenz, „erst dann wird sie Kontakt aufnehmen."

Hoffe ich doch, dachte er.

Er merkte, dass seine Worte nicht überzeugend klangen.

„Glauben Sie uns, wir haben wirklich keine Ahnung, wo Anna ist. Wir sind äußerst besorgt und verzweifelt, dass wir ihr nicht helfen, sie nicht beschützen können", beteuerte Andy und rutschte unruhig auf seinem Stuhl hin und her.

Das Klingeln des Handys von Kommissar Bender unterbrach die spannungsgeladene Unterhaltung. Die Nachricht schien nicht gut zu sein, sein Gesichtsausdruck blieb ernst.

„Sie haben einen schwarzen Lieferwagen an der Schweizer Grenze bei Schaffhausen gefunden … eine Lederjacke mit Schmauchspuren lag darin … von den Insassen gibt es keine Spur."

*

Anna lehnte sich im Sitzen an einen dicken Baumstamm. Sie hatte die Beine angezogenen und umschlang sie mit ihren Armen, um sich vor der nächtlichen Kühle zu schützen. Sie war besorgt, ihre Gedanken kreisten wieder und wieder um den Schuss … Bert … Thomas!

Sie konnte nicht verhindern, dass ihr Tränen haltlos über ihr Gesicht liefen. Aber mit jeder Träne wich die Sorge und Anspannung und eine übermächtige Müdigkeit überfiel sie. Sie kauerte ihren Kopf auf den Rucksack und schlief an den Baumstamm gelehnt ein.

Die Sonne stand bereits hoch am Himmel, als sie die Augen wieder öffnete. Im ersten Moment wusste sie nicht, wo sie war, aber sie sah, dass sie nicht allein war. Neben ihr kauerte der schwarze Hund, er musste ihr unbemerkt gefolgt sein.

„Du schon wieder", lächelte sie, „hast du kein Zuhause? Bist du ebenso allein wie ich ...?", flüsterte sie ihm ins Ohr, streichelte sein Fell und schmiegte sich an ihn. Er gab ihr ein Gefühl der Geborgenheit und sie fühlte sich nicht mehr so einsam.

Ihr Traum der vergangenen Nacht fiel ihr wieder ein und Szenenbilder erschienen vor ihrem wachen Auge.

„Natürlich! Das ist die Lösung, dort muss ich hin", sprach sie zu sich selbst und stand auf.

„Wenn du willst ... komm mit, denn als Spaziergängerin mit Hund bin ich weniger auffällig", sagte sie zu dem Vierbeiner.

Erwartungsvoll schaute der Hund sie an und sprang übermütig um sie herum. Sie tätschelte ihn und fand es beruhigend, zumindest einen vierbeinigen Begleiter an ihrer Seite zu haben.

„Wie soll ich dich nennen?" Spontan fiel ihr Nigro ein.

„Nigro passt zu dir, das kommt aus dem Lateinischen und bedeutet schwarz", belehrte sie ihn und als wollte er sein Einverständnis geben, bellte er kurz auf.

Sie wanderten über eine Anhöhe auf einem kleinen Trampelpfad, der nach kurzer Wegstrecke von einem verwitterten Gartenzaun gesäumt wurde. Dahinter lag ein verwilderter Obstgarten und zwischen den Bäumen stand das Gras meterhoch. Ein Brombeerstrauch hatte das Eingangstor fast gänzlich überwuchert. Sie pflückte rote Kirschen von einem tiefhängenden Zweig.

Unter ihr lag der Bodensee wie eine gemalte Kulisse, eine endlose Wasserfläche, nur seitlich begrenzt von flachen Ufern. Ein einzelnes Segelboot mit weißen gebauschten Segeln kämpfte sich auf dem stürmischen See voran. Im Hintergrund türmten sich die Schweizer Alpen mit den Gipfeln der „Sieben Churfürsten".

Zu ihren Füßen lag Überlingen mit seinen spitzen Dächern, die den Kirchturm inmitten der Altstadt umringten. Der Anblick berauschte sie und sie setzte sich auf eine Bank, wollte für einen Moment zur Ruhe kommen, um über die letzten Ereignisse nachzudenken.

Sie hoffte, ihre Täuschung, den originalen Buchdeckel der ‚Bibel der Bibeln‘ zusammen mit dem Inhalt des Buches aus dem Schloss, Band III, zu verbrennen, war geglückt. Aber sie war sich nicht sicher, ob die Kernkreuzer die Verfolgung aufgegeben hatten.

Vielleicht wollen die sich an mir rächen, weil ich die vermeintliche ‚Bibel der Bibeln‘ verbrannt habe.

Unwillkürlich drehte sie sich um, aber außer Nigro, der ihr auf Schritt und Tritt folgte, war niemand zu sehen.

Sie erreichte Hödingen, einen kleinen Ort oberhalb von Überlingen, und erstand auf einem Bauernhof, der seine frischen Waren mit einem Hinweisschild am Hofeingang anbot, ein Paar Würste und Brot für sich und Nigro.

Die Bauersfrau in Jeans, kariertem Hemd und mit buntem Haarband, das ihre lockige Mähne bändigte, war auffällig gut gelaunt und redselig. Sie erzählte, sie wäre heute nicht die erste Kundin, denn vorhin hätten ein paar Männer fast den ganzen Vorrat aufgekauft. Eine böse Ahnung beschlich Anna.

„Was für Männer?“, wollte sie sofort wissen.

Ihre Unruhe war nicht zu übersehen und wahrheitsgetreu antwortete die junge Bauersfrau.

„Na ja, etwas seltsam sahen die schon aus mit ihren Tätowierungen, quadratischen Kreuzen. Die einen hatten sie auf den Unterarmen, die anderen auf den Oberarmen.“

„Neiiin ... diese Männer sind gefährlich, die werden gesucht! Rufen Sie die Polizei. Bitte! Es ist wichtig!“

Sie blickte die Bauersfrau flehend an und ohne auf eine Erwiderung zu warten, stürmte sie nach draußen, dicht gefolgt von Nigro.

Hinter einem Gebüsch verborgen, blickte sie die Straße entlang. Diese war menschenleer, nur ein paar Hühner überquerten die Straße vor dem Bauernhof.

Energisch pfiff sie Nigro zurück, der es vor lauter Übermut nicht lassen konnte, die Hühner aufzuscheuchen. Sie gackerten laut, schlugen aufgeregt mit den Flügeln und flohen zum Hof zurück. Nigro kehrte mit eingezogenem Kopf und betont langsamen Schritten zu ihr zurück. Sie schüttelte nur missbilligend den Kopf, Aufmerksamkeit zu erregen, hatte ihr gerade noch gefehlt. Aber eine lärmende Hühnerschar war wohl nichts Ungewöhnliches in diesem Dorf, keiner der Bewohner zeigte sich, nur ein Hahn krähte mehrmals laut.

Ein versteckter Fußweg bot eine Abkürzung zur Schlucht. Er führte an Landhäusern mit eingezäunten oder durch hohe Hecken begrenzten Grundstücken vorbei bis zum Wald, der gleich hinter dem Ort begann, und ging in einen Trampelpfad über. Sie lief mit dem schwarzen Hund an ihrer Seite am Waldrand entlang bis zum Einstieg in den Tobel – ein ehemaliger Gletscherabfluss, eine Schlucht, in deren Senke ein kleiner Wildbach tobte.

Eine kleinere Gruppe Menschen tauchte am anderen Ende des Trampelpfades auf, aber auf die Entfernung konnte sie keine Details erkennen. Sie war beunruhigt, hoffte aber, dass es nur Wanderer waren. Nigro interessierte sich nicht für die Gruppe, übermütig tollte er um sie herum, als wollte er sich für die Wurst bedanken, die sie ihm gegeben hatte.

„Wir müssen hier hinunter in den Wald", erklärte sie Nigro und bog in einen mit welken, feuchten Blättern übersäten Weg ab. Sie rutschte mehrmals auf dem glitschigen Untergrund aus und konnte nur mit Mühe ihr Gleichgewicht halten.

Der Abstieg ging in einen breiteren Pfad mit festem Waldboden über und das Gehen wurde leichter. Jeden Moment erwartete sie, auf den Höhleneingang, den sie suchte, zu stoßen. Sie kletterte seitlich auf eine Anhöhe und stand direkt am Rande der steil abfallenden Schlucht. Das Rauschen des Wildbachs hallte bis zu ihr hinauf.

Der Höhleneingang muss von hier aus zu sehen sein, dachte Anna im Stillen.

Auf dem gegenüberliegenden Steilhang entdeckte sie aber nur einen mächtigen umgestürzten Baum, dessen Wurzelgeflecht eine fast zwei Meter große runde Scheibe bildete.

„War wohl doch weiter unten", meinte sie unschlüssig zu Nigro, „komm!"

Sie lief auf der Anhöhe weiter bergab, suchte nach der Höhle und konnte sich nicht erklären, warum sie den Eingang nicht fand. Er war zwar immer schon etwas versteckt durch Buschwerk und einen großen Baum gewesen, aber dennoch von ihrem Standort aus sichtbar.

Sie ging einige Schritte zurück, drehte wieder um und lief weiter bergab. Da sie ihren Blick auf den Hang gerichtet hatte und nicht auf den Pfad zu ihren Füßen achtete, stolperte sie mehrmals über hervorstehende Baumwurzeln.

Nigro hielt das Vor- und Zurücklaufen für ein Spiel, raste den Pfad hinauf, wendete abrupt und preschte pfeilschnell den Weg wieder hinunter. Sie musste lächeln, blieb stehen und orientierte sich erneut. „Nein, hier kann es nicht sein, dort unten hört der Hohlweg schon auf."

Laut sprach sie die Worte vor sich hin, als wollte sie sich dadurch von deren Richtigkeit überzeugen. Sie entschloss sich, direkt auf der gegenüberliegenden Seite den Hang hinaufzuklettern.

In der Ferne heulten Sirenen auf und sie vermutete, dass die junge Frau vom Hofladen die Polizei informiert hatte.

Aber was sie beunruhigte, waren die anderen Geräusche, die sie hörte. Stimmen und das Rascheln von aufgewirbeltem Laub. Sie schienen aus nächster Nähe zu kommen und sie beeilte sich, höher zu steigen, um einen besseren Überblick zu haben.

Sie sah drei Männer in schwarzer Lederkleidung, die am oberen Rand des Waldweges auftauchten. Der Größte war einer ihrer Entführer. Ein kalter Schauer lief ihr über den Rücken, aber sie durfte jetzt nicht in Panik geraten, sie musste schnell reagieren.

„Nigro, lenk die drei ab, verstehst du? Ich muss mich verstecken", flüsterte sie dem Hund zu und wiederholte die Worte eindringlich. Nigro legte den Kopf schief zur Seite, schien sie zu verstehen, wendete und preschte den Männern entgegen.

Auf allen vieren hetzte sie den Hang hinauf und vor lauter Eile verloren ihre Füße den Halt auf dem mit Blättern übersäten Waldboden. Sie rutschte steil bergab und erst das meterhohe Wurzelgeflecht des umgestürzten, mächtigen Baumes fing sie auf. Ihre Beine hingen in der Luft, knapp einen Meter über dem Boden und der Rucksack hatte sich im Wurzelgeflecht verfangen. Sie wollte ihn abstreifen, um sich zu befreien, aber in dem Moment, in dem sie ruckelte, gaben die Wurzeln nach.

Samt Rucksack fiel sie hinter die gewaltige Scheibe des Wurzelgeflechts und landete auf weichem Erdboden. Mühsam richtete sie sich auf und lauschte. Sie hörte das Bellen von Nigro und hoffte, dass sie keiner beobachtet hatte. Das Wurzelgeflecht verbarg sie vor den Augen ihrer Verfolger.

Sie drehte sich Richtung Hang, um sich weiter zurückzuziehen, und konnte nicht glauben, was sie sah. Der umgestürzte Baum hatte den Eingang der Höhle mit seinem Wurzelwerk verdeckt und somit unsichtbar gemacht.

Sie zögerte keine Sekunde und kroch in die Höhle hinein. In der Finsternis konnte man nichts sehen, aber sie wusste, dass der Höhlengang niedrig war und sie geduckt laufen musste.

Blind tastete sie sich an der Sandsteinwand voran und ihre Füße sackten im feinen kühlen Sand ein. Spinnweben streiften ihr Gesicht, aber entschlossen wischte sie diese weg, versuchte, ihren Ekel zu überwinden. Sie erinnerte sich, wie sie als Kind mit ihrem Onkel diese Höhle erforscht hatte und im Schein der Taschenlampe gesehen hatte, dass die Höhlendecke mit Moos überwuchert war.

Nach zwanzig Schritten meinte sie, weit genug vom Eingang entfernt zu sein, und wagte es, ihre winzige Taschenlampe anzuknipsen. Im Licht erkannte sie, dass der Gang fast einen Meter breit und etwa eineinhalb Meter hoch war. Ihr Onkel hatte ihr seinerzeit erklärt, dass dies ein von Hand gehauener Stollen sei. Die Vorfreude auf das, was sie gleich zu Gesicht bekommen würde, ließ ihren Puls höherschlagen.

Nach wenigen Metern breitete sich vor ihr eine gewaltige Höhle aus. Sie maß ungefähr sieben Meter in der Breite, etwas weniger in der Länge und war schätzungsweise fünf Meter hoch. In der Mitte befand sich ein rechteckiges, in den Fels gehauenes Becken, gefüllt mit glasklarem Wasser.

Das Tageslicht fiel durch ein schmales Loch im Deckengewölbe und ließ das Quellwasser türkis schimmern. Kleine, in den Sandstein gehauene Stufen führten hinunter ins Becken und sie konnte bis auf den Felsengrund sehen.

Onkel Hubert hatte ihr seinerzeit erklärt, dass das ein Quellwasserspeicher sei, der in grauer Vorzeit angelegt worden war. Sie kniete sich auf die oberste Stufe, schöpfte Wasser mit ihren Händen und trank in kleinen Schlucken. Das Wasser schmeckte eisenhaltig, aber erfrischend kühl. Sie setzte sich auf den sandigen Boden vor dem Wasserbecken und lehnte ihren Rücken an die Sandsteinwand.

Hier unten waren alle Geräusche verschluckt, die Stille unheimlich und gleichzeitig beruhigend. Sie schloss die Augen und versuchte, sich an den Traum der vergangenen Nacht zu erinnern.

Sie war hier gewesen, sie hatte irgendetwas entdeckt … Trotz angestrengten Nachdenkens fiel ihr nicht ein was. Aber eine Erinnerung schlich sich in ihr Bewusstsein, an ihren Onkel, als sie gemeinsam hier in der Höhle gewesen waren. Er hatte damals geäußert, dass hier wohl ein hervorragendes Versteck für einen Schatz sei, und verschmitzt gelächelt.

Bisher hatte sie seiner Äußerung keinerlei Bedeutung beigemessen, aber nach all den Ereignissen der letzten Tage bekam eine solche Aussage mehr Gewicht. Sie holte die Kassette heraus, die Versuchung war groß, die ‚Bibel der Bibeln‘ mit dem jetzt falschen Einband zu öffnen. Nur die Erinnerung an den Sog des Testaments und die Wahrnehmungen, die sie überwältigten, hielten sie davon ab.

Die Vorstellung, hier allein ohnmächtig in der Höhle zu liegen … nein, das wollte sie nicht riskieren. Im Gegenteil, sie sollte ihr Vorhaben ausführen und jetzt ein Versteck für die ‚Bibel der Bibeln‘ hier in der Höhle suchen.

Sie schaute sich um, entdeckte an der gegenüberliegenden Wand eine rostige alte Schaufel und fragte sich, ob sie die Kassette im Sand vergraben sollte. Einen Versuch war es wert. Sie nahm die Schaufel und fing an, ein Loch in den Sand zu graben. Doch bereits nach der fünften Schaufel Sand stieß sie auf harten Sandsteinfels und hielt dieses Versteck für ungeeignet.

Erneut ließ sie ihre Blicke schweifen, suchte die Höhlenwände, das Wasserbecken, das Deckengewölbe nach einem Versteck ab. Aber sie entdeckte nichts Geeignetes, dafür drang lautes Bellen direkt über ihr durch die Felsöffnung.

Das ist Nigro … er muss in unmittelbarer Nähe sein.

Sie zwang sich zur Ruhe, schloss für einen Moment die Augen und machte sich bewusst, dass sie hier drin sicher war. Ein Bild aus ihrem Traum tauchte vor ihrem inneren Auge auf. Sie sah sich hier in der Höhle durch das Wasserbecken waten.

Sie öffnete die Augen, das Hundegebell wurde leiser, entfernte sich.

Sie dachte sich, dass sie dasselbe tun würde, wie in ihrem Traum. Sie stand auf, streifte ihre Schuhe ab, zog die Hose aus und klemmte sich die Kassette unter den Arm.

Vorsichtig stieg sie die Stufen hinunter und berührte mit ihren Zehen das Quellwasser. Sie empfand die Temperatur mehr als erfrischend, wagte sich aber tiefer hinein, obwohl jeder Schritt in das eisige Nass sie nach Luft schnappen ließ.

Das Wasser reichte ihr bis knapp unter die Hüfte und nach wenigen Schritten stockte ihr der Atem vor Kälte. Sie musste dringend aus dem Becken, steuerte mit großen Schritten auf den Felsvorsprung direkt vor ihr zu, warf die Kassette darauf und versuchte, selbst dem eisigen Quellwasser zu entkommen.

Ihre Hände suchten Halt an der Felswand, ihre rechte Hand berührte etwas, das sich nicht nach Sandstein anfühlte, etwas Kaltes ... ein eiserner handtellergroßer Ring.

Was ist das denn?

Sie war verblüfft, ergriff aber den Ring und mit der anderen Hand ein vorstehendes Felsenstück. Mit Schwung stieß sie sich vom Boden ab und zog sich hoch. Im gleichen Moment bröckelte Sandstein und der eiserne Ring löste sich mitsamt einem Stück Felsen.

Anna erschrak, ließ den Ring und das Felsnasenstück los und fiel zurück in das Becken. Das eiskalte Wasser bedeckte sie bis zum Hals. Sofort sprang sie wieder auf und hievte sich, einen halben Meter entfernt, an einer vorstehenden Felsspitze mit einem Satz hinauf. Die Aufregung über ihre Entdeckung ließ sie für den Moment vergessen, dass sie vor Kälte zitterte.

Geschickt balancierte sie zu der Stelle, an der sich das Felsstück gelöst hatte. Sie kniete sich vor die Aushöhlung und entdeckte einen Spalt. Vorsichtig steckte sie ihre Hand in die Öffnung. Sie ertastete nackten, harten Felsen, eine kleine Aushöhlung. Ihre Gedanken überschlugen sich, diese Aushöhlung schien natürlichen Ursprungs zu sein. Aus diesem Grund hatte sich der Felsbrocken gelöst, als sie daran gezogen hatte. Sie fragte sich nur, wozu dieser eiserne Ring am Felsen befestigt gewesen war.

Aber ein besseres Versteck kann ich hier in der Höhle nicht finden.

Sie nahm die Kassette an sich und zögerte. Denn sie hatte keine Ahnung, wann sie die ‚Bibel der Bibeln' wieder in ihren Händen halten würde. Sanft strich sie zum Abschied über die Kassette und bugsierte sie dann in die Aushöhlung.

Sie musste zurück ins Becken und beschloss, die Kälte zu ignorieren. Mit einem Schrei hievte sie den kleinen Felsbrocken hoch. Sie hatte das Gewicht unterschätzt, Perlen von Schweiß bildeten sich auf ihrer Stirn und sie schaffte es unter Aufbietung aller Kraftreserven, ihn zurück an seinen ursprünglichen Platz zu schleppen. Mit ihrem Körpergewicht stemmte sie das Felsstück in die aufgebrochene Höhlung in der Felswand. An einer Seite bröckelte weicher Sandstein ab, doch die übrige Felswand war steinhart und nach einigem Ruckeln hatte sie das Felsstück wieder fest eingefügt.

Anna trat einen Schritt zurück und begutachtete das Gesamtbild. Der etwas hervorstehende Felsbrocken verdeckte die Felsöffnung fast vollständig und passte sich dem Rest der Felswand mit seinen unregelmäßigen Erhöhungen und Vertiefungen unauffällig an. Nur der Rest der rostigen Halterung war noch sichtbar. Sie griff nach dem eisernen Ring, der vor ihren Füßen im Wasser lag, und stellte fest, dass er bis auf wenige Roststellen gut erhalten war.

Sie verwendete ihn als Werkzeug, um den Rest der rostigen Halterung vom Felsen abzukratzen. Nur ein alter, von Hand geschmiedeter schwarzer Eisennagel, blieb stehen, war aber an der dunklen Felswand fast nicht auszumachen. Zufrieden blickte sie auf ihr Werk; sie hatte ein fast unsichtbares Versteck geschaffen.

Geräusche, diesmal Schreie und Rufe, wurden von der Höhlenwand als Echo zurückgeworfen.

„Polizei, bleiben Sie stehen!"

Ein ohrenbetäubender Knall folgte.

Sie war sich sicher, dass ein Schuss gefallen war. Ohne zu zögern, stakste sie mit großen Schritten durch die kalte Wasserfront zurück zum Einstieg. Eilig tauschte sie ihre nasse gegen trockene Kleidung aus ihrem Rucksack, schulterte den Rucksack und schlich gebückt durch den Höhlengang.

Sie wagte es nicht, die Taschenlampe anzuknipsen, und tastete sich blind die Höhlenwand entlang durch den Gang. Der sandige Boden ließ sie nur langsam vorankommen, da sie bei jedem Schritt einsackte. Doch endlich zeigte sich mattes Tageslicht am Ende des tunnelartigen Ganges.

Am Höhlenausgang blendete sie zunächst das noch schwache Sonnenlicht. Sie konnte nichts erkennen und musste warten, bis sich ihre Augen nach der Dunkelheit wieder an das Tageslicht gewöhnt hatten. Vorsichtig spähte sie hinter der Wurzelscheibe hervor. Direkt unterhalb von ihr standen zwei Polizisten und hielten die drei Verfolger mit gezogenen Pistolen in Schach. Einer der Verfolger blutete am rechten Oberarm und lag mit schmerzverzerrtem Gesicht auf dem Boden. Am Waldrand tauchte ein weiterer Trupp Polizisten auf. Sie zog sich wieder hinter die Wurzelscheibe zurück, denn sie wollte nicht in der Nähe des Verstecks gesehen werden. Geduldig wartete sie, bis die Polizei samt Gefangenen außer Sichtweite war. Erst dann wagte sie, zum Waldweg hinabzusteigen.

Winselnd kam ihr ein schwarzer Hund entgegen und sie freute sich so über seinen Anblick, dass sie alle Vorsicht vergaß und den Hang hinab, ihm entgegenrutschte.

„Nigro, braver Hund, das hast du gut gemacht", lobte sie ihn und strich ihm liebevoll über sein schwarzes glänzendes Fell. Eng schmiegte er sich an ihre Beine, drängte sie, ihn wieder und wieder zu streicheln und zu loben. Lächelnd schob sie ihn zur Seite, sie musste einen versprochenen Anruf tätigen.

*

Pater Innozenz und Andy waren bei Thomas und Bert im Überlinger Krankenhaus zu Besuch und hielten sich im Park auf, unter hohen ausladenden alten Bäumen.

Bert hatte einen dicken Verband um die Schulter und Thomas saß neben ihm, sein Gipsbein auf der grün gestrichenen Parkbank ausgestreckt. Ihre Unterhaltung kreiste um Anna, sie machten sich große Sorgen um sie, vor allem Thomas. Er wäre am liebsten losgelaufen, um nach ihr zu suchen.

„Ich verstehe nicht, warum sie sich nicht meldet. Die Typen wurden doch geschnappt ...! Ach ja, ehe ich es vergesse, Kommissar Bender hat mich angerufen, er will auch noch vorbeikommen ... er hätte was für uns!"

Kaum hatte er die Worte ausgesprochen, tauchte Kommissar Bender auch schon auf und hinter ihm ...

„Anna!", rief Thomas, sprang auf und humpelte ihr entgegen. Er umarmte sie innig und flüsterte zärtlich mehrmals ihren Namen. Auch die anderen begrüßten die Vermisste und einer nach dem anderen drückte sie an sich.

Sie war überwältigt, mit solch einem Empfang hatte sie nicht gerechnet. Dennoch war sie bestürzt, zwei ihrer Freunde schwer verletzt zu sehen und konnte nicht verhindern, dass ihr Tränen des Mitleids und auch der Wiedersehensfreude über die Wangen rollten.

Fragen über Fragen stürzten auf sie ein, während sie ausführlich die Ereignisse schilderte, aber weder die vertauschten Inhalte der Bücher noch das Versteck erwähnte.

Ihre Freunde waren fassungslos. Sie konnten nicht glauben, dass sie die ‚Bibel der Bibeln' verbrannt hatte.

„Seht mich nicht so an, die Kernkreuzer waren mir so dicht auf den Fersen, ich hatte keine andere Möglichkeit", versuchte sie glaubhaft zu versichern.

Sie senkte ihren Blick und spürte, dass die anderen sie wiederum mit ihren Blicken durchbohrten. Um ihre Unsicherheit zu überspielen, fuhr sie ohne Unterbrechung mit ihrer Schilderung fort.

„Aber warum bist du nicht aufgetaucht, als du die ‚Bibel der Bibeln' verbrannt hattest?", wollte Andy wissen.

„Weil, ... weil ich ...", stotterte sie und suchte nach einer glaubhaften Erklärung, „weil ich Angst hatte, dass sie mich verfolgen und bestrafen würde, eben weil ich diese Bibel verbrannt habe. Aus diesem Grund habe ich mich im Wald versteckt, bis ich es gewagt habe, Kommissar Bender anzurufen!"

Hoffentlich glauben sie mir.

Im Moment blieb ihr nichts anderes übrig, als diese unwahre Version zu verbreiten. Dann gewann ihr Selbstbewusstsein wieder die Oberhand und nun war sie an der Reihe, Fragen zu stellen.

Sie wollte wissen, was mit ihnen geschehen war.

Als Thomas von der rohen Gewalt, der er ausgesetzt gewesen war, erzählte, konnte sie nur mit Mühe ihre Tränen zurückhalten.

Um Thomas, dessen Stimme bei der Schilderung wieder brüchig wurde, zu trösten, legte sie den Arm um ihn und drückte ihn liebevoll an sich.

Bert berichtete von seinem Abenteuer und dem Schuss. Sie war entsetzt, empfand aber nicht nur Mitgefühl, sondern auch Wut und schalt ihn, sich so leichtsinnig der Gefahr ausgesetzt zu haben. Der Schuss hätte auch tödlich sein können, betonte sie.

„Sag ihm nur deutlich die Meinung", tönte eine Stimme aus dem Hintergrund, „ich sehe das auch so. Leichtsinniger Heldenmut!"

„Susan", flüsterte Bert und zog sie an sich.

„Euch kann man wirklich nicht allein lassen; seht mal, wie ihr aussieht, Gipsbein, Schulterverletzung …!"

Verstohlen wischte Susan sich eine einzelne Träne aus dem Augenwinkel und wollte nochmals alles detailgenau erzählt haben.

„Kommissar Bender, was passiert jetzt mit diesen Typen und habt ihr diesen … ähm, wie hieß der Mann?", fragte Susan, nachdem sie alles erfahren hatte.

„Bender, ... der gleiche Name; so ein Zufall", stellte Anna fest. Bisher war ihr das noch nicht aufgefallen.

„Die Männer werden vor Gericht gestellt wegen schwerer Körperverletzung, aber wichtig wäre natürlich, die Namen der Drahtzieher, die Köpfe der Kernkreuzer zu kennen", antwortete Kommissar Bender.

Er senkte den Kopf und fuhr an Anna gewandt fort.

„Einen Namen haben wir dank dir, Anna. Es wäre mir lieber gewesen, diese Person wäre es nicht! Es ist mein zwei Jahre jüngerer Bruder."

„Ihr Bruder?", fragte Anna fassungslos.

„Ja, mein Bruder, ich hatte es schon vermutet. Ich wusste, dass er sich einer Vereinigung angeschlossen hatte, kannte aber deren Namen nicht. Anfangs hatte ich keine Ahnung, warum sie dich verfolgten, aber dann verstand ich die Beweggründe. Mein Bruder hat seinerzeit bei einem Gespräch mir gegenüber auch die ‚Bibel der Bibeln' erwähnt, sprach von der Wahrheit, welche die Menschen erkennen müssten! Aber ich hielt das damals nur für eine belanglose Schwärmerei und habe ihn nicht ernst genommen. Ich habe nicht an die Existenz eines solchen Buches geglaubt. Und ehrlich gesagt, ich kann es kaum fassen, dass es diese ‚Bibel der Bibeln' gegeben hat ... und sie ist wirklich verbrannt?"

Er musterte Anna mit seinem durchdringenden Blick, aber sie hielt ihm stand.

„Nun ja, verbrannt", wiederholte er und sie hörte weder Bedauern noch Zweifel heraus.

„Ich ... ich habe oft versucht, meinen Bruder zur Vernunft zu bringen. Aber leider ohne Erfolg. Es wird nach ihm gefahndet, er gilt als einer der Köpfe dieser Kernkreuzer, als Auftraggeber dieser Verbrecher. Auf dem verlorenen Handy war ein Befehl, es ist ohne Zweifel die Stimme meines Bruders. Die Kollegen von der Schweizer Polizei haben mir mitgeteilt, dass er sich wohl nach Amerika abgesetzt hat."

Sein Gesichtsausdruck spiegelte seinen inneren Zwist wider. Nach kurzem Innehalten fuhr er fort.

„Anna, ich denke, du brauchst dir keine weiteren Sorgen machen. Die werden dich in Ruhe lassen. Mein Bruder kennt mich; er weiß, dass ich ihn ohne Schonung behandeln muss, behandeln werde!"

Er warf einen ernsten und ebenso traurigen Blick in die Runde und für einen Moment herrschte betretenes Schweigen.

„Fanatismus ist immer unberechenbar, die Opfer werden zu Tätern", sagte Pater Innozenz, um ihn zu trösten.

Aber Bert atmete hörbar auf.

„Sind Sie sicher, dass Anna nicht weiterverfolgt wird?", meinte er, „und können wir unseren Alltag wie gewohnt wieder aufnehmen?"

„Ich denke schon, ihr seid nicht mehr von Interesse für diese Sekte", beruhigte sie Kommissar Bender.

„Die ‚Bibel der Bibeln', die Reste davon, sind die gefunden worden?", wollte Andy wissen.

„Nein, ich nehme an, mein Bruder hat sie mit nach Amerika genommen. Er wird sie dort rekonstruieren lassen, sofern das möglich ist", vermutete Kommissar Bender.

Oh, ... das wäre nicht in meinem Interesse. Sie könnten bemerken, dass Buchdeckel und Seitengröße nicht identisch sind.

Anna hoffte, dass keiner ihren Schreck bemerkt hatte.

Thomas war ihre Gemütsregung nicht entgangen und um abzulenken, stellte Anna die Frage, die ihr schon länger auf den Lippen brannte.

„Herr Bender, Ihr Bruder sagte, dass er meine Eltern und meinen Onkel gekannt hatte. Sie auch?"

„Ja, Anna, das war mit ein Grund, warum ich von Anfang an vor allem um dich besorgt war. Deine Eltern Sarah und Linus habe ich an der Universität kennengelernt, ich habe zwei Semester Archäologie studiert, ehe ich mich für die Kriminalistik entschieden habe.

Deine Eltern waren ein tolles Team. Sie wären bestimmt

berühmte Archäologen geworden. Wenn sie etwas entdeckt hatten, mussten sie die Spur verfolgen, koste es, was es wolle."

„Auch ihr Leben", seufzte Anna.

„Ja leider ... ich weiß, dass sie damals bei Ausgrabungen durch einen Autounfall ums Leben gekommen sind. Bedauerlicherweise ist die Unfallursache nie endgültig geklärt worden."

„Nie endgültig geklärt?", wiederholte Anna, „warum?"

„Ähm ... ich weiß nicht, was dein Onkel dir mitgeteilt hat."

„Er hat mir erklärt, dass vermutlich ein Marder die Bremsleitung angebissen hat und da das Auto älter war und die Bremsleitung nicht mehr die Neueste war, ist sie gerissen!"

Bewusst erwähnte sie nicht den Verdacht eines Anschlags, den ihr Onkel im Brief erwähnt hatte.

„Ja, das hat man vermutet, aber ich habe meine Zweifel ... bis heute. Die vermeintlichen Bissspuren des Marders waren zu gleichmäßig gezackt. Für mich hat das so ausgesehen, als hätte man einen Schnitt durch Zacken unkenntlich gemacht. Damals war ich noch ein junger angehender Kommissar und meine älteren Kollegen haben meinen Verdacht für unbegründet gehalten. Sie haben mir zu viel Fantasie unterstellt.

Ich habe damals dennoch Kontakt zu deinem Onkel aufgenommen und ihm von meinem Verdacht berichtet. Er hätte ein neues Verfahren erwirken können, aber er wollte nicht, dass man auf ihn und dich aufmerksam würde. Er hat dich schützen wollen und ich habe seinen Entschluss akzeptiert. Aber nach den Fakten, die ich ihm genannt hatte, hatte auch er Zweifel an einem Unfalltod."

Er machte eine Pause, und gebannt starrten ihn alle an.

„Von meinem Bruder habe ich später von diesen Kernkreuzern gehört. Er hat sich damit gebrüstet, dass einflussreiche Persönlichkeiten, wie auch mein oberster Vorgesetzter, der Vereinigung angehören. Das mag auch ein Grund sein, warum nie nähere Untersuchungen angestellt wurden. Meine Vermutung ist, dass man deinen Eltern nur einen Schrecken einjagen wollte. Man hatte nicht damit gerechnet, dass die Bremsleitung porös war und reißen würde. Ich kann mir nicht vorstellen, dass ein Mord beabsichtigt war, denn sie wollten doch den Beweis von deinen Eltern."

„Wieso vermuten Sie das?", fragte Anna, die das Unfassbare verstehen wollte.

„Nun mein Bruder … wir hatten einen gemeinsamen Abend verbracht, er hatte zu viel getrunken, deutete so etwas an … und dass sie immer noch etwas suchten. Die Kernkreuzer waren der Meinung, dass es immer noch im Besitz der Familie Sander sei!"

Kann das wahr sein, waren die Kernkreuzer schuld am Tod meiner Eltern?

Annas Gedanken rasten, Wut und Trauer zugleich überfielen sie. Sie wollte Rache, Rache an denen üben, die ihr ihre Eltern genommen hatten. Aber wie? Nur mit Mühe konnte sie ihre Wut bändigen.

Sie blickte in die Runde, sah in betretene Gesichter.

Thomas versuchte, sie aus ihrem Gefühlskarussell über das Erfahrene zu holen, und wandte sich an Kommissar Bender:

„Wie kam Ihr Bruder zu dieser Vereinigung?"

„Mein Bruder hatte in jungen Jahren nie wirklich beruflichen Erfolg. Die Firma, in der er arbeitete, ging bankrott, lange fand er keine vergleichbare Anstellung. Ich wollte ihm helfen und ihm eine Anstellung bei der Polizei verschaffen, aber er wollte nicht. Zufällig hat er die Kernkreuzer kennengelernt und ihre ideologischen Grundsätze.

Er war fasziniert und sie waren auf der Suche nach Anhängern. Sie haben ihm eine gehobene Stellung in der Verwaltung angeboten. Nicht nur das haben sie ihm ermöglicht, sondern auch zinslose Kredite. Er konnte nicht widerstehen, er hat sich einen Porsche und teure Anzüge gekauft. Nach einer gewissen Zeit haben sie die sofortige Rückzahlung verlangt, sonst müssten sie hohe Zinsen erheben.

Er war nicht in der Lage, seine Schulden sofort zu begleichen und ab diesem Moment hatten sie ihn in der Hand. Kriminelle Übergriffe im Interesse der Sache sind an der Tagesordnung; nicht nur sein Fanatismus, auch seine Gier nach Macht und Luxus haben ihn zum Verbrecher gemacht! Ich bedaure bis heute, dass er sich nicht an mich gewandt hat. Ich hätte ihm helfen können, seine Schwierigkeiten zu überwinden."

Kommissar Bender blickte in die Runde und sein Blick sprach Bände.

Er empfindet eine ähnliche Wut und Trauer wie ich, dachte Anna.

Sie konnte verstehen, was der Kommissar fühlte, fand aber keine passenden Worte.

„Eines müsst ihr mir noch versprechen ähm, ... wie soll ich es sagen", begann Bender erneut, „es könnte sein, dass die Kernkreuzer nach einer gewissen Zeit noch mal nachforschen. Sollte euch etwas Ungewöhnliches auffallen, meldet euch, teilt es mir umgehend mit! Versprochen?"

Sie versprachen es und nicht nur das, sie waren sich einig, sich regelmäßig zu treffen. Sie wollten, dass auch Kommissar Bender mit von der Partie wäre. Er sagte gerne zu, bestand aber darauf, dass sie ihn ab sofort mit seinem Vornamen Felix anspächen.

*

Tante Irma hatte für Thomas das ebenerdige Gästezimmer hergerichtet. Gerade war sie außer Haus, um eine Freundin zu besuchen. Anna saß im Garten der Villa in einem ausladenden, weich gepolsterten Gartenstuhl und wartete auf

Thomas. Der alte Apfelbaum warf seinen lichtgesprenkelten Schatten auf die mit Steinplatten ausgelegte Terrasse. Auf der Wiese davor blühten noch Margeriten, Bert hatte sie beim Mähen wie kleine Inseln auf der Rasenfläche stehen lassen. Nigro lag zu ihren Füßen, schlief und schnaufte gelegentlich.

Nigro und Irma hatten sich umgehend angefreundet und die Idee, den Hund zu behalten, war auf der Hand gelegen. Irma hatte argumentiert, sie wäre dann nicht mehr so allein und hätte ab sofort einen Beschützer. Nigro selbst fühlte sich offensichtlich vom ersten Augenblick an zu Hause.

Da auch Nachfragen beim Tierheim keinen Hinweis auf die Herkunft des Hundes gaben, hatten sie keine Bedenken gehabt, Nigro zu behalten.

Anna war das erste Mal seit ihrer Rückkehr ohne Gesellschaft und hing ihren Gedanken nach. Bisher hatte sie geschwiegen, auch Thomas nichts von dem Versteck der ‚Bibel der Bibeln‘ erzählt. Ihr war bewusst, dass dieses Versteck nicht das endgültige sein konnte, aber bis ihr ein geeigneterer Aufbewahrungsort einfiel, war die Bibel dort sicher verborgen.

Was sie am meisten beunruhigte, war die Möglichkeit, dass die Kernkreuzer die Fälschung erkannten. Was dann? Wem sollte sie ihr Vertrauen schenken? Wo sollte die ‚Bibel der Bibeln‘ ihr endgültiges Versteck finden? Fragen über Fragen, für die sie im Augenblick keine Antwort fand.

Ich muss einen Hinweis in einem Bankschließfach hinterlegen. Sollte mir etwas zustoßen, wäre die ‚Bibel der Bibeln‘ sonst für immer verloren.

Dieser Gedanke beruhigte sie und sie lächelte Thomas an, der auf Krücken zu ihr humpelte und sich in den bequemen Gartenstuhl neben ihr fallen ließ. Wie von selbst kam das Gespräch auf die Abenteuer, Erlebnisse und die Erkenntnisse.

„Pater Innozenz hat recht", fasste Thomas seine Eindrücke zusammen, „die Wahrheit, … die biblische Geschichte kann sich so zugetragen haben. Aber ist es von Bedeutung? Wir haben unsere christlichen Bräuche, Ostern, Pfingsten, Weihnachten, Kommunion, Konfirmation. Oft sind sie heidnischen Ursprungs, um den Menschen von damals, die noch an viele Götter glaubten, den Weg zum Glauben an einen Gott zu vereinfachen. Bräuche, die das Andenken an Jesus, Gott, Maria bewahren. Und ändert es wirklich etwas, wenn wir stattdessen sagen, es waren höhere Wesen, vollkommener als die Menschen?

Der Glaube an das ‚Vollkommene', das ‚Göttliche' hilft den Menschen, egal ob es für die einen Shiva ist … für die anderen Buddha … letztendlich geht es doch um den Glauben!"

Anna empfand das ebenso und für einen Moment schwiegen sie, lauschten dem Zirpen der Grillen.

„Aber wieso haben manche Menschen", setzte Thomas erneut an, „wie Andy und du oder eben die Hellseher diese Gabe, die Zukunft zu sehen? Sind wir doch mit kosmischer Intelligenz verbunden, oder ...?"

Thomas verstummte.

„Oder was ...?", fragte Anna.

„Oder sind es, es ist nur eine Hypothese … sind es Nachkommen … der höheren Wesen … die sich durch künstliche Befruchtung, wie sie vielleicht auch bei Maria geschehen ist … in die Menschheit eingepflanzt haben und deren Erbe, deren Gene über zweitausend Jahre danach immer noch existieren?", begann Thomas, seinen Gedankengang zu formulieren.

„Gewagte Theorie", meinte Anna, „aber warte!"

Sie sprang auf und eilte ins Haus.

Mit einer großen, schweren Bibel in ihren Händen kam sie zurück. Sie durchforstete das Inhaltsverzeichnis und blätterte bis zu der Seite, auf der das Pfingstwunder beschrieben war.

„Ich habe dir doch erzählt, dass ich in der ‚Bibel der Bibeln‘ über das Pfingstwunder gelesen habe bis ähm … ich in das Geschehen hineingezogen wurde. Ich kam nicht mehr dazu, alles zu lesen, warte … ja ungefähr bis zu dieser Stelle hatte ich die Absätze übersetzt.“

Anna las vor:

Apostelgeschichte 1 Kapitel 2
Pfingstwunder

12. Alle staunten und waren ratlos und sagten zueinander „Was soll das sein?“

13. Andere aber spotteten und sagten „Sie sind voll süßen Weine.“

14. Da trat Petrus mit den Elfen vor, erhob seine Stimme und sprach zu ihnen. „Jüdische Männer und all, die ihr in Jerusalem wohnt! Dies sei euch kundgetan, hört auf meine Worte!

15. Denn nicht betrunken sind diese, wie ihr meint, … es ist ja erst die dritte Stund des Tages, sondern hier trifft ein, was gesagt wurde durch den Propheten Joel.

16. Es wird geschehen in den letzten Tagen, spricht Gott, ich werde ausgießen von meinem Geist über alles Fleisch und eure Söhne und Töchter werden prophetisch reden, eure jungen Männer werden Gesichte schauen und eure alten Traumgesichte haben.

17. Ja über meine Knechte und über meine Mägde will ich ausgießen in jenen Tagen von meinem Geist und sie werden prophetisch reden.“

Anna räusperte sich.

„Vielleicht kommt deine Theorie der Wahrheit sehr nahe, denn auch bei meinen ‚visionären Erlebnissen‘ hatte ich das Gefühl … wie soll ich es beschreiben? …, dass ich im Dunklen sehe, nicht mit den Augen, aber mit der Seele!“

TEIL 2

6

Thomas freute sich, dass der Gips an seinem linken Bein endlich wieder abgenommen wurde. Der Aufenthalt hier in der Villa von Annas Stiefmutter Irma hatte nicht nur zur Genesung, sondern auch zur intensiven Fortsetzung des Studiums der Kunsthistorik beigetragen.

Dank seiner täglich intensiven Krankengymnastik konnte er nach längerer Zeit wieder auf den Beinen stehen. Auch hatte das linke, anfangs schneeweiße Schienbein, bereits etwas Sonnenbräune angenommen.

Er saß in einem der bequemen Gartensessel auf der gepflasterten Terrasse und genoss den Blick in den mit altem Baumbestand bestückten, großen Garten.

„Na Nigro, bist wohl auch lieber im Schatten!", meinte er und beugte sich vor, um den schwarzen Mischlingshund zu kraulen.

Anna lief ihm über den Rasen, der mit Hunderten von Gänseblümchen übersät war, entgegen.

Bei jedem Schritt wippte ihr zum Pferdeschwanz gebundenes rötliches Haar munter hin und her.

Thomas richtete sich zu seiner beachtlichen Größe auf, um sie zu begrüßen, und lief auf sie zu.

„Du stehst ja schon wieder sicher auf beiden Beinen", lobte sie ihn und hauchte ihm einen Kuss auf die Wange.

Sie unterhielten sich über die Einladung bei Bert und Susan zum Gartenfest und hofften, Andy, Felix und Pater Innozenz wiederzusehen. Noch immer war das vor kurzer Zeit Erlebte ein fast tägliches Gesprächsthema. Sie hofften, dass Bert wieder wohlauf wäre.

Anna hatte während der Genesungszeit von Thomas ebenso für das Studium gepaukt. Gemeinsam wollten sie demnächst noch Urlaub genießen, ehe das letzte Semester der Kunsthistorik in Aachen wieder begann.

Aber Anna konnte ihr Gedankenkarussell einfach nicht loswerden.

Ist das Versteck der ‚Bibel der Bibeln‘ sicher, kann ich mich in Sicherheit wiegen? Kann ich es wagen, jemanden ins Vertrauen zu ziehen? Aber sicherlich nicht Kommissar Felix Bender. Ist es sinnvoll, Thomas einzuweihen? Soll ich Pater Innozenz die Wahrheit schildern und ihn um Rat fragen? Er unterliegt zumindest der Schweigepflicht, wenn ich ihm die Sache als Beichtgeheimnis vortrage.

Sie wusste, dass er auf jeden Fall zum Gartenfest kam.

„Anna, du bist so nachdenklich, freust du dich nicht, sie wiederzusehen?“

Thomas sah sie aufmunternd an.

„Klar doch, … aber mir schwirren gerade die vergangenen Ereignisse durch den Kopf“, meinte sie und versuchte zu lächeln.

„Okay, kann ich verstehen. Unser Abenteuer wird auf jeden Fall Thema Nummer eins heute Abend sein, aber ich freue mich riesig, sie alle zu treffen!“

*

Sie bogen in den kleinen Feldweg zum Ferienhaus in der schönen Lage direkt am Schweizer Bodenseeufer ab.

Es gab ein großes Hallo.

Bernd und Susan hatten im Garten unter der hohen Linde, direkt am Wasser, eine bunte Tafel gedeckt. Karaffen mit Wein und Wasser, dekorative Gläser und verschiedenste Salate sowie Köstlichkeiten türmten sich auf dem Gartentisch. In den unteren Zweigen der Linde hingen Lampions in den Farben Gelb, Orange und Rot. Aus dem schwarzen Räuchergrill, etwas abseits, stiegen dicke Rauchwolken wie beim Schornstein einer Lokomotive auf und verbreiteten einen angenehmen Duft von frisch geräuchertem Fisch.

„Wow, duftet das gut.“ Thomas war begeistert.

„Frischer Egli oder Kretzer, wie ihr Deutschen sagt“, meinte Bert und bot ihnen Teller an.

„Ach was Bert, so was Gutes kennen die Deutschen doch gar nicht", neckte Andy mit schweizerischem Akzent.

Er verdrehte seine blauen Augen und schüttelte gleichzeitig seinen Kopf, wobei der Zopf seines zusammengebundenen, langen, blonden Haares hin und her schlenkerte.

„Immer freche Sprüche auf den Lippen, was?", konterte Thomas.

Felix schlenderte mit Susan heran. Er war braun gebrannt, was seinen südländischen, sportlichen Typ mit seiner leicht gekrümmten Nase und dem kurz geschnittenen schwarzen Haar unterstrich.

„Schön, euch wiederzusehen", sagte er und schüttelte Thomas die Hand. Anna begrüßte er mit einem Küsschen auf die Wange, blickte sie aber forschend an und für einen Moment erstarb sein Lächeln. Sie bemerkte es, wusste aber nicht, was dies zu bedeuten hatte.

Der Fisch mundete bereits, als sich Pater Innozenz in weltlicher Kleidung, mit Jeans und schwarzem Hemd zu ihnen gesellte.

„So braun gebrannt habe ich dich seit meiner Jugend nicht mehr gesehen", staunte Bert und begrüßte ihn herzlich.

Anna war überrascht, wie gut er ohne seine schwarze Kutte aussah.

Er lächelte und begrüßte alle herzlich. Die Stimmung war ausgelassen und sie ließen es sich schmecken.

Bert und Andy hatten nach dem Schmaus ein riesiges Feuer inmitten der Feuerstelle entfacht und Bierbänke aufgestellt. Eng aneinandergerückt, saßen sie auf den Bänken und beobachteten die züngelnden Flammen und glimmenden Holzscheite. Anna war begeistert, welche Figuren sich erkennen ließen. Im einen Moment glich der angebrannte Scheit einem Krokodil und im nächsten Moment wurde er zu einer züngelnden Schlange.

Das tiefe Rot des Abendhimmels, das sich über dem See wie ein glitzerndes Band spiegelte, wich der Dunkelheit und die ersten Sterne zeigten sich über dem gegenüberliegenden Ufer. Das Feuer erinnerte an die vermeintlich verbrannte ‚Bibel der Bibeln‘ und wie von selbst kam das Gespräch auf die abenteuerliche Suche und die Frage, was mit den Verfolgern geschehen war.

Felix räusperte sich und sein Tonfall war ernst.

„Leider habe ich keine guten Neuigkeiten. Wir haben Informationen, dass die Kernkreuzer wieder im Land sind. Es sind weitere unbekannte Mitglieder dieses Geheimbundes und gegen diese haben wir nichts in der Hand. Einer unserer Informanten schwört, dass sie wieder auf der Suche nach der einzigartigen Bibel sind.“

„Aber die ‚Bibel der Bibeln‘ ist doch verbrannt“, ereiferte sich Bert.

„Eben, wir haben auch nicht verstanden, warum sie wieder auf der Suche sind. Aber der Informant hat berichtet, dass offensichtlich Untersuchungen der abgebrannten Bibelreste Rätsel aufgaben. Man hat zweierlei Schriftreste gefunden, aus zwei Jahrhunderten. Die Kernkreuzer haben Zweifel, dass das verbrannte Buch die Bibel war, die sie suchten.“

Nein!, dachte Anna.

Sie war entsetzt, hoffte, dass keiner ihre Gemütsregung bemerkte, und sagte möglichst selbstsicher: „Schön wäre es ja. Diese Fanatiker wollen wohl die Realität nicht akzeptieren!“

Nicht nur Pater Innozenz musterte sie kritisch.

„Was hätten wir eigentlich gemacht, wenn wir die ‚Bibel der Bibeln‘ tatsächlich in Händen gehabt hätten?“, warf er in die Runde.

Gute Frage, dachte Anna.

„Ja, das habe ich mich auch schon gefragt“, erwiderte Susan, „hätten wir nach einem neuen noch besseren Versteck gesucht oder hätten wir sie der Öffentlichkeit präsentiert?“

„Nein … auf keinen Fall“, protestierte Andy, „wir sehen

ja, wie diese Fanatiker damit umgehen! Anna, was hättest du getan?"

Sie seufzte.

„Wahrscheinlich hätte ich nach dem ultimativen Versteck gesucht. Ihr wisst doch, Onkel Hubert hat mir die Aufgabe übertragen, es zu bewahren, verwahren, bis die Menschheit dies versteht."

Pater Innozenz taxierte sie.

Sie fragte sich, ob er etwas ahnte.

„Zum Glück brauchen wir uns darüber keine Gedanken machen", konterte Thomas, „verbrannt ist verbrannt, egal was die Kernkreuzer behaupten."

„Leider nicht, ich wollte euch heute warnen. Die Kernkreuzer sind überzeugt, dass die ‚Bibel der Bibeln' nicht verbrannt ist, sondern nur der Buchdeckel. Mein Informant ist glaubwürdig."

Kommissar Bender holte tief Luft und fuhr fort.

„Sie werden Anna unauffällig beobachten. Vielleicht sind sie euch, Anna und Thomas, schon bis hierher gefolgt. Ich will euch ja keine Angst machen, aber es könnte sein, dass wir im Moment bereits belauscht werden."

Diese Information sorgte für Aufregung.

Anna war sprachlos, wusste nur, dass sie etwas unternehmen musste. Sie hoffte, es blieb ihr noch Zeit, eine Lösung zu finden.

„Du meinst ... jetzt?", unterbrach Thomas das eingetretene Schweigen.

Die Unbeschwertheit des Abends war wie ausgelöscht.

Plötzlich nahmen sie in der Stille Geräusche wahr, das Knacken von Ästen in unmittelbarer Nähe.

Bert sprang auf: „Bärli, such!"

Der Hund preschte los.

„Aua, ... verdammter Köter!", hörten sie einen Aufschrei aus nächster Nähe.

Ein Schuss!

Jaulen!

„Bärli!", rief Susan angsterfüllt und alle sprangen gleichzeitig auf. Felix rannte in den Wald. Bert, Thomas und Andy liefen hinterher. Anna hielt Susan fest, die ihnen auch folgen wollte.

„Warte bitte!"

Im selben Moment hörten sie Felix.

„Stehen bleiben, hier spricht die Polizei."

Es folgten wieder knackende Geräusche. Anna erkannte diese, es war das Geräusch von auseinanderbrechenden, trockenen Holmen im Schilf. Sie sahen Bewegung im Dickicht des Schilfgürtels.

Susan schüttelte Anna ab und stürmte hinterher. Da sie nicht allein am Feuerplatz bleiben wollte, folgte Anna ihr. Sie holte ihre Freundin am Waldrand ein.

Bärli lag verletzt auf dem Waldboden, Blut tropfte aus seiner Schulter. Susan und Bert knieten über ihm. Er fiepte leise. Bert rief bereits den Tierarzt über Handy an. Andy informierte die Polizei und forderte Verstärkung an.

Anna und Thomas wollten Felix folgen, aber Pater Innozenz versperrte ihnen den Weg.

„Bleibt hier, die sind bewaffnet. Ihr dürft euch keiner Gefahr aussetzen. Felix ist Kommissar, er weiß, was er tut."

Kurz darauf trafen alle gleichzeitig ein, die Polizei, der Tierarzt und Felix.

Der Tierarzt untersuchte Bärli und schüttelte den Kopf.

„Ein Transport ist zu weit und nicht ungefährlich. Wir sollten sofort operieren und die Kugel herausholen. Ich kann das hier machen! Im Notfallkoffer habe ich ein Beatmungsset, eine Narkosespritze und alles Notwendige. Aber ich brauche Licht!"

Bärli winselte leise.

„Das Auto!", dirigierte der Kommissar.

Er forderte die Polizisten auf, den Streifenwagen näher heranzufahren und die Scheinwerfer auf die Stelle zu richten, an der Bärli lag. Es wurde taghell und Andy, der schon als Sanitäter gearbeitet hatte, assistierte dem Tierarzt.

„Bert, binde ihm die Schnauze mit deinem Gürtel zu", forderte der Tierarzt, „ich betäube ihn jetzt! Bert und Susan, redet mit ihm, beruhigt ihn!"

Er wandte sich an Andy und Thomas.

„Einer hält ihn an den Vorderläufen und einer an den Hinterläufen fest!"

Susan kämpfte mit ihren Tränen, aber bemühte sich, sanft auf Bärli einzureden. Der Tierarzt setzte eine Betäubungsspritze und wartete, bis die Narkose wirkte.

Die Szenerie war gespenstisch. Ein hell erleuchteter Waldboden und ein Ring von Menschen, die um Bärli, den Arzt und seinen Helfer gespannt das Operationsgeschehen verfolgten. Es floss viel Blut, aber schneller als erwartet, hielt der Arzt die Zange mit der Kugel hoch.

Bärli zuckte und blieb reglos liegen.

Susan schrie auf.

„Der Puls ist da. Er lebt", äußerte der Tierarzt sachlich.

Geübt verband er die klaffende Wunde und stieß eine Spritze in das dichte Fell.

„Er sollte es schaffen", beruhigte er die Umstehenden, „er schläft jetzt. Holt eine Decke. Lassen wir ihn erst mal hier liegen, bevor wir ihn ins Haus tragen."

Bert nickte und murmelte leise: „Bärli, mein treuer Bärli, bleib bei uns."

Pater Innozenz brachte eine Decke und Susan deckte ihn liebevoll zu.

„Ich bleibe bei ihm", flüsterte sie.

Die Umstehenden blieben unschlüssig stehen und erst als der Tierarzt bat, den verbundenen Vierbeiner jetzt hineinzutragen, wagte Anna, Felix zu fragen, wer denn den Schuss abgefeuert hatte.

„Wir wissen es nicht, ich habe sie bis zum Ufer verfolgt. Dort unten lag ein kleines Schnellboot und sie brausten los, ehe ich sie erreichen konnte. Meine Kollegen haben die Wasserschutzpolizei informiert. Aber es ist sehr fraglich, ob sie das Boot im Dunkeln aufspüren."

Bärli schlief im Haus. Der Tierarzt wartete, bis er aufwachte und vergewisserte sich, dass es ihm den Umständen entsprechend gut ging. Bert und Susan kannten ihn schon lange und dankten ihm herzlich. Er verabschiedete sich und hoffte, dass sie die Täter bald fänden, so etwas hätte er, außer bei einem Jagdunfall, noch nie erlebt.

Die Freunde saßen im Garten beim Feuer und keiner hatte es gewagt, seine Vermutungen zu äußern, solange der Tierarzt zugegen war.

Kommissar Bender hatte die örtliche Polizei beauftragt, wieder zurück zur Polizeistation zu fahren, um auf Informationen der Wasserschutzpolizei zu warten.

Anna stand noch unter Schock. Sie hatte nicht damit gerechnet, schon verfolgt zu werden.

Ich muss die Wahrheit sagen, aber wem? Allen oder nur einem?

Sie fühlte sich in die Enge gedrängt, fand es aber besser, wenn zunächst nur Pater Innozenz Bescheid wusste. Er sollte ihr helfen zu entscheiden, was zu tun sei.

„Es ist ernster, als ich dachte. Mein Informant hatte recht. Sie sind dir wieder auf den Fersen, Anna … aber warum?", fragte Felix.

„Weil es Fanatiker sind, Irre, die einer Illusion folgen", warf Thomas ein. Er hatte bemerkt, wie sehr dies Anna mitgenommen hatte.

„Ich …", stotterte sie, „ich möchte mit dir allein reden, Pater Innozenz."

Thomas warf ihr einen erstaunten Blick zu.

Innozenz nickte.

„Ja … sicher. Bert, können wir ungestört im Haus sein?"

„Ähm … klar doch!"

Er war ebenso verblüfft wie die anderen.

Kommissar Bender räusperte sich mit den Worten, wenn es die Angelegenheit beträfe, sollte er Bescheid wissen.

Anna schwieg, stand auf und lächelte unsicher.

„Entschuldigt uns", meinte sie nur.

Susan war neben Bärli, der am Boden lag, auf dem Sofa im kleinen Wohnzimmer eingeschlafen.

Leise schlichen sie an den beiden vorbei in die Küche. Anna setzte sich gegenüber von Innozenz an den Tisch. Sie spielte unruhig mit ihren Händen, hielt zunächst den Blick gesenkt.

Pater Innozenz spürte ihren inneren Kampf, etwas preiszugeben, was sie wohl lieber für sich behalten hätte. Er wartete, bis sie ihren Kopf hob und ihn anblickte.

„Ähm … ich erzähle es dir als Pater. Ich möchte, dass du alles, was ich dir sage, zunächst für dich behältst, es sozusagen als Beichtgeheimnis behandelst."

Er nickte.

„Ja, ich verspreche es, Anna."

„Ich habe die ‚Bibel der Bibeln' nicht verbrannt! Ich habe die Seiten zuvor, so gut es ging, aus der Hülle mit einem Taschenmesser herausgetrennt. Ebenso die Seiten aus dem Buch Band IV aus Salem. Diese steckte ich in den Buchdeckel und sie verbrannten als Inhalt der ‚Bibel der Bibeln' samt Teilen des Buchdeckels."

„Nicht verbrannt?", wiederholte Pater Innozenz entgeistert.

„Nein! Die Seiten der Bibel habe ich in den Buchdeckel des Buchs Band IV, das ich in Salem aufgestöbert habe, gelegt! Vorläufig befindet sie sich in einem gut getarnten Versteck."

„Du hast die Bibel nicht verbrannt? … Wunderbar, Anna. Deine Idee war genial. Jeder hat deine Geschichte für bare Münze genommen, zumindest bis jetzt."

Sie errötete leicht, aber es tat ihr gut, endlich Anerkennung zu finden.

„Es entspricht also der Wahrheit, was Felix von seinem

Informanten erfahren hat, und du wirst bereits beobachtet … wie wir heute erfahren mussten. Und sie sind gefährlich! Das wissen wir nicht erst seit heute!"

„Ja, deswegen bitte ich dich auch um Rat. Wir müssen die Kernkreuzer davon überzeugen, dass die ‚Bibel der Bibeln‘ verbrannt ist, zusammen mit einem anderen Buch und es daher zweierlei Schriftarten gibt! Wir sollten ein noch besseres Versteck ähm … Aufbewahrungsort finden. Aber ich weiß nicht wo und auch nicht, wie ich dies erreichen kann."

Pater Innozenz überraschte die Neuigkeit. Dennoch versuchte er, seine Aufregung in den Griff zu bekommen, um Anna zu beruhigen.

Er räusperte sich.

„Es wird nicht leicht werden, deine Vorhaben umzusetzen, schon gar nicht, wenn wir das allein erreichen wollen. Meinst du nicht, es wäre besser, Mitdenker und in dem Fall eben auch Mitwisser zu haben?"

„Pater Innozenz, ich weiß es nicht. Ich weiß nur, dass das momentane Versteck sicher ist, aber eben nicht auf Dauer vor Feuchtigkeit schützt. Ich wollte aber nur dich einweihen und du hast versprochen, nichts zu verraten!"

Unwillkürlich stand sie auf und ging wenige Schritte auf und ab.

Warum nur habe ich ihm davon erzählt? … Ich hätte wissen müssen, dass er vorschlägt, auch die anderen einzuweihen.

„Anna warte, bitte setz dich wieder", bat er in sanftem, beruhigendem Ton.

Er wartete, bis sie sich gesetzt hatte.

„Ich bleibe bei meinem Versprechen. Aber du hast mich um Rat gefragt und ich habe einen Vorschlag. Den Ort des Verstecks verrätst du nur einem. Die anderen brauchen nur zu wissen, dass die wertvolle Bibel noch existiert ohne Bucheinband."

„Ja aber sie werden die Bibel sehen wollen, ebenso die Kernkreuzer."

„Nein, nicht wenn du ihnen klar und deutlich zu verstehen gibst, dass nur, wie soll ich es ausdrücken ähm? ... ‚Auserwählte' die Bibel einsehen dürfen. Ich bin mir sicher, sie werden es verstehen, glaub mir."

„Das Versteck, wen soll ich ...?"

Sie stockte, Susan kam in die Küche, blickte sie überrascht an und rieb sich ihre noch schläfrigen Augen.

„Wo sind die anderen?", fragte sie.

„Draußen beim Feuer", antwortete Pater Innozenz.

„Wie geht's Bärli?", wollte Anna wissen.

„Er schläft ... er fiept ... er wird Schmerzen haben, aber er schafft es."

Mit Mühe unterdrückte sie die aufsteigenden Tränen.

„Ich gehe mich frisch machen und geselle mich dann zu den anderen; kommt ihr auch?"

„Wir kommen gleich nach, wir haben noch etwas zu besprechen", meinte Pater Innozenz.

Anna holte sich ein Glas Wasser und wartete, bis Susan die Küche verlassen hatte, ehe sie sich wieder an Pater Innozenz wandte.

„Aber wen soll ich einweihen?"

Pater Innozenz strich sich nachdenklich durch sein volles, braunes Haar.

„Anna, ich danke dir für dein Vertrauen, aber ich denke es wäre besser, du würdest Thomas einweihen. Verstehe doch, er hat seinen Mut schon bewiesen, hat bei dem schrecklichen Verhör am Fluss nichts preisgegeben, hat Schmerzen eines gebrochenen Fußes auf sich genommen, um dich und dein Geheimnis nicht zu verraten. Ich denke, er würde für dich und im Interesse der Sache immer so handeln."

Anna wiegte den Kopf.

„Ich weiß, dass Thomas Mut hat, aber ich will ihn nicht erneut in gefährliche Situationen bringen. Er ist meist in meiner Nähe, aber ich brauche einen ‚Eingeweihten', der nicht unmittelbar mit mir in Verbindung gebracht wird. Ich würde eher vorschlagen, dass du ihn im Notfall einweihst."

Pater Innozenz strich sich über den Bart, fragte sich, ob er im Ernstfall auch so mutig wäre wie Thomas. Märtyrer gab es in der biblischen Geschichte. Aber fühlte er sich als solcher?

Anna schwieg, ließ ihm Zeit zum Nachdenken.

Sie hörte Bärlis leises Winseln aus dem Nebenzimmer. Die Stimmen von draußen vermengten sich zu einem unverständlichen Gemurmel.

In den kleinen Bleiglas-Fensterscheiben der alten Küchentüre spiegelten sich die züngelnden Flammen des Feuers.

Da er nicht antwortete, ergriff sie erneut das Wort.

„Versteh mich doch. Thomas ist impulsiv, aber ich denke, dass du als Kirchenmann im Moment einer kritischen Entscheidung eher wüsstest, was zu tun ist."

Pater Innozenz fühlte sich geehrt, dennoch wand er sich auf seinem Stuhl. Ihren Argumenten konnte er nicht widersprechen.

Er spürte, dass sie ihre Wahl bereits getroffen hatte. Dennoch hatte er Bedenken; er hatte ihr noch nicht erzählt, was er erfahren hatte. Für den Moment schien es ihm besser, dies noch nicht zu erwähnen.

„Wenn du es wirklich willst, dann nehme ich diese Bürde auf mich und werde dein Geheimnisträger", erwiderte er ernst.

Instinktiv suchte er ihre Hand und umschloss sie mit seiner.

Als gelte es, dies zu besiegeln, legte sie ihre Hand auf seine.

„Ja, ich möchte, dass du derjenige bist. Danke, dass du bereit bist."

Sie erklärte ihm, was sie vorhatte, bevor sie die Küche verließen. Kühle Nachtluft und der Geruch von verbranntem Holz empfing sie. Die Freunde saßen auf Bänken, um das immer noch beachtliche Feuer, und blickten sie erwartungsvoll mit ernsten Mienen an. Die Gespräche verstummten.

„Bärli fiept leise, aber er ruht … wir haben noch mal

nachgesehen", wandte sich Anna an Susan, um das angespannte Schweigen zu unterbrechen.

Susan nickte nur.

„Anna", setzte Andy an, „kannst du uns erklären, warum die Kernkreuzer dich, uns verfolgen?"

„Okay, kann ich, aber nicht hier draußen. Gehen wir in die Küche."

Wie auf Kommando standen alle auf. Bert und Andy schnappten sich einen Stuhl und bugsierten diesen durch die schmale Küchentüre. Dicht gedrängt fanden sie Platz um den runden Esstisch mit der massiven, blank gescheuerten Ahornplatte. Anna verriegelte die Küchentüre, schloss die Türe zur Stube, nachdem sie einen Blick auf den mittlerweile friedlich schlafenden Bärli geworfen hatte.

Sie setzte sich auf den letzten freien Stuhl, nahm einen Schluck Wasser aus ihrem Glas und blickte in die Runde.

Susan hatte, neben Gläsern und Getränken, einen mehrarmigen Kerzenleuchter in der Mitte des Tisches aufgestellt. Bert zündete die bereits zur Hälfte abgebrannten Kerzen an. Das flackernde Licht beleuchtete die gespannten Gesichter und verlieh ihnen einen verschwörerischen Ausdruck.

„Bevor ich euch ein Geheimnis anvertraue", begann Anna, „möchte ich, dass ihr schwört, es für euch zu behalten und mit niemandem darüber zu reden!"

Einer nach dem anderen hob feierlich die Hand und beschwor dies.

„Damals, als die Kernkreuzer mir so dicht auf den Fersen waren, schoss mir tatsächlich der Gedanke durch den Kopf, diese Bibel zu verbrennen, um endlich in Ruhe gelassen zu werden. Ja ... und in diesem Moment hatte ich die Idee, die Lösung."

Anna spürte förmlich die knisternde Spannung, die herrschte. Trotzdem verlangte dieser Moment viel von ihr, sie musste nochmals tief durchatmen, ehe sie ihr Geheimnis verriet.

„Ich trennte die Seiten der ‚Bibel der Bibeln' im spärlichen Licht des Mondes, leider nicht sehr geschickt, mit dem Taschenmesser heraus. Ebenso trennte ich die Seiten aus dem Buch aus Salem Band IV heraus. Ich vertauschte die Inhalte und bettete die Seiten der ‚Bibel der Bibeln‘ in den Einband von Band IV. Verbrannt sind Teile des kostbaren Buchdeckels der wertvollen Bibel sowie die Chronik über die Äbte Salems.“

Thomas war ebenso fassungslos wie die anderen.

„Der Inhalt der … der Bibel existiert noch?“, wiederholte er.

„Der Informant hatte also recht“, betonte Kommissar Bender.

„Wo … wo hast du sie aufbewahrt?“, stammelte Andy.

„Ebendies möchte ich nur Pater Innozenz anvertrauen. Er ist ein Kirchenmann, er behandelt die genaue Beschreibung des Verstecks als Beichtgeheimnis.“

Thomas blickte sie überrascht an und konnte seine Enttäuschung nicht verbergen.

Bin nicht ich ihre erste Vertrauensperson?, fragte er sich.

Anna ahnte, was er dachte.

„Thomas du fragst dich, warum ich nicht dir dies anvertraue? Weil du immer bei mir bist! Ich brauche jemanden, der nicht in direkter Verbindung zu mir steht. Versteh doch!“

„Die Wahl ist gut, Thomas“, mischte sich Andy ein, „es wäre zu gefährlich, wenn du den Standort kennst.“

„Okay, seh ich ein.“ Leicht verlegen lächelte er.

Bert räusperte sich.

„Die Frage ist, was tun wir jetzt?“

Anna schüttelte den Kopf, ihr Pferdeschwanz wippte hin und her.

„Ich weiß es nicht!“, betonte sie und hob theatralisch ihre Hände in die Höhe.

„Aber sieben kluge Köpfe sollten eine Lösung finden!“, betonte Kommissar Bender.

Er war aufgestanden, durchschritt mit wenigen Schritten den Küchenraum, wollte seine Gedanken ordnen, suchte eine Lösung für den neuen Fall.

„Ich hätte eine Idee", meinte er plötzlich, „aber ich weiß, es wäre vielleicht zu viel verlangt."

Alle Blicke richteten sich auf ihn.

„Anna bliebe weiterhin der Köder; wir müssten die Kernkreuzer in eine Falle locken und gut getarnt in ihrer Nähe bleiben."

„Theoretisch interessant, aber viel zu gefährlich für Anna", wand Bert ein.

Anna schüttelte energisch den Kopf.

„Ein Köder, wie Felix es nennt, bin ich sowieso, … aber viel wichtiger ist, dass ich ein besseres, absolut sicheres Versteck brauche."

„Du hast recht! In erster Linie geht es darum, die ‚Bibel der Bibeln' zu schützen. Die Kernkreuzer, diese Fanatiker, dingfest zu machen, ist zweitrangig", fand Thomas.

Die Diskussion drehte sich im Kreis, ohne dass sie einer Lösung näherkamen. Bert sprach an, was die anderen dachten.

Leicht verlegen blickte er Anna an.

„Meinst du, es wäre möglich, einen Blick auf die ‚Bibel der Bibeln' zu werfen?"

„Nein, auf keinen Fall", wehrte sie ab. Sie merkte, dass ihr Ton zu heftig war, beherrschter fuhr sie fort.

„Versteht doch, der Wunsch, diese Bibel zu besitzen, könnte übermächtig werden! Wie soll ich sie dann vor eurem Begehren schützen?"

Pater Innozenz stimmte ihr mit Kopfnicken zu.

„Anna reg dich nicht auf, wir haben kein Recht, diese Bibel einzusehen. Wir sollen sie bewahren und verwahren, bis die Menschheit es versteht", zitierte er.

„Die Inhalte können wir in jeder beliebigen Bibel nachlesen. Aber die besondere Bibel muss unangetastet bleiben. Ihre Wirkung auf, nennen wir es ‚Auserwählte', ist der beste Beweis. In falschen Händen, wie denen der Kernkreuzer, könnte sie eine Massenhysterie auslösen", fuhr er fort.

Schweigen breitete sich in der Runde aus. Anna hoffte auf Einsicht.

„Okay, hab verstanden, Innozenz. Hab nicht darüber nachgedacht, Anna, tut mir leid", entschuldigte sich Bert.

„Bert, du brauchst dich nicht zu entschuldigen. Die Frage musste kommen", beschwichtigte Anna ihn.

Susan erhob sich, stemmte ihre Arme auf den Tisch.

„Warum greifen wir nicht beide Vorschläge auf, von Anna und Felix?"

Neugierige Blicke richteten sich auf sie.

„Anna ist, wie sie sagt, der Köder. Wir müssten die Kernkreuzer nur in die Irre führen und Anna und Pater Innozenz ermöglichen, ein neues Versteck aufzutun."

„Wow!" Anna war beeindruckt: „Ich verstehe, was du meinst, ich …"

Susan und Anna übertrafen sich mit Vorschlägen und steckten die anderen an. Kommissar Bender bat um einen Stift und einen Block und notierte die zahlreichen Einfälle.

Susan schenkte bereits die dritte Kanne Kaffee aus und brachte ihre letzten Vorräte an Brot, Wurst und Käse auf den Tisch. Keiner schien müde zu werden, so vertieft waren sie in die Ausarbeitung eines Plans. Die ersten Sonnenstrahlen streiften bereits über den See und tauchten den Himmel in sanftes Rosa und helles Blau. Die Küche wurde erhellt und Susan löschte das Licht.

„Das wär's, so machen wir es!" Felix klopfte mit der Faust auf den Tisch.

„Über das Wochenende bitte ich euch, die Details des Plans inklusive Plan B auswendig zu lernen. Einverstanden?", fuhr er fort.

„Okay, aber jetzt brauch ich erst mal eine Mütze voll Schlaf", verkündete Thomas.

„Nicht nur du", erwiderte Susan, „das Bettenlager wartet auf euch."

Die anderen versprachen ebenso, ab morgen früh den Plan zu studieren. Gemeinsam räumten sie die Küche auf und nicht nur Susan, sondern alle warfen noch einen Blick auf den schlafenden Bärli, ehe sie die Treppe nach oben stiegen.

*

Als Anna erwachte, war das Bettenlager verlassen. Sie hatte wohl am längsten geschlafen. Eilig stand sie auf und machte sich frisch. Sie fühlte sich erleichtert, den Freunden endlich die Wahrheit mitgeteilt zu haben. Zufrieden lächelte sie ihr Spiegelbild an, musste aber gleichzeitig den Kopf einziehen, um nicht an die holzverkleidete Dachschräge zu stoßen. Die Badewanne war unter dem offenen Balkenwerk untergebracht und bot gerade genug Platz, um im Sitzen zu duschen. Erfrischt gesellte sie sich zu den anderen.

Die Freunde hatten schon gefrühstückt, aber für sie stand noch ein unbenutztes Gedeck auf dem Gartentisch bereit. Jeder Einzelne begrüßte sie und Pater Innozenz meinte, dass sie nun wohl genügend Energie gespeichert hätte. Thomas küsste sie auf die Wange und fand, sie sähe heute blendend aus.

Die Sonne vertrieb bereits die Frische des Morgens und versprach einen heißen Sommertag. Das klare Wasser des Sees lud jetzt schon zu einem Bad ein. Andy kam in nasser Badehose auf sie zu.

„Der See ist warm, hat bestimmt vierundzwanzig Grad", beteuerte er, schnappte sich ein Handtuch und setzte sich zu ihnen. Pater Innozenz holte seinen Stuhl näher heran.

Anna schmunzelte, denn Innozenz trug kurze Hosen und seine weißen Beine stachen ab von der gesunden Bräune des Gesichts und seiner Arme. Bert schlenderte heran.

„Bärli ist eben auf seinen vier Pfoten gestanden und hat etwas gegessen. Aber jetzt liegt er wieder und winselt, sobald jemand in seine Nähe kommt, der Schlawiner. Er möchte unbedingt Aufmerksamkeit."

„Hat er auch verdient", betonte Susan, die hinter Bert auftauchte.

„Wo ist Felix?", wollte Anna wissen.

„Hier ... ich war eben auf dem Revier, aber es gab keine neuen Erkenntnisse. Ich habe meine Schweizer Kollegen informiert, wen wir als Tatverdächtige annehmen, und sie gebeten, auf Personen zu achten, die ein Amulett, einen Ring oder dergleichen mit quadratischem Kreuz tragen. Sie versprachen, uns umgehend zu benachrichtigen, wenn ihnen etwas auffiele. Und keine Sorge, Anna, ich habe nur von einer Vereinigung gesprochen, die in kriminelle Machenschaften verstrickt ist."

Er ging auf sie zu und drückte ihr ein Begrüßungsküsschen auf die Wange.

„Dann sind wir ja alle beisammen! Ich muss euch nämlich noch was mitteilen, rückt mal näher", meinte Pater Innozenz.

Jeder suchte sich eine Sitzgelegenheit in seiner Nähe und erwartungsvoll blickten sie ihn an.

„Andy, du erinnerst dich doch, dass in St. Gallen in der Bibliothek Geistliche nach einem bestimmten Buch fragten. Das hat mir keine Ruhe gelassen. Ich habe über befreundete Kollegen herausgefunden, wer diese Geistlichen waren."

Für einen Moment hielt er inne, gespannt hingen sie an seinen Lippen.

„Ähm ... es hat mich sehr überrascht, aber es handelt sich um zwei hoch angesehene kirchliche Würdenträger, die sich oft in Rom, im Vatikan aufhalten. Ich sag euch, dann ging ein ziemliches Theater los, ich wollte nur wissen, ob es noch ein weiteres Exemplar III oder II gäbe, wie das vermeintlich gestohlene Buch aus Kloster Zwiefalten. Ich hatte eine schriftliche Anfrage an die Bibliothek des Vatikans gestellt. Aber anstatt mir zu antworten, wurde ich von zwei Abgeordneten des Vatikans persönlich aufgesucht."

Er schnaubte verächtlich.

„Offiziell wollten sie mich nur befragen, aber es glich

mehr einem Verhör. Wieder und wieder musste ich vom Diebstahl in dieser Nacht berichten und warum ihr im Kloster übernachtet hattet. Beharrlich wiesen sie mich darauf hin, dass ich ihnen nichts verschweigen dürfe … ich wäre der Kirche verpflichtet. Sie kamen jeden Tag, drei Tage hintereinander. Die Eindringlichkeit, mit der der große Hagere seine Worte formulierte, glich schon eher einer Beschwörung, denn einer Befragung."

Pater Innozenz unterbrach für einen Moment seine Rede.

„Er hatte diesen fanatischen Ausdruck in seinen Augen. Einen Blick, der verächtlich und ebenso überheblich wirkte. Ich war schockiert, von einem Geistlichen hätte ich dies nicht erwartet. Meine Mitbrüder beschwerten sich bei vorgesetzter Stelle über die Dauer der Befragung, aber erst am vierten Tag reisten sie endlich ab. Ich sage euch, meine Nerven lagen blank. Nur mit vorgespielter Freundlichkeit konnte ich sie verabschieden. Dennoch bat ich sie, mich zu benachrichtigen, ob es ein Ersatzexemplar für die Vollständigkeit der Zwiefalter Bibliothek gäbe. Aber außer einem aufgesetzten Lächeln schenkte man mir keine Antwort."

„Unglaublich", rief Bert, „du meinst, sie gehören auch der Vereinigung der Kernkreuzer an?"

Innozenz nickte.

„Ich habe keine Beweise hierfür, aber …"

Er wandte sich an Anna.

„Was aber?", ermunterte ihn Anna weiterzusprechen.

„Na ja, wenn du wirklich der Lockvogel wärst, könnte das auch diese Geistlichen aus der Reserve locken."

Wie nicht anders zu erwarten, wollten alle Anwesenden dabei sein. Innozenz und Bert hatten bereits ihren Resturlaub eingereicht und die drei Studierenden hatten noch Semesterferien. Nur Susan wollte bei Bärli bleiben. Anna verlangte, den größten Teil der kommenden Ausgaben übernehmen zu dürfen. Zunächst lehnten dies die Freunde ab. Aber sie betonte, dass das Geld ihres Onkels in erster Linie dafür gedacht war, das Geheimnis zu verwahren. Da sie ihr

Hilfe leisteten, wollte sie auch die anfallenden Kosten tragen. Nach langem Hin und Her waren sie damit einverstanden, dass Anna Flug und Logis bestritt.

*

Anna schlich durch das raschelnde Laub, neben ihr Thomas. Der Gedanke, wieder alleine, nur auf sich gestellt zu sein, hatte sie dermaßen beunruhigt, dass sie trotz ihrer Bedenken, jemandem das geheime Versteck zu zeigen, Thomas gebeten hatte, sie zu begleiten.

Die Finsternis im umgebenden Wald verschluckte jeden Umriss. Sie konnten nicht auf die Taschenlampe verzichten.

Obwohl Anna zu wissen meinte, wo der verdeckte Eingang war, musste sie mehrmals die Strahlen der Taschenlampe über den Hang gleiten lassen.

Endlich entdeckte sie diese gewaltige Wurzelscheibe eines umgestürzten Baumes mit einem Durchmesser von ungefähr zwei Metern. Dahinter befand sich der Höhleneingang.

Sie kletterten den Hang hinauf, zwängten sich hinter die Wurzelscheibe und krochen in die Höhle. Anna wusste, was sie erwartete, aber Thomas war überrascht, als er feinsten Sand unter seinen Füßen spürte.

Im Schein der Taschenlampe sah er die niedere Wölbung des Ganges. Von der bemoosten Sandsteindecke hingen Tausende von verstaubten Spinnweben. In gebückter Haltung staksten sie voran, bis sie die Halle erreichten.

„Wow … das ist ja unglaublich!"

Thomas war überwältigt, so etwas hatte er noch nie gesehen. Er bestaunte diese etwa fünf Meter hohe Höhle, die sich über ein wassergefülltes Naturbecken wölbte. Die Wasserfläche wirkte tiefschwarz, nur im Strahl der Taschenlampe glitzerte die Oberfläche in leuchtendem Türkis.

Auch Anna berauschte der Anblick jedes Mal aufs Neue.

„Wahnsinn", bestätigte sie, „aber komm jetzt, zieh die Schuhe aus, wir müssen das Becken durchwaten."

Sie banden ihre Turnschuhe außen an ihren Rucksäcken fest, damit diese nicht aus Versehen ins Wasser rutschen konnten.

Die eisige Kälte des Wassers raubte ihnen den Atem. Anna lief mit schnellen Schritten voran und stöhnte vor Kälte. Sie schaffte es, sich auf den Vorsprung zu hieven, ehe sie, wie sie betonte, bei lebendigem Leibe erfroren wäre. Thomas hatte sie bereits mit langen Schritten eingeholt und stemmte sich fast gleichzeitig auf das Felsstück hoch. Anna nahm die Taschenlampe und leuchtete über die dunkle Felswand.

„Hier soll ein Versteck sein?", meinte Thomas, „ich sehe nur nacktes unebenes Felsgestein."

„Ja, das Versteck ist gut getarnt … ich sehe es im Moment auch nicht. Schade, aber auf Dauer unbrauchbar, da es zu feucht ist."

Stück für Stück tastete sie mit ihren Händen die vermeintliche Stelle ab, bis sie den rostigen Nagelstumpf und die Ränder des eingefügten Steins fühlte.

Sie ruckelte daran, aber auch mit vereinten Kräften ließ sich der Stein nicht bewegen. Vorsorglich hatte sie Werkzeug und ein Seil mitgebracht, doch dies lag im Rucksack und dieser vor den Treppen des Beckens.

Thomas erklärte sich bereit, ihn zu holen. Er stakste, so schnell er konnte, nochmals zurück durch das eisige Wasser und nahm auch gleich seinen Rucksack mit. Er hatte ein Handtuch darin und wollte sich vor dem Rückweg die Füße warm rubbeln. Ebenso schnell kehrte er ausgerüstet wieder zurück. Er massierte seine Beine und Füße, bis er wieder ein kribbelndes Gefühl in den Zehen spürte. Geschickt setzte er einen Speitel an den Rändern des Felsstückes an und schlug mehrmals kräftig mit dem Hammer darauf.

Anna erschrak, denn das Hämmern vibrierte an den Wänden der kuppelartigen Höhle und warf das Geräusch als Echo zurück. Es dröhnte so laut, dass sie Sorge hatte, man könnte es auch außerhalb der Höhle hören, und bat daher

Thomas, dies zu unterlassen. Zum Glück hatte sich das Fels-stück schon gelockert und mit einem kräftigen Ruck löste es sich von der Wand. Gemeinsam hievten sie den Steinbro-cken auf den Felsvorsprung. Thomas konnte nicht glauben, dass Anna ihn alleine hochgehievt hatte. Aber sie winkte nur ab mit den Worten, bloß weil sie kleiner wäre, bedeute dies nicht, dass sie weniger Kraft hätte als er.

Sie griff in den entstandenen Hohlraum und zog die schwarze eiserne Kassette heraus. Ehrfürchtig hielt sie diese in ihren Händen und nur um sich zu vergewissern, ob die ‚Bibel der Bibeln‘ noch darin war, hob sie den Deckel an.

Hätte Thomas ihr nicht zugerufen, es nicht jetzt zu tun, hätte sie wohl kaum der Versuchung widerstanden, die ein-zigartige Bibel zu öffnen. Nur mit Mühe konnte sie ihren Blick vom Inhalt der Kassette wenden und hörte erst jetzt, was Thomas eindringlich wiederholte.

„Anna, hörst du die Stimmen?"

Sie lauschte, konnte aber nicht ausmachen, woher die Stimmen kamen. Zunächst hatte sie das Gefühl, die Stim-men drängen von oben durch die verdeckte Öffnung ein. Je mehr sie jedoch ihr Gehör anstrengte, umso bewusster wurde ihr, dass die Stimmen immer näherkamen … aus Richtung des Höhleneingangs.

„Da kommt jemand", flüsterte sie.

„Sag ich doch! Wir müssen weg …", raunte Thomas.

Anna presste die Kassette fest an sich.

Was sollen wir tun? Uns bleibt nicht genug Zeit, um die ‚Bibel der Bibeln‘ wieder zu verstecken.

Panisch blickte sie sich um.

Ihr Blick fiel auf eine seitliche Aushöhlung, einige Schrit-te entfernt am äußersten Rand des Wasserbeckens, im Fels-gestein. Bisher war ihr diese noch nicht aufgefallen. Sie zeigte sie Thomas und ohne zu zögern staksten sie, so leise es ging, durch das eisige Quellwasser. Sie kletterte als Erste nach oben und bemerkte, dass die Aushöhlung mehr Tiefe hatte, als man ihr von außen ansehen konnte.

Auf ihren Knien kroch sie voran in das Dunkel, dicht gefolgt von Thomas. Die Stimmen hallten in der offenen Höhle wider und warfen ihr Echo zurück. Sie verharrten bewegungslos, pressten sich dicht an die Höhlenwand. Der Lichtstrahl einer Taschenlampe streifte die Öffnung ihres Verstecks.

„Hier war vor Kurzem jemand. Siehst du die Fußabdrücke hier im Sand? Zwei kleine und zwei größere, sie führen ins Wasser", betonte eine rauchige Stimme.

Danach hörten sie platschende Geräusche.

Sie gehen ins Felsbecken, gleich kommen sie näher.

Erneut überfiel Anna Angst. Sie musste die Kassette schützen, nur wie? Unwillkürlich presste sie die Kassette an sich. Ein Lichtstrahl wanderte bedrohlich nah.

Sie warten auf ein Geräusch, dachte Thomas.

„Hier ist nichts", bestätigte der mit der rauchigen Stimme.

„Aber hier", antwortete eine andere Stimme aufgeregt.

Sie haben den Felsbock entdeckt, das wird sie beschäftigen … jetzt oder nie.

Sie zupfte Thomas am Arm und kroch leise voran in das dunkle Tief der Höhle, dicht an die Höhlenwand gedrängt.

„Das Verste… ist leer". Sie vernahmen nur noch Wortfetzen.

Sie drangen immer tiefer, befanden sich in einem Gang, der rechts abbog und danach breiter wurde. Anna versuchte aufzustehen und konnte fast aufrecht weitergehen. Thomas kam nur in gebückter Haltung voran.

„Warte", keuchte er, „ich höre keine Geräusche mehr."

Sie blieben stehen und lauschten.

„Du hast recht! Meinst du, wir können umdrehen? So

ganz wohl fühle ich mich hier im Dunkeln unter der Erde nicht", flüsterte Anna.

„Ich weiß es nicht, vielleicht sitzen wir hier auch in der Falle ... vielleicht wollen sie, dass wir uns in Sicherheit wiegen und erwarten uns am Höhleneingang", gab Thomas zu bedenken.

„Oh, ... daran habe ich gar nicht gedacht. Aber wir wissen nicht, wohin dieser Gang führt und ob er nicht einsturzgefährdet ist ... oder ob die Luft nicht dünner wird, je weiter wir uns von der großen Halle entfernen."

„Glaube ich nicht, mir ist etwas aufgefallen. Ich spüre einen Luftzug, eindeutig von vorne, achte mal darauf!"

Anna spürte auch eine leichte Brise kühlen Nachtwinds und ließ sich überreden weiterzugehen. Sie fühlte sich wie in einer feuchten Gruft und diese Dunkelheit schien undurchdringlich zu sein.

„Da ... da vorne, siehst du's?", stotterte Thomas vor Aufregung, „Licht, bleiches Licht!"

„Ja ... meinst du, das ist Mondlicht?", fragte sie.

„Nehme ich an, wir werden es gleich sehen!"

„Warte! Eine kurze Pause bitte", keuchte sie kurz darauf, setzte sich auf den sandigen Boden und lehnte sich an die Sandsteinwand. Ihr Blick fiel auf die Wand gegenüber und unvermittelt stieß sie einen Schrei des Entsetzens aus.

„Psst ...", beschwor Thomas sie, sah aber, was sie erschreckte.

Eine Maske, eine Fratze mit weit aufgerissenen Augen, weit geöffnetem Maul und herausgestreckter Zunge starrte sie an. Flammen umzingelten das Dämonengesicht. Wie ein Relief war es aus dem Sandstein gemeißelt, stellenweise war es jedoch stark verwittert und mit Moosflechten bedeckt.

„Wow ... äußerst ausdrucksvoll", kommentierte Thomas, „aus welcher Zeit diese schaurige, aber doch sehr kunstvoll gearbeitete Fratze wohl stammt?"

„Hm ... schwer zu sagen, ob das noch aus frühester Zeit oder erst später von einem inspirierten Besucher gefertigt wurde. Ich vermute, wir befinden uns hier in einem Gang der ehemaligen Heidenhöhlen. Die Vorderfront mit den Höhleneingängen zur Seeseite wurde in den Sechzigerjahren gesprengt, damit Überlingen sowohl mit der Bahn als auch über eine seenahe Straße schnell zu erreichen war. Zuvor waren die Heidenhöhlen eine Touristenattraktion, schon im neunzehnten Jahrhundert. Heute erinnert nur noch das Hotel Heidenhöhlen daran, in Goldbach, einem Vorort von Überlingen."

„Echt ... und so ein Juwel haben sie in den Sechzigerjahren noch gesprengt?", regte sich Thomas auf.

Schritt für Schritt liefen sie geduckt voran, dem Licht entgegen, das zunehmend heller wurde. Sie erreichten das Ende des Höhlengangs und blieben geblendet stehen.

Anna schirmte ihre Augen gegen das bleiche Licht ab und es dauerte, bis sie Einzelheiten wahrnahm. Stufen führten hinunter in einen fast quadratischen, aus dem Sandstein gehauenen, Raum. Gegenüber befand sich eine Öffnung in der Größe eines Fensters. Neugierig betraten sie den Raum und näherten sich einer Felsbalustrade. Unter ihnen breitete sich der See aus, der Überlinger See. Von hier oben wirkte er wie ein Fluss mit seiner fast gleichmäßig bleibenden Breite. Zur einen Seite war er begrenzt durch den Bodanrück, zur anderen durch das steil abfallende Ufer, auf dem sie sich befanden.

„Unglaublich, dass hier oben noch ein Teil der Heidenhöhlen erhalten ist. Ich denke, von unten erkennt man dieses Felsenfenster nicht, weil die Bäume und das Buschwerk vor uns die Sicht verdecken", betonte Thomas.

Anna nickte nur, sie hatte noch etwas Ungewöhnliches entdeckt. An der seitlichen Wand sah sie einen aus dem Sandstein herausgearbeiteten Altar und darüber ein Marienbildnis, in noch recht gut erkennbaren Umrissen und Farbresten von hellem Blau, Weiß und tiefem Rot.

„Das muss eine Kapelle sein ... ich meine, gelesen zu haben, dass hier einst ein Eremit gelebt hat", sagte Anna.

Thomas untersuchte bereits das Gemälde und war der Meinung, dass dies wohl ein Bildnis aus dem achtzehnten Jahrhundert wäre und darunter durchaus noch ein älteres Gemälde zu finden sein könnte.

„Möglich, vielleicht war es eine heidnische Kultstätte und später eine christliche Kapelle. Wie gesagt, im neunzehnten und frühen zwanzigsten Jahrhundert waren die Heidenhöhlen eine Touristenattraktion. Zwielichtige Gestalten nisteten sich dort ein und ein gesuchter Räuber soll sich hier versteckt haben, ehe er von Überlinger Gendarmen gefangen wurde. Aber nach dem man in den Sechzigern den größten Teil weggesprengt hatte, wurden die Höhlen kaum mehr besucht."

„Dass man ein solch beeindruckendes Denkmal zerstört hat!", empörte sich Thomas erneut.

„Ja, nicht zu glauben, was seinerzeit dem wirtschaftlichen Aufschwung zum Opfer fiel. Aber wie kommen wir weiter? Es geht hier senkrecht runter!"

„Versteck verlassen, Zielperson bisher nicht entdeckt. Warten am Eingang der Höhle … over."

„… over … Standort halten!"

Anna verstaute die Kassette, die sie immer noch unter dem Arm trug, im Rucksack. Beide schulterten ihre Rucksäcke.

Sie wagten den Abstieg, denn seit Stunden hörten sie nur das unaufhörliche Zirpen von scheinbar Tausenden von Grillen und gelegentlich ein Rascheln und Fiepen im Unterholz direkt vor der Höhle.

Der volle Mond zeigte ihnen einen schmalen, teilweise überwucherten Trampelpfad. Mutig begannen sie den Abstieg. Schritt für Schritt wagten sie sich voran und beim näheren Hinsehen boten Grasbüschel und kleinste Felsvorsprünge genügend Halt für ihre Füße.

Sie pressten sich eng an den steilen Hang, der Fels wurde glatt und bei jedem Schritt lösten sich kleine Stückchen vom harten Sandstein. Mehr kletternd als gehend, schafften sie es über das steile nackte Felsstück. Unterhalb ragte schon wieder Gestrüpp und somit sicherer Halt hervor. Aber direkt vor ihnen befand sich ein unüberwindbares Hindernis. Ein Felsrutsch hatte den Felsen über ungefähr hundert Meter Breite senkrecht ausgehöhlt und das untere Drittel war mit feinstem Sand gefüllt.

„Oh … was nun?", fragte Anna und blickte Thomas ratlos an.

„Wieder hinaufklettern und einen anderen Abstieg suchen willst du wohl nicht …"

„Auf keinen Fall!"

„Eben … also wagen wir es, komm!"

Thomas kletterte rücklings los und rutschte wie auf einer Sanddüne den Hang hinunter. Anna zögerte einen Moment, band sich den Rucksack vor Bauch und Brust und folgte ihm. Sie kamen so in Fahrt, dass sie sich am Ende der Rutschpartie auf einem Hang mit hohem Grasbewuchs mehrmals überschlugen.

„Den Spaß war es wert", meinte Thomas übermütig und klopfte sich den Sand aus der Hose.

„Wow … war echt cool", lachte Anna.

Sie befanden sich oberhalb der Straße, die direkt am See entlangführte. Vereinzelt fuhren Autos mit aufgeblendetem Licht vorbei. Der See dahinter wirkte wie ein schwarzer Spiegel, auf dem das Mondlicht silbern schimmerte.

Ihr Auto war in Goldbach geparkt. Von ihrem Standort aus war es nicht weit zu Fuß dorthin. Anna wollte aber vorsichtshalber nicht entlang der Straße laufen und führte Thomas im Schatten der Felsen auf dem Höhenweg durch die Weinberge. Sie passierten die Gletschermühle, eine Aushöhlung des Felsens mit gewaltigem Ausmaß.

Thomas war fasziniert. Anna konnte ihm erklären, dass in der Eiszeit ein Schmelzwasserbach von der Oberfläche des Gletschers in einen Spalt stürzte und der Wasserstrudel unter Mitwirkung von hartem, mahlendem Geröll eben einen Strudeltopf formte.

„Und stell dir vor, zunächst war der Gletschertopf mit Molassesandstein aufgefüllt und als man es freilegte, haben sie Blöcke von vier Metern Länge gefunden."

„Unglaublich!" Thomas stand ergriffen am oberen Rand der Gletschermühle und blickte in eine rundliche Vertiefung von ungefähr zwanzig Meter Durchmesser.

Der feinsandige Weg führte von dort hinunter nach Goldbach und leuchtete im Mondlicht wie ein weißes Band, inmitten der umgebenden Weinberge. Sie näherten sich dem Auto, das sie auf einem Parkplatz in der Nähe einer Pizzeria geparkt hatten.

„Anna, warte du hier, lass mich vorangehen. Wenn alles in Ordnung ist, blinke ich einmal rechts und einmal links. Du siehst ja das Auto von hier aus. Okay?"

Sie fand die Vorsicht zwar übertrieben, erklärte sich aber einverstanden.

„Versteh doch", meinte Thomas, „so dicht wie die uns auf den Fersen waren, kann durchaus sein, dass sie die Gäste des Lokals in Augenschein nehmen. Und vergiss nicht, die Kapuze tief ins Gesicht zu ziehen, wenn du mir folgst."

„Okay, mach ich! Wenn dir jemand folgt …"

Sie ließ den Satz unvollendet, er wusste die Antwort … Plan B.

Die Hände in den Taschen der Jacke, die Kapuze tief im Gesicht, schlenderte Thomas den Weg hinunter. Anna beobachtete ihn.

Aber was war das?

Aus dem Schatten eines Baumes unterhalb des Lokals lösten sich zwei Gestalten und folgten Thomas geduckt.

Anna biss sich auf die Lippen, am liebsten hätte sie geschrien, denn er bemerkte es offenbar nicht. Er stieg ins Auto, schaltete das Licht an und fuhr langsam los.

Er blinkt nicht … hat er sie doch gesehen?

Sie wusste nicht, was sie denken sollte. Die beiden Verfolger stiegen auch in ihr Auto und folgten ihm.

Anna zog tief die Luft ein, damit hatte sie nicht gerechnet.

Ich muss los, wer weiß, wie lange Thomas sie ablenken kann.

Sie lief den Weg zurück, den sie gekommen waren, nur dass sie sich diesmal zwischen den Rebstöcken ihren Weg bahnte. Sie blieb auf halber Höhe, schlug den Höhenweg über Hödingen nach Sipplingen ein.

Plan B … Wenn etwas Unvorhergesehenes geschieht, … versuche, unauffällig nach Zürich zu gelangen.

Ihre Gedanken rasten.

Wie soll ich dorthin kommen? In Sipplingen ist kein Bahnhof mehr und bis ich zu Fuß Ludwigshafen erreiche, fährt auch kein Zug mehr. Verdammter Mist!

Unermüdlich lief sie weiter. Sie wunderte sich selbst über ihre Energie, aber hier alleine mitten in der Nacht zu rasten wollte sie auch nicht.

Denn der Weg führte hinter Sipplingen durch einen Wald und seltsame Geräusche drangen an ihr Ohr, das Knistern von Zweigen oder Ästen und gelegentlich ein hohes Fiepen. Eben leuchtete ein Augenpaar grün auf in unmittelbarer Nähe und sie hoffte, es wäre ein Reh. Einem Fuchs oder gar einem Wildschwein wollte sie lieber nicht begegnen.

Als sie aus dem Wald herauskam, lag Ludwigshafen vor ihr. Ein großes rechteckiges Gebäude unmittelbar am See gelegen, das alte Zollhaus, hob sich mit seinen strengen Konturen gegen den mitternachtsblauen Himmel ab. Unzählige Sterne funkelten über dem Bodanrück, dem Höhenzug am gegenüberliegenden Ufer.

Der Wanderweg führte wieder hinunter zur Straße und ihr blieb nichts anderes übrig, als vorsichtig zwischen den Obstbäumen und Sträuchern weiterzugehen.

Sie wartete, bis ein entgegenkommendes Auto vorbeifuhr, überquerte die Straße und lief am Bodenseeufer entlang Richtung Bahnhof. Bisher hatte die Angst, entdeckt zu werden, sie beflügelt. Aber jetzt, so nahe an ihrem ersten Ziel, merkte sie, wie bleiern ihre Füße waren. Sie erreichte den Bahnhof und ein Blick auf die Uhr zeigte, dass es bereits nach Mitternacht war. Die schmalen Gassen des Ortes waren menschenleer, nur ein paar streunende Katzen schlichen um die Häuserecken.

In dem Haus rechter Hand schlug ein Hund an und hörte erst auf zu bellen, als sie den Bahnhof erreicht hatte. Zum Glück schenkte ihm keiner Beachtung.

Anna wagte, ihre kleine Taschenlampe anzuknipsen, um den ausgehängten Fahrplan zu studieren. Der erste Zug nach Konstanz fuhr erst am frühen Morgen und von dort konnte sie weiter nach Zürich fahren. Sie schaute sich um. Das Bahnhofsgebäude lag zwar im Dunklen, aber bot außer einer gut einsehbaren eisernen Parkbank keine Sitzmöglichkeit.

Hier bleibe ich nicht.

Sie überquerte erneut den Bahnübergang und lief mit müdem, schleppendem Gang hinunter zum See. Dort unten gab es Parkbänke aus Holz, aber ohne Schlafsack luden diese auch nicht zum Verweilen ein. Das Zollhaus, Wahrzeichen von Ludwigshafen, warf im Mondlicht seinen Schatten und unterstrich das ehrwürdige Alter des rechteckigen Gebäudes mit seinen vorspringenden Fenstersimsen. Anna erinnerte sich, dass dort früher die Waren verzollt werden mussten. Einige der Güter waren seinerzeit beim Entladen und Beladen in den See gefallen. Als Kind hatte sie mit ihrem Onkel beobachtet, wie Taucher Schätze, Schwerter, Münzen und auch mal einen dreibeinigen schwarzen eisernen Topf bargen. Es war eine Sensation, nicht nur für sie gewesen, wenn die Taucher auf der Hafenmauer ihre Fundstücke von Schmutz befreiten.

Ihr Blick fiel auf den Hafen und die gemauerte Mole, die in einem lang gezogenen Halbrund den Hafen begrenzte. Zahlreiche Segelboote mittlerer Größe waren dort angeleint und warteten auf ihre Eigentümer, die erst am Wochenende die Segel setzen würden.

Eine unbesetzte Kajüte, das wär's doch.

Sie suchte sich das größte Boot aus und kletterte von der Mole die Leiter hinunter. Vorsichtig trat sie auf das holzgetäfelte Deck. Geduckt schlich sie auf den Eingang der Kajüte zu, sah aber eine Stufe nicht und fiel auf den Boden. Gleichzeitig stieß sie mit ihrem Kopf gegen die Kajütentüren. Ein kleiner Riegel am oberen Rand sprang aus der Halterung und die schmalen Türen sprangen auf.

Mist, das gibt eine Beule, aber wenigstens sind die Türen geöffnet.

Im Inneren gab es breite gepolsterte Sitzbänke und in der Mitte einen schmalen Tisch. Am anderen Ende der Sitzbank entdeckte sie eine Klappe, öffnete sie und fand dahinter einen geräumigen mit Matratze ausgelegten Schlafplatz. Sie zog einen griffbereiten Schlafsack über sich und schloss die Klappe.

Ihr letzter Gedanke galt Thomas und sie fragte sich, was wohl geschehen war, ehe sie erschöpft einschlief.

*

Thomas hatte unter dem großen Baum brennende Zigaretten, die hastig ausgemacht wurden, gesehen.

Er lauschte, aber er hörte keine Worte und ihm wurde klar, dass dies wohl die Verfolger waren. Er hoffte, dass Anna sie auch sah.

„Also dann Plan B", sprach er leise zu sich selbst.

Er holte eine Pappfigur, die Darstellung einer Frau, hinter dem rechten Sitz hervor und klemmte sie auf dem rechten Vordersitz fest. Die obere Partie, der Kopf hatte eine Fotografie von Annas Gesicht, mit fast identischer Kopfgröße. Auf den ersten Blick glich die Pappfigur einer Beifahrerin. Er fuhr los, ohne Blinkzeichen zu geben. Im Rückspiegel sah er, dass ein Auto hinter ihm ebenso losfuhr.

„Sie fahren Richtung Ludwigshafen … folgen ihnen. Dachten, er wäre allein … anscheinend hatte sie sich im Auto versteckt … over."

„Weiter observieren … over."

Thomas war beunruhigt, dass Anna nun doch allein unterwegs war, außerdem musste er sich Gewissheit verschaffen, ob er tatsächlich verfolgt wurde. Er bog bei Süßenmühle auf eine schmale Straße, die meist nur von den wenigen Anwohnern genutzt wurde. Das Auto bog ebenso ab.

Verdammt, die haben es auf mich und meine stumme Begleitung abgesehen. Plan B … versuche, sie abzuhängen, und rufe nur im Notfall an. Danke, schöner Plan und wie? Ich habe keine Lust, auf diese Typen zu treffen, schon gar nicht alleine!

Für einen Moment war die Erinnerung wieder da an das grausame Erlebnis, als einer der Kernkreuzer mit schweren Stiefeln auf seinen rechten Fuß gesprungen war und seinen Fußknöchel gebrochen hatte, während er in einem knietiefen Bach saß.

Ein kalter Schauer lief ihm über den Rücken. Er schwor sich, nie wieder in diese Situation zu kommen, und formte eine Idee. Er erreichte Hödingen und fuhr schneller als erlaubt durch den Ort. Seine Verfolger hielten gleichmäßigen Abstand.

Die Straße verlief bergab und die ersten Villen in Hanglage mit Seesicht tauchten auf. Abrupt bremste er und steuerte in eine Garageneinfahrt, sprang aus dem Auto heraus, schnappte seinen Rucksack und eilte die Stufen zu einer luxuriösen Villa hinauf. Im untersten Stock des Hauses brannte schwaches Licht und ein Hund fing an zu bellen.

Thomas hoffte, dass der Hund im Haus war. Er verbarg sich hinter einer hohen Hecke, konnte aber einen Blick auf die Garageneinfahrt werfen. Im Licht der Laterne sah er, dass die Verfolger bereits sein Auto mit einer Taschenlampe untersuchten. Da der Hund unaufhörlich bellte, beeilte er sich, im Schutz der Dunkelheit den Hang hinauf, vorbei an weiteren Häusern, Richtung Wald zu laufen. Mehrmals passierte er einen Garten und musste über Zäune klettern, aber das aufdringliche Gebell des Hundes hatte endlich aufgehört.

In nächster Nähe hörte er Motorengeräusche und vermutete, dass die Verfolger ihn auf dem Weg Richtung Wald abfangen wollten. Er musste eine Entscheidung treffen. Denselben Weg zurück konnte er nicht gehen, denn der kläffende Hund würde ihn verraten. Richtung Wald war zu gefährlich. Unschlüssig blieb er stehen.

Die werden mich oben am Waldrand suchen. Ich dreh um und gehe ein paar Häuser weiter wieder hinunter zum See.

„Pappfigur mit Fotografie der Zielperson saß auf dem Nebensitz im Auto. Auto verlassen. Subjekt entkommen ...over."

„Befehl ... suchen ... over!"

Thomas lief neben der Schienenstrecke, die sich in unmittelbarer Nähe des Bodensees befand. Er wusste, dass nachts keine Züge fuhren, und immer, wenn sich ein Auto näherte, was selten mitten in der Nacht geschah, legte er sich flach neben die Schienen. Eigentlich hoffte er, Anna zu entdecken, nahm aber an, dass sie den Höhenweg genommen hatte, um nicht ihren „Freunden" zu begegnen.

Die Sorge um Anna beflügelte seine Schritte und er gönnte sich nur eine kurze Rast, ehe er Ludwigshafen erreichte.

Dort wagte er es, zum Bahnhof zu gehen, obwohl es eine mondhelle Nacht war. Leider entdeckte er Anna dort auch nicht.

Ich brauche dringend einen Schlafplatz. Aber nicht hier am Bahnhof!

Er stärkte sich mit Cola und dem letzten Müsliriegel, den er noch im Rucksack fand, und lief am Ufer entlang bis zum westlichen Ende des Bodensees.

Wenn ich mich nicht irre, müsste gleich ein Campingplatz kommen. Vielleicht finde ich dort eine Schlafgelegenheit.

Fast alle Plätze waren mit Zelten, Wohnwägen und Campingfahrzeugen besetzt. Das Mondlicht unterstrich das romantische Bild des schilfbewachsenen Uferstreifens und seiner kleinen Buchten mit hellem Sand. Seine Energie ließ merklich nach, er brauchte dringend eine Pause.

Da entdeckte er mehrere kleine Holzhütten, die aussahen wie große Holzfässer. Dem Schnarchen zufolge waren einige bewohnt.

Eine größere Hütte schien unbewohnt. Er steuerte darauf zu ... die Türe war nicht verschlossen.

Leise schlich er hinein und legte sich auf eine Pritsche, auf der eine zusammengelegte kratzige Wolldecke lag. Er deckte sich zu und die Müdigkeit siegte über das schlechte Gewissen, hier eingebrochen zu sein. Schon wenige Minuten später schlief er.

*

Er erwachte, als ihn jemand rüttelte. Im ersten Moment wusste er nicht, wo er sich befand, und blickte den älteren Herrn, der über ihn gebeugt stand, unverwandt an.

„Verstehen Sie kein Deutsch?", fragte dieser ihn.

„Ähm doch ...", antwortete Thomas und erinnerte sich, dass er auf einem Campingplatz war.

„Ich kann es nicht dulden, dass Sie hier einfach eindringen. Das ist Einbruch, eigentlich müsste ich die Polizei holen."

Thomas setzte sich, entschuldigte sich, erklärte, dass er keinen an der Rezeption angetroffen hatte. Er erzählte glaubhaft, dass er den letzten Zug nach Konstanz verpasst hatte und dass er auf jeden Fall zahlen wolle. Wegen unüberwindbarer Müdigkeit hätte er sich in die nicht verschlossene Hütte gelegt.

Der Campingplatzeigentümer wurde schon etwas freundlicher. Offensichtlich hatte eine seiner Angestellten vergessen, die Hütte nach der Endreinigung wieder abzuschließen.

Nachdem Thomas mit reichlich Trinkgeld bezahlt hatte, spendierte ihm der ältere Herr noch ein Frühstück und erwähnte, dass oberhalb an der Landstraße eine Bushaltestelle sei. Der nächste Bus nach Radolfzell führe in einer knappen halben Stunde.

Thomas verabschiedete sich, bedankte sich für das Frühstück und machte sich auf den Weg zur Bushaltestelle.

In Radolfzell fand er einen Zug, der ihn direkt nach Zürich zum Flughafen brachte.

*

Als Anna aufwachte, schaukelte das Segelschiff. Noch leicht benommen, erinnerte sie sich, wo sie sich befand, und griff sofort nach ihrem Rucksack. Sie öffnete ihn und war erleichtert, dass die Kassette samt ‚Bibel der Bibeln' noch vorhanden war.

Stimmen, Rufe drangen an ihr Ohr. Sie blickte aus dem Bullauge, aber statt der Mole sah sie nur Wasser. Das Schiff hatte abgelegt. Ein Blick auf das Handy bestätigte ihre Vermutung, es war bereits Vormittag. Es waren Menschen an Bord.

Verdammt, was soll ich tun? Angriff ist bekanntlich die beste Verteidigung!

Sie rieb sich den Schlaf aus den Augen, kletterte aus der Kajüte, stieg an Deck und blinzelte gegen die Sonne.

„Wie, was … wo in aller Welt kommst du denn her?", stotterte eine dunkelhaarige Frau mittleren Alters. Sie trug eine weiße Caprihose und einen blau-weiß gestreiften Pullover. Hinter ihr saß ein grauhaariger bärtiger Mann mit kurzer Jeans und blauem T-Shirt. Vor Erstaunen klappte ihm die Kinnlade herunter, ungläubig starrte er Anna an.

„Ich … ich bitte um Entschuldigung", stammelte Anna, „ich habe gestern Abend in Ludwigshafen den letzten Zug nach Konstanz verpasst. Da ich niemanden telefonisch erreichte und Angst hatte, alleine auf dem Bahnhof bis zum Morgen zu warten, habe ich nach einem geschützten Platz gesucht. Die Türen zur Kajüte waren unverschlossen … ich wollte morgens schon wieder weg sein, aber ich habe wohl zu lange geschlafen ähm … bitte entschuldigen Sie."

„Siehst du, Tom, wie oft habe ich schon gesagt, dass die Türen ein neues Schloss brauchen?", wandte sich die Frau an ihren Mann.

„Es tut mir wirklich leid. Ich möchte Ihnen keine weiteren Umstände machen, aber mein Flug geht heute am späten Nachmittag von Zürich aus. Deswegen muss ich dringend an Land, um …!"

„Eine blinde Passagierin, na das ist mir mal 'ne Geschichte und dann noch Ansprüche haben", meinte der Segler, aber sein Ton klang eher belustigt denn ärgerlich. Er reichte ihr die Hand.

„Hallo, ich bin Tom und du?"

„Anna, heiße ich und ich muss wirklich …!"

„Schon gut, siehst ja nicht wie eine Schwerverbrecherin aus, ich bin Marietta. Hallo Anna."

Sie schüttelte ihr die Hand.

„Na Tom, was meinst du? Wir könnten ja statt in die Marienschlucht nach Konstanz segeln!"

„Wind genug hätten wir. Warum nicht? Aber jetzt setz dich erst mal und erzähle in Ruhe. Du zitterst ja, gefrühstückt hast du wohl auch noch nicht, oder?"

„Nein … und vielen Dank. Schneller käme ich auf dem Landweg nicht nach Konstanz", antwortete sie.

Und am unauffälligsten, dachte sie.

Die beiden waren sehr nett und Anna erzählte ihnen noch mal ausführlich ihre Version. Sie erklärte, dass sie Kunstgeschichte studiere und ihr Flug nach Rom ginge, wegen eines Praktikums im archäologischen Museum. Anna log nicht gerne und beruhigte ihr Gewissen damit, dass sie nur einen Teil der Wahrheit nicht erwähnte.

Die Fahrt ging zunächst rasant vor sich. Die weißen Segel bauschten sich im Wind. Da sie bei Schieflage das ängstliche Gesicht von Anna sahen, machten sie die Segel auf und glitten etwas langsamer dahin. Auf dem türkisfarbenen Bodensee kräuselten sich sanft die Wellen.

In der Ferne sah sie bereits die Fähren, die zwischen Meersburg und Konstanz pendelten. Für einen Moment sah es aus, als wäre es nur eine Fähre auf dem See, denn sie begegneten sich und die hintere wurde von der vorderen vollkommen verdeckt. Über Meersburg sahen sie einen Zeppelin, der gerade seine Wendigkeit zeigte und mühelos eine Kurve fuhr.

„Der Zeppelin hat zwei schwenkbare Propeller, deshalb kann er Kurven so geschickt meistern", erklärte Tom.

Anna nickte.

„Die früheren Luftschiffe waren starr und benötigten lange, um eine Kurve zu fahren", fuhr er fort.

„Pass auf, Anna! Die Zeppeline sind sein Steckenpferd. Gleich erzählt er dir von jedem Detail", meinte Marietta lächelnd.

„Ich finde das interessant", äußerte sich Anna nicht nur aus Höflichkeit, „ich erinnere mich nur an einen Satz von Graf Zeppelin, in dem er sein Luftschiff mit einem Haifisch verglichen hat, der durch das Himmelsmeer schwimmt. Das gilt auch noch für die heutigen Zeppeline, findet ihr nicht auch?"

„Ja, sehr treffend gesagt", stimmte Marietta zu und blickte ihren Mann warnend an.

„Ja … habe schon verstanden! Ich wollte nur kurz erwähnen, dass der Zeppelin NT nur noch 73 Meter lang ist im Vergleich zu den früheren Luftschiffen. Die Hindenburg war 245 Meter, also fast dreimal so lang. Sie konnte bis zu 72 Passagiere aufnehmen, die in diesem schwebenden Grandhotel von einer Besatzung mit über 50 Mann verwöhnt wurden. Heute gibt es in den Gondeln nur Platz für 12 Personen und 2 Piloten."

„Die Hindenburg ist doch die Transatlantikstrecke gefahren und dann in Flammen aufgegangen, oder?", erinnerte sich Anna.

„Da hast du recht", freute sich Tom über ihr Interesse, „die Hindenburg wurde gebaut, um das LZ 127, das Luftschiff Zeppelin, auf dieser Strecke zu unterstützen. Meistens fuhren sie von Frankfurt nach Rio de Janeiro oder Lakehurst bei New York. Aber die erste Fahrt war von Friedrichshafen aus, am 31. März 1936 nach Meersburg und zurück. Stell dir vor, damals dauerte eine Schiffspassage nach New York ungefähr 18 bis 19 Tage und mit dem Luftschiff gerade mal, je nach Wetterlage, 3 bis 5 Tage. Das tragische Unglück war am 6. Mai 1937. Bei der Landung in Lakehurst geriet die Hindenburg in Brand. Man geht davon aus, dass es sich um eine elektrostatische Aufladung zwischen Gerippe und Hülle gehandelt hat. Seinerzeit waren die Traggaszellen mit Wasserstoff gefüllt und explodierten daher in Minutenschnelle. Es war an sich schon erstaunlich, dass es 62 Überlebende gab und nur 35 Tote zu beklagen waren. Aber viele sind wohl einfach nur von Bord gesprungen und haben

Beinbrüche in Kauf genommen. Jedenfalls ging damals die Nachricht durch den Äther. Die Welt erfuhr davon und somit war das Ende der Luftschifffahrt eingeläutet. Erst 1997 erhob sich der erste Zeppelin NT in die Luft und ist heute mit dem ungefährlichen Helium gefüllt!"

„Tom …, ich glaube, Anna hat jetzt genug gehört", mischte sich Marietta ein.

„Nein, das interessiert mich … ich muss unbedingt mal wieder nach Friedrichshafen in das Zeppelinmuseum; das letzte Mal war ich als Kind dort", meinte Anna.

Sie unterhielten sich noch weiter über dieses Thema, bis sie sicher in den Hafen von Konstanz segelten und einen freien Gastliegeplatz entdeckten.

Anna bedankte sich herzlich bei dem netten Ehepaar und wünschte den beiden noch weitere schöne Tage am und auf dem Bodensee.

Sie zog ihr weißes Käppi auf und schlenderte zum Bahnhof.

Um nicht aufzufallen, machte sie wie eine Touristin ein Foto von dem prächtigen Empfangsgebäude des Bahnhofs, erbaut im Stil eines kleinen Palastes. Auf einem Hinweisschild las sie, dass der Bahnhof mit seinem Turm aus der Zeit der Neugotik von 1863 stammte und der Palazzo Vecchio in Florenz als Vorbild gedient hatte. Verstohlen blickte sie sich um, sah aber keine Personen, die ihr verdächtig vorkamen. Die Sonne brannte nicht so heiß wie die letzten Tage, der Wind kühlte angenehm. Dem Fahrplan entnahm sie, dass der nächste Zug nach Zürich bereits in zehn Minuten auf Gleis zwei einfuhr. Sie suchte mit ihren Blicken nach Pater Innozenz, hatte gehofft, ihn vielleicht hier zu treffen. Aber sie entdeckte keinen Geistlichen auf dem Bahnsteig.

*

Am Flughafen fand sie das Terminal für ihren Abflug, die Flugtickets hatte sie bereits.

Wo bleibt Innozenz nur? Es war ausgemacht, dass wir uns spätestens am Terminal treffen.

Sie suchte ihn im nächstliegenden Lokal.

Ihn sah sie nicht, aber Andy, Kommissar Bender, Bert und Susan. Verdutzt blickte sie die Freunde an.

Felix legte den Zeigefinger auf den Mund und deutete auf das Toilettenschild. Anna nickte und begab sich direkt dorthin. Susan folgte ihr und zog sie in die Behindertentoilette.

„Susan, wieso bist du, wieso sind die anderen hier, wo ist Pater Innozenz?"

„Psst, leise …", flüsterte Susan, „ich erkläre es dir später, zieh dies hier über."

Sie zog eine Ordenstracht aus ihrer Reisetasche.

„Wieso soll ich?"

„Felix meint, es wäre besser, wenn du in Begleitung von Pater Innozenz als Schwester Amalie reist. Innozenz erwartet dich gleich draußen. Andy, Felix und Bert wollten nur sichergehen, dass ihr gemeinsam abfliegt. Natürlich achten sie auch darauf, ob einer von den Kernkreuzern euch folgt. Anscheinend haben sie bisher aber nichts Auffälliges bemerkt."

„Und was ist mit Thomas?"

Susan wusste dies nicht.

Anna erzählte ihr in knappen Worten, was bisher geschehen war, während sie versuchte, die dunkle Ordenstracht überzuziehen und passend zu binden. Susan flocht aus ihrem langen Haar einen Zopf und steckte ihn unter ein blaues Kopftuch.

„Aua … kannst du die Haarklammern noch mal lockern? Die piksen mich."

„Schwester Amalie, sei doch nicht so empfindlich", feixte Susan, lockerte aber die Haarklammern, mit denen sie das Kopftuch zusätzlich befestigt hatte.

„Ähm … und bitte packe alles in diesen schwarzen Rucksack, der passt besser zu einer Novizin, die nach Rom reist", fuhr sie fort.

„Noch was?", erwiderte Anna etwas genervt, „vielleicht den Blick demütig senken in der Öffentlichkeit?"

„Nein brauchst du nicht, Novizinnen gelten meistens als sehr selbstbewusst."

Susan lachte leise, drückte Anna und sagte, um sie aufzuheitern:

„Das ist die richtige Rolle für dich, wirst schon sehen!"

Vorsichtig öffnete sie die Türe, der Flur war menschenleer. Sie ging voran und Anna, alias Schwester Amalie, folgte ihr mit Abstand.

Anna entdeckte Pater Innozenz drei Tische entfernt von Kommissar Bender und Andy. Verblüfft blickte er sie an, stand auf und begrüßte sie.

„Bist kaum wiederzuerkennen, Anna ... ähm Amalie", flüsterte er.

„Grüß Gott, Schwester Amalie", sprach er sie laut an, „Sie begleiten mich also nach Rom?"

„Ja, Pater Innozenz", antwortete Anna korrekt und bemühte sich, ihr amüsiertes Lächeln zu verbergen.

Verstohlen blickte sie sich um, die Leute beobachteten sie, ein Geistlicher und eine Novizin fielen eben auf. Ob unter den Fluggästen jemand war, der sie verfolgte, konnte sie nicht erkennen. Auch Pater Innozenz blickte unruhig auf die Uhr, er hatte nicht damit gerechnet, so viel Aufmerksamkeit auf sich zu ziehen.

Anna fragte sich, wo Thomas blieb. Er sollte mit Andy ebenso nach Rom fliegen.

„Weißt du was von Thomas?" Der Pater schüttelte den Kopf.

„Er wird sich an Plan B halten, und es war geplant, dass er später nachkommt, wenn etwas Unvorhergesehenes passiert", flüsterte er und versuchte, sie damit zu beruhigen.

Hoffen wir es, dachte Anna.

Sie machte sich Sorgen. Ihr Flug wurde aufgerufen und sie starteten pünktlich.

7

Als Anna und Innozenz in Rom landeten, begann es bereits zu dämmern. Die Lichter der Stadt breiteten sich bis zum Horizont, unter dem vom Sonnenuntergang altrosa bis orangerot gefärbten Himmel, aus.

Sie fuhren mit dem Taxi durch Rom. Der Fahrer quälte sich durch den dichten Verkehr. Ein ständiges Hupen begleitete die Fahrt. Die Autos drängten von beiden Seiten und waren oft nur eine Handbreit vom Außenspiegel des Taxis entfernt, um ein paar Meter weiter vorne wieder einzuscheren.

Zusätzlich schlängelten sich zwischen den Fahrzeugen Rollerfahrer mit waghalsigen Manövern durch, bis zu den schon ungeduldig vor den roten Ampeln wartenden Autofahrern.

Anna hatte Mühe, ihre Aufmerksamkeit vom Verkehr auf die beleuchteten prächtigen Monumente und Gebäude zu lenken, die sich ihnen linker und rechter Hand der Straße präsentierten.

In der Nähe des Petersdoms stiegen sie aus.

Das Oval des Platzes war umschlossen von einem Arkadengang, der, getragen von Hunderten von Säulen, über beide Seiten zum Petersdom führte. Seine Kuppel schimmerte weiß und golden im Licht der untergehenden Sonne. Nur wenige Menschen schlenderten über den Platz. Anna war beeindruckt von den Dimensionen dieses Areals.

Pater Innozenz führte sie durch die schmalen Gassen von Rom, bog links ab, bog rechts ab. Offensichtlich kannte er sich gut aus. Im Moment befanden sie sich in einer Straße, in der sich ein Antiquitätengeschäft an das andere reihte. Anna warf einen Blick auf prunkvolle mehrarmige Silberleuchter, Gemälde in aufwändig verzierten Goldrahmen sowie kleine Beistelltischchen mit geschwungenen Beinen.

Sie folgte ihm und war überrascht, dass in den Gassen fast keine Touristen und nur wenige Römer unterwegs waren.

Pater Innozenz steuerte auf ein kleines verstecktes Café mit wenigen Tischen zu.

Die Wände waren in typischem Toskanarot gefasst. An einer Wand war ein Fresko mit zwei nackten Jünglingen, deren Blöße durch ein scheinbar fallendes Lendentuch bedeckt war, die genüsslich Trauben naschten.

Pater Innozenz lächelte Anna an und bestellte Espresso für beide.

„Ich jage dich hier durch Rom, obwohl du das erste Mal in der ewigen Stadt bist, aber ich wollte dich nicht neugierigen Blicken aussetzen, wobei du bald merken wirst, dass eine Novizin in Rom nicht sonderlich auffällt."

„Danke, ich bin überwältigt von dem, was ich bisher im Vorbeigehen gesehen habe. Nur solange ich die besondere Bibel mit mir herumtrage, kann ich nicht entspannt die Stadt genießen", flüsterte sie.

„Ja, ich weiß, wir brauchen ein außergewöhnliches Versteck … ich habe tatsächlich eine Idee, aber die fordert Unerschrockenheit."

Fragend blickte sie ihn an.

„Warte ab! Ich wundere mich, dass weder du noch ich Nachricht von den anderen über Handy erhalten haben. Eigentlich müssten sie mit der nächsten Maschine schon gelandet sein", antwortete er leise.

Unruhig blickte er sich um, aber außer ihnen gab es nur einen Gast an der Theke am Eingang, der an seinem Espresso nippte.

*

Felix, Bert und Andy zwängten sich durch die Menschenmassen am Flughafen. Die Verspätung wegen des Flughafenstreiks hatte sie fast zehn Stunden gekostet. Die Akkus der Handys waren leer. Kommissar Bender mochte es nicht, keine Verbindung aufnehmen zu können.

Er wollte keine Zeit verlieren und sprang deshalb vor ein Taxi, das sich dem Flughafengebäude näherte. Der Taxifahrer fluchte zwar, ließ sie aber dann doch einsteigen, da Felix, der ein wenig Italienisch sprach, ihm ein gutes Trinkgeld versprach.

Er nannte die Adresse eines kleinen Hotels in der Altstadt von Rom. Der Taxifahrer bugsierte sie durch die engen Gassen der Altstadt und setzte sie direkt vor dem Hotel ab.

Er ließ sich nicht durch das Hupen des nachfolgenden Autos stören. Dieser musste warten, bis sie bezahlt hatten und ausgestiegen waren. In den Gassen war nicht ausreichend Platz zum Überholen.

Das reservierte Zimmer, ein Drei-Bett-Zimmer, war winzig.

Licht kam durch einen Innenhof, der aber nicht zugänglich war. Andy bot an, das schmale Zustellbett zu nehmen. Als Erstes suchten sie Steckdosen, um die Handys aufzuladen.

Seltsame Geräusche ... lautes übermütiges, fast schon hämisches Gelächter ließ sie aufhorchen.

„Was ist das? Die Geräusche kommen vom Innenhof", stellte Andy fest und öffnete neugierig das Fenster. Die einzigen Lebewesen, die er sah, waren große, grau und weiß gefiederte Möwen, die oben am Dachrand stolzierten.

„Das müssen die Möwen sein, klar doch ... Lachmöwen", überlegte Andy, „ich wusste nicht, dass ihre Laute so nach Gelächter klingen."

Bert und Felix beugten ebenso ihre Köpfe aus dem Fenster und ahmten das übermütige tierische Gelächter nach.

Da sie vorerst keinen Kontakt aufnehmen konnten, entschlossen sie sich zu einem Stadtrundgang. Der Abend war lau und aus dem Lokal gegenüber drang der Duft von frisch Gebratenem.

Bert wäre am liebsten gleich eingekehrt, aber Felix bestand auf einen Spaziergang vor dem Essen. Sie ließen sich treiben und gelangten an einen großen oval geformten Platz, in dessen Mitte ein gewaltiger Brunnen stand.

Felix, der schon öfters in Rom gewesen war, wusste, dass

dies die Piazza Navona und der Brunnen ein Meisterwerk Berninis war. Gespannt näherten sie sich dem Brunnen.

„Das ist der Vierströmebrunnen und die vier Männerfiguren stehen jeweils für einen der vier im 17. Jahrhundert bekannten Kontinente und ihre großen Flüsse: die Donau, der Ganges, der Nil und der Rio de la Plata."

„Wow … was für ein Anblick und in der Mitte noch ein Obelisk", staunte Bert.

Sie umrundeten den Brunnen und bewunderten die Figuren. Anhand der Tiere, wie zum Beispiel der Löwe für Afrika, und entsprechender Pflanzen konnten sie diese den einzelnen Strömen zuordnen.

Felix erinnerte sich, dass dies früher ein Pferderennplatz gewesen war.

„Hier steht es", meinte er und las von einem Hinweisschild die Erläuterungen vor.

„Um 46 vor Christus hat Julius Caesar hier bereits ein Stadion für athletische Wettkämpfe errichtet. Kaiser Domitian hat das Stadion für dreißigtausend Zuschauer ausgebaut.

Von 1477 bis 1869 war hier der größte Marktplatz der Stadt. An Sonntagen im Sommer wurden damals, zur allgemeinen Freude und Erfrischung, die Abflüsse der Brunnen verstopft.

Aus dem zur Mitte abschüssigen Marktplatz entstand ein See mitten in der Stadt. Das Volk badete seine Füße darin oder fuhr mit Eselskarren durch das Wasser und der Adel trieb seine Kutschpferde hindurch. Aber nicht nur das: Es wurden auch Pferderennen und Seeschlachten vorgeführt."

„Verrückt", eiferte sich Bert, „aber die ovale Form des Stadions ist noch gut zu erkennen."

„Kommt, ich zeig euch noch etwas Besonderes!"

Felix führte sie zum Ende des Platzes, bog dann links ab und blieb vor einem offenen Unterbau eines älteren Wohnhauses stehen. Sie sahen steinerne Stuhlreihen, einige Meter breit und nur wenige Meter hoch.

„Wow, … was ist das denn?" Bert war begeistert.

„Das sind Reste des ehemaligen Amphitheaters, das seinerzeit den ovalen Rennplatz umrundete. Nicht nur hier, sondern auch in vielen Kellern der Häuser rund um den Platz entdeckte man Reste des Theaters", ereiferte sich Felix.

„Echt verrückt", Andy war sichtlich beeindruckt.

Der Hunger meldete sich und sie schlenderten zurück, da Bert unbedingt in dem Lokal, aus dem der verführerische Duft kam, essen wollte.

Andy bot sich an, die Handys aus dem Zimmer zu holen. Die anderen sollten schon mal einen Tisch suchen.

Er grüßte die nette junge Frau an der Rezeption, verlangte den Zimmerschlüssel und wollte zum Lift gehen.

Aber im gleichen Moment wurde er starr vor Schreck. Am Lift stand ein in Ledermontur gekleideter Mann. Ein Mann, den er jederzeit wiedererkennen würde. Einer der Entführer von der Yacht. Abrupt drehte er sich um, stürmte hinaus und hoffte, dass der Typ ihn nicht erkannt hatte. Unschlüssig blieb er vor dem Lokal stehen, traute sich nicht einzutreten.

Er bog um die nächste Häuserecke und wagte verstohlen einen Blick zurück. Eine Reisegruppe checkte gerade ein und bevölkerte den Platz vor dem Hotel. Er nutzte die Gelegenheit, schlenderte betont lässig zurück und betrat das Lokal gegenüber.

Verdammt, wo sind denn Bert und Felix?

Er konnte sie an keinem der Tische entdecken.

„Psst, Andy, hierher", meldete sich Felix und winkte ihm zu, halb versteckt hinter einem mächtigen Flurschrank.

Verblüfft folgte er seinem Wink und weiter bis an das Ende des Flurs zu einer Türe, die in einen Innenhof führte. Mülltonnen und Fahrräder standen an den Häuserwänden. In beträchtlicher Höhe befand sich ein Netz als Schutz vor Vögeln und versperrte den Blick in den Himmel. Bert erwartete sie.

„Was ist los?", wollte Andy wissen.

„Ich habe einen der Entführer im Lokal gesehen und bin sofort wieder hinausgegangen."

„Verdammt, du auch?! Ich habe ebenso einen in der Lobby gesehen und bin geflüchtet. Im Schutz einer Touristengruppe bin ich zu euch gelangt. Ich denke, sie haben mich nicht gesehen."

Kommissar Bender hatte bereits nach einem anderen Ausgang gesucht und ein kleines, von Efeu umranktes winziges Tor auf der gegenüberliegenden Seite entdeckt. Es ließ sich öffnen und führte auf eine schmale dunkle Gasse.

Er schlug vor, sich ein verstecktes Lokal zu suchen. Ein paar Gassen weiter fanden sie eines dieser typischen Bistros mit langer Theke vor einem schmalen Durchgang und zwei Tischen am anderen Ende des Lokals. Sie setzten sich an den Tisch im hintersten Winkel.

Keiner von ihnen glaubte an einen Zufall.

Die Verfolger mussten informiert worden sein, aber wie war ihnen das gelungen? Diese Frage blieb offen. Felix war der Appetit vergangen. Er bot sich an, zurück zum Hotel zu gehen und die Handys zu holen. Ihn kenne man ja nicht.

Im Eingang des Hotels sah er niemanden, der in Leder gekleidet war, nur einen Herrn in einem graublauen Anzug, der auf einem der bequemen Sessel in der Lounge saß und Zeitung las.

Der Lift war geöffnet und er blickte noch einmal hinaus, bevor sich die Türen des Lifts schlossen. Der Herr im Anzug blickte ihn an. Im gleichen Moment lief Felix ein kalter Schauer über den Rücken.

Max, das ist Max!

Sein Bruder schien genauso überrascht wie entsetzt, als er ihn erkannte.

Die Türen des Lifts schlossen sich, ehe er reagieren konnte. Seine Gedanken jagten, er hatte vermutet, dass er irgendwann auf seinen Bruder treffen würde. Aber er hatte nicht geahnt, dass der erschrockene Blick seines Bruders solch unterschiedliche Gefühlswelten hervorrufen würde. Zum einen wollte er ihn ergreifen, zum anderen, wie er sich eingestand, wollte er ihn schonen.

Was soll ich tun?

Instinktiv drückte er den Knopf zurück ins Parterre. Aber die Lounge war menschenleer.

Er fuhr erneut nach oben und traf auch auf dem Flur niemanden an. Vorsichtig öffnete er die Zimmertüre, seine Hand an der Pistole, die versteckt unter einer leichten Weste, im Pistolengurt steckte. Das Zimmer war im selben Zustand, wie sie es verlassen hatten. Er atmete auf und wollte die Handys einsammeln. Zwei hatten sie im Bad in den Steckdosen, eines neben der Nachttischlampe zum Aufladen eingesteckt.

Die Handys sind weg, verdammt …!

Er war geschockt.

Was, wenn sie Anna oder Pater Innozenz anrufen? Nicht auszudenken!

Er stürmte aus dem Hotel und eilte durch die Gassen, blickte sich mehrfach um. Aber keiner schien ihm auf dem Weg zurück zum Bistro zu folgen. Mit wenigen Worten informierte er die beiden – bestrebt, seine Emotion zu verbergen.

Sie waren ebenso geschockt wie sprachlos. Zum Glück erinnerte sich Andy an den Namen der Herberge, in der Anna und der Pater absteigen wollten. Ein paar Straßenzüge weiter fanden sie ein Taxi. Der Taxifahrer ließ Andy zunächst vor einem Geschäft aussteigen, in dem er drei neue Handys besorgte.

Kommissar Bender übernahm die nicht unerheblichen Kosten.

Er erinnerte sie daran, dass Anna unbedingt für unvorhergesehene Ausgaben aufkommen wollte. Da wären neue Handys ja mit das Wichtigste.

In unmittelbarer Nähe der Herberge stiegen sie aus.

Andy versuchte, sich an Annas Handynummer zu erinnern … vergeblich. Aber die Nummer von Thomas wusste er auswendig und wählte. Leider meldete sich nur die Mailbox.

*

Pater Innozenz wollte nicht länger warten und schlug vor, erst einmal die Zimmer zu beziehen. Wenige Straßenzüge entfernt, stießen sie auf die Herberge für Geistliche und Pilger.

Die Unterkunft war einfach, ein kleines Zimmer mit einem schmalen Bett, einem schlichten, schwarz gebeizten Schrank, der wohl schon seit Jahrzehnten dort stand, und einem kleinen Holztisch unter einem schmalen Fenster.

Ein antiker Stuhl, dessen Farbe bereits an den geschwungenen Beinen abblätterte, war wie ein Nachttisch neben dem Bett platziert. Anna ließ sich auf das Bett fallen und federte wieder hoch. Die Matratze war extrem dick und sie vermutete, dass diese wohl genauso alt war wie das Mahagonibett mit seinen geschwungenen Seitenteilen. Über dem Bett hing ein nacktes schwarzes Kreuz.

Am liebsten hätte sie die Ordenstracht ausgezogen, sie konnte und wollte sich damit nicht identifizieren. Zudem rutschte der Gürtel und das Kopftuch hinderte sie daran, mit ihren Haaren zu spielen, eine Locke um den Zeigefinger zu wickeln, was sie gerne tat. Widerstrebend zog sie ihre Kutte gerade und eilte, mit einem Blick auf die Armbanduhr, aus dem winzigen Raum. Den Rucksack samt Kassette nahm sie mit. Pater Innozenz hatte sie instruiert, pünktlich unten im großen Speisesaal zu sein.

Von Weitem winkte er ihr zu. Vor langen, blank gescheuerten Holztischen saßen die Gäste auf Bänken. Der Raum selber war weiß getüncht und außer einem gewaltigen Kreuz mit Jesusfigur gab es keinen Wandschmuck.

Anna war überrascht, welche Vielfalt von Nationalitäten sich in dem Speisesaal befand und welch ein Stimmengewirr unterschiedlichster Sprachen sie erwartete. Sie schätzte die Anzahl der Anwesenden auf ungefähr vierzig und blickte auf zahlreiche lockige Köpfe dunkelhäutiger Menschen.

Neben Innozenz fand sie einen Platz auf der harten Holzbank. Sie fühlte sich unsicher in dieser Ansammlung von Geistlichen, entdeckte aber am Ende der Tafel Novizinnen, die ihr zuwinkten. Erst als sie saß, entdeckte sie auch Gäste in Alltagskleidung. Pater Innozenz fing ihren fragenden Blick auf.

„Die Herberge ist von kirchlicher Hand geführt, aber für alle zugänglich. Ein Einzelzimmer, wie du das hast, ist meist nicht frei, sondern nur Kabinen, die durch einen Vorhang getrennt sind. Man benützt gemeinsam größere sanitäre Anlagen und in dem abgetrennten Bereich gibt es nur ein Bett. Dafür ist die Übernachtung sehr günstig."

„Oh … ich verstehe. Schläfst du auch …?"

„Nein, ich bin nicht in diesem Bettenlager, ich habe auch eines dieser bescheidenen Einzelzimmer. Anna, lass es dir schmecken, die italienische Kost ist hervorragend hier."

Die Spaghetti Vongole und der Wein, den Innozenz ihr aus einer Zwei-Liter-Karaffe in ein Trinkglas einschenkte, beruhigten ihre Nerven. Innozenz unterhielt sich angeregt mit dem orthodoxen Geistlichen gegenüber.

Wo bleiben nur die anderen? Eigentlich müssten sie sich schon längst gemeldet haben. Was hat Innozenz vor?

Instinktiv griff sie nach ihrem Rucksack, in dem die ‚Bibel der Bibeln' lag.

„Schwester Amalie, gehen wir?"

Innozenz war aufgestanden und verabschiedete sich bereits von seinem Tischgenossen.

„Der Nachmittag, bis sich die anderen melden, gehört

uns. Ich möchte dir den Petersdom von innen zeigen. Einverstanden?"

„Unbedingt!"

Innozenz führte sie durch das Gewirr der Gassen und nach wenigen Minuten standen sie vor dem Petersdom. Ehrfürchtig trat sie ein, war überwältigt von der Höhe des Gewölbes.

Pater Innozenz erklärte ihr die genauen Maße und machte sie darauf aufmerksam, dass dies die größte Kirche der Welt sei. Unwillkürlich trieben sie im Strom der Menschenmasse zu der erhöhten, übermächtig großen bronzenen Skulptur von Petrus. Die Gläubigen bildeten eine Schlange und jeder, der sich dem blank gescheuerten golden glänzenden Fuß der fast zwei Meter hohen Figur näherte, berührte ihn ehrfürchtig.

Einige küssten ihn sogar, auch ohne ihn vorher sauber gerieben zu haben. Anna fand dies eklig und wollte auf keinen Fall im Menschenstrom dorthin gedrängt werden.

Pater Innozenz stieß Anna an und deutete mit einer Bewegung nach hinten. Ihr stockte der Atem. Kein Zweifel, das waren Gesichter, die sie schon gesehen hatte.

Nein, das kann nicht sein!

Schnell wandte sie sich um. Auf keinen Fall durfte sie erkannt werden. Pater Innozenz nahm Annas Arm und zog sie mit sich in den seitlichen Bereich des Doms.

„Da … da ist Bender, der Bruder von Felix, ich habe ihn sofort erkannt und ich meine auch einen der Entführer … hoffentlich haben sie mich nicht erkannt."

Ihre flüsternde Stimme bebte.

„Oh … dann sollten wir schleunigst verschwinden", betonte Innozenz.

Er bugsierte sie zu einer Gruppe, die bereits dem Ausgang entgegenströmte, und sie mischten sich unter diese. Bevor sie den Dom verließen, blickte Anna noch mal zurück. Hätte sie es bloß nicht getan!

Der graublaue Anzug, den Bender trug, stach in der Masse der meist bunt gekleideten Touristen oder in schwarze Roben gewandeten Kirchenvertreter hervor. Als hätte er ihren Blick gespürt, blickte er sie über eine enorme Entfernung direkt an und schien sie zu erkennen.

Abrupt drehte sich Anna um und eilte mit großen Schritten ins Freie. Der Pater hatte Mühe, sie einzuholen. Erst hinter einer der Arkadensäulen blieb sie stehen.

„Er hat mich erkannt! Sie werden mich ... uns verfolgen", stammelte sie atemlos.

Möglichst unauffällig blickte Pater Innozenz zurück, aber es war nicht zu übersehen, dass vor dem Eingang zum Petersdom ein Mann in blaugrauem Anzug und zwei weitere Personen offensichtlich jemanden suchten.

„Komm! Wir warten nicht, bis sie uns entdecken, und einen Vorteil haben wir. Ich kenne mich im Gewirr der Gassen um den Petersdom gut aus."

Er schlug den Weg in Richtung der zahlreichen Geschäfte ein, die geistliche Kirchengewänder und Devotionalien, eben Kreuze, Rosenkränze und dergleichen anboten.

Abrupt blieb er stehen und trat in das nächstgelegene Geschäft ein. Beim Öffnen der alten Eingangstüre aus dunklem Holz und geritztem verzierten Milchglas ertönte ein Klangspiel. Der holzgetäfelte Verkaufsraum war leer. In den Regalen, ebenso aus dunklem Holz, stapelten sich rote Stoffe und goldener Brokat. Ein Spiegel an der Seitenwand reichte vom Boden bis zur Decke und ein venezianischer Leuchter mit ungewöhnlich großem Ausmaß rundete das antike Ambiente ab.

Der Pater bat Anna leise flüsternd, sich in der Umkleidekabine zu verstecken, ehe der Verkäufer auftauchte. Sie verbarg sich hinter einem dunkelroten Vorhang, der bis auf den Boden reichte und zur Hälfte zugezogen war.

Pater Innozenz verlangte eine lange schwarze Robe in schmaler Größe, nicht für sich, sondern für einen jungen Geistlichen, sowie einen schwarzen Hut mittlerer Größe.

Der Verkäufer brachte das Gewünschte, breitete es auf der aus altem Holz gefertigten Theke aus und ließ den Pater die Qualität des Stoffes fühlen.

Innozenz stimmte dem Kauf zu, der Verkäufer packte beides in eine große Papiertüte und er bezahlte.

Ich muss Zeit gewinnen, dachte Innozenz und fragte

den Verkäufer nach einem schwarzen Regenschirm mit extra großem Schirm. Wie er gehofft hatte, entschuldigte sich der Verkäufer, um diesen im Lager zu holen. Im Sommer hätten sie die Regenschirme nicht im Verkaufsraum.

Innozenz eilte zu Anna und bat sie, sich schnell die Kutte überzuziehen, den Hut aufzusetzen und ihre Haare darunter zu verstecken. Kaum eine Minute später öffnete er die Türe und begrüßte laut den jungen Geistlichen. Er tat so, als wäre dieser gerade eingetreten, und bat den Verkäufer, den Schirm zurückzulegen, da sie beide dringend zu einer kurzfristig anberaumten Konferenz müssten.

Ohne dessen Antwort abzuwarten, stürmten sie hinaus. In der Türe prallten sie beinahe auf einen eintretenden Kunden.

Anna erschrak, senkte aber sofort den Kopf. Es war einer der Entführer, aber Pater Innozenz führte sie mit einem „Entschuldigen Sie bitte" an ihm vorbei.

Innozenz lief durch die schmalen Gassen von Rom, bog rechts, bog links ab und blickte immer wieder verstohlen zurück. Aber niemand schien ihnen zu folgen.

Anna musste sich bemühen, Schritt zu halten, denn die lange Robe über der Tracht erleichterte nicht unbedingt schnelles Gehen. Erst an einer Kapelle, die sich zwischen den Häuserreihen erhob, hielt er an und führte sie in einen angrenzenden Innenhof. Dieser war menschenleer.

Ein kleiner Arkadengang umschloss ein gerade mal vier auf vier Meter großes flaches Bassin, in dem sich wenig Wasser befand. Auf den Wänden im oberen Drittel befanden sich unzählige Darstellungen von übergroßen Insekten mit gefalteten Flügeln.

„Das ist das Zeichen der Barberini; diese Kapelle gehörte einst ihnen", erklärte Innozenz, als er Annas erstaunten Blick sah. „Die Barberini hießen ursprünglich Tafani, was übersetzt Pferdebremsen bedeutet, und stammten aus der Toskana. Bis ins 17. Jahrhundert gelangten sie zu großem Reichtum, sodass sie mit Urban VIII. sogar einen Papst stellen konnten. Daraufhin wurde die Familie geadelt. Sie veredelten die Pferdebremse in ihrem Wappen ... und sie wurde zur Biene."

„Interessant", meinte Anna unruhig.

„Ich rufe jetzt die anderen an. Auch wenn sie erst mit Verspätung gelandet sind, müssten wir sie jetzt erreichen. Lockvogel zu sein ist ja schön und gut, aber ich hätte schon gerne die Gewissheit, dass wir nicht alleine sind", fuhr er sichtlich nervös fort.

„Warte", schnaufte Anna und setzte sich neben ihn auf die Bank.

„Ich möchte erst wissen, was du denkst? Meinst du, es ist Zufall, dass wir auf den Bruder von Kommissar Bender gestoßen sind? Verfolgen sie uns ... und was hast du vor ... kennst du wirklich ein sicheres Versteck? Glaube mir, ich wäre froh, wenn ich die ‚Bibel der Bibeln' endlich sicher verwahrt hätte!"

„Anna, ich weiß nicht, ob es Zufall war. Ich denke eher nicht, aber ich frage mich schon die ganze Zeit, weshalb sie scheinbar schon vor uns in Rom waren. Ich befürchte, sie wurden informiert, aber von wem? Und ja ... ich habe eine Idee, aber wir dürfen nicht verfolgt werden und ich denke, es ist besser, ich teile dir das mögliche Versteck erst später mit."

Anna war damit nicht einverstanden und nach langem Drängen teilte er ihr flüsternd seinen Plan mit.

„Hört sich gut an! Okay ... aber jetzt ruf die anderen bitte an."

Auch sie war besorgt und konnte nicht verstehen, warum sie sich nicht meldeten.

„Bert geht nicht ran. Ich versuche es bei Andy!"

Aber außer einem Freizeichen war nichts zu hören. Selbst der Anrufbeantworter war ausgeschaltet.

„Ich verstehe das nicht, einer muss doch erreichbar sein! Bleibt nur noch Felix."

„Hallo", meldete sich die Stimme von Kommissar Bender.

„Na endlich, wo bleibt ihr denn? Anna und ich warten schon geraume Zeit auf eine Nachricht von euch."

„Ähm … wir wurden aufgehalten. Wo seid ihr untergekommen?"

„Eben da, wo wir ausgemacht hatten, in der Herberge ‚Zum Heiligen Geist'. Und ihr? Habt ihr ein Zimmer gefunden?"

„Ja, mitten im Zentrum, aber wo seid ihr jetzt?"

„Ach … das findet ihr nicht, aber unsere ‚Freunde' sind uns auf den Fersen und im Moment weiß ich noch nicht, ob wir zur Herberge zurückgehen. Am besten treffen wir uns am Petersdom. Ach nein … da sind wir ja auf die Kernkreuzer getroffen."

„Bleibt da, wo ihr seid, wir kommen zu euch. Also, wo finden wir euch?"

„Bist du erkältet? Deine Stimme klingt so kratzig, gib mir Bert, er kennt sich aus in Rom, ich erkläre ihm den Weg."

„Ähm … der ist gerade auf der Toilette, aber wir nehmen ein Taxi, der Fahrer weiß sicherlich den Weg. Also wo seid ihr?"

Er nannte ihm die Kapelle.

„Okay, denke in zehn Minuten sind wir da!"

Er wandte sich an Anna.

„Na siehst du, klappt doch noch alles. In zehn Minuten wollen sie da sein."

Anna nickte, ihr wurde viel zu warm unter der doppelten Bekleidung und sie wollte zumindest die Tracht darunter ausziehen. Sie entschuldigte sich, um nach einer Toilette Ausschau zu halten und sich umzuziehen.

An einer Seite sah sie eine Türe angelehnt, aber der Verschlag war vollgestellt mit Besen und Eimern. Sie öffnete die Türe zur Kapelle, Düsternis empfing sie, nur ein paar Kerzen spendeten in dieser oval geformten Kapelle Licht.

Ihre Augen benötigten einen Moment, bis sie sich an das Licht gewöhnten, aber sie entdeckte einen schmalen Bogengang direkt neben dem Portal.

Sie folgte dem Licht, das den Gang von vorne beleuchtete. Stimmen, laut streitende Stimmen schlugen ihr entgegen. Sie wollte wieder zurückgehen, aber in dem Moment machte sie die wütende Stimme von Innozenz aus.

„Lassen Sie mich in Ruhe! Nein, ich kenne keine Anna, ich rufe die Polizei. Hilfeee …!"

„Pater, ich bitte Sie, zwingen Sie mich nicht!"

Anna hörte noch einen kurzen Aufschrei und dann nichts mehr.

Ihr Herz schlug bis zum Hals.

Verdammt, was geschieht da? Diese Stimme … woher kenne ich diese Stimme?

Im selben Moment wurde die Türe zur Kapelle geöffnet. Panisch blickte sie um sich. Am Ende des schwach beleuchteten Gangs machte sie eine Türe aus und eilte darauf zu. Sie ließ sich öffnen. Helles Sonnenlicht blendete sie und sie befand sich in einer Seitengasse an der Rückseite der Kapelle. Ohne zu zögern, lief sie über die Straße und schlüpfte durch ein angelehntes Tor in einen Hauseingang.

Ich muss wissen, wohin sie Innozenz bringen, und sie verfolgen, aber sie dürfen mich nicht erkennen.

Sie suchte einen Platz, wo sie sich umziehen konnte.

Da sie nichts Geeignetes sah, drückte sie auf mehrere der Messingklingelknöpfe, die sich seitlich an der Wand befanden. Italienische Stimmen meldeten sich. Eine der Parteien drückte auf den automatischen Öffner. Einige Stufen führten ins Hochparterre, aber da sich auf mehreren Etagen im Treppenhaus die Türen öffneten, nahm sie die Treppe, die offensichtlich in den Keller führte. Sie ließ die Türe, die sich am Eingang zum Keller befand, angelehnt, um etwas Tageslicht zu haben. Hinter der Türe, auf einer Treppenstufe, entledigte sie sich ihrer Kutte und zog den Hut ab, wobei sie Mühe hatte, das Gleichgewicht zu halten. Eilig öffnete sie die obersten Knöpfe der Bluse der Novizinnentracht und band sich die schwarze Jacke leger um die Hüfte. Sie setzte sich auf die Stufe, zog die schwarzen Strümpfe aus und band das Kopftuch wie einen Haarreif in ihr nun offen fallendes Haar. In Windeseile verstaute sie die restliche Kleidung im Rucksack. Sie schulterte ihn und wagte sich wieder hinaus auf die Seitengasse, da die aufgebrachten italienischen Stimmen im Treppenhaus verstummt waren.

Die Gasse war menschenleer um diese heiße Mittagszeit und sie eilte zurück zur Kapelle. Sie traute ihren Augen nicht.

Eine Nonne drohte, mit einem Schirm bewaffnet, den Verfolgern und stellte sich schützend vor den am Boden liegenden Pater Innozenz.

Anna entdeckte keine hundert Meter entfernt Bender. Er saß in einer dunkelblauen Limousine und hatte die getönte Scheibe des Rückfensters heruntergekurbelt.

Mit einem Wink gab er seinen Kumpanen, den Kernkreuzern, die Order, sich zurückzuziehen. Er blickte in ihre Richtung.

Sie erschrak und versteckte sofort ihr Gesicht hinter dem aufgeklappten Stadtplan.

Nicht nur zum Schein vertiefte sie sich in diesen. Sie war tatsächlich auf ihn angewiesen. Durch einen Schlitz im Stadtplan sah sie, dass die beherzte Nonne dem noch sichtbar benommenen Innozenz half, sich aufzurichten.

Die Limousine fuhr zunächst nicht weg. Die Insassen

schienen ebenso wie sie das Geschehen zu beobachten. Anna fröstelte es.

Die warten auf mich. Ich muss weg von hier. Ich kann Innozenz nicht helfen, solange ich noch die ‚Bibel der Bibeln‘ bei mir trage.

Sie schlenderte bewusst langsam weiter und bog in die nächste Gasse ein.

*

„Wo ist Anna?“, fragte Pater Innozenz und griff sich an seinen höllisch schmerzenden Kopf. Er ertastete eine gewaltige Beule auf der rechten Seite. Ein Gärtner half ihm zur nächsten Sitzbank, eine steinerne Bank. Alleine hätte er auch nicht laufen können, ihm war schwindlig. Die Nonne sprach unentwegt in italienischer Sprache auf ihn ein, aber er verstand nur Wortfetzen.

„Dottore … Dottore“, wiederholte sie.

Der Gärtner zückte sein Handy und rief Hilfe herbei.

Die kleine ältere, drahtige und offensichtlich auch mutige Nonne zog ein Stofftaschentuch aus ihrer Kutte, tauchte es in den nächstgelegenen Brunnen und legte ihm das kühle, nasse Tuch auf die Beule.

Sofort spürte er Erleichterung.

„Tedesco? Mi chiamo Roberta.“

Die Nonne tätschelte mitfühlend seinen Arm.

„Pater Innozenz“, brachte er mühsam hervor.

Er fühlte sich nicht in der Lage zu sprechen, versuchte aber, das Geschehene zu begreifen.

Woher wussten die Kernkreuzer, dass wir bei dieser Kapelle waren?

Sie hatten nach Anna gefragt, gedroht, seine Freunde zu strafen, falls er nicht preisgab, wo sie sei. Da er dies nicht wollte und auch nicht wusste, wo sie war, hatte ihn der tätowierte Verfolger niedergestreckt.

Anna muss entkommen sein ... aber wo ist sie?

Aber da war ihm noch etwas Ungewöhnliches in Erinnerung geblieben, diese Stimme von dem Herrn im blaugrauen Seidenanzug hatte ihn irritiert ... sie erinnerte ihn an ... an wen?

Wie Schuppen fiel es ihm von den Augen.

*Die Stimme klang wie die von Felix. Es muss der Bruder von Felix gewesen sein ... ein führendes Mitglied der Kernkreuzer. War **er** am Handy? Habe ich ihm selbst unseren Standort mitgeteilt? Befinden sich die anderen in seiner Gewalt?*

Diese Erkenntnis schockierte ihn, sein Kopf brummte vor Schmerzen und der Schwindel setzte verstärkt wieder ein. Er konnte sich nicht mehr aufrecht halten und fiel zur Seite. Der Gärtner fing ihn auf, bettete ihn vorsichtig auf die Bank und legte ihm seine Gärtnermütze unter den Kopf.

Fast im selben Moment näherten sich die Sirenen des Krankenwagens und keine Minute später eilten die Einsatzkräfte der Ambulanz mit einer Bahre heran, gefolgt von zwei Polizisten.

*

Anna war durch die schmalen Gassen geirrt und hatte an der nächsten großen Straße ein Taxi angehalten.

Sie erreichte den Platz vor der Kapelle genau in dem Moment, als Pater Innozenz in den Krankenwagen geschoben wurde. Sie wollte aussteigen, aber ihr Blick blieb auf der blauen Limousine haften.

Verdammt, die sind immer noch hier. Sie warten auf mich.

Sie befahl dem Taxifahrer, dem Krankenwagen zu folgen. Zum Glück sprach dieser ein wenig Deutsch. Anna versuchte erneut, Thomas zu erreichen, wieder ohne Erfolg. Nach wenigen Fahrminuten hielt der Ambulanzwagen vor einem alten, ehemals weiß gestrichenen Gebäude.

An vielen Stellen des mehrstöckigen Gebäudes blätterte bereits der Putz ab. Anna ließ den Taxifahrer langsam weiterfahren, denn wie sie richtig vermutet hatte, tauchte die blaue Limousine vor dem Krankenhaus auf.

Wo ist denn nur Thomas … ich brauche Hilfe. Was soll ich tun?

Ihr Blick fiel auf den Transporter, der gerade am Hintereingang des Krankenhauses Wäsche auslud. Sie bat den Taxifahrer anzuhalten, zahlte und ging selbstbewusst zum Hintereingang. Ohne zu zögern, öffnete sie die Türe und betrat einen schmalen Gang. Der Boden war grau gefliest und die Wände gekachelt. Die weißen Kacheln waren an vielen Stellen abgebröckelt und wiesen Risse auf. Eine ältere Frau, klein und rundlich, kam auf sie zu und sprach sie auf Italienisch an.

Anna nickte nur und die Frau zeigte auf eine Türe weiter vorne, an der gegenüberliegenden Seite. Verstanden hatte sie kaum etwas, aber es schien ihr so, als erwartete sie eine Hilfskraft und dachte, sie wäre diese. Sie lief auf diese Türe zu. Die ältere Frau in ihrem weißen Arbeitskittel nickte ihr zu und forderte sie mit entsprechender Gestik auf, die Türe zu öffnen.

Heißer Dampf schlug ihr entgegen. Stapel von weißen Leinentüchern und Bettwäsche türmten sich auf langen, weiß lackierten Tischen in diesem Nebenraum.

Sie hörte laute Stimmen und Kichern, sah aber niemanden. Durch ein kleines Fenster über dem Tisch, entdeckte sie das weibliche Personal, das offensichtlich eine Pause machte. Einige rauchten und bliesen Schwaden von Rauch in die Luft.

Meine Chance, dachte Anna.

Sie bedankte sich im Geiste bei der kleinen Frau, die sie hierhergeschickt hatte. Annas Blick war bereits auf eine lange Kleiderstange gefallen, auf der weiße Kittel und Hosen hingen. Sie griff sich zwei der kleineren Modelle und eilte zur Türe hinaus, gerade noch rechtzeitig, denn die weiblichen Stimmen kamen näher.

Der Flur war leer.

Wo soll ich mich umziehen, was mach ich mit der ‚Bibel der Bibeln‘?

„Tedesca … bist du die Deutsche?", sprach sie eine Stimme von hinten an.

Anna drehte sich um. Eine junge Schwester kam ihr entgegen.

Da Anna nicht wusste, wie sie reagieren sollte, bejahte sie.

„Komme", forderte die junge dunkelhaarige Italienerin sie in gebrochenem Deutsch auf und ging voran in einen Raum mit Spinden und langer Bank davor.

Sie zeigte auf den zweiten Schrank.

„Das ist … für dich. Ich … Maristella und du?"

„Ähm … Anna … bella."

Anna kam ins Schwitzen, jeden Moment könnte die echte Krankenschwester auftauchen. Was dann?

„Du wechseln Kleider … ich komme wieder, okay?"

Sie nickte nur und beeilte sich mit dem Umziehen.

An der Wand gegenüber stand ein Arzneiwagen. Sie legte ihren Rucksack auf die untere Ablage und beeilte sich, aus dem Raum zu kommen.

Fast im selben Moment vibrierte das Handy.

„Mist", fluchte sie leise, nahm aber den Anruf entgegen und lief weiter, bis der Flur sich teilte und rechts abbog.

„Anna?", fragte Thomas.

„Ja", flüsterte sie, „ich habe keine Zeit für Erklärungen, komm ins Hospital Centro. Ähm … alte Bekannte sind auch da, aber wo die anderen drei sind, weiß ich nicht. Ruf mich an, wenn du da bist."

Sie wartete keine Antwort ab, sondern beendete das Gespräch. Eine ältere Schwester in nächster Nähe sah sie missbilligend an. Dennoch schob sie unbeirrt den Arzneiwagen Richtung Rezeption.

„Ich soll Pater Innozenz seine persönlichen Dinge bringen. In welchem Zimmer liegt er?", fragte sie die junge Frau hinter dem Tresen.

„Ah ... du bist die Neue aus Deutschland. Hallo ich bin Angelika und du Isabella, richtig?"

Sie sprach ein gutes Deutsch, wenn auch nicht akzentfrei.

„Hallo", meinte Anna etwas verlegen. Lügen war nicht ihre Stärke.

„Ähm … vorhin hatte schon ein Herr im Anzug nach ihm gefragt, aber er konnte keine polizeiliche Genehmigung vorlegen. Also habe ich ihn an den Polizisten verwiesen. Aber dieser hat mir eben erzählt, dass sich niemand bei ihm gemeldet hat. Seltsam oder nicht?", fragte die junge Frau.

„Ähm … ja, umso besser, wenn ich gleich nach ihm sehe!"

„Ja, geh nur ... Zimmer 316, 3. Stock."

Ohne sich umzudrehen, eilte sie los und nahm die Treppe, denn vor dem Aufzug hatte sich eine Warteschlange gebildet. Den Arzneiwagen hatte sie in der Nähe der Treppe abgestellt.

Sie hastete samt Rucksack die Treppen hinauf.

Ich mag diese Krankenhausluft nicht. Überall riecht es nach Desinfektionsmittel.

Auf dem Flur des dritten Stockwerks reihten sich zu beiden Seiten unzählige Zimmertüren und außer ihr befand sich niemand auf dem Flur. „302" stand auf der ersten Türe rechts.

Die nächste Türe stand offen und Anna blickte hinein. Sie entdeckte keinen Patienten in dem sterilen Krankenhauszimmer mit dem üblichen Kreuz an der Wand über dem Krankenhausbett. Aber sie sah etwas, was sie sicherlich noch gebrauchen konnte. Ein dunkelblauer Jogginganzug, mittlere Größe, lag über dem einzigen Stuhl des Zimmers.

Sie schnappte sich die Kleidung und hängte sie über ihren Arm. Eine italienische Männerstimme drang aus dem Bad und Anna beeilte sich, aus dem Zimmer zu gelangen.

Zimmer 306 ... Zimmer 308. Oh ... verdammt, was mache ich jetzt?

Aus dem übernächsten Zimmer kam ihr ein Arzt in Begleitung einer Schwester entgegen. Ohne sie zu beachten, öffnete sie die nächste Türe.

Eine ältere Frau lag im ersten Bett und blickte sie fragend an. Im Bett nebenan schnarchte eine etwas jüngere Patientin. Mit ernstem Blick prüfte sie den Tropf, nickte und wollte wieder gehen. Doch im selben Moment wurde die Zimmertüre geöffnet und der Arzt und die Schwester kamen zur Visite.

Jetzt nur nicht die Nerven verlieren, Mut voran.

„Scusi Dottore", murmelte sie und drängte sich an ihnen vorbei. Der Arzt schüttelte nur missbilligend den Kopf und die Schwester sagte scharf, soweit Anna es verstand, sie solle sich gleich bei ihr im Stationszimmer melden. Mit einem zustimmenden Nicken schloss sie die Türe hinter sich und lief den Flur entlang.

Vor Zimmer 316 stand zwar ein Stuhl, aber niemand saß darauf. Panik überfiel sie und sie rannte die letzten Schritte. Sie stieß die Türe auf und vor Freude schlug ihr Herz höher. Pater Innozenz saß mit Kopfverband im Nachthemd auf dem Bett und war im Begriff zu telefonieren. Anna riss ihm das Handy aus der Hand. Er erschrak und blickte Anna verwirrt an.

„Du bist hier? ... Ich habe mir solche Sorgen um dich gemacht, Anna!"

„Und ich erst um dich! Aber wir müssen später reden, kannst du laufen?"

Er nickte.

„Ja schon, aber ich habe anscheinend eine leichte Gehirnerschütterung. Mir tut der Kopf weh und gelegentlich bekomme ich Schwindelanfälle. Doch momentan geht es mir recht gut, ich habe Schmerzmittel bekommen."

Sie reichte ihm den Jogginganzug.

„Okay ziehe dies bitte an … unsere ‚Freunde' haben nach dir gefragt an der Rezeption. Ich denke, wir sollten so schnell wie möglich das Krankenhaus verlassen."

Sie wollte die Zimmertüre absperren, aber dies war nicht möglich. Während sie den Stuhl unter die Klinke schob und davor den Nachttisch, zog sich Innozenz um. Sie waren im Begriff, das Zimmer zu verlassen, als die Türklinke gedrückt wurde.

Pater Innozenz räusperte sich.

„Einen Moment bitte, ich ziehe mich gerade an."

Es gab keine Antwort, nur ein weiteres Ruckeln an der Türklinke. Verblüfft blickten sie sich an.

Anna deutete zum geöffneten Fenster und blickte hinunter. Sie waren im dritten Stock, aber gleich links befand sich die Feuerleiter. Ein fast einen halben Meter breiter Sockel führte an der Hauswand entlang dorthin.

Das Ruckeln an der Türe hörte nicht auf.

Anna schulterte den Rucksack und kletterte aus dem Fenster. Pater Innozenz zögerte. Er hatte Sorge, einen Schwindelanfall zu bekommen. Aber das Rütteln an der Türe wurde immer heftiger und er entschied sich, es trotzdem zu wagen.

Der Sockel war breit genug, um sicher Schritt für Schritt vorwärts zu kommen, aber allein die Höhe ließ Anna weiche Knie bekommen.

„Nicht nach unten sehen", flüsterte sie, „es sind nur wenige Schritte."

Nicht nur Innozenz, sondern auch sich selbst wollte sie damit Mut machen. Ihre Hand erreichte bereits den Handlauf der metallenen Wendeltreppe und flink setzte sie ihre Füße auf die obersten Stufen. Sie wollte Innozenz die Hand reichen und sah, dass er im Begriff war, vornüber zu kippen. Instinktiv nahm sie den Rucksack, warf ihn gegen seine Brust, wobei sie aber eine Trageschlaufe festhielt und ihn gleichzeitig am Arm packte.

Pater Innozenz zuckte zurück, kämpfte gegen den Schwindel an und griff nach dem Geländer. Anna zog ihn mit aller Kraft zu sich und er schaffte es, auf der obersten Stufe zum Stehen zu kommen, während sie eine Stufe hinuntertrat.

Schwer atmend blieben beide stehen.

„Tut mir leid … ich hatte einen Schwindelanfall."

„Ja, ich habe es gemerkt! Aber wir müssen es schaffen hinunterzukommen!"

„Das wird schon gehen … keine Sorge", sagte er, aber sicher war er sich da nicht.

„Okay."

Anna wagte einen Blick zurück, am Fenster zeigte sich noch niemand und die wenigen Menschen unten im Park schienen sie nicht wahrzunehmen. Schritt für Schritt gingen sie die Feuertreppe hinunter. Diese endete unter einem überdachten Verschlag aus Holz. Die untersten Stufen waren bedeckt mit Unmengen von Kot und Federn. Unruhig gurrten zwei Tauben, als die beiden sich näherten, und flatterten in die Höhe an Annas Kopf vorbei.

„Igitt … nein", rief Anna und hielt abwehrend ihre Hände vor das Gesicht.

„Die tun dir nichts", beruhigte Pater Innozenz sie, „geh langsam weiter."

Anna nickte und wagte sich weiter voran, die Tauben setzten sich auf die untersten Stufen. Erst jetzt sah sie, dass sich unter der Treppe am Boden mehrere Tauben befanden und aufgebracht mit ihren Flügeln schlugen.

Unschlüssig blieb Anna stehen. Im selben Moment hörte sie das Surren des Handys und nahm ab.

„Anna ich bin vor dem Krankenhaus. Wo bist du?", fragte Thomas.

„Ähm … such die Feuerleiter. Sie endet in einem Holzverschlag, wir warten dort. Pater Innozenz hat eine Gehirnerschütterung und kämpft gegen Schwindelanfälle."

„Okay … ich beeile mich."

Thomas blickte am Gebäude hoch und bemerkte einen Tumult an einem der Fenster des oberen Stockwerks.

Unwillkürlich zog er sich in den Schatten des Baumes hinter sich zurück. Er hatte das Gesicht erkannt, das Gesicht des kahlköpfigen Entführers. Die Feuerleiter war nur wenige Schritte entfernt und der Kahlköpfige war im Begriff, aus dem Fenster zu klettern.

Sie wollen zur Feuerleiter … Verdammt, ich muss mich beeilen.

Keine drei Meter neben ihm unter einem Baum stand ein herrenloser Rollstuhl. Er schnappte sich diesen und winkte zum Schein jemandem im Vordergrund zu.

Schnell schob er den Rollstuhl voran und schloss sich als Schlusslicht einer Gruppe Patienten an, die nur mit Bademänteln bekleidet waren. Offensichtlich unternahmen sie ihre ersten Schritte zur Genesung im Park. Er entdeckte den Verschlag in unmittelbarer Nähe.

„Anna … kommt raus!", rief er leise.

„Okay!"

Sie überwand ihren Ekel, schob sich an den Tauben vorbei zur Stahltüre und drückte die mit Kot verschmierte Klinke herunter. Innozenz folgte ihr.

„Thomas!"

Erleichtert fiel sie ihm um den Hals. Er drückte sie nur kurz an sich.

„Innozenz, setz dich in den Rollstuhl! Wir müssen uns beeilen, sie sind schon auf der Feuerleiter."

Wie zur Bestätigung seiner Worte, hörten sie das Vibrieren der Stufen und polternde Schritte.

„Wohin?", fragte Anna panisch.

„Da vorne zum Busparkplatz", warf Innozenz ein, „aber

auch wenn es schwerfällt, geht langsam. Umso unauffälliger sind wir."

„Lass mich schieben", forderte Anna.

Sie übernahm den Rollstuhl und zügelte das Tempo.

Von Weitem konnte man das Trio für einen Patienten in Begleitung einer Krankenschwester und eines Angehörigen halten. Anna trug immer noch den weißen Dress und Pater Innozenz den Jogginganzug.

„Wir nehmen den Bus, der da kommt. Innozenz stehe bitte erst dann auf, wenn wir einsteigen", dirigierte Thomas, nachdem Anna ihm mit wenigen Worten erklärt hatte, was bisher geschehen war.

Der Bus hielt und einige Fahrgäste stiegen aus; dennoch hatten sie Mühe, einen Stehplatz in dem überfüllten Bus zu finden, ehe sich die Bustüren automatisch schlossen.

Anna wagte einen Blick zurück und sah sie ... drei Personen, einer davon im Anzug. Suchend liefen sie durch den Park mit seinem alten Baumbestand. Einer eilte auf die Bushaltestelle zu.

Bis ihr den verlassenen Rollstuhl entdeckt, sind wir nicht mehr zu sehen, dachte sie.

Thomas, der einen Meter entfernt stand, nickte ihr schmunzelnd zu, er schien die Situation auch erfasst zu haben.

Ein junger Mann bot Pater Innozenz, der einen Kopfverband trug, seinen Platz an. Anna merkte, dass auch sie angestarrt wurde. Sie beeilte sich den weißen Kittel auszuziehen und stopfte ihn in den Rucksack. In weißer Hose und hellem T-Shirt sah sie schon weniger auffällig aus. Sie hatte keine Ahnung, wohin sie fahren sollten.

Thomas studierte den Fahrplan, der über der Bustür hing.

„Wir steigen gleich am Hauptbahnhof aus", rief Thomas Anna und Innozenz über die Köpfe der Fahrgäste hinweg zu.

„Ja ... okay!", antwortete Anna.

Pater Innozenz nickte und erhob sich.

Er wirkte leicht benommen und seine Gesichtsfarbe verriet, dass es ihm nicht sonderlich gut ging. Die Luft im Bus war stickig und heiß und förderte nicht gerade sein Wohlbefinden.

Ein leichter Wind empfing sie vor dem Bahnhofsgebäude. Einige Trödler boten ihre Waren auf Tischen vor dem Eingang an.

Anna steuerte auf sie zu und erstand nach kurzem Verhandeln einen blau-weiß gestreiften Pullover, wie ihn Matrosen tragen, und zwei große Sonnenhüte, die fast wie neu aussahen. Die Händlerin erklärte ihr in gebrochenem Deutsch, dass es sich um Fundstücke handle, die in den Zügen vergessen worden waren.

„Dafür finden wir bestimmt Verwendung", meinte sie.

Thomas schüttelte nur den Kopf.

Im selben Moment surrte Annas Handy. Sie wollte den Anruf annehmen, aber Thomas riss ihr das Handy aus der Hand.

Verblüfft sah sie ihn an.

„Ich habe dir noch nicht erzählt, dass den anderen die Handys gestohlen wurden, im Hotel ... wahrscheinlich von den Kernkreuzern; und deine Nummer ist auf den gestohlenen Smartphones gespeichert. Es könnte Bender sein!"

„Ja", mischte sich Innozenz ein, „die Stimme von Felix klang sehr rau, als er mich anrief, um uns zu treffen. Verstehst du? Er war es nicht ... es war sein Bruder. Die Stimme klang über das Telefon fast identisch."

„... und deswegen kamen die Kernkreuzer und nicht Felix zur Kapelle? Oh nein!", schrie Anna entsetzt.

„Sie haben neue Handys! Zum Glück wusste Andy meine Nummer auswendig. Wir haben ausgemacht, dass wir uns auf dem Campingplatz außerhalb von Rom treffen. Sie haben zwei Wohnmobile gemietet", erklärte Thomas und wandte sich an Innozenz.

„Andy meinte, du wärst mit Bert schon mal auf diesem

Campingplatz gewesen und wüsstest, wie man mit dem Zug dort hinkommt."

Pater Innozenz nickte und suchte bereits auf der Wand mit den Fahrplänen nach dem nächsten passenden Zug. Die Schmerzmittel wirkten und er fühlte sich bedeutend besser. Nur der Kopfverband störte ihn.

„Ich muss diesen Verband loswerden! Ich könnte mich dauernd am Kopf kratzen, so juckt das unter diesem Ding", beschwerte er sich.

Er entdeckte einen Hinweis zu einer Behindertentoilette.

„Folgt mir, ich kenne mich aus."

Sie reihten sich ein in den Menschenstrom, der die Bahnhofshalle und auch die Bahnsteige bevölkerte.

Die Behindertentoilette war sehr geräumig und bot Platz für alle. Auf Drängen von Innozenz entfernte Anna vorsichtig den Verband. Eine fingerlange Kruste zog sich quer über den Kopf. Sie besprühte sie mit Wunddesinfektion. Das kleine Fläschchen hatte sie immer dabei.

„Schwester Amalie, sind wir nun Krankenschwester geworden?", feixte Thomas, der sie beobachtete.

„Klar ... als Nonne muss man immer helfen. Habe ich nicht recht, Pater Innozenz?"

Sie hatte sich als Nonne angewöhnt, ihn mit Pater anzureden, aber nur Innozenz gefiel ihr bedeutend besser.

Dieser nickte nur und war froh, wieder Luft am Kopf zu spüren. Doch das Kratzen musste er sich verbieten, obwohl es immer noch, wenn auch nicht so heftig, juckte.

„Du solltest den Strohhut aufsetzen, Innozenz, und diesen gestreiften Pullover überziehen, passt doch super zur Jogginghose!"

Widerwillig ließ er sich den Hut aufsetzen, nachdem er das Oberteil des Jogginganzugs gegen den Pullover getauscht hatte. Anna achtete darauf, dass dieser nicht an die langsam verheilende Wunde stieß. Sie selbst krempelte die weiße Hose hoch und setzte sich den Schlapphut aus weißem Leinen auf.

„Ein bisschen auffällig der Hut, aber er steht dir gut", grinste Thomas.

„Kommt jetzt! Wir müssen uns beeilen, der Zug fährt in zehn Minuten ab", betonte Innozenz.

Der Zug stand bereits auf Gleis sechs, schnell kauften sie Tickets und stiegen ein. Sie mischten sich unter die anderen Fahrgäste und setzten sich auf einzelne freie Plätze, um nicht als Gemeinschaft aufzutreten. Anna fühlte im Rucksack nach der ‚Bibel der Bibeln'. Seitdem sie wusste, dass sie diese nie mehr in ihren Händen halten würde, wünschte sie sich sehr, diese noch einmal zu öffnen.

Nach kurzer Strecke bedeutete ihnen Innozenz, dass sie gleich aussteigen mussten.

„Und wohin jetzt?", fragte Anna, als sie auf einem verlassenen Bahnhof, zugleich mit wenigen anderen Fahrgästen, ausgestiegen waren.

Pater Innozenz brummte nur etwas Unverständliches und riss sich den Strohhut vom Kopf. Offensichtlich störte er ihn.

Er führte sie auf einen Trampelpfad, der steil anstieg. Zu beiden Seiten des Pfads war halbhohes Gras und das Zirpen unzähliger Grillen begleitete sie. Die Hitze erschwerte das Gehen bergauf.

Schwer schnaufend kamen sie oben an einer schmalen, mit Schlaglöchern versehenen Straße an. Aber keine hundert Meter westlich wiesen Banner vieler europäischer Länder auf den Eingang des Campingplatzes hin.

Mit einem breiten Grinsen im Gesicht kam ihnen Andy am Eingang entgegen, den Thomas bereits über ihre Ankunft informiert hatte.

Jeden Einzelnen begrüßte und umarmte er. Er versprach, alle Fragen, die sie ihm stellen wollten, zu beantworten, sobald sie den Standplatz der gemieteten Wohnmobile erreicht hätten. Sie liefen über den äußerst großen Campingplatz, der über zahlreiche schattige Plätze unter hohen Bäumen verfügte.

Mit großem Hallo wurden sie von Felix und Bert empfangen. Bert hatte bereits den Grill angeschmissen und der Campingtisch war gedeckt.

Anna konnte sich ihrer Tränen der Erleichterung nicht erwehren. Erst jetzt spürte sie, unter welcher Anspannung sie seit der Ankunft in Rom stand.

Sie genoss den Abend mit gegrilltem Fisch und rotem italienischen Wein unter freiem Himmel.

Wie vorher abgesprochen, vermieden sie es, im Freien von ihrer Angelegenheit zu sprechen. Erst als die Sonne unterging und den Himmel rot färbte, entschlossen sie sich, die Tafel aufzuheben.

Pater Innozenz hatte sich schon vor gut einer Stunde zurückgezogen und schlief im größeren Wohnmobil, das er sich mit Felix und Bert teilte. Leise bereitete Bert in der Miniküche dieses luxuriösen Wohnmobils Espresso für alle zu.

Anna, Thomas und Andy einigten sich auf die Schlafplätze in ihrem Reisebus, ehe sie sich wieder zu den anderen ins größere Wohnmobil gesellten.

Pater Innozenz saß nun gut gelaunt zwischen seinen Freunden und schlürfte den dampfenden Espresso.

„Wie geht's deinem Kopf?", fragte ihn Anna.

„Viel besser ... nur diese verdammte Kruste juckt noch. Setzt euch", antwortete er und rückte an das Ende der Bank.

Anna war erstaunt, wie geräumig dieses Gefährt war. Bequem saßen sie zu sechst um einen rechteckigen Tisch.

Jeder erzählte, was ihm passiert war, und allmählich entspann sich ein Faden, der ihnen zeigte, wie sie weiterhin vorgehen sollten. Die neuen Handynummern wurden ausgetauscht und als sie sich voneinander verabschiedeten, war es bereits tiefste Nacht.

*

Pater Innozenz telefonierte am nächsten Morgen. Wie abgesprochen rief er Felix' alte Nummer an und stellte das Handy auf Laut, damit die anderen mithören konnten.

„Bender", hörten sie am anderen Ende, und Innozenz fragte:

„Felix, warum seid ihr nicht zum Treffpunkt gekommen?"

„Ähm … der Treffpunkt schien uns nicht sicher genug, wir sollten uns besser unter den Arkaden am Petersdom treffen. Wann könnt ihr kommen, wo seid ihr?"

„Verrückt", dachte Anna, „die Stimme klingt genauso wie die von Felix."

„Ich bin alleine, die Kernkreuzer haben mich niedergeschlagen. Ich musste ins Krankenhaus, aber ich bin von dort geflüchtet. Habt ihr etwas von Anna gehört?"

Am anderen Ende war kurzes Schweigen.

„Ähm ... Anna wird sich bei dir melden, wo bist du?"

„Weiß ich nicht ... in irgendeiner Pension … ich weiß den Namen im Moment nicht. Mir ist immer noch schwindlig. Ich habe wohl eine Gehirnerschütterung und Konzentrationsschwierigkeiten. Aber ich denke, in zwei Stunden um 10 Uhr könnten wir uns in Ostia treffen. An diesem Ort suchen sie bestimmt nicht nach uns.

„Okay ... wenn Anna sich meldet, bring sie mit!"

„Oder du, wenn sie sich an dich wendet."

„Ähm … ja klar! Bis später."

„Uff ... geschafft, er hat es geglaubt. Wir haben Zeit gewonnen."

Pater Innozenz lächelte.

Felix lächelte nicht. Er wusste, dass er seinen Bruder nicht unterschätzen durfte.

War das Gespräch zu lange? Konnten sie während des Telefonats das Handy orten? Zum Glück verlassen wir gleich den Campingplatz.

Er wollte die anderen nicht beunruhigen und behielt seine Befürchtungen für sich.

Nach dem Telefonat saßen sie wieder im größeren Wohnmobil. Felix stand auf, nahm die Kutte von Pater Innozenz entgegen und steckte sie in den Rucksack. Andy nahm die Ordenstracht, die Anna für ihn über einem Stuhl bereitgelegt hatte. Vorsichtig rollte er sie zusammen und verstaute sie in seinem Rucksack.

Bert sollte sich wie ein harmloser Tourist kleiden.

„Bert, du übertreibst schon ein bisschen", schmunzelte Anna.

„Finde ich nicht, so sieht der typische Tourist aus."

Er sah an sich hinunter.

Die weißen Tennissocken, die in offenen Sandalen steckten, waren bis über die Waden hochgezogen. Die kurze Hose reichte bis zum Knie und das beige T-Shirt war so kurz, dass sein Bauchansatz darunter herausragte. Auf dem Kopf trug er einen Sonnenhut aus Stoff mit schmalem gewelltem Rand.

Pater Innozenz war in einem karierten Hemd, kurzer blauer Hose und hellblauem Käppi, nicht mehr als Pater zu erkennen. Nur seine hellen Beine verrieten, dass diese bisher kaum die Sonne gesehen hatten. Thomas und Anna hatten sich Tattoos auf die Arme geklebt und trugen ausgefranste Jeans.

Der Krämerladen auf dem Campingplatz war reich bestückt und versorgte beide noch mit verspiegelten, extra großen Sonnenbrillen. Annas rot verspiegelte Brille bedeckte die Hälfte ihres Gesichts.

Thomas bot an, das Wohnmobil zu fahren, da er selbst einen Kleinbus hatte. Bis auf Kommissar Bender und Andy stiegen alle ein. Langsam setzte sich das Gefährt in Bewegung. Thomas war etwas aufgeregt – ein solch breites Fahrzeug fuhr sich sehr behäbig, aber erstaunlich wendig. Anna genoss während der Fahrt den Blick durch das Panoramafenster, obwohl die Landschaft vor Rom kahl war.

Die Wiesen waren längst gemäht und riesige Strohballen lagen verstreut auf dem trockenen Grasboden. Es bot sich der Blick auf drei der sieben Hügel von Rom. Sie folgten den Hinweisschildern Richtung Zentrum. Thomas musste hohe Fahrkunst aufbringen, um nicht mit anderen Fahrzeugen, die nicht nur hinten, sondern auch seitlich dicht auffuhren, zu kollidieren.

Endlich entdeckten sie den großen Parkplatz am Rande der Altstadt. Anna zögerte auszusteigen, wusste sie doch, dass ihnen nun der schwierigste Part ihres Plans bevorstand. Unsicher blickte sie sich um. Am anderen Ende des Parkplatzes lungerten Halbwüchsige herum.

Direkt neben ihnen parkte ein Reisebus und einige Kleinwagen, ansonsten war der Parkplatz um diese frühe Morgenstunde noch leer. Die Reisegruppe setzte sich in Bewegung und folgte einer Stadtführerin, die einen bunten Regenschirm über ihren Kopf in die Höhe hielt.

„Was Besseres könnte uns gar nicht passieren", meinte Pater Innozenz, „wir folgen der Gruppe in gemäßigtem Abstand. Unauffälliger können wir nicht in die Altstadt gelangen."

Die Reiseführerin blieb an einem Denkmal stehen. Um nicht aufzufallen, schlenderten sie vorbei und mengten sich unter die bereits große Anzahl von Menschen am Trevi-Brunnen.

Vor einer Palastfassade mit mittigem Triumphbogen sprudelte Wasser über eine Felslandschaft, auf der sich Meeresgestalten und Fabelwesen tummelten, in ein großes, flaches Becken.

„Im Zentrum über euch im Triumphbogen seht ihr den Meeresgott Oceanus. Den berühmten Trevi-Brunnen hat Nicola Salvi im 18. Jahrhundert geschaffen", erläuterte ihnen Innozenz.

Anna musste genau zuhören, denn das Rauschen des tosenden Wassers verschluckte seine Worte. Es erinnerte sie an Meeresrauschen und die Szenerie glich einem dramatischen Akt der Naturgewalten. An der rechten Seite schien die Fassade durch die hervorbrechenden Felsen bereits zu zerbrechen. Die Meerespferde und die Fabelwesen preschten scheinbar auf sie zu. Der Brunnen zog sie für einen Moment ganz in seinen Bann. Dennoch fühlte sie sich beobachtet, konnte sich nicht erklären warum. Die Menschen um sie herum, Franzosen, Amerikaner und Asiaten, hatten wie sie nur Augen für den Brunnen. Sie drehte sich um und erschrak. Schnell wendete sie den Blick wieder den Wasserfontänen zu. Sie hatte einen der Entführer am obersten Treppengeländer erkannt.

„Hinter uns ist der Kahlköpfige, einer der Entführer, die uns auf der Yacht bewacht hatten, aber bitte dreht euch nicht um", flüsterte sie aufgeregt.

„Mich kennt er nicht", antwortete Bert und drehte sich um.

„Ich sehe einen Kahlköpfigen ... mit einem Tattoo auf der Glatze."

„Das ist er!"

„Okay ... er steigt die Stufen hinunter. Seht zu, dass ihr wegkommt. Ich versuche, ihn aufzuhalten. Beeilt euch! Er ist gleich da!"

Bert rempelte den Kahlköpfigen an, indem er so tat, als würde er stolpern.

„Können Sie nicht aufpassen, Sie Tölpel", fauchte er Bert an.

„Was fällt Ihnen ein, mich so zu nennen! Entschuldigen Sie sich auf der Stelle."

„Ach hau ab ... du Tölpel!", genervt stieß ihn der einstige Entführer weg.

Bert ließ sich das nicht gefallen und verpasste ihm einen Kinnhaken. Dieser torkelte zurück und fiel in die Menschenmenge hinter sich.

Eine Frau kreischte ... eine andere Stimme rief nach der Polizei. Für einen Moment war Bert abgelenkt. Dies nutzte sein Gegner und schlug ihm mit voller Wucht ins Gesicht. Bert taumelte und ging zu Boden.

Der Kahlköpfige wurde von Umstehenden festgehalten und als er bemerkte, dass sich bereits zwei Polizisten von den obersten Stufen, oberhalb des Trevi-Brunnens, einen Weg zu ihnen bahnten, befreite er sich mit heftigen Fußtritten aus der Umklammerung.

Er stürmte um sich schlagend durch die Menge. Einer der Polizisten nahm die Verfolgung auf, doch schon nach wenigen Schritten konnte dieser ihn im Menschengewühl nicht mehr ausfindig machen.

Der andere Polizist half bereits Bert auf die Beine. Sie wollten ihn ins Hospital bringen lassen, doch Bert lehnte dies ab.

Er ließ sich lediglich zur nächsten Apotheke bringen. In einem Hinterraum versorgte eine nette, ältere Apothekerin seine kleine Platzwunde unter dem Auge und gab ihm einen Eisbeutel, um seine geschwollene Lippe zu kühlen.

Da Bert keine Anzeige machen wollte, verabschiedeten sich die zwei Polizisten. Er bezahlte den Eisbeutel und bedankte sich bei der Apothekerin für ihre Hilfe.

Zunächst suchte er sich einen schattigen Sitzplatz im Café gegenüber.

Wie finde ich die anderen wieder? Anna soll ich nicht anrufen ... bleibt nur Innozenz, überlegte er.

Er schlürfte mit einem Strohhalm ein kühles Getränk, bezahlte und lenkte seine Schritte in eine menschenleere Seitengasse. Trotz mehrfachen Probierens kam keine telefonische Verbindung mit Innozenz zustande. Wie vereinbart hielt er sich im Notfall an Plan B und fuhr zurück zum Campingplatz.

Immer wieder versuchte er vergeblich, Innozenz zu erreichen. Aber erst am späten Nachmittag rief dieser zurück. Er sprach nur von Schwierigkeiten und bat ihn, vor das Vatikanische Museum zu kommen.

8

Felix hatte Ostia vorgeschlagen, um sie aus Rom zu locken und den anderen Freiraum für ihre Pläne zu verschaffen. Der Kommissar hatte sich perfekt als Pater getarnt, aber Andy wirkte nur von Weitem wie Anna, obwohl er die Tracht der Novizinnen trug. Im Moment, am frühen Morgen, war noch kein Besucher in Ostia. Das Personal von der Eintrittskasse stand vor der Türe und führte ein munteres Gespräch, das von Lachen begleitet war.

Felix blickte sich um, aber die Kernkreuzer zeigten sich nicht.

Ihm war mulmig zumute und seine Gedanken kreisten.

Gelingt es uns, die Kernkreuzer zu täuschen? Können wir die Gegner überwältigen? Wird die italienische Polizei im Notfall helfen?

Er fand es schade, dass sich Antonia, eine italienische Kollegin, die früher mit ihm in Konstanz im Einsatz gewesen war, im Urlaub befand. Sie hätte ihn auf jeden Fall unterstützt. Er bedauerte bis heute, dass sie Deutschland nach ihrer Ausbildung den Rücken gekehrt hatte und wieder zurück nach Italien, in ihr Heimatland, gegangen war.

Felix blickte Andy an, der bleich wirkte, aber er fand nicht die passenden Worte, ihm die Angst zu nehmen. Instinktiv griff er nach seiner Pistole, die im Halfter am Gürtel steckte und unter der weiten Kutte verborgen war.

Verdammt, was mache ich hier?! Ich setze unsere beiden Leben aufs Spiel. Ich hätte niemals ohne Verstärkung hierherkommen sollen … zu spät!

Er packte Andy am Arm und zog ihn hinter ein mehreckiges Häuschen – ein Kiosk, in der Nähe des Eingangs.

Keine Sekunde zu früh hatten sie sich verborgen, denn

schon hielt eine dunkelblaue Limousine direkt vor dem Eingang. Zwei Typen in schwarzer Hose und schwarzen T-Shirts stiegen aus. Einer, den Felix nur schemenhaft hinter getönten Scheiben erkannte, blieb sitzen.

Im selben Moment klingelte ein Handy.

Die Typen schauten sich um und versuchten, das Klingelgeräusch zu orten. Andy geriet ins Schwitzen. Es dauerte, bis er das Handy ausgeschaltet hatte.

Felix wurde nervös und forderte ihn auf, ihm zum Eingang zu folgen. Er fragte die Kassiererinnen, zwei ältere Damen, ob sie schon in das Gelände dürften.

Nicht nur die beiden Damen, sondern auch die anderen Bediensteten begegneten ihm mit fast schon unterwürfigem Respekt und öffneten ihnen die Schranke. Eine Bezahlung wollten sie nicht annehmen.

Die beiden Typen standen unschlüssig unweit hinter ihnen, fragend blickten sie zum Auto. Mit einem Wink gab der Insasse zu verstehen, dass sie ihnen folgen sollten. Aber ihnen gewährte man noch keinen Einlass; sie mussten sich noch zehn Minuten gedulden bis zur offiziellen Öffnungszeit.

Felix und Andy hatten direkt hinter dem Eingang den grob gepflasterten Hauptweg verlassen und sich seitlich in den Bereich alter Gemäuer begeben.

Die Mauerreste entpuppten sich als Sarkophage, waren nur einen knappen Meter hoch und boten wenig Schutz. Dennoch hielt Felix inne und setzte einen Notruf bei der italienischen Polizei ab: „Help us … we are in Ostia"!

Danach schaltete er sein Handy auf Lautlos und Vibration. Kein Läuten des Handys sollte sie verraten. Sie mussten ihren Zeitvorsprung nutzen.

„Was hast du vor?", flüsterte Andy.

„Weiß ich noch nicht … Hauptsache, wir lenken sie ab, komm weiter!"

Sie überquerten die überbreite römische Straße mit ihren großen und unebenen Pflastersteinen. Andy war erstaunt, dass sie bereits seinerzeit solch große Verkehrswege nutzten. Sie bogen in einen kleineren, mittlerweile von Gras überwachsenen Weg ab. Die Mauern der jahrhundertealten römischen Häuser waren noch vollkommen erhalten bis unter den Dachfirst, nur die Dächer selber fehlten. Über einige hatte man mittels einer Holzkonstruktion ein Dach gebaut.

Sie betraten das ehemalige Wirtshaus. Im Vordergrund war eine Theke mit unbeschädigten runden Marmorbecken, in denen einst die Speisen angeboten worden waren. In der hinteren Ecke befand sich ein gemauerter Herd mit Abzug.

Andy konnte sich gut vorstellen, wie hier gekocht und gebraten wurde und die Esswaren lautstark den Gästen angepriesen wurden.

Selbst der weiße Mosaikboden, der mit schwarzen Delfinen dekoriert war, zeigte sich noch fast vollständig erhalten. Aber ein geeignetes Versteck sahen sie nicht. Unruhig blickte sich Felix um. Nicht weit entfernt sah er eine Dachterrasse, die mittlerweile als Aussichtspunkt diente. Er zeigte sie Andy.

„Hier sind wir überall auf dem Präsentierteller, von dort oben kann man über die Reste von Ostia blicken und fast in jedes Gebäude hineinsehen. Außer ... warte, ich habe eine Idee. Hoffentlich finde ich den Ort!"

Sie wollten gerade losgehen, als sie Stimmen hörten, deutsche Stimmen:

„Die müssen hier irgendwo sein. Ich habe hier einen Mann in schwarzer Kutte gesehen."

„Verdammt", fluchte Felix.

Sie hasteten zur nächsten Hausruine und drängten sich an das Mauerwerk. Felix zog die schwarze Kutte über den Kopf und verständigte sich per Handzeichen mit Andy, sich auch der Tracht zu entledigen. Darunter hatten sie ihre Alltagskleidung Jeans und Shirt. Kutte und Tracht knoteten sie zu einem Bündel.

Die Stimmen und Schritte kamen immer näher.

Geistesgegenwärtig stopfte Felix die Kleiderbündel in eine runde Vertiefung am Boden, wohl Reste einer Feuerstelle, denn darüber befand sich ein Kaminabzug.

„Geh du vorne zur Straße ... ich schau mich hier um", vernahmen sie eine tiefe Stimme.

Andy war sich sicher, dass es die Stimme eines seiner damaligen Entführer war.

„Bleib hier", flüsterte Felix, „Angriff ist die beste Verteidigung, mich kennen sie nicht!"

Felix sprach die Unbekannten an.

„Entschuldigen Sie. Ich hörte, Sie sprechen Deutsch. Ich suche einen kleinen Jungen ... er muss hier in der Nähe sein. Haben Sie ihn gesehen?"

„Ähm ... nein, aber haben Sie einen Pater gesehen?"

„Nein hier ist keiner vorbeigekommen ... der Junge spricht Deutsch, wenn Sie ihn sehen, schicken Sie ihn bitte zum Eingang."

„Okay", brummte dieser und drehte tatsächlich um.

„Wow ... geschafft", meinte Felix erleichtert.

Andy klopfte ihm anerkennend auf die Schulter.

Sie waren jetzt Touristen, vorsichtshalber band sich Andy noch sein Halstuch um den Kopf.

Endlich waren die Verfolger außer Sichtweite und sie eilten weiter. Felix hoffte, sein Versteck im Labyrinth der verfallenen Häuser zu finden. Sie überquerten eine mehrere Meter breite Straße. Die Pflastersteine waren im Laufe der Jahrhunderte abgerundet und blank poliert. Felix erklärte Andy, dass die Straße einst die Hauptverbindung vom Hafen nach Rom gewesen war.

Die ersten Touristen bummelten bereits durch die Anlage, aber ob darunter auch die Verfolger waren, konnten sie aus der Ferne nicht erkennen. Das Handy von Felix vibrierte.

Er erkannte die Nummer von Andys gestohlenem Handy. Sein Bruder oder einer der Verfolger versuchte, sie telefonisch zu erreichen. Felix erstarrte.

Solch einen Ausdruck hatte Andy bei ihm noch nie gesehen. Er konnte nur ahnen, welch innerer Kampf in ihm tobte, da er seinen eigenen Bruder verhaften sollte.

„Felix ... wo ist das Versteck?"

Andy stieß ihn an, um ihn aus seiner Erstarrung zu holen.

„Ähm ... ja, da vorne ist es. Komm!"

Er hatte sich wieder gefasst.

Vor ihnen breitete sich ein runder Platz aus, in dessen Mitte sich ein rundes, noch fast vollständig erhaltenes Gebäude befand ... eine römische Badeanstalt.

Sie steuerten auf die Badeanstalt zu. In ihrem Inneren war eine steinerne Bank, die sich in die Rundung einfügte.

Felix wies ihn auf die Öffnungen im Mauerwerk hin und erklärte, dass einst über Rinnen heißes und danach kaltes Wasser eingeflossen war. Das hölzerne Dach darüber war neu angebracht worden und ruhte auf Trägern aus Stein. Es vermittelte beinahe den Eindruck, als hätten die Römer erst vor Kurzem das Bad verlassen. Felix sprang über die Brüstung und ließ sich in das ehemalige Bad fallen. Andy folgte ihm. Sie kletterten bis in den angrenzenden Ruheraum und pressten sich dicht an die gemauerte Wand, als sie Stimmen hörten. Diesen Bereich konnte man, wenn man davorstand, nicht einsehen.

„Wenn du dich verstecken wolltest, wäre das wohl ein geeigneter Platz", war eine krächzende Stimme überzeugt.

Der Verfolger stieg in das Becken und kletterte auf der gegenüberliegenden Seite wieder auf die Umrandung.

Sie sahen seinen Schatten, der über ihren Köpfen weit in den Raum fiel. Felix und Andy hielten den Atem an. Der Schatten des Verfolgers verbarg sie.

„Hier ist niemand", murmelte er und kehrte um.

„Uff ... das war knapp", flüsterte Andy.

Felix nickte nur und legte den Zeigefinger auf den Mund. Augenblicklich verstummte er.

Andy blickte sich um und konnte sich gut vorstellen, wie einst die Römer in ihren Tüchern hier im Ruheraum lagen

und über die gesellschaftlichen Ereignisse des Tages redeten.
Da sie für den Moment nichts unternehmen konnten, fingerte Felix nach seinem Handy. Er erreichte Anna, aber die Verbindung war sehr schlecht und unverständlich. Erneut setzte er einen Notruf ab. Schweigend verharrten sie.

Gelegentlich hörten sie Stimmen von Besuchern, die die römische Badeanlage besichtigten. Andy war eingenickt. Felix streckte seine Beine aus, bewegte sie ... damit sie nicht einschliefen. Immer wieder blickte er auf das Handy.

Wir warten schon so lange ... bald schließen sie die Ausgrabungsstätte! Wir müssen es wagen!

Er stieß Andy an. Unverwandt blickte der Felix an und es dauerte, bis er wieder wusste, wo er sich befand. Mit einem Wink gab Felix ihm zu verstehen, ihm zu folgen. Geduckt huschten sie voran. Sie versuchten, möglichst in den Gebäuden zu bleiben, und wenn dies nicht möglich war, schlichen sie im Schatten an der Hauswand entlang. Felix war sich sicher, dass auch die Verfolger längst wieder beim Eingang waren.

Sein Handy vibrierte.

Er wagte es, den Anruf von Anna anzunehmen. Die Verbindung war immer noch schlecht, aber er verstand, dass nicht mehr Anna, sondern seine ehemalige Kollegin Antonia, im Besitz des Handys war.

„Si ... glei ... am Ziel ... wo seid ... ihr?"

Sie wiederholte den Satz mehrmals, bis er verstanden hatte.

„Kommen zum Eingang", flüsterte er und wiederholte ebenfalls mehrmals die Worte.

Andy blickte ihn fragend an.

„Wir bekommen Hilfe ... wir müssen zum Eingang", informierte er ihn leise.

Sie sahen eine Gruppe Touristen mit Fremdenführerin, die sich am Eingang des Geländes befand. Möglichst unauffällig blieben sie in unmittelbarer Nähe stehen, auch wenn sie einige missmutige Blicke der Fremdenführerin ernteten. Andy hörte interessiert zu, da die Dame auf Deutsch erklärte:

„… Ostia Antica war anfangs ein Militärlager, aber bereits ab dem dritten Jahrhundert vor Christus einer der Haupthäfen Roms. Unter Augustus wurde das erste Theater und ein daneben liegender Geschäftsplatz erbaut. Als um die Zeitenwende das Meer vor Ostia verlandete, wurde ein großer künstlicher Seehafen gegraben, der unter Nero im Jahre 54 eingeweiht wurde. Im zweiten Jahrhundert erlebte es seine größte Blüte und hatte seinerzeit circa 50 000 Einwohner. Es gab Gerber, Seilmacher, Schiffsbauer und zahlreiche Händler. Getreide war das wichtigste Handelsgut. Die Annona, eine Organisation in Ostia Antica, hatte die Aufgabe, Rom mit Nahrung zu versorgen.“

9

Anna folgte Pater Innozenz, der voraneilte.

Thomas drehte sich um und sah Bert in einem Handgemenge mit dem Glatzköpfigen. Die umstehenden Menschen wichen zurück und eine Stimme schrie laut nach der Polizei. Pfiffe ertönten. Mehr konnten sie nicht mehr sehen, denn sie tauchten ein in das Labyrinth der Altstadtgassen.

Nach etlichen Schritten gönnten sie sich eine Pause in einem gepflasterten Innenhof, in dem sich zahlreiche Tontöpfe verschiedener Größen türmten. Blumen mit roten, gelben und violetten Blüten quollen über die Ränder der Töpfe. Daneben präsentierte sich eine Reihe hochgewachsener Kakteen, die sich an die weiß gekalkten Hausmauern lehnten.

„Habt ihr gesehen? … Bert hat eine Schlägerei angefangen! Ich hoffe, er bekommt nicht zu viele Hiebe ab!"

Diese Worte brachte Pater Innozenz noch atemlos hervor, ehe er bewusstlos zusammensackte.

„Nein …!", schrie Anna und kniete sich vor ihn.

„Nimm die Wasserflasche … schnell, spritz es ihm ins Gesicht."

Thomas brauchte nur wenige Tropfen, bis Innozenz die Augen wieder öffnete und ihn noch benommen ansah.

„Wo bin ich, was ist …?"

„Du bist gefallen und warst für einen Moment ohnmächtig", antwortete Anna.

Innozenz richtete sich auf, klagte aber im selben Moment über Schwindel:

„Oh … verdammt, hätte ich doch auf den Arzt gehört und mich geschont. Er hatte mich vor Schwindelanfällen gewarnt, falls ich mich nicht ausruhe."

Er rieb sich die Schläfe und bat Anna um die Wasserflasche, um die verordnete Tablette einzunehmen.

„Gesundheit geht vor", meinte Thomas sichtlich besorgt, „wir brauchen einen Ort, an dem du dich ausruhen kannst."

„Ja unbedingt … aber wo?", warf Anna ein.

„Ich denke, es geht schon wieder", bestätigte der Pater.

„Nein, nein, wir benötigen ein Hotelzimmer", widersprach Thomas.

„Ja … wäre schon besser. Aber hier in der Gegend gibt es nur Stundenhotels, ihr wisst schon für was. Wir sind im Rotlichtbereich", meinte er leicht verlegen.

„Das ist doch die Idee, kein Mensch wird vermuten, dass wir uns in ein solches Etablissement einmieten. Wo ist das nächste Stundenhotel?"

Thomas war fasziniert. Ein Stundenhotel hatte er noch nie betreten.

„Ihr wollt wirklich dorthin?", Innozenz blickte Anna fragend an.

„Ja … ich frage mich nur, ob sie mich mit zwei Verehrern einlassen", schmunzelte sie. Aber so selbstbewusst, wie sie tat, war sie nicht und am liebsten hätte sie diese Gegend auf der Stelle verlassen.

Der ältere Mann am Empfang, mit Glatze und den unkenntlichen Tattoos auf seinen schwabbeligen Oberarmen, schien nicht sonderlich überrascht, dass sie zu dritt ein Zimmer mieten wollten.

Er bot ihnen das größte Zimmer mit einem extrabreiten Doppelbett an und wollte lediglich, dass sie im Voraus zahlten. Sie verließen den engen Eingangsbereich und stiegen die schmale, mit einem roten, abgetretenen Läufer bestückte Treppe hinauf.

Pater Innozenz musste sich am eisernen Treppengeländer festhalten, um sicher nach oben zu gelangen. Das Zimmer war geräumig, aber ein gewaltiges Bett mit einem Baldachin aus rotem Samt nahm fast den ganzen Platz ein. Nur eine kleine Chaiselongue und ein Beistelltisch fanden unter dem Fenster noch Platz.

Anna blickte aus dem Fenster.

Unten auf der Straße stand eine Dame des ältesten Gewerbes der Welt, in Minirock und hohen schwarzen Lackstiefeln, die bis über das Knie reichten.

Pater Innozenz zog sich die Schuhe aus und warf sich mit Kleidern auf das Bett. Anna inspizierte das winzige violett gekachelte Bad und entschloss sich zu duschen, während Innozenz sich ausruhte.

Thomas nahm die Gelegenheit ebenso wahr.

„Jetzt noch einen Kaffee und ich bin wieder bei Kräften", meldete sich Pater Innozenz nach einer guten Stunde wieder und setzte sich auf. Er hatte tatsächlich wieder eine gesunde Gesichtsfarbe und seine Augen funkelten unternehmungslustig.

Mit einem kurzen „Kommt sofort", verließ Thomas das Zimmer.

Er war sich sicher, im Eingangsbereich einen Kaffeeautomaten gesehen zu haben. Die Rezeption war nicht besetzt.

Er hatte genug Kleingeld, um zwei Becher heißen Kaffee aus dem Automaten zu lassen und vorsichtig hinaufzutragen.

Um die Mittagszeit war das Hotel wohl noch nicht ausgebucht, denn nur auf der ersten Etage hörte er stöhnende Stimmen.

Oh … das erzähle ich den beiden besser nicht.

„Danke, der Kaffee tut gut", lächelte Innozenz, „und du, Anna, bleibst dabei, du willst unbedingt in den Vatikan?"

„Ja … aber wir sollten uns besser nicht in der Schlange vor dem Eingang befinden. Wir könnten entdeckt werden."

„Hm …", machte Innozenz nachdenklich, „ich könnte versuchen, Philippus zu erreichen."

„Philippus?", fragte Anna.

„Philippus ist auch ein Studienfreund von mir, er ist in Rom geblieben. Ich habe ihm schon mitgeteilt, dass ich mit einer Gruppe Rom besuche. Er weiß aber nichts von unserer … ähm … Angelegenheit. Wir könnten ihn besuchen. Aber ich habe Sorge, dass ich auf einen oder die Geistlichen treffe, die mich damals befragt oder besser gesagt verhört haben. Die sollten nicht wissen, dass wir in Rom sind."

„Ach was, Innozenz, du bist hier auf Urlaub mit einer Gruppe!", beruhigte ihn Thomas.

„Also gut, ich rufe ihn an."

*

Der ältere verschlafen wirkende Rezeptionist traute seinen Augen nicht, als jetzt noch ein Geistlicher nach Zimmer 15 fragte. Er wollte sich gar nicht ausmalen, was dort oben geschah.

Philippus begrüßte Anna und Thomas mit einem Nicken und stürmte auf Pater Innozenz zu.

„Was machst du nur für Sachen, geht's dir besser?"

„Philippus, ich freue mich, dich zu sehen."

Innozenz stand auf und umarmte ihn herzlich.

„Mann, haben wir uns lange nicht gesehen, aber du hast dich nicht verändert. Hält Rom dich so jung?", fragte Innozenz schmunzelnd.

„Papperlapp ... der Bauch wächst und die Falten werden immer tiefer."

Zur Bestätigung rieb er über seinen Bauchansatz.

Philippus war groß und hager und trug volles blondes, kurz geschnittenes Haar. Die schmale Nase unter dem grünen Augenpaar und die schmalen Lippen verliehen ihm ein jugendliches Aussehen. Nur wenige Falten um die Mundwinkel und um die Augenpartie verrieten sein wirkliches Alter.

Pater Innozenz stellte ihm Thomas und Anna vor. Mit ihrem Einverständnis erzählte er, warum sie in einem Stundenhotel wohnten und was bisher vorgefallen war. Zuvor hatte Philippus aber auf die Bibel schwören müssen, alles, was er nun erfuhr, als Beichtgeheimnis zu behandeln. Man sah ihm an, dass er kaum glauben konnte, was Innozenz ihm berichtete.

Anna beobachtete ihn, sah, dass er erschrak, als er ihm von der ‚Bibel der Bibeln‘ erzählte.

Weiß er etwas … kann man ihm trauen?

„Unglaublich … aber wenn das alles wahr ist, müsst ihr unbedingt mit Padre Alberto sprechen. Ähm … hört zu. Da war ein Treffen … Geistliche sprachen über die mögliche Existenz einer unvergleichlichen, einzigartigen Bibel. Man hatte offensichtlich aus geheimen Quellen davon gehört. Sie diskutierten, was mit einem solchen Werk geschehen sollte. Einige waren dafür, es zu vernichten, da es wohl eher einer Ketzerschrift glich, wenn es die Grundfeste der katholischen Kirche erschüttern sollte. Andere, eben auch Padre Alberto, waren darauf bedacht, sie in sicheren Händen zu wissen und an einem unbekannten Ort zu verwahren. An diesem Abend war ich zufällig anwesend, da ich Alberto begleitete, der seinerzeit eine Beinverletzung hatte und vorübergehend im Rollstuhl saß. Ich selbst war überrascht, dass, obwohl die Existenz der einzigartigen Bibel gar nicht bewiesen war, schon im Vorfeld eine heftige Diskussion entbrannte. Ich persönlich hielt diese Diskussion für irrwitzig.“

Entschuldigend blickte er in die Runde.

„Kann ich diese außergewöhnliche Bibel sehen?“

„Nein Philippus … keiner von uns rührt sie an. Anna ist die Einzige, die sie jemals aufgeschlagen hat und sie wurde in das abgebildete und beschriebene Geschehen hineingezogen und ähm … sie hatte Glück, dass außer einer wiederkehrenden Ohnmacht nichts geschah“, antwortete Pater Innozenz.

„Oh … das wusste ich nicht, entschuldige Anna. Es kommt alles sehr überraschend für mich.“

Anna nickte, war sich aber nicht sicher, was sie von ihm halten sollte. Thomas schien ihr Misstrauen zu spüren.

„Verstehe mein Anliegen nicht falsch, aber es geht darum,

ein so sicheres Versteck zu finden, dass auch die Kernkreuzer niemals Zugriff darauf haben können", betonte sie.

Jetzt brauche ich eine eindeutige Antwort.

„Ja, das verstehe ich, aber Padre Alberto kennt den Vatikan wie kaum ein anderer. Er wird wissen, wie er euch helfen kann."

Erleichtert blickten sich Anna und Thomas an.

„Er scheint der richtige Mann zu sein", beteuerte Pater Innozenz und hoffte, dass die beiden Philippus ebenso Vertrauen schenkten wie er.

„Wir können ihn wohl kaum im Vatikan treffen", überlegte er weiter, „es reicht, wenn einer mich erkennt, der mich seinerzeit befragt hat, und schon werde ich wieder ins Visier genommen."

„Hm … ich glaube nicht, dass einer der Kernkreuzer sich im Vatikan aufhält. Wart ab, ich habe eine Idee."

Sie verabredeten, dass Philippus zunächst Padre Alberto bitten sollte, sie zu empfangen, und einigten sich darauf, hier in diesem Etablissement zu bleiben, bis er zurückkehrte.

Er verabschiedete sich und ermahnte Innozenz, sich zu erholen. Schnellen Schrittes verließ er das Zimmer. Man sah ihm an, dass er aufgeregt war.

„Oh Mann … der Arme, wir fordern viel von ihm!", meinte Thomas.

Aber Innozenz winkte ab.

„Das schafft er schon."

„Ich brauch auch mal frische Luft und besorge uns etwas zu essen", betonte Thomas.

„Gute Idee! Mein Magen knurrt schon", sagte Anna.

„Schau mal die Straße hinunter. Ich glaube, dort gibt es ein Lokal mit Straßenverkauf", erklärte Innozenz.

Thomas besorgte Focaccias, Mineralwasser und eine Flasche roten Wein.

Sie ließen es sich schmecken und nach dem kleinen Mahl legte sich Thomas neben Innozenz aufs Bett, um sich auszuruhen. Anna machte es sich auf dem Sofa bequem.

Obwohl es erst Mittagszeit war, hörte sie schon nach Kurzem Schnarchgeräusche in unterschiedlichen Tonhöhen.

Sie hing ihren Gedanken nach und immer wieder drehten sich diese um die ‚Bibel der Bibeln‘. Der Wunsch, diese noch einmal zu öffnen, wurde immer stärker. Zudem hoffte sie ja, diese auf unbestimmte Zeit zu verwahren.

Warum nicht jetzt? Beide schlafen und keiner ist im Moment hinter mir her.

Sie holte die Kassette aus dem Rucksack, öffnete sie und entnahm mit ihren Händen vorsichtig die beschädigte ‚Bibel der Bibeln‘. Behutsam öffnete sie das wertvolle Buch und schlug es ziemlich am Anfang auf.

„Matthäus 13“, las sie und sah ein Gemälde, auf dem Jesus in einer Synagoge steht, umringt von einer Menschenschar in arabischen Gewändern. Er wendet den Blick zurück.

Anna konnte sich nicht wehren und fiel in das Geschehen.

... sie hört arabische Worte ... merkt, wie Unruhe entsteht, dass Jesus sich abwendet ... spöttische Rufe ihn verfolgen ... er wirkt gehetzt ...

Sie verlor ihre Sinne, fiel im selben Moment vornüber und ging mit einem Aufschrei zu Boden.

Thomas schreckte hoch, sah sie auf dem Boden liegen, die ‚Bibel der Bibeln‘ mit einer Hand fest umklammert.

„Anna ... hörst du mich, Anna?!“

Er nahm eine griffbereite Wasserflasche, spritzte ihr ins Gesicht. Keine Regung.

Ich brauche mehr Wasser, aber die wertvolle Bibel könnte nass werden.

Vorsichtig löste er diese aus ihren Händen. Die Versuchung, selbst einen Blick ins Buchinnere zu wagen, wurde übermächtig. Aber im selben Moment erwachte Anna, ergriff die Bibel und drückte sie an ihre Brust. Fast schon feindselig starrte sie ihn an.

„Du bist wieder wach …", murmelte er.

Er schämte sich, Röte stieg ihm ins Gesicht.

„Ich habe einen Aufschrei gehört und sah dich am Boden liegen! Anna du hast noch mal die ‚Bibel der Bibeln' geöffnet. Du wolltest doch niemals wieder …!"

Anna räusperte sich, kam langsam zu sich.

„Wollte ich auch nicht … aber das Verlangen wurde so groß … ich habe nur einen Moment in die Bibel gesehen und es überwältigte mich innerhalb von Sekunden."

„Was?", fragte Thomas nur.

Ihr Blick fiel auf Innozenz. Er schlief, hatte nichts von dem Vorfall mitbekommen. Auf dem Tischchen neben dem Bett lag seine kleine Bibel.

„Holst du mir bitte die Bibel von Innozenz? … Ich versuche, es dir zu erklären."

Schnell erhob sie sich, verstaute die ‚Bibel der Bibeln' in der Kassette und diese im Rucksack.

Thomas reichte ihr die gewöhnliche Bibel. Sie blätterte, bis sie Matthäus 13 fand.

Leise las sie vor:

Jesus tritt in Nazareth auf, dort wo seine Familie bekannt ist. Zuhörer empören sich und reden untereinander. „Ist er nicht des Zimmermanns Sohn? Heißt nicht seine Mutter Maria? Und seine Brüder Jakobus, Josef, Simon und Judas und seine Schwestern sind sie nicht alle bei uns?"

„Die Stelle kenne ich", warf Innozenz ein und setzte sich auf, „bis heute streiten sie sich innerhalb der christlichen Konfessionen, ob es sich um Jesus' leibliche Geschwister oder nahe Verwandte handelte. Einige Quellen behaupten sogar, der Apostel Thomas wäre sein Zwillingsbruder. Sein Rufname war Didymos, was auf Griechisch Zwilling heißt, oder eben Thomas, was auf Aramäisch Zwilling bedeutet."

„Thomas der Ungläubige soll der Zwillingsbruder von Jesus sein?", ereiferte sich Thomas.

„So wird das in einigen Schriften wiedergegeben. Es wird sogar dargelegt, dass sie sich in ihrem Aussehen und ihrem Schicksal ähnelten. Aber wie kommt ihr auf dieses Thema?"

In kurzen Worten erzählte Anna, was vorgefallen war und was sie so real erlebt hatte.

Pater Innozenz schalt sie zunächst wegen ihrer Unvernunft, zwirbelte dann aber nachdenklich seinen Bart.

„Hm ... dann ist es vermutlich doch wahr. Reich mir mal meine Bibel!", wandte er sich an Thomas.

„Wartet hier ... Johannesevangelium 2 Vers 12."

Laut las er vor:

Danach ging er hinab nach Kafarnaum, er und seine Mutter und seine Brüder und seine Jünger und dort blieben sie nicht viele Tage.

„Hier wird eindeutig unterschieden zwischen seiner Familie und seinen Brüdern", argumentierte Pater Innozenz. Er überflog den weiteren Text und merkte an, dass man in diesem Vers etwas über den familiären und geografischen Hintergrund erfahre. Offenbar lebte Josef nicht mehr und Jesus hatte schon früh die Last einer großen Familie mit mehreren Brüdern und Schwestern getragen. Er hatte in dem Beruf seines Vaters als Zimmermann weitergearbeitet. Sein öffentliches Leben dauerte, nach drei Erwähnungen des Passahfestes, nur dreieinhalb Jahre."

„Das war mir nicht bewusst", meinte Thomas.

„Mir auch nicht, umso plausibler erscheint mir diese eben erlebte Situation, in der er sich verantwortlich gegenüber seiner Familie fühlt und gleichzeitig aber weiß, dass er seine Mission erfüllen muss", überlegte Anna.

Es klopfte.

„Ich bin es, Philippus, macht auf!"

Er trug ein großes, fest verschnürtes Paket aus grobem Papier bei sich und warf es Thomas zu.

„Für euch, etwas zum Anziehen. Ich hoffe, ich habe die Größe richtig eingeschätzt."

Neugierig packten Anna und Thomas es aus. Zum Vorschein kamen zwei Kutten.

Fragend blickten sie ihn an.

„Ich dachte, wir drehen den Spieß um!"

„Hier Innozenz, das ist für dich."

Er holte aus einer großen Tüte, die er in der anderen Hand hatte, einen dunklen Anzug, ein weißes Hemd und zuletzt einen flachen Diplomatenkoffer.

„Du wirst zu einem diplomatischen Unterhändler und ihr zwei zu Geistlichen."

„Nicht schlecht die Idee, Innozenz wäre gut getarnt. Aber passt dies zu seinem langen Bart?", fragte Anna skeptisch.

„Na ja, etwas kürzen könnte ich ihn ja ... aber nur etwas!", erwiderte Pater Innozenz und strich bedächtig über seinen Bart.

„Hast du was erreicht, Philippus?", fuhr er fort.

„Ja, ich habe mit Pater Alberto gesprochen, er kann nicht kommen. Sein Rheuma plagt ihn zurzeit sehr. Daher bittet er euch, in den Verwaltungstrakt des Vatikans zu kommen."

„In den Vatikan ... Wahnsinn!", ereiferte sich Anna.

Unwillkürlich tastete sie nach ihrem Rucksack, in dem sich die ‚Bibel der Bibeln' befand.

Der Portier war sehr erstaunt, als drei Geistliche in schwarzer Kutte und ein Diplomat die Treppe hinunterstiegen. Er fragte sich, wo die junge Frau geblieben war. Aber letztendlich war es ihm gleichgültig, für heute war ja schon im Voraus bezahlt worden.

Die Sonne zeigte sich in einem klaren blauen Himmel über Rom, die Sonnenstrahlen drangen jedoch nicht in die schmalen, schattigen Gassen der Stadt.

Auch jetzt am Nachmittag lehnten die „Damen" an den

Häuserwänden und scheuten sich nicht, den Geistlichen ihre Dienste anzubieten. Ohne sie zu beachten, liefen sie an ihnen vorbei, wobei anzügliche Worte sie noch bis an das Ende der Gasse verfolgten.

Anna seufzte und bedauerte, dass so junge hübsche Mädchen diesem Gewerbe nachgingen. Sie verließen diese anrüchige Gegend und nach kurzer Wegstrecke präsentierte sich die weitläufige Anlage vor dem Petersdom im strahlenden Sonnenlicht. Eine riesige Schlange von Menschen wartete auf den Einlass in die Vatikanischen Museen.

Philippus führte sie durch die Menge von Touristen und Gläubigen, die sich auf dem Petersplatz und unter den umgebenden Arkaden tummelten, in eine Seitenstraße, bis zu einem seitlichen Eingang des Vatikans.

Zwei der Schweizergarde in ihren mittelalterlichen Gewändern mit gelben und blauen Längsstreifen versperrten ihnen den Eingang. Erst als Philippus die Passierscheine vorzeigte, durften sie eintreten in die Vatikanstadt.

Zunächst passierten sie einen langen Gang, der mit Gerüsten zugestellt war. Offensichtlich wurde im Moment renoviert. Nach etwa hundert Metern verließen sie diesen und gelangten in einen weitläufigen Garten, der wiederum zum Apostolischen Palast führte. Da Philippus merkte, dass Anna und Thomas sich unentwegt umsahen, blieb er stehen.

„Also wenn ihr wollt, erkläre ich euch kurz einiges über die Vatikanstadt. Gelegentlich führe ich Gäste durch die Anlage und den Petersdom."

„Oh ... gerne", antworteten Thomas und Anna fast gleichzeitig.

„Wo fange ich an? Ähm ... die Vatikanstadt ist der kleinste Staat der Welt mit einer Fläche von 44 Hektar. Er ist der Nachfolger des mächtigen tausendjährigen Kirchenstaates und ist seit seiner Gründung im Jahr 1929 ein selbstständiger Staat sowie das spirituelle Zentrum unserer römisch-katholischen Kirche. Offiziell heißt sie ‚Stato della Città del Vaticano'. Ungefähr 900 Menschen leben hier und um die

570 haben die vatikanische Staatsangehörigkeit. Vorwiegend sind es eben Kardinäle und Prälaten, aber auch die diplomatischen Vertreter des Vatikans im Ausland und ich schätze 50 Laien. Was denkt ihr, wie viele sind hier ansonsten beschäftigt, die keine Staatsangehörigkeit besitzen?"

„Schwer zu sagen … Da hinten sehe ich Gärtner, die Bürokräfte … puh … keine Ahnung! Tausend vielleicht?", riet Thomas.

Fragend blickte Philippus Anna an.

„Und was denkst du?"

„Ich denke noch einige mehr! Zweitausend Beschäftigte würde ich sagen."

„Schon näher dran. Nein, wir haben an die dreitausend Angestellte und Arbeiter hier."

„Wow … kann hier denn jeder Beliebige tätig sein?", wollte Anna wissen.

„Na ja, wer hier arbeitet, muss katholisch sein und vor zwei Priestern schwören, absolutes Schweigen über seine Tätigkeit zu bewahren", antwortete Philippus.

„Und die Schweizergarde, müssen diese bestimmte Voraussetzungen erfüllen, um in den Dienst aufgenommen zu werden?", fragte Thomas.

„Die Einzelnen der Schweizergarde müssen zunächst mal Schweizer sein, müssen Italienisch und Deutsch sprechen können und verpflichten sich dem Zölibat. Außerdem kommen sie nur aus bestimmten katholischen Kantonen.

„Oh … das wusste ich nicht", meinte Thomas verblüfft.

„Die Schweizergarde nannte man seinerzeit auch die Armee des Vatikans. Diese gibt es bereits seit 1506. Heute ist sie die Polizei des Vatikans."

Er schmunzelte.

„Ich denke, das Wichtigste habe ich euch erklärt, oder gibt es noch Fragen?"

„Ähm … ja, ich hätte noch eine", meldete sich Thomas erneut zu Wort, „es gibt nach wie vor Gerüchte, dass die Vatikanbank Gelder der Mafia wäscht. Was ist wahr daran?"

„Hm ... zu solchen Spekulationen kann ich nichts sagen." Man merkte ihm an, dass ihm diese Frage äußerst unangenehm war.

„Du weißt sicherlich, dass Papst Franziskus die Mafia öffentlich kritisiert und dass er einen Anti-Mafia-Experten an die Spitze seines Gerichtshofs geholt hat", fuhr er fort.

Anna hatte gedacht, im Vatikan sicher zu sein, aber jetzt beschlich sie ein mulmiges Gefühl.

Hoffentlich gehört keiner von den Mafiosi den Kernkreuzern an. Mit ihnen sollten wir besser nicht konfrontiert werden.

Um sich abzulenken, ließ sie ihren Blick über die weite Gartenanlage schweifen mit ihren Palmen, Pinien und Koniferen, die sich weit in den Himmel reckten. Die Stille wurde nur unterbrochen vom Rattern eines Aufsitzrasenmähers und durch das Zirpen von Vögeln. Ein Ruf stach hervor und Anna war sich sicher, oben im Wipfel des Baumes einen bunten Vogel zu sehen.

„Thomas, schau mal dort oben, dieser farbenprächtige Vogel", rief sie begeistert aus.

Auch die beiden anderen drehten sich um.

Philippus lächelte.

„Ja, das ist tatsächlich ein Exemplar, ich schätze ein Papagei, ein Nachkomme der letzten Überreste des längst aufgegebenen vatikanischen Zoos. Sie leben in Freiheit und kommen meistens morgens in die Vatikanischen Gärten zurück oder vereinzelt auch tagsüber."

„Verrückt", meinte Thomas, „aber ich habe eben ein Hinweisschild zu einem Bahnhof gesehen. Ein Bahnhof ... hier?"

„Ja das stimmt, wir haben hier einen Bahnhof, aber nur einen Eisenbahnwaggon. Der Papst selbst fährt nur alle Jubeljahre mit dem Zug und steigt hier ein und wieder aus."

„Echt wahr?" Anna konnte kaum glauben, was sie da hörte.

Im Verwaltungstrakt empfing sie geschäftiges Treiben, Türen wurden geöffnet und geschlossen, Kirchenmänner und Diplomaten eilten die Flure entlang. An den nackten weißen Wänden hingen in Abständen einfache Holzkreuze. Philippus führte sie einen Stock höher und klopfte am Ende des Flurs an die letzte Zimmertüre. Nach einer Aufforderung traten sie ein.

Ein ausladender dunkler Schreibtisch, dessen Schreibplatte grünes Leder mit eingelegten goldenen Rändern bedeckte, beherrschte den Raum.

Ein älterer Geistlicher erhob sich mühsam aus einem gepolsterten Armlehnstuhl und begrüßte sie. Er bot ihnen Platz auf Stühlen vor dem Schreibtisch an. Diese waren flach gepolstert und mit goldenem Stoff bezogen.

Sein Sekretär rückte eilfertig noch einen Stuhl hinzu, der seitlich an der Wand stand, die ein übergroßer Gobelin mit religiösen Darstellungen bedeckte. Pater Innozenz bedankte sich für die Einladung. Aber Padre Alberto winkte ab.

„Lassen wir die Höflichkeiten, es geht um Wichtigeres. Aber wo ist die junge Frau, welche die besondere Bibel hat?"

Verdammt! Philippus sollte nur sagen, dass ich deren Verbleib ahne und nicht, dass ich sie habe.

„Ähm ... das bin ich. Anna ist mein Name, aber ich habe diese Bibel nicht! Ich wollte nur wissen, falls ich sie finde, was mit dieser geschehen soll", stotterte Anna, ohne rot zu werden, und warf den anderen einen strengen Blick zu.

„Oh ... gut getarnt, ich hätte unter dieser Kutte keine Frau vermutet", antwortete der Padre.

Sein ebenmäßig geschnittenes Gesicht unter dem weißen, kurz geschnittenen Haar wies viele Falten auf, aber seine blauen Augen blickten munter. Zahlreiche Altersflecke bedeckten seine Hände und ließen auf ein hohes Alter schließen. Er schien zu merken, dass sie nicht die volle Wahrheit sagte, aber er beließ es dabei.

„Darf ich dich Anna nennen?", fragte er und da sie nickte, fuhr er fort.

„Also Anna, erzähle doch bitte, was bisher geschehen ist. Ich habe bislang nur wenige Informationen."

Sie hatte ihn bereits genau taxiert und beschlossen, ihm zu vertrauen. Dennoch verlangte sie auch von ihm, alles, was sie gleich berichten würde, als Beichtgeheimnis anzusehen. Er versprach dies.

Sie schilderte die Vorkommnisse und er unterbrach sie nur, als sie die Kernkreuzer erwähnte.

„So ein quadratisches Kreuz, sagst du?"

„Ja, warum fragen Sie?"

„Später ...", sagte er, „erzähle nur weiter."

Als sie geendet hatte, berichtete er von ebenjenem Treffen mit den kirchlichen Würdenträgern, bei dem einer solch einen Ring mit eingraviertem Kreuz getragen hatte.

„Dieser Ring war mir aufgefallen, aber ich maß ihm keine weitere Bedeutung zu."

Ausführlich berichtete er über das Treffen und dass einige unbedingt diese mysteriöse Bibel verwahren, andere wiederum sie vernichten wollten. Die Frage, wo sich diese Bibel befände, blieb jedoch offen und alle waren sich einig, diese erst mal ausfindig zu machen. Jeder sollte sich darum bemühen.

„Wie ist Ihre Haltung, soll die bedeutsame Bibel vernichtet werden oder erhalten bleiben?", wollte Anna wissen.

„Die Frage hast du schon beantwortet. Dein Onkel wollte, dass du sie verwahren, bewahren sollst, bis dass die Menschheit es verstehen kann! Ich frage mich nur, wie ich dir helfen soll ... ich kann dir nicht sagen, wer diesen Ring getragen hat, ich kenne diese Person nicht."

„Können Sie das denn in Erfahrung bringen?", wollte Anna wissen.

Er wiegte den Kopf.

„Ja, könnte ich, aber ich weiß nicht, ob das nicht zu viel Aufmerksamkeit nach sich zieht."

Pater Innozenz nickte.

Thomas stimmte ihm zu.

Anna überlegte.

„Könnten wir denn Einlass in den Vatikan, in das Museum bekommen, ohne zuvor in der Warteschlange zu stehen?", fragte sie.

„Ja, das kann ich ohne Weiteres veranlassen ... aber wozu hilft dir das?", wollte er wissen.

„Ich weiß es nicht, aber vielleicht komme ich da auf eine Idee."

Padre Alberto räusperte sich.

„Du vermutest das Versteck hier?"

Für einen Moment verschlug es ihr die Sprache.

Ein Lügengerüst aufrechtzuerhalten ist nicht einfach.

„Ähm ... ich kann dies nicht ausschließen, ich würde gern jeder Spur nachgehen."

Es klopfte.

„Entschuldigung, Padre, aber ich wollte Sie erinnern, dass der Arzt Sie in Kürze untersuchen möchte", meinte der Sekretär.

„Ach ja ... ich wollte, dass er noch mal kommt."

Er blickte in die Runde.

„Entschuldigt, aber ich muss den Arzt fragen, welche meiner leider unerlässlichen Tabletten ich im Moment nehmen soll. Das Rheuma plagt mich gerade stark."

Seine Gesichtszüge verrieten, dass er Schmerzen litt. Er wandte sich erneut an den Sekretär.

„Könntest du bitte vier VIP-Karten für den Eintritt in das Vatikanische Museum besorgen und diese meinen Gästen geben?"

Der Sekretär nickte, verbeugte sich und versprach, diese gleich zu bringen.

„Ich hoffe, euch damit ein bisschen zu helfen, und solltet ihr in Schwierigkeiten geraten, meldet euch. Ich meinerseits werde mich umhören, ob ich in dieser ähm ... Angelegenheit noch Weiteres in Erfahrung bringe. Und Philippus, du begleitest sie doch?"

„Das habe ich vor und hoffe, sie vor allzu Neugierigen schützen zu können."

Der Sekretär kam zurück und überreichte jedem Einzelnen eine Eintrittskarte.

„Sie müssen nicht anstehen, sondern gehen direkt zum seitlichen Eingang und zeigen dort ihre Freikarten."

Padre Alberto erhob sich schwerfällig und kam um den Tisch herum. Er verabschiedete sich per Handschlag von jedem und begleitete sie bis zur Türe.

Doch Anna bat er, noch einen Moment bei ihm zu bleiben, selbst dem Sekretär gab er zu verstehen, draußen auf die Ankunft des Arztes zu warten. Sie war überrascht, aber er bat sie nur, ihn zurück auf seinen Stuhl zu führen. Sie half ihm und blieb unschlüssig vor ihm stehen.

„Auf ein Wort, Anna, ich werde nicht in dich dringen, aber ich spüre, dass du mir nicht die volle Wahrheit sagst."

Anna senkte den Blick, um ihm nicht in die Augen sehen zu müssen.

„Hab keine Angst, du wirst schon deine Gründe haben. Ich habe mir nur überlegt, dass es auch die Möglichkeit gibt, offiziell, mit mir als Zeuge, diese umstrittene Bibel zu vernichten. Die Betonung liegt auf offiziell."

Anna war sprachlos.

Er ahnt mehr, als ich dachte!

Der Padre lächelte ihr zu.

„Ich brauche keine Antwort! Ich wollte nur, dass du weißt, dass du dich auf mich verlassen kannst."

Er ergriff ihre Hand.

„Anna, sei vorsichtig und sage mir oder Philippus Bescheid, wenn du Hilfe brauchst."

Es klopfte erneut.

„Ja ... ja, sie kommt schon!"

Er wandte sich an Anna.

„Bis bald! Geh nur und pass auf dich auf."

„Auf Wiedersehen ... und vielen Dank", stotterte Anna und öffnete die Türe.

Die drei warteten schon ungeduldig auf sie.

„Alles in Ordnung?", fragte Thomas flüsternd.

Sie nickte nur.

Ich bin überrascht ... aber die Idee ist gut. Eigentlich benötige ich nur noch ein geeignetes Versteck.

Auch die anderen sahen sie fragend an.

„Er hat mich nur zur Vorsicht ermahnt, mehr nicht!"

„Na dann ... folgt mir", forderte Philippus sie auf und ging voran. Nicht nur seine Kutte, sondern auch die der anderen raschelten bei dem schnellen Gang, den er vorlegte.

Sie umgingen die wartende, fast zweihundert Meter lange Menschenschlange vor dem Eingang des Museums.

Ohne weitere Kontrolle durften sie mit den VIP-Karten passieren und auch ihre Rucksäcke geschultert behalten.

Sie betraten das Museum des Vatikans und waren überwältigt vom Anblick der gewaltigen Höhe und Pracht des Korridors. Der Fußboden wie auch die Wände waren aus hellem Marmor. In Nischen, in unregelmäßigen Abständen, unterbrachen kunstvoll gefertigte Büsten, Figuren und Figurengruppen die Gerade.

„Ich zeige euch die berühmteste Darstellung", verkündete Philippus und führte sie vorbei an den Besucherströmen bis zur Laokoon-Gruppe.

„Wie ihr vielleicht wisst, wurde die Laokoon-Gruppe 1506 in Rom auf dem Esquilin, einem der sieben Hügel Roms gefunden. Bis heute streitet man sich über die Datierung dieses einmaligen Kunstwerks. Letzte Forschungen ergaben eine Entstehung um vierzig vor Christus. Ihr erinnert euch? Während des Krieges von Troja hatte Laokoon, der ja ein trojanischer Priester des Gottes Apoll war, gegen den Einlass des Holzpferdes in die Stadtmauern Einspruch erhoben. Das wiederum gefiel der Göttin Athene und Gott

Poseidon nicht, die den Griechen gewogen waren und vom Meer zwei gewaltige Schlangen schickten, die ihn und seine Söhne mit ihren Windungen umschlangen und töteten", erklärte er weiter.

„Danke für diesen Einblick!", meinte Thomas. „Man merkt schon, dass du gelegentlich Führungen für ausgewählte Gruppen gibst."

Ebenso wie Anna kannte er die Darstellung von Abbildungen. Aber selbst davor zu stehen und zu sehen, wie der muskulöse Laokoon mit schmerzverzerrtem Gesicht versucht, die Schlangen abzuwehren, während eine der Schlangen ihre giftigen Zähne in sein Lendenfleisch bohrt, war einfach ein unglaubliches Erlebnis.

Anna begeisterte vor allem die kunstvolle Fertigung der Haare Laokoons, die seine krause Lockenpracht lebensecht darstellte.

Sie schlenderten weiter, vorbei an etlichen Kunstwerken wie auch dem Gobelin, die Kopie des berühmten Abendmahls von Leonardo da Vinci, bis Pater Innozenz um eine Pause bat.

Philippus führte sie zu einem kleinen Lokal im Innenhof und sie suchten sich einen schattigen Platz.

In ihrer Kutte wurde es Anna mächtig heiß, denn sie trug darunter noch ihr T-Shirt und eine kurze Hose. Thomas ging es nicht anders. Er nestelte fortwährend an seinem Kragen. Philippus brachte ein Tablett mit kühlen Getränken.

Pater Innozenz sah sehr blass aus. Anna war besorgt.

„Bleibt ihr doch beide hier und gönnt euch ein Mittagessen, ihr kennt den Vatikan doch schon. Aber Thomas und ich sind sehr neugierig, was es noch zu sehen gibt", wandte sie sich an die beiden Freunde.

„Wäre mir schon recht, ich habe schon wieder leichtes Kopfweh und hier im Schatten fühle ich mich gleich besser."

„Super ... ich möchte unbedingt die Sixtinische Kapelle besichtigen. Du doch auch?", fragte Anna Thomas.

Sie blickte ihn an und erschrak.

Hinter ihm unter der überdachten Terrasse erkannte sie ein Gesicht ... ein markantes Gesicht mit Hakennase. Nie würde sie dieses vergessen. Sie sah einen der Entführer, die sie damals auf die Yacht entführt hatten.

„Was hast du?", fragte Thomas besorgt.

„Der ... einer der Entführer sitzt ein paar Meter hinter dir", flüsterte sie aufgeregt, „dreh dich bloß nicht um!"

Anna hatte Mühe, Fassung zu bewahren.

„Bis später ... wir kommen zurück", meinte sie und beugte sich gleichzeitig zu Pater Innozenz und Philippus hinunter.

„Hinter uns sind die Verfolger ..., lenkt sie ab!"

Erschrocken blickten die beiden auf und mit einem Kopfnicken deutete Anna in die Richtung hinter Thomas. Pater Innozenz nickte verstehend.

Seine Gedanken kreisten.

Wie kann es sein, dass sie uns so dicht auf den Fersen sind? Werden wir beobachtet oder sucht man nur zufällig hier nach uns?

Philippus stand auf und brachte das Tablett mit dem gebrauchten Geschirr zurück. Im Vorbeigehen tat er so, als würde er stolpern, und das Geschirr fiel auf den Verfolger.

„Können Sie nicht aufpassen?!", herrschte der ihn an und wischte sich Reste von Cola von seiner Hose.

Anna und Thomas nutzten diesen Moment, um sich wieder unter den Menschenstrom zu mischen, der das Museum besuchte. Thomas wagte einen Blick zurück.

„Es scheint uns niemand zu folgen", flüsterte er ihr zu.

Anna packte ihn am Ärmel und zog ihn in einen schmalen Seitengang, der zu den Toiletten führte.

„Wir sollten wieder Alltagskleidung tragen. Wenn die Kernkreuzer uns gesehen haben, dann in Kutte. Außerdem gehe ich vor Hitze ein in dieser warmen Kleidung."

„Gute Idee, machen wir ... ähm, du musst mit mir in die Herrentoilette!"

Anna nickte und ging mit ihm auf die Toilettentüre mit der Aufschrift „Uomini" zu.

In einer der wenigen Toiletten, die frei waren, zog sie sich um. Die Kutte verstaute sie im Rucksack.

Sie wartete so lange, bis die beiden anderen Toilettenbesucher, die sie in Ordenstracht gesehen hatten, die Örtlichkeit wieder verließen.

Endlich erkenne ich mich wieder, dachte sie, als sie sich im Spiegel über dem kleinen Waschbecken betrachtete.

Sie band ein buntes Tuch in ihre Haare und setzte eine runde Brille auf. Diese hatte nur den Zweck, sie zur Brillenträgerin zu machen, nicht um besser sehen zu können.

Thomas erwartete sie schon ungeduldig. Außer der Toilettendame, die vor dem Toiletteneingang saß und noch auf eine Münze wartete, blickte sie keiner misstrauisch an.

„Die wundert sich wohl, wieso ich aus der Herrentoilette komme", überlegte Anna amüsiert.

Sie schlenderten an zahlreichen Gemälden vorbei, besichtigten die ägyptische Abteilung mit ihren Mumien und ihren außergewöhnlichen Kunstwerken. Unruhig blickte Thomas immer wieder zurück, konnte aber keinen der Verfolger erkennen.

Plötzlich rempelte jemand Anna von hinten an, sie verlor das Gleichgewicht, kippte vornüber und klimpernd fiel der Rucksack samt Kassette auf den Marmorboden. Der junge Mann entschuldigte sich in englischer Sprache und wollte ihr den Rucksack aufheben, doch sie stieß ihn weg, wollte auf keinen Fall, dass er diesen anfasste. Überrascht blickte er sie an und entschuldigte sich erneut. Er erklärte, dass er ihr nur helfen wollte. Sie beteuerte, dass alles in Ordnung sei. Mittlerweile hatte sich ein kleiner Kreis von Schaulustigen um sie gebildet. Thomas bahnte sich durch die Menschentraube einen Weg zu ihr und erstarrte für einen Moment.

Direkt links von ihm, wenige Schritte entfernt, sah er den Kahlköpfigen, einen der Bewacher von der Yacht. Offensichtlich war er jetzt einer der Verfolger. Sofort senkte Thomas seinen Blick und zog Anna mit schnellen Schritten fort.

„Der Kahlköpfige ist hinter uns", flüsterte er ihr zu.

„Nein ... verdammt!"

Sie liefen eiligen Schrittes weiter und befanden sich unerwartet vor dem Eingang zur Sixtinischen Kapelle.

Ein großes Schild verbot einzutreten, da die Sixtinische Kapelle wegen Renovierungsarbeiten geschlossen war.

Panisch blickten sie sich um, noch war keiner der Verfolger zu sehen.

Anna ignorierte das Schild und lief daran vorbei auf eine angelehnte Türe direkt vor ihnen zu. Ohne zu zögern, öffnete sie diese und schlüpfte hinein. Thomas folgte ihr und zog schnell die Türe hinter sich zu. Sie hörten Stimmen und Hämmern. Die Geräusche kamen von oberhalb.

Die Sixtinische Kapelle mit ihrer fantastischen Ausstattung war zu einem großen Teil eingerüstet. Auf dem hölzernen Podest in gewaltiger Höhe, direkt unter der Decke, befanden sich offensichtlich Restauratoren. Sehen konnten sie die Kunsthandwerker zwar nicht, aber hören.

Wenn wir sie nicht sehen, sehen sie uns hoffentlich auch nicht, dachte Anna.

Einvernehmlich nickten sie sich zu und eilten unter das Gerüst, das sich kurz vor der Mitte des Raumes befand. Sie steuerten auf einen Stapel von Kisten zu, über denen Tücher lagen und die mit einer dicken Staubschicht bedeckten waren. Eiligst verbargen sie sich hinter dem Stapel. Keine Minute zu früh, denn schon hörten sie laute Stimmen.

„No Signori, ... l'accesso è solo per il personale!"

Thomas wagte einen Blick zur Türe.

„Sie sind's ... zwei von ihnen", flüsterte er, „sie versuchen, sich durch die Türe zu drängen."

Das Pfeifen einer Trillerpfeife ertönte und oben auf dem Podest hörten sie Rufe und das Trampeln vieler Schritte.

„Che c'è?"

„Was ist los?", übersetzte Anna für sich.

Sie drängten sich dicht an die Kisten und krochen unter die staubigen Sackleinentücher. Das Pfeifen hörte abrupt auf und sie hörten nur noch ein lautes Stöhnen und Poltern.

„Ich bin mir sicher, dass sie hier sind. Ich habe gesehen, wie sie durch diese Türe schlüpften, ganz sicher", flüsterte eine ihnen bekannte Stimme.

Anna presste die Hand auf den Mund, hätte am liebsten den Atem angehalten. Der Staub kitzelte in ihrer Nase. Sie musste den Niesreiz unterdrücken, Tränen stiegen ihr in die Augen. Sie hörten erneut Schritte.

Die Restauratoren stürzten sich mit Gebrüll auf die Eindringlinge, bewaffnet mit eisernen Werkzeugen und Holzbrettern.

Anna lugte durch ein Loch in der Leinwand. Die Verfolger sahen die Meute auf sich zukommen und ergriffen die Flucht. Sie stießen, den am Boden liegenden niedergeschlagenen Wärter in die Flanke, ehe sie aus der Türe flüchteten. Aber die Museumswärter hatten bereits die Polizei alarmiert, die Trillerpfeife hallte durch die Räume.

Vor der Türe wurden die Eindringlinge eingekreist von zwei Angestellten und aus einiger Entfernung stürmte die Polizei auf sie zu.

Die Verfolger stießen die Museumswärter zu Boden und stoben durch die Menschenmenge, streckten jeden, der sich ihnen in den Weg stellte, nieder. Die Polizisten blieben ihnen, trotz kreischender Menge, auf den Fersen.

Von vorne kam ihnen auch ein Polizeiaufgebot entgegen.

Der Kahlköpfige blieb stehen und zerrte an einer jungen Frau in nächster Nähe, brachte sie in seine Gewalt und hielt sie im Würgegriff. Sein Kumpel tat es ihm gleich und bedrohte einen älteren Mann.

Die Polizisten blieben sofort stehen. Die Menge wich zurück.

„Ergeben Sie sich ... lassen Sie die Frau und den Mann

los!", beschwor sie einer der Polizisten in gebrochenem Deutsch.

„Nichts da ... legen Sie Ihre Pistolen auf den Boden und schieben sie diese zu uns", forderte der Kahlköpfige.

Die Polizisten schoben widerwillig ihre Pistolen mit den Füßen zu ihnen hinüber. Der Kahlköpfige bückte sich und zog das Mädchen mit sich hinunter. Er musste den Griff um ihren Hals etwas lockern. Im selben Moment stieß einer der Museumswärter mit aller Wucht gegen den Gebückten. Dieser fiel mit seiner Geisel vornüber, musste aber den Griff um ihren Hals freigeben, um den Fall abzufedern.

Einer der Polizisten schnellte nach vorne, ergriff mit der einen Hand die Pistole und riss mit der anderen Hand das Mädchen hoch, das noch am Boden lag. Gleichzeitig richtete er den Lauf seiner Pistole auf den Kopf des Verfolgers, der noch versuchte, seinen Angreifer abzuwehren.

Der Kumpan wollte sich auf den Polizisten stürzen, aber geistesgegenwärtig stellte der ältere Herr ihm den Fuß und der Kumpan fiel nach vorne. Er zog den älteren Herrn mit sich zu Boden und für einen Moment sah es aus, als würde er ihm den Hals noch fester zudrücken. Aber unwillkürlich ließ er los, um den Sturz abzufangen. Dann geschah alles in Sekundenschnelle. Der andere Polizist warf sich auf den Geiselnehmer und hielt auch ihn mit der Pistole in Schach. Ein Raunen der Erleichterung ging durch die Menge.

Anna und Thomas konnten nur ahnen, was auf dem langen Flur vor sich ging. Doch selbst als der Lärm nachließ, verharrten sie in gebückter Stellung, wagten weder zu sprechen noch sich zu bewegen, obwohl Anna kaum mehr ihre Beine spürte.

Kurz nachdem der Lärm verebbt war, kehrten die Restauratoren zurück. Soweit Anna das italienisch Gesprochene verstand, hatte die Polizei wohl beide Verfolger dingfest gemacht. Aber die Verfolger hatten von zwei Personen berichtet, die sich in die Sixtinische Kapelle eingeschlichen hatten.

Anna wurde bleich vor Schreck.

„Ja klar, wahrscheinlich gleich hier hinter dem Stapel“, verstand Anna.

Verdammter Mist!

Tatsächlich trat einer der Restauratoren mit dem Fuß gegen den Stapel Holzbretter. Ein Brett löste sich, rutschte über die Plane, streifte ihren Kopf und fiel polternd zu Boden. Nur mit Mühe konnte sie einen Aufschrei verhindern.

Anna hörte Schritte auf dem Podest, mal direkt über ihnen, dann wieder weiter entfernt. Anscheinend suchten sie auch dort oben noch nach ihnen. Erst nach einiger Zeit vernahm sie Schritte auf den Stufen und unter einem aufgeregten Plaudern der Handwerker mehrmals ein „Ciao“. Offensichtlich hatten sie beschlossen, wegen der Aufregung früher Feierabend zu machen.

Meine Beine kribbeln schon … geht doch endlich!

Als hätten die Umstehenden Annas Gedankengänge gehört, verließ der letzte Trupp die Kapelle.

Kaum hörten sie das Schnappen der Türe, erhoben sie sich.

„Oh nein, das sticht ja wie tausend Nadeln in den Füßen“, stöhnte sie leise, als sie aufstand, und verzog ihr Gesicht zu einer schmerzverzerrten Maske. Thomas ging es nicht besser, er ächzte bei jedem Schritt. Um sich abzulenken, betrachteten sie die zahlreichen Gemälde mit meist biblischen Szenen, die noch vor dem Podest sichtbar waren. Wie ein großes Mosaik reihten sich die Darstellungen von menschlichen Figuren in farbenprächtigen Gewändern inmitten eines blauen Himmelsgewölbes. Anna konnte die Vielfalt der abgebildeten biblischen Geschichten nicht gleichzeitig aufnehmen und wandte sich fast schon berauscht ab.

„Unglaublich“, flüsterte Thomas, ebenso überwältigt von der Pracht.

Nach mehreren kleinen Runden fühlten sie endlich ihre

Beine wieder und der kribbelnde Schmerz ließ nach. Thomas lief zur Türe, um den großen Messingknopf zu drehen. Vergeblich.

„Wieder mal eingeschlossen, das kennen wir ja schon zur Genüge."

„Egal, ich muss erst mal etwas trinken, der Staub hängt mir in der Kehle. Möchtest du auch Wasser?"

Er nickte und sie reichte ihm eine Flasche Wasser.

„Wenn wir schon hier sind, klettern wir doch auf das Podest. Ich möchte mir Michelangelos Gemälde gerne aus der Nähe ansehen. Viele der anderen Kunstwerke sind ja leider durch das riesige Gerüst verdeckt. Komm!", meinte Anna und stieg die schmalen Stufen der steilen Holztreppe hinauf.

Die hölzerne Treppe wand sich im Zickzack bis auf das Podest. Außer Atem erreichten sie den Holzboden.

„Aha ...", resümierte Thomas, „für die Utensilien, die sie hier oben benötigen, haben sie einen Lastenaufzug. Siehst du den großen Korb an dem Seilzug dort drüben?"

„Ah ja ... nächstes Mal nehme ich den", keuchte sie und wagte nur einen einzigen Blick hinunter in die Tiefe. Nie hätte sie gedacht, dass Podeste in solcher Höhe sein können. Hier oben musste man schon schwindelfrei sein.

Wohin sie blickte, standen Tische auf Holzböcken. Auf den einen lagen Pinsel und kleine Farbtöpfe, auf den anderen Zeichnungen oder Werkzeug in allen Variationen. In der Mitte auf dem Boden standen Eimer mit Farb- und Mörtelresten.

Hier oben fiel das Tageslicht durch die hohen Fenster und erhellte das gesamte Podest, im Vergleich zum unteren Eingangsbereich, der eher ein dämmriges Licht aufwies.

Wie magisch angezogen, liefen sie auf Michelangelos berühmtes Werk „Die Erschaffung Adams" zu.

In schöner Unbefangenheit liegt Adam auf einem abschüssigen Grün und streckt voller Vertrauen den Arm, die Hand seinem Schöpfer entgegen. Ein älterer bärtiger Mann, der von Engeln getragen wird und dessen Hemdärmel durch den Flugwind nach oben geschoben ist, streckt Adam kraftvoll seinen Arm entgegen. Beinahe berühren sich ihre Finger, nur eine kleine Lücke klafft zwischen dem Göttlichen und dem Menschlichen.

„Wahnsinn", murmelte Anna, nicht nur ergriffen von der Darstellung, sondern auch von der Größe des Freskos, das fast fünf Meter Breite und über zwei Meter Höhe hatte und sich überdimensional direkt über ihren Köpfen präsentierte.

„Echt verrückt", erwiderte Thomas, „es gibt eine Interpretation, die besagt, dass die Figuren und Formen, die Gott tragen, eine exakte Zeichnung des menschlichen Gehirns seien und Frontallappen, Hirnstamm und Hypophyse sowie andere Teile des Großhirns erkennbar wären. Das rotbraune Tuch soll eine menschliche Gebärmutter darstellen und der grüne wehende Schal eine durchgeschnittene Nabelschnur."

Er zeigte auf die entsprechende Darstellung.

„Unglaubliche Deutung, aber auch ohne große Fantasie gut zu erkenn..."

Sie brach ab, denn von unten hörten sie Geräusche. Es hörte sich an, als wollte jemand gewaltsam die Eingangstüre öffnen.

Ratlos sahen sie sich an. Ihre Blicke fielen auf den Lastenkorb.

Thomas bedeutete ihr, dort hineinzuklettern.

Die Türe öffnete sich unter lautem Knirschen und schon hörten sie trampelnde Schritte.

„Ich locke sie von dir weg! Informiere die anderen."

Er lief auf die Holztreppe zu. Anna wollte ihn zurückhalten, aber es blieb keine Zeit. Schnell, aber vorsichtig kletterte sie in den Lastenkorb. Er schwankte leicht, als sie einstieg, pendelte sich aber wieder aus, als sie am Boden neben Seilen kauerte. Vorsichtig bedeckte sie sich mit einem staubigen Leinentuch, das griffbereit lag.

„Dort vorne ist jemand", rief eine, ihr leider nur zu gut bekannte Stimme. Die Stimme eines ihrer Verfolger.

Wie haben weitere Verfolger es geschafft, hier erneut unbe-
helligt hereinzukommen? Sie müssen Mittelsmänner hier im
Vatikan haben.

„Ich hab ihn!"

„Lassen Sie mich los!"

Thomas schlug wild um sich, aber gegen zwei, als Polizisten getarnte Verfolger, war er wehrlos. Zumindest hatten sie
ihn erst am Boden gestellt.

„Wo ist deine Freundin?", fragte ihn der Größere und
verdrehte ihm den Arm.

Thomas schrie extra laut vor Schmerzen auf und hoffte,
dass jemand zu Hilfe käme.

„Du sollst ihn unversehrt lassen ... genauso wie sie. Schon
vergessen?", fuhr ihn der andere an.

Er zog seine Pistole aus dem Halfter unter der Uniform
und richtete sie auf Thomas.

„Wo ist Anna Sanders?"

„Ich suche sie auch. Als ihr heute Nachmittag hinter uns
her wart, ist sie panisch davongelaufen und mich hat man
hier eingesperrt, als ich nach ihr suchte."

„Schönes Märchen, Eddi geh hoch und such auf dem Podest. Ich halte ihn hier in Schach."

„Falls du schreist, schieß ich dir ins Bein, ist das klar? ...
Ganz unversehrt brauchst du ja nicht zu sein", wandte er
sich an Thomas.

Ich muss was unternehmen, nur was?

„Anna, wenn du hier bist, gib auf ... er richtet eine Pistole
auf mich", sprach Thomas extra laut.

Für einen Moment schien es, als wollte der Gegner abdrücken. Vor seinem geistigen Auge sah Thomas schon die
auf ihn zufliegende Kugel. Aber zum Glück besann sich der
Verfolger.

„Ja ... komm raus, wir tun dir nichts, wir wollen nur etwas, was du hast!"

Es blieb still.

Man hörte nur Schritte, oben auf dem Podest.

„Hier oben ist niemand", rief der andere Verfolger zurück.

Im gleichen Augenblick beugte er sich über den Lastenkorb, sah aber nur ein Knäuel von Seilen und ein dick mit Staub bedecktes Tuch.

„Ich sage doch, dass sie nicht hier ist!", betonte Thomas laut.

„Sie muss noch im Vatikan sein! Was machen wir mit ihm?"

„Hm ... wir fesseln ihn und setzen ihn irgendwo auf dem großen Flur ab, als Köder. Wenn das nichts wird, behalten wir ihn als Geisel."

Anna wartete, bis sie draußen waren, und wollte aus dem Korb steigen. Dies war aber viel schwieriger als das Einsteigen. Der Lastenkorb schwenkte zur Seite, sobald sie sich auf den Knäuel von Seilen stellte. Nur mit Mühe gelang es ihr, nach mehrfachen Versuchen wieder auf das Podest zu gelangen. Sie nahm ihr Handy und wählte Kommissar Benders Nummer.

„Zurzeit nicht erreichbar, versuchen Sie es zu einem späteren Zeitpunkt", ertönte die Ansage.

Sie probierte es erneut bei den anderen, hatte aber keinen Erfolg.

Mist ... ich habe wohl keinen Empfang hier in diesem alten Gemäuer. Sie werden Thomas nichts antun. Im Moment ist er viel zu wertvoll für sie.

Sie beruhigte sich.

Vorhin hatte sie etwas gesehen. Aufgeregt lief sie wieder unter das fantastische Gemälde von Michelangelo.

Genau an der Stelle, wo sich die Finger fast berühren, klaffte nicht nur eine Lücke, sondern ein richtiges Loch, das mit einem Holzbrett notdürftig geschlossen war.

Eine Seite war nur grob mit Mörtel zugeschmiert. Auf dem Tisch in der Nähe sah sie die identischen Farben des Gemäldes, um den Mörtel zu übermalen, auch die Farbe des Fingers von Adam, der zu einem kleinen Teil in Mitleidenschaft gezogen war.

Sie holte sich eine Leiter, die ein paar Schritte entfernt stand, und stieg direkt unter die Öffnung. Mit einem Finger strich sie über den Mörtel. Er fühlte sich noch feucht und frisch an.

Sie kratzte daran und hatte bald mehrere Klumpen Mörtel in der Hand und zum Schluss eine runde Scheibe aus dünnem Holz. Die Öffnung wurde faustgroß, aber nicht größer.

Sie stieg die Leiter hinab und suchte sich eine Spachtel. Doch auch mit diesem Werkzeug wurde das Loch nur wenige Zentimeter größer, aber immerhin entsprach es mittlerweile der Größe von zwei Fäusten. Sie war so im Eifer, dass sie nicht an die brenzlige Lage dachte, in der sie sich befand.

Ihre Gedanken kreisten.

Ein besseres Versteck kann ich mir nicht vorstellen ... nur es ist zu klein für die ‚Bibel der Bibeln‘.

Sie stieg die Leiter wieder hinab, rieb sich ihre Schläfe und versuchte, eine Lösung zu finden.

Eine Idee formte sich in ihren Gedanken.

Sie holte die ‚Bibel der Bibeln‘ aus der eisernen Kassette, nahm die Seiten aus dem falschen Buchdeckel und formte sie vorsichtig zu einer Rolle.

Das könnte klappen. Aber ich benötige noch eine Schutzhülle.

Sie suchte nach Geeignetem auf dem Podest und fand ein Stück grobe Schnur und einen von der Größe annähernd passenden Leinenstreifen.

Vorsichtig machte sie sich ans Werk, bog die Seiten zu einer Rolle. Aber die vielen Seiten blätterten sich wieder auf.

Eigentlich wollte sie es gleich noch mal tun, aber ihr Blick fiel auf die geöffnete Seite.

Sie sah eine Darstellung von Moses auf einem Berg, vor ihm das Volk, das zu ihm aufsah. Sie konnte nicht widerstehen und las:

Exodus 2. Buch Moses 19

Als nun der dritte Tag kam und es Morgen ward, da erhob sich ein Donnern und Blitzen und eine dichte Wolke auf dem Berge und der Ton einer sehr starken Posaune.

Das ganze Volk aber, das im Lager war, erschrak. Und Moses führte das Volk aus dem Lager Gott entgegen, und es trat unten an den Berg. Der ganze Berg aber rauchte, weil der Herr auf den Berg herabfuhr im Feuer und sein Rauch stieg auf wie der Rauch von einem Schmelzofen und der ganze Berg bebte sehr.

Und die Posaune ward immer stärker …

Sie wurde in das Geschehen hineingezogen.

… Sie schreit auf … ein ohrenbetäubendes Rauschen umfängt sie … ein gewaltiges Beben … Feuer … Rauch … undurchdringlicher Qualm. Sie spürt die Angst der Menschen …

Anna sackte vornüber und blieb bewusstlos auf dem Podest liegen.

Als sie wieder zu sich kam, wusste sie nicht, wie lange sie ohne Bewusstsein gewesen war. Sie fühlte sich benommen. Nach und nach erinnerte sie sich an das Erlebte, an das Gefühl, mitten in dem angsteinflößenden Moment gewesen zu sein.

Das muss die Bibelstelle sein, in der Moses die zehn Gebote erhalten hat.

Sie schauderte, versuchte, die Erinnerung abzuschütteln.

Ich muss mich jetzt auf das Versteck für die ,Bibel der Bibeln' konzentrieren.

Erneut begann sie ihr Vorhaben.

Diesmal werkte sie auf einem Tisch, legte den Leinenstreifen aus und formte wie mit Samthandschuhen die Seiten der ‚Bibel der Bibeln‘ zur Rolle. Geschickt legte sie die Schnur um das Bündel. Die überhängenden Leinenstreifen band sie ebenfalls zu, um die Seiten zu schützen.

Zufrieden betrachtete sie ihr Werk.

Sie holte den Eimer mit dem Rest von angerührtem Mörtel und fühlte, dass er gerade noch streichfähig war.

Lange war ich wohl nicht ohnmächtig, sonst wäre er schon hart.

Sie stieg die Leiter wieder hinauf.

Vorsichtig schob sie zunächst ihre Hand in die Öffnung und bemerkte mit Schrecken, dass sie nach einer Handlänge bereits auf etwas stieß.

Oh … nein, die Öffnung ist zu klein!

Panisch fingerte sie seitlich und stellte fest, dass sowohl linker als auch rechter Hand ausreichend Hohlraum war, um die Bibelrolle quer einzulegen. Ohne zu zögern, bugsierte sie die ‚Bibel der Bibeln‘ in die vorhandene Öffnung. Es ging leichter als gedacht, sie rutschte noch etwas tiefer in den Hohlraum.

Geschafft, aber jetzt kommt noch das Schwierigste.

Das Einsetzen der Scheibe jedoch war nicht schwierig, denn an einer Seite fehlte mindestens ein Zentimeter.

So wird das nichts. Was tun?

Sie stieg wieder hinab. Ihr Blick fiel auf den Rest der Schnur. Schnell drückte sie diese in den Mörtel und dann um den Rand der Scheibe, bis sie haftete.

Vorsichtig trug sie die Scheibe nach oben und passte diese in die Öffnung ein. Sie lehnte sich zurück und betrachtete die nun wieder verschlossene Lücke. Sie war kaum größer

als zuvor und vorsichtig strich sie den gerade noch streich-
fähigen Mörtel über den unbedeckten Rand. Die Schicht
wurde etwas dünner.

*Hoffentlich merkt keiner den kleinen Unterschied. Aber
selbst, wenn der Restaurator noch mal Hand an diese Stelle an-
legt, wird er nicht sofort die Rolle sehen, da sie tiefer gerutscht
ist.*

Sie nickte.

*Hier ist der einzig richtige Platz für diese geheimnisvolle Bi-
bel – an der Stelle, wo sich das Menschliche und das Göttliche
fast berührt.*

Sie blickte sich um. Der Raum war mittlerweile in rotes
Licht getaucht, das Licht der untergehenden Sonne.

Einen Moment hielt sie inne, konnte kaum selber glauben, dass sie nun endlich einen sicheren Ort für die ‚Bibel
der Bibeln‘ gefunden hatte. Die geschriebenen Worte ihres
Onkels fielen ihr wieder ein.

*Das Geheimnis bewahren und verwahren, bis dass die
Menschheit es verstehen kann.*

Sie fand eine Schere und trennte die Seiten des einzigen
Buches, das sie noch bei sich trug, den großen Reiseführer
aus seiner Hülle, steckte sie in den leeren, einst vertauschten
Einband und somit glich dieser wieder einem Buch. Schnell
bugsierte sie die vermeintliche Bibel wieder in die Kassette
und verstaute diese im Rucksack.

Ihr Magen knurrte.

Da sie sich im Augenblick sicher fühlte, aß sie ein paar
Nüsse, trank das mittlerweile warm gewordene Wasser und
bemühte sich, ihre Gedanken zu ordnen.

Philippus und Pater Innozenz sind sicherlich auf der Suche nach uns. Der Vatikan ist wohl schon geschlossen, ich höre keinerlei Geräusche mehr.

Erneut versuchte sie, Innozenz telefonisch zu erreichen. Freizeichen, danach schaltete sich der Anrufbeantworter ein. „Sie haben Thomas in ihrer Gewalt. Wir sind beide im Vatikan, im Museum. Helft uns!", informierte sie aufgeregt.

Auch bei den anderen kam keine Verbindung zustande, daher hinterließ sie dieselbe Nachricht. Sie hatte so leise wie möglich gesprochen, denn sie wollte auf keinen Fall, dass sie jemand hörte oder sie etwas überhörte. Tatsächlich hörte sie wie aus weiterer Ferne Geräusche, schleifende Geräusche.

Was soll ich machen? ... Wenn ich rausgehe, setze ich mich der Gefahr aus, entdeckt zu werden. Doch wenn ich hierbleibe und hier aufgespürt werde ... am Ort des Verstecks, ist das noch ungünstiger.

Leise schlich sie zur Türe. Die Verfolger hatten sie nicht geschlossen. Vorsichtig öffnete sie die Türe und sah, dass der Flur vor der Sixtinischen Kapelle menschenleer war.

Jetzt oder nie!

Geduckt huschte sie den Gang entlang, immer mit Blick auf einen Winkel, in dem sie sich verstecken könnte, wenn es nötig wäre. Sie erreichte den großen breiten Gang. Am anderen Ende des Ganges nahm sie Menschen wahr, einen Trupp von Frauen, die mit breiten Besen und Wischern den Flur reinigten. Sie zwängte sich in den Spalt zwischen Wand und Sockel, auf dem eine pompöse Figurengruppe stand.

Die Putzfrauenkolonne kam immer näher. Sie schienen in Aufregung, sie hörte das Wort „Polizia".

Für einen Moment war sie erleichtert. Polizei konnte ihr helfen. Schon wollte sie losstürmen, aber dann hörte sie diese Stimme, die Stimme, die einem der Verfolger gehörte.

Sie sind als Polizisten verkleidet, deshalb sind sie ungehindert hineingekommen.

Sie duckte sich noch tiefer in den Schatten des Sockels. Im selben Moment fühlte sie das Vibrieren ihres Handys.

Innozenz meldete sich, aber sie wagte nicht, ihm zu antworten. Mit zitternden Händen hinterließ sie über Whats-App die Nachricht, dass sich die Kernkreuzer als Polizisten getarnt im Vatikan befänden.

Die Verfolger näherten sich und befragten die Frauen der Putzkolonne. Sie lauschte. Soweit sie verstand, betonten die Frauen unwillig mehrmals, dass sie niemanden gesehen hatten. Anna wagte einen Blick und sah, dass sie Thomas mit Handschellen auf dem Rücken gefesselt hatten und zwischen sich hielten.

„No Polizia", rief Thomas, „Banditi!", bevor einer der Verfolger ihm einen Knebel in den Mund steckte.

Einer der vermeintlichen Polizisten winkte ab, lächelte und merkte an, das wäre eine typische Masche, um sich als unschuldig hinzustellen.

Er verlangte, dass sie sofort rufen sollten, wenn sie eine junge Frau, seine Komplizin, sähen, und entfernten sich in die entgegengesetzte Richtung. Anna konnte Italienisch besser verstehen als sprechen. Aber auch die Frauen mussten merken, dass die Polizisten keine Italiener waren. Der deutsche Akzent war unüberhörbar.

„Madonna mia", rief die Rädelsführerin den verkleideten Polizisten hinterher und machte sich wieder, wie die anderen auch, an die Arbeit.

Anna wartete, bis die Frauen direkt vor ihr waren und trat dann mutig hinter dem Sockel hervor.

„Psst", sagte sie und hielt den Finger an den Mund.

Die vier Frauen waren sprachlos und blickten sie mehr überrascht als ängstlich an.

Anna versuchte, sich zu verständigen.

„Prego ... bitte nicht rufen", flüsterte sie, „es sind ... mascherato Polizia ... ich brauche Hilfe von echter Polizei ... prego mi aiuti ... helft mir!"

War es ihr bittender Blick oder ihre einfache Kleidung und ihr Rucksack, der so gar nicht zu einer Verbrecherin passte? Die vier Frauen blickten sich gegenseitig fragend an.

Sie einigten sich durch Nicken. Die Älteste gab ihr zu verstehen, dass sie etwas Deutsch verstehe und sie sich wieder hinter dem Sockel verstecken solle.

Diese Frau, mit ihren grau gelockten kurzen Haaren, holte aus der Tasche ihres bunten ärmelfreien Kittels ein Handy hervor und tippte eine Nummer ein. Soweit Anna verstand, fragte sie bei der Polizei nach, ob es einen Polizeieinsatz im Vatikan gäbe. Als dies verneint wurde, schilderte sie aufgeregt den Vorfall mit den vermeintlichen Polizisten und dass eine junge Frau um Hilfe bat.

Offensichtlich konnte der Polizist am anderen Ende der Leitung nicht glauben, was er da hörte. Sie musste nochmals alles wiederholen und erklären, dass sie eine der Frauen des Reinigungspersonals im Vatikan sei.

„Polizia veni ... komme", flüsterte sie Anna zu.

Sie reichte ihr ein Kopftuch und deutete an, die Haare unter das Kopftuch zu stecken, was sie sogleich tat. Eine andere reichte ihr einen blauen Kittel und als Anna ihn über ihrer Kleidung zugeknöpft hatte, reichte sie ihr einen breiten Mob. Den Rucksack warf sie kurzerhand in einen leeren Putzeimer und legte ein großes Putztuch darüber.

„Grazie", murmelte Anna und versuchte, sich wie die anderen langsam sorgfältig kehrend über den Flur zu bewegen. Sie hatte Angst, die Verfolger könnten zurückkommen. Die Minuten verstrichen, ihr kam es unendlich lange vor, bis endlich die Alarmanlage schrillte. Die verkleideten Polizisten zogen Thomas hinter sich her und eilten auf sie zu.

„Andiamo!", rief die Grauhaarige.

Sie ließen ihre Wischer, Mops und Besen fallen und liefen auf die Sixtinische Kapelle zu.

Die Ältere fingerte an ihrem Schlüsselbund.

„Aperto", rief Anna, sprengte vor und stieß die Türe auf.

Sie stürmten hinein und drückten die mächtige Türe wieder zu. Die Grauhaarige, Maria nannten die Frauen sie, verschloss die Türe von innen, mit einem der massiven alten Schlüssel vom Schlüsselbund. Außer Atem blieben sie hinter der Türe stehen und verschnauften.

„Verdammt!", fluchte eine bekannte Stimme, „wir kriegen dich noch, Anna!"

Der andere meinte nur, dass sie schnell wegsollten, bevor die Polizei hier eintraf.

Anna übersetzte.

„Madonna mia!", wiederholte Maria.

Eine der jüngeren Frauen erklärte Anna in gebrochenem Deutsch, dass sie sich schon gewundert hatte, dass sich ein italienischer Polizist so schlecht in seiner Muttersprache verständigte.

Maria bat um Ruhe, telefonierte aufs Neue. Aufgeregt berichtete sie, dass die Banditen im Begriff wären, den Vatikan zu verlassen, und sie in der Sixtinischen Kapelle wären.

Kurz darauf hallte das Trampeln vieler Schritte auf dem Gang.

Anna warf einen verstohlenen Blick zum Podest.

Hoffentlich habe ich alle Spuren ausreichend unkenntlich gemacht!

Es klopfte jemand an die Türe.

Sie fragten, wer da sei, und als in perfektem Italienisch geantwortet wurde, öffneten sie die Türe.

Die Frauen überschlugen sich mit Ausführungen in einem römischen Dialekt, den Anna kaum verstehen konnte. Auch sie wurde befragt, konnte aber nur mitteilen, dass sie verfolgt wurden. Sie berichtete, dass ihr Freund in deren Gewalt sei und dass der deutsche Kommissar Felix Bender informiert werden solle. Dieser Name wirkte. Eine Polizistin ohne Uniform blickte sie erstaunt an. In gutem Deutsch fragte sie, wer sonst noch dabei gewesen war.

„Pater Innozenz aus Deutschland und Freunde", antwortete Anna.

Fast im gleichen Moment tauchten Bert, Innozenz und Philippus auf. Vor Erleichterung kamen ihr die Tränen. Sie nahmen sie in ihre Mitte und drückten sie herzlich.

„Die Kassette", flüsterte Innozenz.

„Habe ich noch", antwortete sie ebenso leise.

Ich lüge nicht, die Kassette habe ich noch.

„Sie haben Thomas. Ich habe ihn hier auf dem Flur kurz gesehen. Diese Typen haben ihm Handschellen angelegt und ihn geknebelt", betonte sie laut.

Die Sirene hatte aufgehört zu heulen.

Polternde Schritte und Rufe hallten durch die Räume des Museums. Nach kurzer Zeit wurde allen bewusst, dass die Verfolger, auf welchem Weg auch immer, das Vatikanmuseum verlassen hatten.

Die Deutsch sprechende, nicht uniformierte junge Frau mit zu einem Pferdeschwanz gebundenen schwarzen Haaren fragte nach Kommissar Bender.

Es stellte sich heraus, dass sie Antonia Zamparutti war, eine ehemalige Kollegin von Felix. Sie berichtete, dass sie seinerzeit in Deutschland ihre Stellung gekündigt hatte und wieder in ihr Heimatland zurückgekehrt war. Sie wäre erst heute aus dem Urlaub gekommen.

Bert informierte sie kurz über das, was bisher geschehen war. Anna musterte sie.

Ihre blauen Augen waren ungewöhnlich für eine Italienerin. Nur ihr dunkler Teint und ihre schwarzen, kräftigen Haare, die ihr eher schmales Gesicht mit der ebenmäßigen Nase umrahmten, passten zu einer Südländerin.

Sie lächelte Anna an, als sie merkte, dass sie gemustert wurde.

„Meine, wie sagt man ... Großmutter ... war eine Deutsche. Daher meine blauen Augen."

Anna wollte etwas erwidern, aber im gleichen Moment

vibrierte das Handy. Sie erkannte Felix' Stimme, konnte aber nur Wortfetzen, wie Ostia ... Verfolger ... Hilfe... Polizei ... Antonia … verstehen, ehe die Verbindung unter Krächzen in der Leitung abbrach.

Aufgewühlt wiederholte Anna die Worte.

„Maledetto ... verdammt! Sie sind in Ostia", fluchte die Kommissarin, sowohl auf Italienisch als auch auf Deutsch und stürmte zum Ausgang, während sie ihnen winkte, ihr zu folgen.

Eng aneinandergedrängt, saßen sie auf der Rückbank des Polizeiautos, das unter ohrenbetäubendem Sirenengeheul durch die Stadt brauste. Der Fahrer neben der Kommissarin überholte im Abstand von Millimetern. Anna erwartete jeden Moment einen Zusammenstoß. Aber der Fahrer kannte die Römer und wusste, dass sie im allerletzten Moment zur Seite fuhren. Im Zickzack umfuhren sie rote Ampeln und preschten mit enormem Tempo voran, ehe der Gegenverkehr sich in Bewegung setzte.

Anna schrie unwillkürlich auf bei diesen brenzligen Situationen. Sie hatte Mühe, sich einigermaßen aufrecht auf der Hinterbank zu halten und nicht mit dem Kopf an den Vordersitz zu stoßen. Erst vor Ostia beruhigte sich der Verkehr.

Ihr Konvoi unter Sirene fahrender Polizeiautos fiel auf.

Die Leute auf den Straßen und die in den Cafés am Straßenrand folgten dem Manöver mit sichtlichem Interesse.

Sie hatten Ostia fast erreicht, als Anna laut aufschrie.

„Da ... da vorne. Das ist die blaue Limousine von Bender, Felix' Bruder", brüllte sie.

Mit rasantem Tempo kam ihnen die Limousine entgegen.

„Wie ... was?", fragte die Kommissarin.

„Verfolgen Sie die Limousine ... das sind Mitglieder des geheimen Bundes", betonte Pater Innozenz.

„Ah ... ich verstehe."

Sie überlegte einen Moment, ordnete dann über Polizeifunk an, dass ihre Kollegen umdrehen und der Limousine ohne Sirene folgen sollten.

„Ich will erst sehen, wo Felix ist", kommentierte sie ihre Entscheidung.

Schon am Eingang kamen ihnen wild gestikulierend zwei Touristen entgegen.

„Andy ... Felix ... unverletzt", rief Bert, stieg aus und rannte ihnen entgegen. Die anderen wollten folgen, aber Felix winkte ab.

„Hallo ...", grüßte er kurz in die Runde, „habt ihr die Limousine gesehen? Der müssen wir folgen."

Ohne weitere Worte quetschte er sich zu der Kommissarin auf den Vordersitz und Andy klemmte sich auf den Hintersitz, setzte sich auf die Beine von Bert. Der Fahrer wendete bereits. Sie selbst telefonierte.

„Sie fahren Richtung Hafen, sagt mein Kollege", erklärte sie den anderen.

„Avanti al porto, Luigi", wies sie ihren Fahrer an.

Felix begrüßte die Kommissarin mit einem Küsschen auf die Wange und drückte sie kurz innig an sich. Offensichtlich kannten sie sich gut.

Die Fahrt war genauso turbulent wie bisher und Anna hatte Mühe zu erklären, was vorgefallen war. Sie ließ aber den Part aus, in dem sie die ‚Bibel der Bibeln‘ versteckt hatte. Mehrmals erwähnte sie, dass die Verfolger Thomas hätten und sie sich große Sorgen mache. Felix berichtete in kurzen Worten, was bei ihm und Andy vorgefallen war.

„Da ist sie!", brüllte Antonia.

Sie hatte gebeten, doch die Kommissarin wegzulassen.

In großer Entfernung, gerade noch sichtbar, sahen sie die Limousine, die in ein altes Industriegelände in eine Seitenstraße einbog. Der Fahrer schoss in noch höherem Tempo hinterher. Zum Glück schien die Gegend unbewohnt. Aber als sie die Abbiegung erreichten, war nichts mehr von der Limousine zu sehen. Fragend sah der Fahrer seine Chefin an.

„Fahr weiter geradeaus, langsam und lass uns in die Seitenstraßen blicken. Sie müssen irgendwo hier in der Nähe sein."

Sie bogen in eine Seitenstraße. Aber auch in dieser Straße, die gesäumt war von hohen, alten Fabrikgebäuden aus roten Backsteinziegeln, war kein Fahrzeug zu entdecken. Luigi, der Fahrer, wendete und bog an der nächsten Ecke links ab. Das Straßenbild veränderte sich kaum. Einzelne Fabrikschlote aus Backstein und große verlassene Fabrikhallen mit zerbrochenen Glasscheiben säumten die holprige Straße. Viele der Wände waren mit bunter Graffiti besprüht. Um diese Zeit, am Spätnachmittag, zeigte sich hier kein Mensch. Es schien wohl eher ein Treffpunkt gleichgesinnter Jugendlicher zu sein, die sich hier abends oder nachts trafen. Denn überall lagen leere Bierdosen und Weinflaschen vor den besprühten Wänden. Aber außer einem verrosteten Fiat sahen sie kein Fahrzeug.

Der Fahrer setzte zum Wenden an und fuhr in eine Hofeinfahrt.

„Da ... da vorne steht sie!", rief Felix aus.

Versteckt hinter aufgetürmten rostigen Eisenteilen ragte die Kühlerhaube der blauen Limousine hervor.

Sie bremsten vor dem Fahrzeug ab.

„Keiner da, dachte ich mir schon", flüsterte Antonia und forderte gleichzeitig über Handy Verstärkung an.

„Anna und der Pater bleiben hier", wies sie auf Italienisch den Fahrer an.

„Wir sehen uns um, Felix und ich", wandte sie sich an die anderen.

Felix nickte.

„Bert und Andy, ihr bleibt auch erst mal bei Anna und wartet, bis Verstärkung kommt", ordnete Felix an.

„Wenn ihr unbedingt wollt."

Man sah den beiden an, dass ihnen diese Entscheidung nicht sonderlich gefiel. Sie wären wohl lieber auch ausgeschwärmt.

„Du rechts … ich links, aber nur suchen und berichten! Nicht alleine eingreifen! Versprochen?", bat Felix.

„Si … si, Felix", versprach Antonia.

Felix schlich um das Fabrikgebäude herum, blickte durch die mit Staub bedeckten hohen Scheiben, konnte aber keine Bewegung erkennen, außer einer Maus, die am schmalen Fensterbord entlanghuschte. Er war irritiert. Irgendwo mussten die Kernkreuzer sein. Geduckt schlich er um die nächste Gebäudeecke.

Antonia, die nichts weiter entdeckt hatte, wollte gerade Felix folgen, als wie aus dem Nichts drei Gestalten auftauchten und in Richtung der vier, die am Auto warteten, hechteten.

„Anna … geh ins Auto … fahrt weg", schrie Antonia.

Erschrocken blickten sich die vier Wartenden um.

Die Verfolger waren nur noch wenige Schrittlängen entfernt. Geistesgegenwärtig schob Bert Anna ins Auto, bevor er und die anderen hineinsprangen. Der Fahrer saß bereits im Auto und startete.

„Fahr los!", brüllte Bert.

Mit Kavalierstart schoss das Auto davon. Einer der Verfolger hatte bereits einen Türgriff des Polizeiautos in der Hand.

Bert riss die Türe auf und stieß ihn mit seinem Bein zu Boden. Er fiel und musste den Griff loslassen. Die Verfolger liefen zu ihrer Limousine und starteten durch.

Antonia war gerade in dem Moment vor Ort, als die Kernkreuzer losfuhren.

Wo bleibt Felix? Er muss das doch gehört haben. Ich hoffe, die Verstärkung ist gleich da!

Sie hatte ihre Gedanken kaum zu Ende gedacht, als bereits ein Polizeiauto heranfuhr ohne Sirene, wie sie angeordnet hatte.

In kurzen Worten erklärte sie den Kollegen die Situation und musste sich innerhalb von Sekunden entscheiden, ob sie nach Felix Ausschau halten oder die Verfolgung der Kernkreuzer aufnehmen wollte. Die Polizisten hatten die blaue Limousine gesehen, als sie ihnen entgegengeschossen kam.

Sie entschied sich für die Sicherheit von Anna und brauste los.

*

Felix war bereits um die Gebäudeecke gehuscht und rieb mit dem Ärmel seines langärmeligen T-Shirts ein Sichtfenster am unteren Rand der ersten stark verschmutzten Scheibe.

Er sah eine Treppe, die in mehreren Windungen nach unten zum Parterre dieser Halle führte. Er war gewiss, Glühbirnenlicht zu sehen und einen Menschen, der telefonierte. Mit großen Schritten durchmaß er den Raum. Jetzt befand er sich unter der Glühbirne, die einsam baumelnd von der Decke hing.

Sein Gesicht wurde beleuchtet. Für einen Augenblick war Felix wie erstarrt. Er erkannte ihn ... seinen Bruder Max.

Ich ... ich muss die anderen holen. Er ist bestimmt nicht allein, versuchte er, sich zu fassen.

Als hätte sein Bruder den Blick gespürt, drehte er sich um und sah nach oben. Ihre Blicke trafen sich.

Im ersten Moment war sein Bruder ebenso erstarrt wie er. Einer seiner Leute folgte seinem Blick.

„Da oben ist einer von den Polizisten ... wir sollten abhauen", rief dieser erregt mit seiner krächzenden Stimme.

„Halt ... wartet!" Max Bender hatte sich wieder gefasst.

„Die anderen Polizisten sind mit Anna im Auto abgehauen. Die anderen verfolgen sie. Er ist wahrscheinlich alleine hier. Wir müssen ihn abfangen, ehe er die Polizei informiert", konterte ein anderer Kernkreuzer.

Ohne auf eine Anweisung zu warten, stürmten zwei die

metallene Treppe hinauf. Die Stufen schepperten bei jedem Schritt.

Felix blickte sich verzweifelt nach einem Versteck um.

Im selben Moment hörte er das Brüllen von Antonia und quietschende Reifen.

Verdammt, ich habe keine Zeit mehr, Antonia zu informieren.

Sein Blick blieb an einer Hecke am Ende der Gebäudefläche hängen.

Nein, das ist zu weit entfernt!

Panik ergriff ihn.

Das Einzige, was er in nächster Nähe sah, war ein Stapel alter Autoreifen in völliger Unordnung wahllos übereinander gehäuft. Er rannte darauf zu und kroch in drei aufeinandergestapelte große Reifen, die eine freie Mitte wie ein Rohr bildeten. Mit angezogenen Knien hockte er auf dem steinernen zum Teil mit Unkraut bewachsenen Boden. Das Gummi der Reifen war durch die Hitze angewärmt und verströmte einen unangenehm beißenden Geruch. Er hörte Antonia erneut seinen Namen rufen. Im ersten Impuls hätte er gerne geantwortet, aber dann besann er sich.

Ehe sie mir helfen kann, haben die mich schon erwischt.

Einen Moment später hörte er wieder ein Motorengeräusch, das sich entfernte. Er machte sich keinen Reim darauf, konnte sich nur vorstellen, dass Unerwartetes geschehen war.

Schritte in unmittelbarer Nähe knirschten auf dem kiesigen Grund.

„Er war hier ... er kann nicht weit sein! Ich suche hier weiter ... du da drüben, okay?", flüsterte eine tiefe Stimme.

Die Schritte entfernten sich und Felix wollte Anna über WhatsApp informieren. Aber er fand sein Handy in keiner seiner Hosentaschen.

Mist! Ich muss es vorhin verloren haben!

Keuchend kehrten die Verfolger nach kurzer Zeit zurück.
„Nichts … und du?", fragte eine krächzende Stimme.
„Nee … aber er muss hier irgendwo sein", antwortete der andere.

Er setzte sich auf einen Stapel Reifen und diese bewegten sich, schwankten und stießen die anderen Reifen an. Auch der Stapel, in dem Felix saß, schaukelte etwas. Er hatte große Mühe, das Gleichgewicht zu halten.

„Hey pass auf … sonst rollen uns noch die Reifen durch die Gegend", maulte der mit der krächzenden Stimme.

Etwas vorsichtiger stand dieser wieder auf.

„Komm, wir sehen dort hinten bei der Hecke noch mal nach", schlug er vor.

Ja, verdammt, haut endlich ab!

Felix' Beine fingen schon an zu kribbeln und ihm war bewusst, dass er nicht mehr lange in dieser Stellung verharren konnte.

Zudem ärgerte er sich maßlos, dass die Kernkreuzer vor seiner Nase herumliefen und er alleine nichts unternehmen konnte. Kurz darauf hörte er aufgeregtes Stimmengewirr und das Aufheulen eines Motors.

Nach einer gefühlten Stunde, in Wahrheit aber nur einer Viertelstunde, hielt er es nicht mehr aus. Da er keinerlei Geräusche mehr gehört hatte, schälte er sich aus dem Reifenturm. Bei jedem Schritt kribbelten seine eingeschlafenen Füße schmerzhaft. Die alte Fabrikanlage schien verlassen. Außer ein paar streunenden Hunden, die sich einen Schattenplatz suchten, um der sengenden Hitze zu entkommen, war niemand zu sehen.

Ich muss mein Handy wiederfinden! Es muss hier in der Nähe sein! Wahrscheinlich ist es mir, als ich mich schnell verstecken musste, aus der Hosentasche gefallen.

Er suchte den Boden um den getürmten Berg von alten Reifen ab. Nichts!

Er schlich weiter an dem Fabrikgebäude entlang, versuchte, sich zu erinnern, welchen Weg er zuvor gegangen war. Auch hinter der Gebäudeecke fand er nichts und wollte gerade enttäuscht umdrehen, als ihm eine Ameisenstraße auffiel. Sie verlief schnurgerade von dem Gemäuer des Fabrikgebäudes zum nächstliegenden Gebüsch. Unterbrochen wurde die Linie nur durch eine dunkle Erhebung, die sie ordentlich, wie eine Umleitung einer Straße umging. Er untersuchte das Hindernis.

Ich glaub es nicht, das ist mein Handy. Ohne die Ameisen hätte ich es nie gefunden!

Der Akku reichte noch für einen Anruf, Antonias Nummer hatte er gespeichert. Leider nahm sie nicht ab. Er musste auf den Anrufbeantworter sprechen.

„Antonia ... ich bin noch an der alten Fabrik ... musste mich verstecken ... haben hier eine Art Hauptquartier. Holt mich ab! Kernkreuzer sind weggefahren!"

Hoffentlich hört sie es ab!

Da er nicht warten wollte, entschloss er sich, das Quartier der Kernkreuzer zu untersuchen. Sie waren ja weggefahren.

Vorsichtig stieg er die Treppe hinunter, aber dennoch scheppterte die Treppe leise bei jedem Schritt. Der vom Rest der Fabrikhalle abgetrennte Raum war kahl, nur in der Ecke standen einige Feldbetten, auf denen Schlafsäcke lagen. Hinter einem Verschlag befand sich eine Chemietoilette, ein Wasserkanister und eine blecherne Schüssel auf einem Holzhocker. Ein kleiner Dieselmotor sorgte wohl für Strom, war aber im Moment ausgeschaltet. Ansonsten fiel ihm nichts Besonderes auf. Er hatte gehofft, ein Funkgerät zu finden.

Ich schätze, der Raum war früher das Büro.

Er war gerade im Begriff, wieder nach oben zu steigen, als er metallisches Klopfen hörte. Instinktiv griff er nach der Pistole und lauschte. Kein Geräusch mehr. Er wartete.

Da ... da ist es wieder! Ein Klopfen!

Mit gezückter Pistole schlich er voran. Es schien vom anderen Ende der Halle zu kommen. Kurz darauf hörte das Geräusch wieder auf. Schritt für Schritt wagte sich Felix voran und erreichte das andere Ende der riesigen Halle. Außer rostigen Eisenteilen sah er nichts.

Doch da war es wieder, das klopfende Geräusch, diesmal hinter sich. Er drehte sich um, sah aber nur einen in sich zusammengestürzten Haufen von rostigen Eisenrohren.

Aber ... aber was war das?

Hinter dem Turm von Eisenrohren schaute der obere Teil einer Stahltüre hervor. Vorsichtig schlich er sich an, drückte die Klinke der Türe hinunter. Verschlossen. Er probierte es mehrmals. Vergeblich. Das ständige Klopfen an metallene Rohre wurde lauter und schneller.

Und wenn ...! Jetzt oder nie!

Er zielte auf das Schloss und im gleichen Moment fiel die Türklinke samt Schlosszylinder zu Boden. Mit Pistole im Anschlag stieß er die Türe auf. In der Ecke, mit Handschellen an ein altes Heizungsrohr gefesselt, saß eine Gestalt und starrte ihn mit aufgerissenen Augen an.

„Thomas!", rief Felix leise aus und riss ihm als Erstes das Klebeband vom Mund.

„Du ... dich hätte ich am wenigsten erwartet!", flüsterte er, „die ... die haben mir nichts zu trinken gegeben ... aber sie haben mich kaum angerührt!"

„Okay ... komm, wir müssen weg. Reden wir nachher!"
Sie schlichen zurück. Es blieb ruhig.
Als Thomas den Wasserkanister sah, konnte er nicht an-

ders und hielt ihn an den Mund. Gierig trank er. Das Wasser lief auch an seinem Körper hinunter, aber das störte ihn nicht.

„Puh ... das war nötig!", seufzte er erleichtert.

Felix drängte zur Eile und sie erklommen hastig die Treppe. Oben angekommen, hörten sie den laufenden Motor eines Autos. Panik ergriff sie.

Felix zerrte ihn hinter den Turm alter Reifen.

Aber dann hörten sie den Ruf.

„Felix ...", rief die Kommissarin und hielt gleichzeitig das Handy ans Ohr.

„Antonia", rief Felix zurück und rannte ihr entgegen, dicht gefolgt von Thomas.

„Madonna mia ... Felix! Ich hatte mir schon Sorgen um dich gemacht!"

Sie drückte ihn kurz an sich, was er nach der ganzen Aufregung sehr genoss.

„Und wen hast du da aufgestöbert?", fragte sie neugierig und fixierte Thomas.

Felix stellte sie gegenseitig vor und sie tauschten sich aus.

Thomas berichtete, dass ihm die Augen verbunden worden waren und sie ihn nach einer rasanten Fahrt in diesen winzigen Raum eingeschlossen hatten.

„Die wollten dich wohl als Geisel", meinte Felix, „aber die Tour haben wir ihnen vermasselt!"

Er klopfte Thomas auf die Schulter.

Antonia ordnete an, dass einer der Polizisten hierbleiben und sobald die Kernkreuzer auftauchten, Verstärkung anfordern sollte.

„Ihr müsstet eigentlich meinem Bruder und den Kernkreuzern begegnet sein", ereiferte sich Felix.

„Ähm ... deinem Bruder?" Antonia und Thomas waren überrascht.

„Ja ... ich habe ihn erkannt. Ich glaube, er mich auch! Er gehört den Kernkreuzern an. Habe ich euch doch erklärt!"

„Die blaue Limousine mit getönten Scheiben fuhr ... nein schoss uns eben entgegen“, bestätigte Antonia.

„Das waren sie ganz sicher!“, erwiderte er.

Der Fahrer brauste unter Sirenengeheul durch die verstopften Straßen von Rom. Wieder machten die anderen Verkehrsteilnehmer nur widerwillig dem Polizeiauto Platz.

Thomas erklärte, dass er zunächst etwas essen und trinken wollte, ehe er sich mit Anna in Verbindung setzen würde.

Sie sahen ihm an, dass er sich erst wieder stärken musste. Antonia reichte ihm eine Sonnenbrille, die vorne im Handschuhfach lag und beschwor ihn, vorsichtig zu sein. Sie ließen ihn nahe am Vatikan in der Nähe einer Pizzeria aussteigen.

10

Pater Innozenz' Gedanken wanderten zu Felix und Antonia.

Wo sind die beiden? Warum helfen sie uns nicht?

„Ich kenne nur eine Möglichkeit, sie loszuwerden", meinte er und erklärte dem Fahrer auf Italienisch, wohin er wollte. Er sah zurück und weit hinter sich das Fahrzeug der Verfolger.

Der Fahrer nickte.

Offensichtlich hatte er nicht vor, sich weiterhin verfolgen zu lassen, denn ohne Vorwarnung bremste er ab und fuhr links in eine kleine Gasse. Dann gleich wieder rechts über eine schmale Brücke und wieder links.

Weder Pater Innozenz noch die anderen kannten diesen Teil von Rom. Sie fuhren durch Alleen, die von hohen Bäumen gesäumt waren; offensichtlich eine mondäne Gegend, wie man an den vereinzelten Villen und den luxuriösen modernen Bauten erkennen konnte. Anna blickte zurück, sah die Verfolger nicht und wollte es eben den anderen mitteilen, als das Fahrzeug plötzlich wieder hinter ihnen auftauchte.

Nicht nur unser Fahrer kennt die Schleichwege in Rom, dachte sie.

Der Fahrer fluchte auf Italienisch und riss gleichzeitig den Lenker herum. Er fuhr gegen eine Einbahnstraße.

Das entgegenkommende Auto hupte laut, machte ihnen aber gezwungenermaßen doch Platz. Die Außenspiegel der Autos berührten sich kurz, der Insasse des anderen Autos gestikulierte wild und beschimpfte den Fahrer. Die nachkommenden Verfolger ließ er nicht durch. Diese mussten rückwärtsfahren.

„Die hätten wir abgehängt", jubelte Bert, der wie Anna aus dem Rückfenster starrte.

„Sehr gut", kommentierte Pater Innozenz, „aber jetzt zu meinem Plan B."

In kurzen Sätzen erklärte er sein Vorhaben. Dem Fahrer gab er die Anweisung, sofort Kontakt mit dessen Chefin aufzunehmen.

Die Kommissarin erklärte Pater Innozenz am Handy, dass sie die blaue Limousine suchten. Thomas wäre befreit und wohlauf. Sie sollten ihn anrufen und eine Uhrzeit für das Treffen ausmachen.

„Frag sie, was Thomas zugestoßen ist! Ich möchte Genaueres erfahren und ich möchte auch wissen, wo er im Moment ist!", mischte sich Anna ein. Die Kommissarin musste jedes Detail erzählen, ehe Anna sich zufriedengab.

Direkt vor dem Platz am Petersdom stiegen sie an einem Zebrastreifen aus und mischten sich unter die Menschenmenge der Besucher. Wie vereinbart hielten sie Abstand, drängten jedoch zielsicher zum oberen Seitenbereich des Doms. Eine kleine Schlange hatte sich bereits vor dem Eingang der Nekropole unter dem Petersdom gebildet. Pater Innozenz drängte sich vor bis zur Kasse und stieß beinahe mit Thomas zusammen, der schon auf sie wartete. Er nickte ihm zu und sprach eindringlich auf den Ticketverkäufer ein. Was er da sprach, konnte Thomas nicht verstehen, aber nach wenigen Minuten hielt Innozenz triumphierend fünf Tickets in der hochgestreckten Hand.

Gemeinsam liefen sie auf die anderen zu und Thomas musste nochmals leise berichten, was geschehen war. Anna fand es schade, dass sie ihn nicht an sich drücken durfte, erst recht nicht nach dem, was er erlebt hatte. Aber sie sollten wie eine interessierte Gruppe, die sich nur wenig kannte, auf die Umstehenden wirken.

„Zwei Freikarten habe ich bekommen und wir dürfen uns der kleinen Gruppe, deren Führung gleich beginnt, anschließen", erzählte Innozenz und hoffte, die anderen mit der Nachricht aufzumuntern.

„Super", lobte ihn Bert und Andy nickte anerkennend. Nur Anna sagte nichts.

Ihr war immer noch mulmig zumute. Unruhig blickte sie sich um. Am anderen Ende des Vorplatzes verweilten einige der Gruppe. Zwei Typen in ihren schwarzen T-Shirts und ebenso schwarzen Hosen, die ihr den Rücken zukehrten, passten nicht zu der wartenden Gruppe. Einer drehte sich um.

Nein, nicht schon wieder die! Die können doch nicht überall sein.

Schnell drehte sie sich um.

„Seht nicht nach hinten ... dort ist einer der Entführer von der Yacht", stammelte sie.

Überrascht sahen sie Anna an. Pater Innozenz wagte einen Blick hin.

„Mich kennen sie nicht ... du meinst die schwarz Gekleideten?"

Anna nickte stumm.

„Sie streiten noch mit dem Kassierer, aber wir sollten sehen, dass wir hineinkommen", meinte Pater Innozenz.

Ungeduldig warteten sie, bis sich die Besucherschlange in Bewegung setzte.

Wie besprochen, reihten sich Bert, Andy und der Pater vorne ein. Anna und Thomas bildeten die Letzten in der Gruppe.

Thomas blickte kurz zurück.

„Wir haben Glück, die Verfolger haben es wohl nicht geschafft, Einlass zu bekommen", flüsterte er ihr zu.

Sie betraten einen dunklen Gang. Die Luft war extrem feucht und stickig. Die knapp zwanzig Personen vor ihnen liefen hintereinander im Halbdunkel an den gemauerten Wänden entlang. Anna konnte nicht wirklich etwas erkennen, fühlte aber unter ihren Füßen harten Erdboden. Vor ihnen öffnete sich eine Schleuse mit Glastüren, die mit einem metallenen Rahmen gefasst war. Einzeln zwängten sich die Besucher durch die schmale Türe, die sich hinter jedem Eintretenden wieder schloss.

Der Fremdenführer hatte auf Englisch wie auch auf Deutsch erklärt, dass die Nekropole hermetisch abgeriegelt und somit weitgehend feuchtigkeitsgeschützt sei. Maximal zwanzig Personen dürften sich gleichzeitig in dem Bereich, den sie gleich betreten würden, aufhalten.

Als Letzte betraten sie diese unheimliche Welt ... einen Friedhof unter dem Petersdom. Links und rechts neben dem schmalen gepflasterten Weg türmten sich halbhohe Erdwälle, und in einigen Abständen tauchten monumentale Grabstätten auf, die schwach beleuchtet waren.

Die einen hatte die Form von Tempeln, die anderen von römischen Villen in Miniatur. Gespannt folgten sie den Ausführungen des deutsch sprechenden Fremdenführers.

„Diese Begräbnisstätte befand sich früher außerhalb der Stadtmauern entlang der Straße, neben einem von Kaiser Caligula errichteten Circus am südlichen Abhang des Vatikanischen Hügels. Seinerzeit war es nach römischen Gesetzen streng verboten, die Verstorbenen innerhalb der Stadtmauern zu bestatten. Der Überlieferung nach hat der Apostel Petrus im Jahre 64 oder 67 unter Nero das Martyrium erlitten und wurde in dieser Nekropole bestattet.

Erst Konstantin I. begann mit dem Bau der ersten Peterskirche, über dem vermuteten Grab des Apostels Petrus. Um eine entsprechend große Fläche für die geplante Basilika zu erhalten, wurden teilweise die Gebäude der Nekropole sowie Teile des Vatikanischen Hügels abgetragen. Mit dem abgetragenen Material wurde die Nekropole aufgefüllt, bis auf das Grab von Petrus. Die Schädelreliquie könnte zu diesem Zeitpunkt bereits aus dem Grab entnommen worden sein. In späterer Zeit kam sie in die Capella Sancti Laurentii im Lateran und erst Urban V. soll sie in die Lateranbasilika überführt haben."

Die Welt oben war für einen Moment vergessen und sie tauchten ein in eine Welt von vor fast zweitausend Jahren.

Anna konnte sich bildlich vorstellen, wie die Angehörigen auf den marmornen Bänken einer kleinen Terrasse vor den Grabstätten saßen, speisten und nicht nur über die gemeinsamen Erinnerungen an ihre Toten redeten, sondern auch über das Tagesgeschehen in Rom. Diesen Eindruck hatte ihnen der junge Mann mit seinem leidenschaftlichen Vortrag vermittelt.

Die feuchte Wärme, der modrige Geruch und das schwache Licht taten das Ihre dazu, um die Unheimlichkeit und gleichzeitige Faszination dieses Ortes zu unterstreichen.

Unauffällig ließen sich Pater Innozenz und Bert zurückfallen, bis sie neben Anna und Thomas waren.

„Ihr müsst los", trieb Innozenz sie an, „und denkt daran, was Philippus uns erzählt hat."

Fast im selben Moment hörten sie dumpfes Pochen.

Im Zwielicht war nichts zu erkennen, aber die vier waren sich sicher, dass es nur ihre ‚Freunde' sein konnten.

Offensichtlich hatte der junge Gästeführer noch nichts gehört und Bert, Andy und Innozenz versprachen den beiden, diese abzulenken.

„Passt auf euch auf", flüsterte Andy und folgte ebenso der Gruppe, die gerade um eine Wegbiegung verschwand.

Thomas knipste eine kleine Taschenlampe an. Hinter den beleuchteten Grabstätten herrschte tiefste Finsternis und erst im Strahl der Taschenlampe tauchte eine endlose Reihe von Grabstätten auf, nicht so monumental und groß wie die beleuchteten, aber dennoch beachtlich. Manche kippten bedrohlich zur Seite und Anna bemerkte, dass sie sich auf unebenem Erdboden befanden.

Die Stimmen entfernten sich, nur noch leises Gemurmel hing in der Luft. Das Pochen gegen die Glasscheibe des Durchlasses hielt an. Bisher reagierte niemand darauf. Die anderen hatten den jungen Mann wohl ausreichend abgelenkt. Sie konnten nur hoffen, dass die übrigen Gäste nichts bemerkten.

„Warte … wir müssen uns orientieren. Philippus meinte Richtung Norden."

Thomas blickte auf den Kompass mit seiner grün leuchtenden Nadel.

„Dort entlang", dirigierte er.

Im schwachen Lichtstrahl der Taschenlampe schlichen sie voran, vorbei an den Monumenten aus weißem Marmor. Die ehemaligen Friedhofswege waren noch begehbar bis auf einige Stellen, an denen das Erdreich abgerutscht war.

Die Unheimlichkeit des Ortes ließ Anna frösteln, trotz der warmen Feuchtigkeit.

Was war das?

Ein Schuss! Klirrendes Glas! Flirrend hallten die Geräusche wider!

Thomas knipste sofort die Taschenlampe aus.

„Verdammt … sie sind eingedrungen", fluchte er.

Die Finsternis wirkte noch bedrohlicher.

Wie angewurzelt blieben sie stehen. Sie hörten Rufe, das Trampeln von Schritten und auf einmal blitzte ein Lichtstrahl am anderen Ende auf.

„Wir müssen uns verstecken. Bleib dicht hinter mir. Ich habe dort vorne so etwas wie eine Mauer gesehen und die leuchtende Kompassnadel sagt mir, dass wir Richtung Norden einhalten", flüsterte Thomas.

„Okay, aber lass uns besser auf den Knien weitergehen. Das ist sicherer."

„Dachte ich mir auch schon."

Vorsichtig krochen sie voran. Der harte Erdboden scheuerte an den Knien. Anna konnte sich nur mit Mühe einen Aufschrei verkneifen, als sich ein spitzer Stein in ihr Knie bohrte. Thomas hielt an, beinahe wäre sie auf ihn gefallen.

Die kreischenden Stimmen von Frauen hallten ihnen entgegen, nicht nur einmal, sondern gleich mehrmals als Echo.

Am liebsten hätte Anna auch geschrien ... die Finsternis, der Modergeruch, die Reste der Gräber und das widerhallende Geschrei versetzten sie in Panik.

Als hätte Thomas dies geahnt, wandte er sich ihr zu, um sie zu beruhigen, sah aber gleichzeitig das Aufleuchten von Taschenlampen. Er schätzte die Entfernung auf nur hundert bis hundertfünfzig Meter.

„Hast du das gesehen? ... Sie sind hinter uns, da war eben ein Lichtstrahl", stammelte sie.

Er versuchte, seinen Anflug von Panik zu verbergen, um Anna zu beruhigen: „Ruhig atmen, Anna, wir kriechen langsam weiter Richtung Mauerwerk."

„Wir ... wir müssen schneller ein Versteck finden, sie sind uns schon zu dicht auf den Fersen", flüsterte sie aufgeregt.

„Ja, ich weiß ... weiter vorne rechts ist der Rest einer Grabstätte, beeil dich", antwortete er leise.

„Okay!"

Schweigend krochen sie weiter, so schnell es möglich war. Diese warme Feuchtigkeit brannte ihr in den Augen, aber das angsteinflößende Echo war verstummt. Thomas schreckte auf. Direkt über ihnen glitt ein Lichtstrahl über den Erdwall.

„Leg dich flach hin", dirigierte er leise, während er bereits dasselbe tat. Im selben Moment fiel sein Oberkörper vornüber und er stürzte mit einem Aufschrei in die Finsternis.

„Hast du das gehört? ... Das war hier oberhalb!", rief eine tiefe Stimme in unmittelbarer Nähe.

„Thomas ... wo bist du?", flüsterte Anna.

Keine Antwort.

Verdammt, was soll ich tun?

Sie musste sich schnell entscheiden. Das Licht der Taschenlampen kam immer näher. Da sie sich vor einem Absturz scheute, huschte sie in die vermeintliche Richtung der teilweise eingestürzten Grabstätte.

Sie muss hier sein.

Ihre tastenden Hände griffen ins Leere, aber ihr Ellbogen stieß an Stein. Vorsichtig drehte sie sich um.

Im aufblitzenden Schein der Taschenlampe erfasste sie die Umrisse der zur Seite geneigten Grabstätte. Ohne zu zögern, zwängte sie sich in das Innere des Mausoleums und legte sich flach auf den schiefen Boden.

Keine Minute zu früh, denn fast im gleichen Augenblick hörte sie erneut die Stimmen der Verfolger, so deutlich, als stünden sie direkt neben ihr.

„Pass auf, hier ist eine Abbruchkante", krächzte eine Stimme.

„Du glaubst, die sind hier im Dunkeln abgestürzt?", fragte der andere.

„Was sonst? Aber schau mal ... das geht gar nicht so tief runter, höchstens drei Meter."

„Aber ich sehe niemanden."

„Sie müssen dort unten sein. Das erklärt auch den Aufschrei. Wir müssen versuchen, dort hinunter zu kommen, wir brauchen ein Seil", forderte die krächzende Stimme.

„Mir ist hier unten eh viel zu warm. Hier nimm mein T-Shirt und knote deines dazu. Das sollte von der Länge als Seilersatz reichen. Einer bleibt oben ... willst du hinunterklettern?", fragte die tiefere Stimme.

„Ähm ... nein! Ich bin kräftiger, ich bleibe oben und sichere dich!"

Anna robbte an den Rand und wagte einen Blick aus ihrem Versteck. Die Szenerie war durch eine am Boden liegende Taschenlampe beleuchtet.

Einer saß am Rand der Grube und stemmte seine Füße in den Erdboden. Der kahlgeschorene Kopf des anderen verschwand gerade in dem Erdloch.

*

Thomas rieb sich den Hinterkopf. Er wollte sich aufsetzen. Sein Körper, vor allem der Rücken schmerzte. Für einen Moment wusste er nicht, wo er sich befand. Aber dann kam die Erinnerung und in diese mischten sich Geräusche, keuchender Atem. Im ersten Impuls wollte er nach Anna rufen, aber er besann sich.

„Bin unten", hörte er eine tiefe Männerstimme.

Fast im selben Moment leuchtete der Strahl einer Taschenlampe auf. In Sekundenschnelle erfasste Thomas seine Umgebung. Über ihm war ein schätzungsweise zwei Meter hoher Erdwall. Er selbst befand sich in einer Art gemauerten Nische. Wände und Boden schienen aus Stein oder Marmor zu sein.

Am Boden liegend, robbte er weiter in die Vertiefung hinein und bemerkte abschüssigen Grund. Je weiter er sich zurückzog, desto schmäler wurde der Bereich. Das Mauerwerk war eingestürzt und machte einem gewölbten Tunnel aus Erdreich Platz.

Der Lichtstrahl befand sich noch oberhalb, aber Thomas konnte sich ausmalen, dass es nur noch Minuten dauern konnte, bis er entdeckt würde. Er robbte, so schnell es möglich war, rückwärts, doch es wurde so nieder, dass sein Kopf und auch seine Ellbogen an Stein stießen. Bisher hatte ihm die Enge noch nichts ausgemacht, aber das Gefühl, lebendig in einem Grab zu sein, ließ in panisch werden.

Ruhig atmen ... flach liegen ... langsam Stück für Stück zurück. Es ist ausreichend Luft da, machte er sich selbst Mut.

Ein Lichtkegel beleuchtete die Vertiefung. Fieberhaft überlegte er, wie er sich wehren könnte, aber in dieser liegenden Position hatte er so gut wie keine Möglichkeit.

Der Lichtstrahl kam immer näher und er robbte instinktiv immer weiter zurück. Doch plötzlich spürte er keinen Grund mehr unter den Füßen und seine Beine baumelten in der Luft. Vorsichtig, Zentimeter für Zentimeter wich er zurück, bis nur noch sein Oberkörper im Erdtunnel lag. Seine Zehenspitzen berührten Grund und ohne zu zögern, glitt er hinunter. Im nächsten Moment strich erneut ein Lichtstrahl über die Stelle, an der er eben noch verharrt hatte. Er hielt die Luft an, um sich nicht durch Atmen zu verraten.

„Verdammt eng hier ... ich bekomme fast keine Luft mehr", hörte er eine tiefe Stimme fluchen.

Die enge Wölbung wurde taghell erleuchtet.

„Hier ist nichts und niemand", hörte er erneut.

Offensichtlich zog sich der Verfolger zurück, denn das Licht wurde schwächer.

Uff... das war knapp, dachte Thomas.

Er stand eng an ein Wandstück gepresst und versuchte vorsichtig, seinen Kopf so weit zu drehen, dass er hinter sich blicken konnte. Im Bruchteil einer Sekunde nahm er wahr, dass sich unter ihm schmale Treppenstufen befanden, ehe der aufblitzende Lichtstrahl erlosch.

Seine Gedanken überschlugen sich.

Ist das hier der Gang, von dem Philippus gesprochen hat?

Er holte tief Luft und bemerkte zu seinem Erstaunen einen leichten Lufthauch ... frische Luft, keine modrige wie oberhalb.

*

Anna verharrte noch geduldig und versuchte, möglichst leise zu atmen. Der Kahlköpfige stand am Rand der Vertiefung und wartete ebenso. Obwohl der Verfolger in unmittelbarer Nähe war, war sie dennoch froh über etwas Licht in dieser undurchdringlichen Finsternis. Sie verlor jegliches Zeitgefühl in der Nekropole. Obwohl sie sicher war, dass sie erst kurze Zeit hier war, kam es ihr vor, als hätte sie schon Stunden hier verbracht. Ihre Gedanken kreisten.

Was ist mit Thomas geschehen? Wie lange soll ich hier aus-harren? Was soll ich tun, falls sie hier oben nach mir suchen?

Das Mauerfragment, hinter dem sie sich verbarg, war das einzige Versteck in sichtbarer Nähe.

Soll ich …?

Ihr Gedankenkarussell wurde durch laute Worte unter-brochen.

„Zieh mich wieder hoch … ich habe niemanden gesehen!"

„Verstehe ich nicht, sie müssen hier abgestürzt sein. Aber okay, ich ziehe dich hoch! Halt dich fest!"

„Warte … hier … hier ist etwas, ein Rucksack. Sie müssen ihn verloren haben … also müssen sie doch hier unten sein."

„Dann geh noch mal los. Wir haben nicht endlos Zeit. Wir müssen sie finden, bevor man uns sucht!"

„Na so was, in dem Rucksack ist ein Seil. Die waren gut vorbereitet. Ich binde es an die T-Shirts. Zieh beides hoch und such was zum Festmachen des Seilendes. Dann komm auch runter. Zwei sehen mehr als einer!"

„Okay … hier oben an den Resten der Grabstätte werde ich schon etwas Geeignetes finden. Bist du so weit?"

„Ja … jetzt, kannst du ziehen!"

Mein Versteck … er kommt zu meinem Versteck!

Panisch schulterte Anna den Rucksack samt Kassette und ausgetauschter Bibel und kroch auf allen vieren über den Erdboden in die Finsternis.

Ihre Knie fühlten sich bereits wund gescheuert an und jede Bewegung tat weh, aber verbissen kroch sie weiter. Sie spürte eine Mulde und legte sich sofort bäuchlings hinein.

Fast im gleichen Moment strich ein Lichtstrahl über sie hinweg. Reglos blieb sie liegen und hielt die Luft an. Sie hörte Ächzen und Schnaufen in direkter Nähe.

„Ich hab das Seil fest. Ich komme jetzt runter!", krächzte der Kahlköpfige.

Anna atmete erleichtert auf und wartete einige Minuten, ehe sie vorsichtig zur Grube schlich und hinunterblickte. Vereinzelt flackerte ein Lichtstrahl auf. Sie hörte gedämpfte Stimmen.

Noch war sie unschlüssig, was sie tun sollte. Das Seil lösen und Hilfe holen oder selbst hinunterklettern? Sie entschied sich.

Jetzt oder nie.

Sie begann, das Seil hochzuziehen. Ein Drittel hatte sie bereits hochgezogen, als sie Widerstand spürte. Sie zog noch kräftiger, aber es half nicht. Das Seil musste sich verhakt haben.

Verdammter Mist.

Die Stimmen entfernten sich und mit ihnen das flackernde Licht. Eben noch hatte sie gesehen, dass in nur schätzungsweise drei Meter Tiefe der Grund der Grube war. Sie überlegte nicht lange, sondern ließ sich am Seil hinunter. Einen gefühlten Meter über dem Erdboden endete das Seil. Sie sprang hinab und landete sicher auf ihren Füßen.

Das Stimmengewirr schien wieder näherzukommen.

Ihre Nerven lagen blank.

Sie schlich vorsichtig Schritt für Schritt in die entgegengesetzte Richtung. Plötzlich tauchte vor ihr ein Lichtstrahl auf. Für einen Moment war sie geblendet, achtete vor lauter Panik nicht darauf, wo sie hintrat und stürzte mit einem lauten Aufschrei ab.

„Eddi komm ... die sind hier!", rief die raue Stimme.

Er leuchtete hinunter und sah Anna, wie sie sich aufrappelte, wenige Meter unterhalb.

„Bleib stehen!"

Aber Anna wartete nicht das Ende seiner Worte ab, sondern eilte zu einer Mauer, wohl eine Stützmauer des Petersdoms, die sie entdeckt hatte, und verbarg sich dahinter.

„Verdammt, bleib stehen! Wir wollen nur die besondere Bibel. Dir sollen wir nichts antun. Sei vernünftig, gib sie uns, dann geschieht dir nichts."

Die Taschenlampe blendete sie, er musste in unmittelbarer Nähe sein. Sie schirmte ihre Augen ab und entdeckte direkt vor sich ein tiefes Loch, so tief, dass sie keinen Grund sah.

„Ihr wollt die verdammte Bibel. Dann holt sie euch. Sie holte die Kassette aus dem Rucksack, hielt sie hoch, damit die Verfolger sie sahen, und warf sie geöffnet in den schwarzen Abgrund.

„Bist du verrückt?!", schrie einer und sprang hinunter zu ihr.

Bevor er sich aufrappelte, floh Anna hinter die Mauer und rannte diese entlang.

Der Kahlköpfige leuchtete den Schacht hinunter und sah, wie die vermeintliche Bibel aus der Kassette fiel, sich aufblätterte, an ein vorspringendes Felsstück stieß, zerfledderte und die einzelnen Seiten und Seitenstücke sich in der Tiefe verloren.

„Du Miststück. Das wirst du mir büßen!"

Er drehte sich um und wollte sich auf sie stürzen.

Verdutzt hielt er inne, sie war nicht mehr da.

Sie war einige Schritte entfernt, ertastete eine Nische, warf den Rucksack weit weg und presste sich hinein.

*

Thomas wollte gerade die Mini-Taschenlampe, die er immer bei sich trug, anknipsen, als er das Gebrüll hörte.

Die meinen Anna ...! Ich muss ihr helfen!

Mit äußerster Kraftanstrengung zog er sich wieder nach oben. So schnell es ging, robbte er voran und sobald die Höhe der Wölbung es zuließ, bewegte er sich auf Händen und Füßen weiter. Er hörte erneut einen Aufschrei und widerhallend „verrückt ... rückt ... rückt".

Aber da war noch ein Geräusch ... leises Schluchzen.

Er traute sich nicht, Licht zu machen. Also wagte er es.

„Anna ... Anna", flüsterte er, „bist du es?"

Das leise Schluchzen hörte abrupt auf.

„Thomas", flüsterte sie erleichtert, „wo bist du?"

„Sprich leise weiter. Dann find ich dich."

„Ich ... ich ...!"

Aber mehr musste sie nicht sagen, er berührte ihren Arm.

„Psst, hör zu", keuchte er leise, „ich glaube, ich habe den Geheimgang gefunden. Beeil dich und bleib dicht hinter mir."

Sie krochen auf allen vieren voran. In nächster Entfernung hörten sie wütende Stimmen und sahen flackerndes Licht.

„Eddi! Beruhige dich ... lass sie. Wir sollten sehen, dass wir abhauen. Im Moment können wir nichts ändern."

„Nein, ich bin wütend, dass sie diese wertvolle Bibel achtlos wegwirft. Und was sagen wir den anderen? Ich hätte ihnen wenigstens gerne dieses Miststück übergeben!"

„Du weißt doch, wir sollen sie auf keinen Fall mit unseren Auftraggebern in Verbindung bringen! Also komm jetzt!"

„Oh ... das war knapp", stöhnte Anna leise.

„Sie drehen um. Komm, bleib dicht hinter mir", antwortete Thomas und hoffte, den Weg mittlerweile auch im Dunkeln zu kennen. Die anderen Sinne schärften sich und er spürte erneut einen leichten Lufthauch.

Anna stieß sich mehrmals den Kopf und die Ellenbogen an in dieser engen, flachen Wölbung. Als sie an die Stelle kamen, an der sie rückwärts robben mussten, kämpfte sie mit Platzangst und stöhnte laut auf.

„Psst ... Anna."

Sie lauschten, aber sie hörten weder Geräusche, noch sahen sie Licht.

„Ich wage es jetzt."

Thomas knipste die winzige Taschenlampe an und ließ sich langsam auf die Stufen hinunter. Anna folgte ihm und freute sich, endlich wieder aufrecht stehen zu können. Der geformte Gang und die Stufen waren so schmal, dass nur eine Person mit an den Körper gepressten Armen Platz fand. Thomas musste den Kopf einziehen, um nicht an die Decke zu stoßen.

Eine Stille, eine unnachahmliche Stille umfing sie, nur ihre eigenen Atemgeräusche unterbrachen diese. Die Treppenstufen waren direkt aus dem Erdboden herausgestochen und bröckelten an manchen Stellen. Spinnweben bedeckten zum Teil nicht nur die Wände, sondern auch die niedrige Decke.

„Wow ... Thomas, spürst du das auch, einen Hauch von Luft, frischer Luft?" Erleichtert atmete Anna tief ein und aus.

„Ja, ich weiß, ich spüre das schon länger. Es muss eine Öffnung geben, nicht weit von hier. Ich hoffe, es ist der Geheimgang, von dem Philippus uns erzählt hat. Es soll ihn ja schon seit dem Bau des Petersdoms geben", betonte Thomas.

„Denke ich auch, aber ich frage mich nur, warum wir immer noch leicht bergab laufen."

Sie hatte die Worte kaum ausgesprochen, als der Weg eben wurde und nach wenigen Schritten senkrecht nach oben führte.

Die Strahlen der Taschenlampe ließen eine Wendeltreppe aus Steinstufen und gemauerte Wände erkennen. Als Thomas die Lampe vorsichtshalber wieder ausknipste, blieb schwaches, diffuses Licht.

„Tageslicht", jubelte Anna leise, „bin ich froh, wenn ich das wieder sehe."

„Das kannst du laut sagen", bekräftigte Thomas, „ich bin mir sicher, wir sind erst einen kurzen Zeitraum hier unten, aber es kommt mir wie eine halbe Ewigkeit vor."

Die Windungen der Wendeltreppe zogen sich immer höher und es wurde zunehmend heller. Anna entdeckte Spuren von Ruß an der nackten Mauer, direkt über einem eisernen Ring, der dort befestigt war.

„Sieh mal, das könnte ein Halter für Fackeln sein", bemerkte sie aufgeregt.

„Durchaus denkbar ... dort vorne ist noch so ein Ring aber ... psst ... hörst du das?"

Anna lauschte. Sie hörten gedämpfte Geräusche.

„Stimmen, das Trappeln von Schuhen?", fragte sie.

Thomas nickte.

Gleichzeitig spürten sie einen stärkeren Luftzug und mehr Licht drang ein. Die Treppenstufen wurden höher, das Stimmengewirr lauter und das Trappeln vieler Schritte war deutlich zu hören. Abrupt endete der Gang und sie standen vor einer mannshohen Mauer. Am untersten Ende war ein großer Spalt, der sowohl Luft als auch Licht durchließ.

„Wir müssen direkt vor dem Innenraum des Petersdoms sein!", flüsterte Thomas überrascht.

„Dann ist es der Geheimgang, von dem Philippus erzählt hatte und der direkt im Petersdom seinen Eingang hat!", bestätigte Anna.

Thomas beleuchtete bereits jeden Winkel der schmalen Wand und die Umrandung einer schmalen niedrigen, aus Eisen gefertigten Türe.

„Echt verrückt. Einen intakten Eingang gibt es noch!", flüsterte er.

„Ja ... unglaublich!"

„Aber ich entdecke nichts, das einem Öffnungsriegel gleicht!", meinte er, nach kurzer Zeit intensiven Suchens, enttäuscht. Schau du mal, vielleicht hast du mehr Glück."

Es gestaltete sich schwierig, die Plätze zu tauschen. Es war so eng, dass sie nicht aneinander vorbeikamen. Erst als Thomas in die Hocke ging und Anna über ihn kletterte, hatten sie es geschafft.

Anna leuchte nicht nur über die Wand, sondern tastete

mit der Handfläche über die gesamte Wand, um eine Vertiefung zu spüren.

„Mist ... ich finde auch nichts, lass mich mal einen Moment sitzen. Rückst du mal eine Stufe hinunter?"

„Ja ... okay!"

Viel Platz war nicht, deshalb zog Anna die Beine an und presste die Füße dicht an den Stufenabsatz. Sie wollte den Rücken an die Türe lehnen, aber im selben Moment gab es einen Ruck. Die Türe bewegte sich.

Anna schreckte hoch und konnte nur mit Mühe einen Aufschrei unterdrücken. Thomas war ebenso aufgesprungen.

Die Türe bewegte sich Millimeter für Millimeter langsam, leise knarrend. Stück für Stück öffnete sie sich. Die beiden starrten gebannt auf die Türe. Helligkeit brach herein und sie mussten ihre Augen abschirmen, um sich nach der Dunkelheit wieder an Tageslicht zu gewöhnen.

Die Geräusche, die Stimmen wurden lauter.

„Der ... der Riegel muss am Absatz der letzten Stufe sein!", stammelte Anna leise.

„Ja ... echt verrückt!"

Die Türe öffnete sich nur so weit, bis ein großer Spalt entstanden war, und arretierte dann.

„Lass mich als Ersten durch", dirigierte Thomas, „es wäre besser, wenn man nur mich sieht, falls ich entdeckt werde."

„Okay!", flüsterte Anna, obwohl sie keine Minute länger in der Nekropole und diesem Geheimgang sein wollte.

Er kletterte über sie und zwängte sich mit eingezogenem Kopf durch die Türe. Thomas blinzelte.

Die Helligkeit brannte in seinen Augen und im ersten Moment fühlte es sich an, als wäre er blind.

Vor ihm tauchte erneut eine Wand aus Marmor auf, ungefähr eineinhalb Meter hoch, und es blieb ihm nur ein schmaler Zwischenraum, in dem er gebückt stehen konnte. Erst jetzt nahm er wahr, dass er vermutlich hinter einem der Seitenaltäre innerhalb des Petersdoms war.

Ein schneller Blick vor den Altar bestätigte dies. Der Seitenaltar war mit einer Balustrade umgeben. Schnell duckte er sich wieder dahinter.

„Anna, komm", flüsterte er und machte ihr Platz.

„Wir sind hinter einem Seitenaltar", raunte er ihr leise zu, als sie neben ihm in der Hocke saß. Sie nickte. Auch sie hatte im ersten Moment Schwierigkeiten, etwas zu erkennen.

Thomas spickte erneut seitlich hinter dem Altar hervor. Aber im selben Moment traten vier Geistliche in langen, schwarzen Kutten vor den Altar. Schnell zog er sich zurück. Die Geistlichen sprachen deutsch.

Anna hörte es auch und war sich sicher, ihr Geist spiele ihr einen Streich. Sie meinte, die Stimme von Philippus zu hören, sein Deutsch mit dem italienischen Akzent.

„Sie müssten hinter einem der Seitenaltäre herauskommen, so viel ist bekannt, aber fragt mich nicht wo", war sich die Stimme sicher.

Anna hielt nichts mehr zurück. Sie sprang auf, blickte in die verdutzten Gesichter, duckte sich aber gleich wieder, um nicht zu riskieren, von anderen entdeckt zu werden.

Thomas schüttelte nur den Kopf.

„Sie sind es. Philippus, Pater Innozenz, Andy und Bert", flüsterte sie.

Pater Innozenz fing sich als Erster wieder und blickte sich verstohlen um. Aber es schien sie keiner beachtet zu haben.

Selbstbewusst schritt er auf den Altar zu, kniete kurz davor, richtete sich wieder auf und breitete die Arme aus. Mit einer schnellen Bewegung warf er ein Bündel hinter den Altar.

„Zieht euch um", flüsterte er.

Das Kleiderbündel traf Thomas an der Schulter, prallte ab und landete in Annas Schoß, die neben ihm hockte.

Die beiden sahen sich überrascht an, folgten aber der Aufforderung und zogen sich zur Tarnung lange schwarze Kutten mit Kapuzen über.

Sie hörten ein Räuspern.

„Ihr könnt jetzt mit gesenktem Kopf hervortreten!", flüsterte Innozenz.

„Die Türe?", fragte Anna flüsternd.

Thomas zuckte mit den Schultern.

Anna untersuchte die Ränder der Türe. Über dem oberen Rand befand sich eine Stuckverzierung und in ihrer Mitte eine Rosette, die sich kugelförmig nach oben wölbte. Sie drückte darauf, die Türe machte einen Ruck und schloss sich unter mahlenden Geräuschen, die aber im allgemeinen Besucherlärm untergingen.

„Wo bleibt ihr?", fragte Pater Innozenz leise.

In demütiger Haltung tauchten sie rechts und links hinter dem Altar auf.

„Macht es mir nach", zischte Pater Innozenz.

Gemeinsam mit ihm bewegten sie sich in gebückter Haltung rückwärts. Einer vom Sicherheitspersonal kam vom Eingang mit schnellen Schritten auf sie zu. Aber Philippus winkte ihm zu und mit einem Nicken zog er sich wieder zurück in den Eingangsbereich.

„Ich führe euch jetzt durch den Petersdom, das ist unauffällig. Das mache ich gelegentlich und das wissen die Herren vom Aufsichtspersonal", erläuterte Philippus und führte sie in den vorderen Bereich.

Er suchte einen Platz ungefähr in der Mitte des Petersdoms und begann seine Ausführungen mit dem professionellen Ton eines Fremdenführers.

„Der heutige Bau wurde im Jahre 1506 begonnen und war erst 1629 vollendet. Der Innenraum hat eine Grundfläche von ungefähr 20 000 Quadratmetern, in denen 20 000 Personen Platz finden. Die Länge beträgt 186,30 und die Breite 137,85 Meter. Der Innenraum wird getragen von 778 Säulen und es befinden sich hier 395 Statuen sowie 44 Altäre. Bei den Materialien handelt es sich vor allem um römischen Travertin aus Tivoli. Der wird auch Süßwasser-Kalkstein genannt. Ansonsten wurde Carrara-Marmor, Stuck und Bronze verwendet."

Er zeigte in die Kuppel und fuhr fort.

„Die Altarbilder und die Verzierungen in der Kuppel sind als Mosaik ausgeführt. Zählt man alle Flächen, die mit Mosaiken ausgeschmückt sind, kommt man in etwa auf 10 000 Quadratmeter und daher ist es das größte Mosaik der Welt."

Anna blickte sich um und war überwältigt von der unfassbaren Pracht der Ausstattung, nicht nur der Kuppeln und Wände, sondern ebenso der verzierten Fußböden. Vor sich sah sie die Darstellung eines Totenkopfs in hellem Weiß auf rosa Grund. Sie war so fasziniert, dass sie einen Teil der Erklärungen nicht gehört hatte, und versuchte, sich daher erneut zu konzentrieren.

„… die ursprünglichen Altarbilder befinden sich in der Vatikanischen Kunstsammlung. Hier sehen Sie nur Kopien der Mosaike", führte Philippus weiter aus.

Das wusste ich nicht! Was muss das für eine Arbeit gewesen sein, diese zu kopieren, dachte Anna.

Sie folgten ihm zur Bronzestatue des heiligen Petrus.

„Die Statue wurde von Arnolfo di Cambio angefertigt."

Eine Gläubige berührte den stark abgewetzten rechten Fuß des heiligen Petrus und bekreuzigte sich, eine andere küsste seinen Fuß.

„Wie ihr seht, berühren zahlreiche Pilger diesen Fuß, um dadurch seinen Segen zu erhalten."

Er führte sie vorbei an der Schlange von Pilgern, die alle den Fuß berühren wollten, zu einem Seitenschiff.

„Hier seht ihr die weltberühmte Skulptur ‚Pietà' von Michelangelo. Maria, die den Leichnam von Jesus in ihren Schoß bettet. Das Kunstwerk ist 1,75 Meter hoch."

Die Meisterhand war in jedem Detail sichtbar. Anna stöhnte über die vielen Maßangaben, die Philippus zum Besten gab, anstatt auf die wunderschönen Details aufmerksam zu machen. Schade fand sie, dass das Kunstwerk nur unter Glas zu betrachten war.

„... übrigens gab es 1972 ein Attentat auf diese Pietà und seitdem befindet sie sich hinter Panzerglas."

Aha ... das ist der Grund!

Sie schlenderten weiter unter die Hauptkuppel. Nicht nur sie, sondern auch die anderen blickten immer wieder hinter sich. Aber anscheinend interessierte sich keiner für sie, außer dem wohl deutschen Pärchen, das ihnen folgte und zufällig immer dann stehen blieb, wenn Philippus mit seinen Erklärungen begann.

„Cesari hat 1603 diese Mosaike entworfen und sie sollen einen Blick in das Himmelsgewölbe darstellen. Darauf weisen auch die Sterne hin, die wir im Goldgrund der figürlichen Darstellungen sehen."

Anna wurde unruhig, sie wollte endlich mitteilen, was geschehen war. Sie zupfte Philippus am Ärmel.

„Ich muss euch dringend ...", fing sie an.

Aber er unterbrach sie.

„Warte noch einen Moment, wir gehen nur noch zu ‚Berninis Ziborium'. Das Kunstwerk gehört auf jeden Fall zur Führung. Wir wollen doch nicht auffallen."

„Okay ...", murmelte Anna.

„Der 30 Meter hohe Baldachin, erbaut 1633, wird von vier bronzenen Säulen getragen und sie wiegen 14 Tonnen. Borromini, der eigentlich als renommierter Künstler hoffte, den Auftrag für den Baldachin zu bekommen, half dennoch seinem Konkurrenten bei der technischen Umsetzung. Die künstlerische Gestaltung blieb aber bei Bernini."

Anna bewunderte die Details, die Perlenbänder, die Lorbeerranken, die Putten, Blätter und die vier Engel oben auf dem Himmel, die diesen auf scheinbar spielerisch leichte Weise trugen.

„Borromini musste vier Meter tiefe Löcher graben, um die Säulen, die aus jeweils fünf Teilstücken zusammengefügt waren, aufzurichten."

Er folgte Annas Blick zu den Engeln und meinte, dass die Engelchen, die mit ihren Bändern den Baldachin tragen, eine versteckte Ironie darstellten. Der Bauprozess damals wäre alles andere als leicht gewesen.

Anna nickte lächelnd.

Endlich näherten sie sich dem Ausgang. Das Geräusch von heulenden Sirenen in unmittelbarer Nähe lockte nicht nur sie, sondern auch viele andere Neugierige nach draußen. Sie ahnten, dass die Polizeifahrzeuge zum Eingang der Nekropole fuhren.

In diesem Tumult fiel es nicht auf, dass sie sich unter den Arkaden, weit entfernt von anderen Touristen, auf den Treppenstufen niederließen.

Thomas berichtete leise, was vorgefallen war, und das Detail mit dem Geheimgang mussten sie mehrfach wiederholen. Philippus konnte nicht fassen, dass sie diesen tatsächlich gefunden hatten. Er vermutete, dass der Gang teilweise eingestürzt war und ursprünglich wohl in gesamter Länge aufrecht begehbar gewesen war.

Anna schilderte ihren Teil des Erlebten.

„Du hast was …?“, fragten Pater Innozenz und Bert wie aus einem Munde, als sie berichtete, dass sie die Kassette mitsamt der vermeintlichen Bibel in die Tiefe unter dem Petersdom geworfen habe. Das hatten sie nicht erwartet. Betrübt blickten sie sich an. Andy schüttelte den Kopf. Philippus sah sie entgeistert an.

Sie senkte ihren Blick.

„Was hätte ich denn sonst tun sollen … ihnen die Kassette überlassen?“

Ich bin nicht gut im Lügen. Hoffentlich merkt man mir das nicht an.

Thomas beobachtete sie genau. Ihm fiel ihre Unsicherheit auf und die leichte Röte, die plötzlich ihre Wangen färbte.

Sie sagt nicht die Wahrheit, dachte er, *aber sie wird ihre Gründe haben!*

Innozenz fing sich als Erster wieder: „Dann kann die ‚Bibel der Bibeln‘ zumindest nicht in falsche Hände geraten!", überlegte er und zwinkerte Anna verstohlen zu.

Anna war irritiert.

Glaubt er mir nicht oder habe ich sein Zwinkern falsch gedeutet?

Pater Innozenz konnte Felix trotz mehrfacher Versuche nicht über Handy erreichen. Er bestand darauf, Plan B zu verfolgen, und sie fuhren zunächst zurück zum Campingplatz.

„Sind vor der Nekropole ... viel Polizei … over."
„Operation abbrechen ... Rückzug ... over."

Das Aufgebot an Polizei war groß. Man konnte sich nicht erklären, warum jemand in die Nekropole einbrach und die Glasscheiben zerschoss. Was sollte man dort stehlen?

Antonia und Felix blickten sich ratlos an. Sie entdeckten weder die Kernkreuzer noch die anderen. Der Einzige, der auffiel, war ein junger Geistlicher, der unbedingt einen Schlüssel zur Eingangstüre der Nekropole wollte, um weitere Obrigkeit zur Besichtigung des Schadens einlassen zu können. Die Kommissarin wollte das zunächst strikt ablehnen, aber Felix bestand darauf.

Er erläuterte ihr seinen Plan. Sie stimmte zu und er meinte, dass es wohl eine lange Nacht würde.

Als es dunkel wurde, begaben sich die Kommissarin und Felix in das Pförtnerhäuschen vor der Nekropole.

Seit Stunden verharrten sie dort. Antonia hatte Thermomatten und Schlafsäcke besorgt und sie konnten sich abwechselnd ausruhen.

Felix hielt gerade Wache und amüsierte sich, dass Antonia, seine Antonia, wie er sie für sich nannte, leise schnarchte. Für einen Moment tauchte er in seine Erinnerungen ein.

Sie waren oft gemeinsam im Einsatz in Konstanz gewesen und sie bildeten seinerzeit ein gutes Team. Und ja, wenn sie nicht wieder zurück in ihre Heimat nach Italien wäre, hätten sie beide die Chance einer privaten gemeinsamen Zukunft gehabt. Leider blieb es damals nur bei einem Abschiedskuss und dem üblichen Spruch von wegen falschem Zeitpunkt ...!

Er seufzte leise. Er hatte öfter an sie gedacht, als ihm lieb war. Das Licht der Straßenlaterne fiel auf ihr Gesicht.

Ihr strenger, berufsbedingter Ausdruck war einem sanften, sinnlichen gewichen.

Sie kann uns mit ihrem Schnarchen verraten. Ich muss sie leider wecken.

Er stieß sie sanft an, aber erst nach heftigem Rütteln blinzelte sie. Sie wollte ihn fragen, was denn los sei. Aber er legte den Finger auf seinen Mund und zeigte Richtung Fenster. Dann sah auch sie es im Licht der Laterne – Schatten menschlicher Gestalten, die direkt vor ihnen am Pförtnerhäuschen vorbeischlichen. Eilig schälte sie sich aus dem Schlafsack. Felix wartete bereits an der Tür.

„Handy mit? Taschenlampe mit?", flüsterte Felix.

„Ja, habe ich ... ich sende noch eine Nachricht an die Polizeistation, dass die Nekropole Besuch hat. Sie sollen ohne Sirene kommen, um uns zu verstärken", antwortete sie leise.

Felix nickte, öffnete die Türe einen Spalt und sie schlichen vorsichtig in gebückter Haltung bis zum nächsten Mauervorsprung.

Vor dem Eingang in knapp hundert Metern Entfernung machten sie vier Personen aus, darunter einen Geistlichen in langer Kutte.

„Die wollen tatsächlich in die Nekropole ... zwei gegen

vier könnte nicht gut ausgehen! Madonna mia ... wo bleibt nur die Verstärkung?", flüsterte Antonia.

Der Geistliche hatte wohl nur aufgesperrt, denn er drehte sich um und kam ihnen entgegen.

„Hände hoch", befahl Antonia auf Italienisch und zückte ihre Pistole.

Der Geistliche blieb einen Moment verdutzt stehen.

Er malte sich wohl aus, dass niemand auf einen Geistlichen schießen würde, und floh aus dem Laternenlicht. Felix wollte die Taschenlampe anknipsen, aber sie versagte den Dienst.

Ehe Antonias Taschenlampe aufleuchtete, war der Geistliche in der Dunkelheit verschwunden. Sie hasteten hinterher, das geräuschvolle Scheppern eines Eisentors zeigte ihnen die Richtung an. Aber als sie dieses erreichten, war es verschlossen und der Geistliche nicht mehr zu sehen. Sie liefen zurück.

„Verdammt, Felix, die Einbrecher wollen abhauen!", rief Antonia und feuerte einen Schuss in die Luft ab.

„Stehen bleiben, Hände hoch!", riefen sie beide und Felix zückte ebenso seine Waffe.

Für einen Moment zögerten die Einbrecher, aber dann fiel ein Schuss. Antonia ging zu Boden. Im Licht ihrer herunterfallenden Taschenlampe erkannte Felix seinen unbewaffneten Gegner. Er wollte schießen, aber er konnte es nicht ... und in diesem Bruchteil seiner Unentschlossenheit fiel ein Schuss.

Der Schuss wurde abgelenkt, da sich sein Gegenüber auf den bewaffneten Einbrecher warf. Dennoch wurde Felix getroffen und fiel der Länge nach hin. Bevor er das Bewusstsein verlor, hörte er erneut einen Schuss.

*

Pater Innozenz hielt die eine und Anna die andere Hand von Felix. Er lag mit geschlossenen Augen in einem Krankenhausbett und war an unzählige Schläuche angeschlossen, die ein gleichmäßig blubberndes Geräusch von sich gaben. Ein Monitor überwachte seine Herztätigkeit.

Anna hatte Tränen in den Augen und Pater Innozenz sprach auf Felix ein.

„Wach auf, alter Junge ... wir brauchen dich doch! Diese Kernkreuzer sind schon wieder entkommen!"

Die Tür sprang auf und Kommissarin Antonia humpelte herein. Sie lief auf Krückstöcken und ihr linkes Bein steckte in einem Gipsverband bis zum Knie.

„Bastardi!", fluchte sie, „wenn ich jemals einen erwische, der kann was erleben!"

Ihre schwarzen lockigen Haare wirbelten bei jedem Schritt nach vorne und ihre Augen sprühten Feuer.

Anna und Pater Innozenz sprangen auf, um sie zu begrüßen und ihr Platz zu machen.

„Maledetto ... warum hat dieser Idiota nicht geschossen, warum hat er gezögert? Ich habe es gesehen, er hätte nur abdrücken müssen."

Man sah ihr ihre Wut und Verzweiflung deutlich an.

Anna bemerkte erneut, was sie schon vermutet hatte, dass Antonia mit Felix mehr als nur kollegiale Freundschaft verband.

„Idiota ... grazie Antonia", sagte eine matte Stimme leise.

„Madonna mia, Felix ... ich ... du!"

„Schon gut, als ich dich hörte, musste ich aufwachen, muss mich ja wehren! Komm her!"

Sanft zog er sie an sich und küsste sie. Antonia hatte Tränen in den Augen und erwiderte seinen Kuss leidenschaftlich.

Anna und Pater Innozenz überließen sie ihren Gefühlen und wollten das Zimmer verlassen.

„Wartet. ... Anna, sind alle wohlauf?", wollte Felix, mit einer schon etwas kräftigeren Stimme, wissen.

„Ja, Felix, außer dir und Antonia ist keiner verletzt."

Auch sie wischte sich eine Freudenträne aus den Augen.

„Felix ... bin ich froh, dass du wieder aufgewacht bist. Aber ich rufe jetzt den Arzt", meinte Innozenz mit bewegter Stimme.

Das Krankenhausteam schickte sie auf den Flur, um ihn zu untersuchen. Nur Antonia in ihrer Eigenschaft als Kommissarin durfte bleiben. Draußen auf dem Flur kamen ihnen Thomas, Bert und Andy mit bedrückten Mienen entgegen.

Anna konnte nicht an sich halten.

„Er ist aufgewacht", rief sie von Weitem.

Die drei blickten sich verdutzt an und eilten ihnen mit schnellen Schritten entgegen.

„Aufgewacht ... wann?", fragte Thomas.

„Eben erst ... die Ärztebelegschaft ist bei ihm und Kommissarin Antonia", antwortete Anna.

„Bin ich froh! Frühestens in ein bis zwei Tagen, wenn überhaupt, würde er aufwachen, hieß es doch!", freute sich Bert sichtlich erleichtert.

„Dürfen wir zu ihm?", wollte Andy wissen.

„Später vielleicht", antwortete Innozenz, „kommt, gehen wir in die Cafeteria unten im Park und fragen später noch mal nach, ob wir ihn besuchen dürfen."

Der Vorschlag wurde gern angenommen. Jedem war es lieber, im Park zu warten als in den sterilen Räumlichkeiten der Klinik.

Sie tranken Espresso und Cappuccino in einer schattigen Laube und sprachen über die letzten Ereignisse.

Die geplante Heimfahrt war zunächst verschoben und sie campierten weiterhin auf dem Campingplatz. Pater Innozenz musste genau schildern, was Kommissarin Antonia berichtet hatte.

„... ja und sie sagte, dass er zögerte zu schießen, und diesen unschlüssigen Moment missbrauchte einer der Kernkreuzer und schoss auf ihn."

„Was geschah dann?", fragte Bert.

„Die italienische Polizei war fast im gleichen Moment vor

Ort. Trotz Befehl, stehen zu bleiben, und der Warnung zu schießen, falls sie dies nicht befolgten, liefen sie davon. Einer der Polizisten schoss und hörte einen Aufschrei. Aber zunächst haben sie sich um die beiden Verletzten gekümmert und die Ambulanz gerufen", führte Anna den Bericht weiter aus.

„Und, haben sie den verletzten Kernkreuzer gefunden?", wollte Thomas wissen.

„Nein, leider nicht. Man hat schon in allen Krankenhäusern in Rom nachgefragt. Es gab tatsächlich zwei Personen mit Schussverletzung, aber anscheinend waren es nur Beteiligte eines Bandenkrieges", antwortete Pater Innozenz.

„Wie schlimm sind die Verletzungen von Felix und der Kommissarin?", fragte Andy.

„Die Ärzte meinten, er hätte Glück gehabt. Der Schuss hat oberhalb des Herzens die Schulter getroffen. Einige Millimeter tiefer und es wäre böse ausgegangen. Antonia hat nur einen Streifschuss am Bein, hat sich aber zusätzlich den Fußknöchel durch das abrupte Fallen gebrochen", berichtete Anna.

„Und weiß man, wer dieser Geistliche ist, der beteiligt war?", interessierte sich Thomas für das letzte Detail.

„Sie fragen nach. Aber seltsamerweise will niemand den Schlüssel für die Nekropole geordert haben und die Beschreibung desjenigen war sehr vage: dunkelhaarig und mittelgroß, eher jünger. Diese Angabe trifft auf viele der beschäftigten Geistlichen im Vatikan zu", erläuterte Innozenz.

„Also keine Spur, keine Anhaltspunkte", fasste Bert zusammen.

„Nein, bisher nicht", bestätigte Pater Innozenz.

Thomas, Andy und Bert wollten nochmals nachfragen gehen, ob sie Felix besuchen dürften. Anna begrüßte dies, denn sie wollte gerne allein mit Innozenz sprechen.

Sie bat ihn, sie auf einem Spaziergang im Park zu begleiten.

Er stimmte gerne zu und mit den anderen verabredeten sie, sich abends wieder auf dem Campingplatz zu treffen.

„Ich bin so erleichtert, dass Felix überlebt hat. Diese Schuld hätte ewig auf mir gelastet", begann Anna das Gespräch.

Innozenz schüttelte energisch den Kopf.

„Ich bitte dich! Das geschah während einer polizeilichen Ermittlung. Das hat nichts mit dir zu tun!"

„Okay", beruhigte sie sich wieder, „Innozenz ich wollte dich bitten, für mich einen Termin bei Padre Alberto zu machen. Ich möchte mich unbedingt mit ihm über die ‚Bibel der Bibeln' unterhalten. Das wäre mir sehr wichtig!"

„Da diese ja jetzt im Untergrund des Petersdoms verschollen ist?" Innozenz war enttäuscht, aber er konnte Anna keinen Vorwurf machen und lenkte ein.

„Gut, ich versuche, es zu ermöglichen. Könnte mir vorstellen, dass er und Philippus umgehend wissen möchte, was vorgefallen ist."

Anna bedankte sich und Innozenz wählte bereits Philippus' Nummer. Leider konnte er nur eine Nachricht auf dessen Anrufbeantworter hinterlassen.

Sie fuhren mit dem Aufzug erneut hinauf zur Krankenstation. Die drei kamen ihnen sichtlich erfreut entgegen. Sie wären für einige Minuten in seinem Krankenzimmer gewesen und er hätte sich sehr über ihren Besuch gefreut.

Jetzt wäre endlich Zeit, in Ruhe Rom und seine Sehenswürdigkeiten zu besichtigen. Sie wollten Anna und Pater Innozenz überreden mitzukommen.

Aber die beiden lehnten ab, was vor allem Thomas bedauerte. Er drückte Anna an sich und bot ihr an, bei ihr zu bleiben.

„Thomas … ich muss das Geschehene erst mal überdenken. Ich brauche Ruhe. Amüsiert euch und wir sehen uns ja dann später!", winkte sie ab.

Innozenz und Anna erhielten die Erlaubnis, Felix nochmals zu besuchen. Sie mussten aber versprechen, nicht lange zu bleiben. Felix freute sich sehr, sie erneut zu sehen. Er drückte Anna einen Kuss auf die Wange und hielt die Hand von Pater Innozenz lange fest.

„Es tut so gut, Freunde zu haben", sagte er und strahlte.

„Und Antonia", neckte Anna verschmitzt.

Er lächelte statt einer Antwort.

Innozenz fragte ihn, warum er gezögert hatte zu schießen.

„Ich habe meinen Bruder erkannt. Er war unbewaffnet. Ich konnte nicht auf ihn schießen. Er hat mich wohl auch erkannt. Ich sah Panik in seinen Augen. Der Schütze neben ihm wurde gestört. Daran kann ich mich noch erinnern, bevor der Schuss mich traf und ich besinnungslos wurde."

Ein Schatten von Traurigkeit huschte über sein Gesicht.

„Du hattest echt verdammtes Glück!", betonte Innozenz, um ihn wieder aufzuheitern.

„Ja ... da hast du recht. Dennoch dauert es wohl, bis ich wieder einsatzfähig bin. Die Ärzte sagen, ich muss noch einige Zeit hier im Krankenhaus verbringen, bis die Verletzung verheilt ist. Danach soll ich in eine Rehaklinik, um die Funktion meiner Schulter und des linken Armes wieder vollkommen herzustellen. Sie meinen, ich sollte den Genesungsaufenthalt hier in Italien in einer Rehaklinik beantragen. Von einem Flug raten sie ab."

„Das ist auch gut so, mi amore!"

Antonia hatte mit einem Krückstock die Türe aufgestoßen und humpelte herein.

„Ciao Anna, ciao Padre!", begrüßte sie die beiden und wandte sich, nach dem erwiderten Gruß, an Felix.

„Ich habe eine Klinik mit erstklassigem Ruf auf Ischia gefunden und deine deutsche Krankenkasse übernimmt die Kosten. Ist das nicht gut?", erläuterte sie munter.

„Uuund", fuhr sie fort, „ich kann auch meinen Resturlaub zur Genesung dort verbringen."

„Das hört sich fantastisch an, Antonia. Ich fange gerade an, mich auf die Reha zu freuen."

Felix zwinkerte ihr zu. „Hoffe, du hältst es mit einem Idiota so lange aus."

Anna und Innozenz freuten sich, dass die beiden so vergnügt waren, trotz ihres traumatischen Erlebnisses. Sie wünschten beiden gute Besserung und versprachen, morgen wieder zu kommen.

Im Flur des Krankenhauses telefonierte Innozenz bereits mit Philippus.

„Wir sollen in einer knappen Stunde vorbeikommen. Dann haben wir noch Zeit, uns zu stärken. Hier in der Nähe gibt es die besten Focaccias Roms", erklärte Innozenz.

*

Philippus holte sie am Eingang der Vatikanischen Gärten ab.

Diese waren um die heiße Mittagszeit verlassen, nur vereinzelt sahen sie Geistliche und am anderen Ende eine Gruppe Touristen mit ihrem Fremdenführer.

Er führte sie zu einem Verwaltungsgebäude. Sie nahmen einen Nebeneingang und stiegen eine gewundene Steintreppe hinauf. Als sie den Flur erreichten, prallten sie beinahe auf einen jungen Geistlichen, der ihnen entgegenstürmte. Innozenz blickte ihn an und erstarrte für einen Moment.

„Unsere Jungen sind nicht nur im Gehen oft noch ungestüm", scherzte Philippus.

Er klopfte an eine Holztüre in der Mitte des Flurs und nach einer Aufforderung einzutreten, führte er sie in einen großen Salon mit weiß getünchten Wänden und Stuckverzierungen an der Decke. Anstatt eines Kronleuchters war dort ein rotierender Ventilator befestigt, der für angenehme Kühle sorgte. Die hohen Fenster ließen ausreichend Licht herein, obwohl die Jalousien halb heruntergelassen waren.

Der Padre saß auf einem weich gepolsterten Stuhl mit Armlehnen und bot ihnen Platz auf schmaleren, ebenso gepolsterten Holzstühlen an. Auf dem Holztisch mit den geschwungenen Beinen waren auf einem silbernen Tablett Gläser und eine mit Wasser gefüllte Glaskaraffe bereitgestellt.

Der Padre begrüßte sie freundlich. Seine letzthin noch blasse Gesichtsfarbe war einer gesunden, leicht gebräunten gewichen.

„Ihr seht erholt aus Padre", begrüßte ihn Innozenz.

„Ja danke … es geht mir besser. So oft es die Zeit erlaubt, bin ich draußen im Park an der frischen Luft."

„Philippus sagte, du willst ein Gespräch mit mir", wandte er sich an Anna.

„Ja … danke, dass Sie mir Ihre Zeit widmen", antwortete Anna höflich.

Innozenz stand auf.

„Entschuldigen Sie, aber ich muss noch dringend eine Angelegenheit mit Philippus bereden."

Dieser blickte ihn fragend an, nickte aber und wandte sich an den Padre.

„Wenn Sie erlauben, begleite ich meinen Freund nach draußen!" Der Padre war einverstanden.

„Falls Sie mich erreichen möchten, rufen Sie bitte über Handy an!", meinte Philippus, ehe sie den Raum verließen.

Anna fiel es schwer, ihr Anliegen vorzubringen. Sie erzählte zunächst ausführlich, was im Museum des Vatikans und der Nekropole geschehen war. Auch ihn interessierte brennend dieser Geheimgang, dessen Existenz er, wie er betonte, für eine Legende gehalten hatte. An der Stelle, an der sie ihm erzählte, wie sie die wertvolle Bibel in Panik in die Tiefe geworfen hatte, stieg ihr wieder Röte ins Gesicht. Sie bemerkte, dass er jede ihrer Gefühlsregungen wahrnahm.

Anna wurde es unbehaglich zumute.

Ich muss es wagen. Wie soll ich es nur ausdrücken, ohne Verdacht zu wecken?

Sie räusperte sich.

„Ähm … wenn jemand seine Eindrücke, seine Gedankengänge, eine Botschaft im Vatikan hinterlassen möchten, gibt
es da eine Möglichkeit?"

Der Padre blickte sie überrascht an.

„Ja sicher. Man könnte einen Brief an den Papst schreiben. Der wird beantwortet, aber dann entsorgt. Oder man
macht einen Eintrag in das aktuelle Gästebuch. Die Gäs-
tebücher werden aufbewahrt. Ich glaube bereits seit dem
15. Jahrhundert. Es finden sich dort auch viele Einträge be-
rühmter Persönlichkeiten. Aber nicht nur das, auch kunstvolle Zeichnungen und Gedichte."

Er blickte sie neugierig an.

„Du möchtest einen Eintrag ins Gästebuch machen?"

„Ja, das würde ich gerne tun", bestätigte Anna erfreut.

„Das kann ich für dich ermöglichen. Ihr habt ja durch
mich eine Einladung in den Vatikan, was die Voraussetzung
für einen Eintrag ist. Wie wäre es, wenn wir gleich hinüber-
gehen in das Gebäude, in dem das Gästebuch aufbewahrt
wird? Ein Spaziergang täte mir gut."

Anna willigte gerne ein.

*

„Du wolltest, dass Anna allein mit ihm spricht?", fragte
Philippus.

„Nicht nur das! Der junge Geistliche, den wir eben auf
dem Flur getroffen haben, könnte derjenige gewesen sein,
der den Schlüssel für die Türe zur Nekropole gefordert hat.
Die Beschreibung passt auf ihn. Bei einer Gegenüberstel-
lung könnten Felix und Antonia ihn erkennen."

„Bist du sicher?"

„Ja, deshalb sollten wir ihn erneut fragen. Welches ist seine Unterkunft?"

„Hier entlang, komm!"

Er lief voran und vor der letzten Türe auf dem Flur blieb
er stehen. Er klopfte. Keine Antwort. Auch nach mehrmali-

gem Klopfen kam keine Reaktion. Sie wollten gerade gehen, als sie ein leises Ächzen und Stöhnen hörten.

„Das kommt aus diesem Raum! Hallo Ernesto … geht es dir nicht gut?" Philippus war sichtlich aufgeregt.

Statt einer Antwort hörten sie erneutes Stöhnen.

„Da stimmt was nicht, Innozenz, ich muss einen Ersatzschlüssel besorgen."

„Ja … tu das!", erwiderte dieser aufgeregt.

Philippus versuchte, den Hausmeister telefonisch zu erreichen. Leider vergeblich.

„Wenn man ihn braucht, ist er nicht zu erreichen", ärgerte er sich.

„Hallo ist da jemand?", rief Innozenz und klopfte erneut an die Türe.

„Helfen Sie mir", stöhnte eine männliche Stimme.

Die beiden sahen sich entsetzt an.

„Ja … wir holen Hilfe!", rief Innozenz.

Sie stürmten die Treppe hinunter und prallten gegen einen Geistlichen. Dieser verlor seine Aktenmappe, die er unter dem Arm getragen hatte, und aus dieser fielen Arzneischachteln auf die Treppenstufen.

„Ernesto, du bist hier …?!", rief Philippus aufgeregt.

Dieser entschuldigte sich und sammelte die Arznei auf. Er wollte in seine Räumlichkeit eilen, doch Philippus und Pater Innozenz hakten sich rechts und links bei ihm ein.

„Wa … was soll das?", stotterte er.

Aber in seine Worte mischte sich ein leiser Hilfeschrei.

„Das wollen wir auch wissen … sperr sofort die Türe auf!", befahl Philippus in gebieterischem Ton.

War es der Ton oder der Hilfeschrei? Ernesto gehorchte.

Auf dem Boden des schmalen Zimmers vor dem Bett, lag eine gekrümmte Gestalt in einer Blutlache. Philippus setzte sofort einen hausinternen Notruf ab.

„Er … er hat eine Schussverletzung", presste Ernesto hervor.

Pater Innozenz kniete bereits neben ihm.

„Hören Sie mich? … Hilfe kommt."

Der Mann mittleren Alters mit grau meliertem Haar blickte ihn aus schmerzverzerrtem, bleichem Gesicht an und nickte. Aus seiner Lende quoll Blut.

„Sauberes Handtuch, schnell! Wir müssen die Wunde abbinden!", brüllte Innozenz entsetzt.

Vorsichtig drückte er das frische Handtuch auf den blutgetränkten Verband.

Schon hörten sie das Trampeln von Schritten auf der Treppe.

„Hierher bitte … beeilt euch!", rief Philippus panisch.

Der Notarzt und zwei Sanitäter des Vatikans versorgten den Schwerverletzten umgehend.

„Er muss sofort ins Krankenhaus. Hoher Blutverlust durch Schusswunde", betonte der junge Arzt, während sie ihn bereits auf die Trage betteten.

„Sie müssen die Polizei informieren wegen der Schusswunde", fügte er im Hinausgehen noch hinzu, „und achten sie auf den jungen Geistlichen. Er scheint unter Schock zu stehen, so leichenblass wie er ist."

Mit einem Nicken deutete er auf Ernesto, der in sich zusammengesackt auf einem Holzstuhl saß und apathisch vor sich hinstarrte.

„Wir kümmern uns um ihn!", betonte Innozenz, während Philippus bereits die Polizei informierte, dass der Verletzte in das Krankenhaus in nächster Nähe transportiert werde.

„Oh … vor lauter Aufregung habe ich Anna vergessen! Ich rufe sie an!", erklärte der Innozenz.

In knappen Worten erklärte er ihr, was geschehen war. Sowohl sie als auch der Padre waren entsetzt. Der Padre verlangte, dass sie mit dem jungen Ernesto gleich zu ihm kommen sollten.

Wenige Minuten später übernahm es der Padre, den immer noch verstört wirkenden Ernesto zu befragen.

„Wie kamst du in Kontakt mit diesen Personen?"

„Auf einem internationalen kirchlichen Treffen", stammelte er und schwieg wieder.

„Ja und weiter?", ermunterte ihn der Padre.

„Thema ... Thema waren die Weltreligionen, ihre Unterschiede und ihre eventuelle Vereinbarkeit. Man diskutierte allgemein, Geistliche und Gläubige aller Nationen, Inder, Buddhisten und eine europäische Gruppe. Diese interessierte sich sehr für meine Tätigkeit im Vatikan. Ein Wort gab das andere und einige berichteten über eine geheimnisvolle Bibel, die verschollen und wieder aufgetaucht sein sollte. Man sprach davon, dass sie im Vatikan sein könnte, und fragte mich, ob ich bereit wäre zu helfen, diesen Kirchenschatz wiederzufinden. Ich war neugierig und stimmte bereitwillig zu."

Er räusperte sich.

„Ich ...ich konnte doch nicht ahnen, dass sie Kriminelle waren. Sie drängten mich nach dem Einbruch, ihnen einen Schlüssel zur Nekropole besorgen, um nach dieser geheimnisvollen Bibel, die dort sein sollte, zu suchen. Eigentlich wollte ich nicht, aber sie gaben mir zu verstehen, dass ich zu den Eingeweihten gehöre und es meine Pflicht wäre zu helfen. Ansonsten würde ich ernsthafte Schwierigkeiten bekommen. Ich hatte einfach nur Angst und half ihnen, indem ich aufsperrte. Aber dann kam es zu diesem schrecklichen Schusswechsel vor der Nekropole."

Er blickte sie aus traurigen Augen an und fuhr fort.

„Ich war verzweifelt, wusste nicht, was tun, und hielt Schweigen für das Beste. In derselben Nacht schlich ich nochmals zurück und legte den Schlüssel vor dem Eingang links in die Ecke. Falls es bekannt würde, dass ich den Schlüssel hatte, hätte ich sagen können, ich hätte ihn verloren.

Ich schlich im Dunkeln den gleichen Weg zurück und hörte nach wenigen Schritten einen leisen Hilfeschrei. Im Schein der Taschenlampe sah ich eine gekrümmte Gestalt, sitzend an einen Baumstamm gelehnt. Er drückte sein blutgetränktes Jackett an die linke Seite in Lendenhöhe. Ich erkannte ihn, er war von dieser Gruppe, die ich am internationalen Treffen kennengelernt hatte. Mir war sofort klar, dass er eine Schussverletzung hatte und ich wollte einen Krankenwagen rufen. Doch er lehnte dies vehement ab. Er wollte keinen Krankenwagen und keine Polizei, wollte nur seine Kumpane anrufen. Man würde ihn dann gleich abholen, versicherte er. Sein Handy wäre aber beschädigt. Ich gab ihm mein Handy. Er wählte mehrmals eine Nummer, aber keiner nahm den Anruf entgegen."

Er räusperte sich erneut.

Philippus reichte ihm ein Glas Wasser, ehe er fortfuhr. Man sah ihm sein Unbehagen an.

„Ich konnte ihn ja nicht verletzt liegen lassen. Deshalb schleppte ich ihn vorerst zu mir in mein Zimmer. Er konnte noch recht gut gehen und ich dachte, wenn er sich ausruht, kann er sich morgen an einem geeigneten Ort abholen lassen. Erst in meinem Apartment habe ich gesehen, wie schwer verletzt er war, und versorgte ihn notdürftig mit einem Verband. Er drohte mir, mich der Mittäterschaft zu bezichtigen, sollte ich jemanden informieren. Ich sollte ihm so schnell wie möglich Antibiotika und Desinfektionsmittel besorgen. Er würde schon bald Hilfe bekommen und ich selbst sollte wie immer meinen Alltag erledigen. Schlafen konnten weder er noch ich und am Morgen tat ich, was er verlangte. Ich glaubte eben daran, dass der Spuk bald vorbei wäre. Aber niemand meldete sich, obwohl er ständig versuchte, seine Freunde anzurufen, und Nachrichten hinterließ."

„Du hättest dich an uns wenden können!", meinte der Padre ernst.

Er nickte und Tränen der Verzweiflung stiegen in seine Augen.

„Weißt du, wie der Mann heißt? Man hat keinerlei Papiere bei ihm gefunden", wollte Innozenz wissen.

„Ähm … nein, er hat mir seinen Namen nicht gesagt."

„Und das beschädigte Handy, wo ist das?", fragte Innozenz erneut.

„Das müsste noch in der Wohnung liegen!"

„Okay … das holen wir gleich! Ernesto, du sollst mit zur Polizei kommen. Sie erwarten uns vor dem Krankenhaus … Fühlst du dich dazu in der Lage?", fragte Philippus.

Ernesto nickte. Sie verabschiedeten sich vom Padre und eilten gemeinsam zu Ernestos Wohnung

Anna blieb einen Moment allein mit dem Padre.

Auch sie verabschiedete sich von ihm und dankte ihm nochmals für seine Hilfe. Als sie ihm die Hand reichte, umschloss er ihre mit beiden Händen.

„Anna, ich denke, was du getan hast, war richtig. Die ‚Bibel der Bibeln' hat ihren Ruheort gefunden."

Für einen Moment sah sie in seinen Augen einen schelmischen Ausdruck und mit einem Auge zwinkerte er ihr zu.

Ob er ahnt, wo das wirkliche Versteck ist?

Sie wusste es nicht, war aber dennoch nicht beunruhigt.

Der Eintrag im Gästebuch ist geschrieben und er steht da … für immer!

Dieser Gedanke beruhigte sie.

Vor dem Eingang traf sie auf die anderen. Gemeinsam nahmen sie ein Taxi zum Krankenhaus, in dem nicht nur der Verletzte, sondern auch Felix und Antonia untergebracht waren.

Pater Innozenz hatte die anderen – Thomas, Bert und Andy – über den Vorfall informiert. Nur mit Mühe konnte er sie davon abhalten, gleich zu kommen, und sie verabredeten, sich abends auf dem Campingplatz zu treffen.

Bereits am Eingang erwartete sie die italienische Polizei. Ein älterer grauhaariger Polizist, der auch Deutsch sprach, führte sie zu einem Polizeibus mit Sitzbänken im Inneren. Es nahm einige Zeit in Anspruch, bis er das Protokoll aufgenommen hatte.

Erst danach baten sie, den Verletzten sehen zu dürfen, aber dies wurde vom behandelnden Arzt abgelehnt. Er hätte sehr viel Blut verloren und sein Zustand sei zwar besser, aber noch nicht stabil. Sie durften aber Kommissar Felix besuchen.

Ernesto verabschiedete sich und versprach, sich umgehend beim Padre zu melden.

Felix saß aufrecht im Bett und erwartete sie bereits. Er betonte, dass es ihm deutlich besser ginge und Antonia von Neuigkeiten gesprochen hatte.

Innozenz und Philippus schilderten ihm die letzten Ereignisse.

„… und man weiß nicht, wer der Angeschossene ist, ihr durftet nicht zu ihm?"

„Nein, leider nicht", antwortete Anna.

„Na dann müssen wir Geduld haben", bemerkte er und legte seinen Kopf entspannt auf das aufgetürmte Kissen.

„Ruhe dich aus, alter Junge, … der läuft nicht weg", beruhigte ihn Innozenz.

„Ja, ja … ich weiß. Antonia rügt mich auch schon, ich solle mich hier im Krankenbett nicht gleich wieder als Kommissar aufspielen. Aber das Geschehene lässt mich halt nicht los."

„Hm … ich habe noch was für dich, Kommissar. Das Handy des Verletzten. Ich habe doch tatsächlich vergessen, es den italienischen Polizisten zu geben", gab Innozenz zu und reichte ihm das ramponierte Handy.

„Es lag vor der Nekropole … Soll ich es ihnen gleich noch übergeben?"

„Lass mal … ich gebe es Antonia. Sie wollte mich noch besuchen."

Als hätte die Kommissarin gehört, dass man von ihr sprach, betrat sie humpelnd das Zimmer. Ihrem Temperament entsprechend platzte sie gleich mit ihrer Neuigkeit heraus.

„Der verletzte Kernkreuzer ist aufgewacht! Aber wir dürfen ihn nicht vernehmen, er sei noch zu schwach. Stellt euch vor, er hat sich nach Kommissar Bender erkundigt und will, sobald es ihm besser geht, nur mit ihm reden. Der Arzt meinte, er schien sehr erleichtert zu sein, dass der Kommissar lebt."

„Mit mir?", Felix war erstaunt, „na ja, vielleicht ist der Nachname bei den Kernkreuzern ja bekannt …"

„Durchaus möglich", bestätigte Antonia.

Anna und Innozenz verabschiedeten sich und versprachen, morgen wiederzukommen.

Auf dem Campingplatz wurden sie mit Steaks vom Grill und Salatvariationen empfangen. Nach den aufregenden Ereignissen war es umso angenehmer, wieder einmal unbeschwert zu genießen. Noch vor dem Einschlafen dachte Anna an den neuen Verwahrungsort der ‚Bibel der Bibeln‘ und an ihren Onkel. Sie hatte ihr Versprechen eingelöst … das Geheimnis zu bewahren und zu verwahren, „bis dass die Menschheit es verstehen kann".

Ein erlösender Schlaf übermannte sie.

*

Am nächsten Morgen fuhren nur Anna und Innozenz ins Krankenhaus. Die anderen wollten in Rom noch weitere Museen und Sehenswürdigkeiten besuchen.

Felix ging es bedeutend besser und Annas Idee, ihn und Antonia gemeinsam mit Innozenz in Rollstühlen durch den Park zu schieben, wurde gerne angenommen.

Die frische Luft, das muntere Vogelgezwitscher und die angenehme Kühle im Schatten der hohen, alten Bäume taten ihr Übriges, um ihre Stimmung aufzuhellen. Munter plauderten sie über die bevorstehende Auszeit in Ischia und Antonia schwärmte von der Insel.

Auf dem Rückweg räusperte sich Felix.

„Wenn ihr mich noch zu dem verletzten Kernkreuzer bringen könntet. Vielleicht kann ich … wir ihn einfach mal sehen und Anna, möglicherweise erkennst du ihn."

„Ja … daran habe ich auch schon gedacht", meinte Anna.

„Klar machen wir. Habe ich mir schon gedacht, dass dir das keine Ruhe lässt", erwiderte Innozenz.

„Ich komme auch mit", bestimmte Antonia.

Der Arzt erlaubte nach langem Zwiegespräch mit Antonia nur Anna und Felix einen kurzen Besuch.

„Bin gespannt, wer da liegt", dachte Anna, obwohl ihr gleichzeitig etwas mulmig war, wieder auf einen Kernkreuzer zu treffen. Sie rollte Felix in das Krankenzimmer.

Der Verletzte lag mit geschlossenen Augen im Krankenbett. Ein Monitor, mit dem er durch Elektroden verbunden war, überwachte seinen Zustand. Aus einer Infusionsflasche tropfte Flüssigkeit in seine Venen. Sein graumeliertes Haar verriet ein gewisses Alter.

Anna schob Felix ganz nahe an das Bett.

Wie ein Blitzschlag traf nicht nur sie die Erkenntnis.

„Max … das ist mein Bruder Max!", rief Felix leise.

Er war ebenso überrascht wie erschüttert.

Im selben Moment öffnete sein Bruder die Augen und blickte sie zunächst unverwandt an.

„Felix … du lebst … ich bin so froh …", flüsterte er.

Das Reden strengte ihn offensichtlich sehr an.

„Glaube mir … ich wollte nicht, dass er auf dich schießt", mühsam presste er die Worte hervor, „ich habe ihn gestoßen … aber der Schuss … ging trotzdem …"

„Psst … ich lebe …", brachte Felix mit brüchiger Stimme hervor.

Der Arzt kam ins Zimmer, ordnete streng an, den Kranken zu schonen. Sie mussten sofort das Zimmer verlassen.

Felix hatte Tränen in den Augen, als er draußen auf dem Flur war und berichtete, wer da lag.

„Dein Bruder … das Mitglied der Kernkreuzer?!"

Pater Innozenz war fassungslos.

„Beide verletzt … einer schwer. Unglaublich! So trefft ihr Brüder nach Jahren wieder aufeinander", kommentierte Antonia und drückte seine Hand.

„Und er hat bestätigt, was ich, kurz bevor ich das Bewusstsein verlor, wahrgenommen hatte. Der Schütze wurde, während er den Schuss abfeuerte, gestoßen. Jetzt weiß ich, dass er es war, der mir wahrscheinlich das Leben gerettet hat."

Man sah ihm seine innere Zerrissenheit an. Er war seinem Bruder dankbar, aber zugleich musste er ihn wie einen Kriminellen behandeln. Nicht nur Antonia fühlte mit Felix, aber sie fasste sich als Erste wieder.

„Das erklärt auch, warum die Kernkreuzer auf den Anruf von Ernestos Handy nicht reagiert haben. Für sie ist Max ein Verräter!"

„So habe ich das noch nicht gesehen!" Felix' Gedanken überschlugen sich.

„Aber dann hat er eine Chance als Zeuge und könnte …"

„… mildernde Umstände bis Straffreiheit bekommen", vollendete Antonia seinen Satz.

„Verlasst euch drauf", eiferte sich Anna, „der wird Zeuge, sonst bekommt er von mir noch eine Anzeige wegen Entführung und Freiheitsberaubung in drei Fällen."

Felix nickte.

„Ja … verdammt … ich verspreche es euch … er wird Zeuge", schwor Felix.

Man sah ihm seine Erleichterung an und er dankte Anna für ihr Verständnis. Sie murmelte nur etwas von Brüdern, die sich im Ernstfall gegenseitig schützen, müsste man einfach verzeihen.

Sie brachten Felix zurück in sein Zimmer und verabschiedeten sich. Die Kommissarin wollte ihre Kollegen informieren.

Anna und Innozenz begaben sich in das Parkcafé und stärkten sich mit einem Espresso. Philippus wollte gleich zu ihnen stoßen. Er ließ nicht lange auf sich warten.

Sie tauschten sich aus. Auch Philippus war betroffen, als er hörte, dass es sich bei dem Verletzten um Felix' Bruder handelte.

„Ja und wir haben wohl hier im Vatikan in ein Wespen-nest gestochen. Der Padre hat nachforschen lassen. Es ist kaum zu glauben, wie viele Geistliche, auch höhergestellte Persönlichkeiten, interessiert waren an dieser außergewöhn-lichen Bibel. Aber auf keinen Fall hatten sie eine Verbin-dung zu den Kernkreuzern, beteuern sie!"

Philippus verdrehte die Augen, bevor er weiterberichtete.

„Jedenfalls herrscht große Aufregung! Ernesto zeigt sehr viel Reue. Er ist im Moment bei der Polizei und mit seiner Hilfe werden Phantombilder angefertigt von den Personen der Gruppe. Diese wiederum werden mit den Karteien von Vorbestraften und Kriminellen verglichen."

„Was glaubst du, Philippus, was geschieht mit den Geist-lichen, die sich für die ,Bibel der Bibeln' interessiert ha-ben?", fragte Innozenz.

„Nun, es wird schwierig sein, sie in Verbindung mit den Kernkreuzern zu bringen. Nur Interesse an dieser außerge-wöhnlichen Bibel zu haben, ist ja nicht strafbar. Ich denke, dies wird intern geregelt. Für einige wird es wohl eine Straf-versetzung in die Provinz geben!"

„Ja … das ist die übliche Handlungsweise der Kirche", stimmte ihm Innozenz zu.

Sie unterhielten sich noch über die letzten Ereignisse, bis Philippus sich wegen anderen Verpflichtungen entschul-digte.

Anna und Innozenz brachen zum Campingplatz auf. Die anderen warteten schon begierig auf Neuigkeiten. Die Nachricht war eine Sensation. Thomas wiederholte mehr-mals.

„Herr Bender von der Yacht, der Bruder von Felix, ist der Verletzte. … Unglaublich."

Den Abend über blieben die Geschehnisse der letzten Tage das Thema. Natürlich war auch das Verhältnis von Kommissarin Antonia und Felix Gesprächsthema. Sie lö-cherten Anna, da sie sich länger mit ihr unterhalten hatte.

„Oh … und da behauptet man immer, Frauen wären

neugierig! Sie hat mir nur erzählt, dass sie sich getrennt hatten, als sie wieder nach Italien übersiedelte. Sie wollten seinerzeit keine Fernbeziehung … ja und hier in Rom haben sie erkannt, dass man eine große Liebe nicht so einfach aus seinem Leben verdrängen kann. Und nun werden sie sich überlegen, wie sie eine gemeinsame Zukunft gestalten können. Beidseitig wollen sie Zugeständnisse machen! Wenn ihr mich fragt, … ich glaube, sie wissen selbst noch nicht, wie das werden soll. Beide wissen nur, dass sie es wollen!"

„Lassen wir uns überraschen", meinte Thomas lächelnd, „Felix strahlt jedenfalls vor Glück, trotz seiner Verletzung!"

„Ja, … dass er verliebt ist, sieht man ihm an … aber morgen geht es auf Rückreise mit dem größeren Wohnmobil. Wir sollten früh aufstehen. Eines müssen wir ja noch zurückbringen!"

Bert hatte es nach langen Verhandlungen geschafft, dass sie das größere Wohnmobil in Konstanz abgeben konnten. Sie wünschten sich gegenseitig eine gute Nacht und beendeten den geselligen Abend.

Am nächsten Tag verabschiedeten sie sich von Philippus, Antonia und Felix. Gegenseitig versprach man, in Kontakt zu bleiben, und Felix musste versprechen, sie zu informieren … vor allem darüber, was mit seinem Bruder geschehen würde.

*

Die Strecke zog sich dahin, doch sie kamen gut voran, da sie sich beim Fahren des Campingbusses abwechselten. Circa zwanzig Kilometer nach dem San-Bernardino-Pass übernachteten sie im Ort Splügen. Am nächsten Morgen suchten sie nach einem Café und waren überrascht, welch einen ursprünglichen Ort sie vorfanden.

Hohe alte Häuser, massiv gebaut aus Stein mit Schieferdächern, präsentierten sich gut erhalten an einem Wildbach, der von den mächtigen Berggipfeln ins Tal strömte. An den Flanken des Flussbettes breiteten sich Wiesen aus.

„Als wäre die Zeit stehen geblieben", kommentierte Anna treffend den Eindruck, den dieser Ort mit seinen Jahrhunderte alten Häusern vermittelte.

Nach einem üppigen Frühstück, das sie auf der Freiterrasse des einzigen Lokals im Ort eingenommen hatten, machten sie sich auf zur letzten Etappe ihrer Heimfahrt. Sie fuhren zu Berts Ferienhaus am Schweizer Ufer des Bodensees. Bert hatte sie überredet, noch einen Tag bei ihnen zu bleiben, bevor sich ihre Wege trennten.

Schon beim Aussteigen aus dem Wohnmobil kam ihnen Bärli entgegen.

„Bärli ... komm!", rief Bert und lief dem immer noch humpelnden Berner Sennenhund entgegen. Keiner ließ es sich nehmen, Bärli herzlich zu begrüßen und zu tätscheln.

Nach einem Sprung in den immer noch warmen See genossen sie die Speisen, die Susan ihnen im Garten unter der hohen Linde aufgetischt hatte. Es wurde ein geselliger Abend.

Am nächsten Morgen rief Felix an.

„Hallo Felix, wir sitzen alle gerade noch beim Frühstück. Ich habe auf Laut gestellt, alle können mithören", meinte Bert.

„Super ... dann seid ihr gut angekommen?"

„Ja, die Fahrtstrecke hat sich hingezogen, aber es gab keine Schwierigkeiten. Wie geht's deinem Bruder?", wollte Bert wissen.

„Deutlich besser und er möchte kooperieren. Ich habe den Eindruck, dass er erst jetzt mit Abstand sieht, in welcher kriminellen Vereinigung er war. Das Paradoxe ist, dass wir ihn nun in Sicherheit bringen müssen, um ihn vor den Kernkreuzern zu schützen. Max meint, dass sich die Vereinigung wahrscheinlich wieder nach Amerika zurückzieht, da die ‚Bibel der Bibeln' vernichtet ist."

„Bekommt er Strafmilderung?", interessierte Anna brennend.

„Ja, in jedem Fall ... aber Genaueres weiß ich noch nicht!

Ich wollte euch nur kurz informieren und soll euch alle von Antonia grüßen!"

„Okay … viele Grüße zurück und kuriert euch! Bis bald!", antwortete Bert.

Nach dem Frühstück war es so weit, sie mussten Abschied nehmen, zunächst von Bert und Susan.

Ehe Thomas das Wohnmobil bei der Vertragswerkstatt zurückgab, fuhr er zum Bahnhof in Konstanz. Pater Innozenz und Andy wollten den Zug nehmen, um wieder in ihre Heimatorte zu kommen.

Innozenz umarmte Anna zum Abschied und fragte sie leise, was sie in das Gästebuch eingetragen habe.

Anna sah ihm tief in die Augen und flüsterte:

„Die Wahrheit liegt da, wo sich das Menschliche und das Göttliche berühren."

-Ende-